国家社科基金“抗日战争时期青海历史文献中的
中华民族观念研究”（22BMZ044）的阶段性成果

李文实文学论稿

LI WEN SHI WEN XUE LUN GAO

李文实　著

姚　鹏　马成俊　辑校

青海人民出版社

图书在版编目（CIP）数据

李文实文学论稿 / 李文实著 . -- 西宁 : 青海人民出版社 , 2025. 1. -- ISBN 978-7-225-06775-9

Ⅰ . I206.2-53

中国国家版本馆 CIP 数据核字第 2024Z08B37 号

责任编辑 : 陈锦萍　马笑云
责任校对 : 索南卓玛
责任印制 : 刘　倩　卡杰当周
封面设计 : 闫冬雨

李文实文学论稿

李文实　著

出 版 人　樊原成
出版发行　青海人民出版社有限责任公司
西宁市五四西路 71 号　邮政编码：810023　电话：（0971）6143426（总编室）
发行热线　（0971）6143516/6137730
网　　址　http://www.qhrmcbs.com
印　　刷　成都市东辰印艺科技有限公司
经　　销　新华书店
开　　本　890mm × 1240mm　1/32
印　　张　15
字　　数　260 千
版　　次　2025 年 1 月第 1 版　2025 年 1 月第 1 次印刷
书　　号　ISBN 978-7-225-06775-9
定　　价　98.00 元

纪念李文实先生诞辰110周年

目 录

附录三：杂文 /430

附录四：诗歌 /438

《木兰诗》时代杂考 [1]

一、引言

一九四九年初夏客兰州，兰大历史系助教魏郁君持所作《木兰歌时地试释》一文来，嘱为校订。魏君之作，盖本其师徐中舒先生之说而引申，以为《木兰诗》作于武周时，引武周时塞北用兵及明堂落成诸史事为比附。余向不专治文学，于文学史尤疏，故于此问题，未尝措意，而徐先生文亦未得见，无从考校其得失。唯于魏君之文，未尽同意，因就所见，穷一夕之力，为草一跋文。下笔不能自休，跋成而字数几与魏君本文相埒。翌日以示魏君，颇不以余见为非。乃不旋踵而魏君竟以被迫害死，余亦西走湟中，遂无由再与细论。比来海上，衣食奔走之暇，稍理旧业，偶于行箧中得跋文稿，感念死友，怆然不能自已。因发箧陈书，并搜阅

[1] 原载于《文史集林》（第二辑），三秦出版社，1987 年。《黄河远上：李文实文史论集》（商务印书馆，2019 年）亦收录此文。《李文实手稿（第三辑）》（青海人民出版社，2023 年）收录其手稿。——编者

时贤姚大荣先生《木兰从军时地表微》[1]《木兰从军时地补述》[2]，徐先生《木兰歌再考》[3]，以及其他片断之什，始觉向自以为新颖之见者，多为诸家所道破，然一得之愚，尚有出诸家所论之外者，不揣孤陋，遂尔染翰，重为此文，扬榷旧说，断以己意，期就有道而正焉。

二、旧说综述

木兰事迹甚奇伟可传，而《木兰诗》一篇，风格朴茂，刚健明快，尤为千古绝作，其人其文，相得益彰，为后人所喜诵。然其作者究属谁何？属何时代？则论者纷纭，聚讼莫决。尝综自宋以来学者之持论推测，则论其作者有下列四说：

（一）木兰自作（如陆泉《历朝名媛诗词》及刘开《广列女传》，又地志家类多此说）。

（二）魏曹植作（见魏泰《临汉隐居诗话》）。

（三）唐李白作（见陆侃如先生《中国诗史》上卷第四篇第五章附论《南北朝乐府》，或即指严羽、王世贞两家持论而言）。

（四）唐韦元甫作（见《文苑英华》）。

论其时代者，亦有五说：

（一）萧梁（见孙壁文《考古录》）。[4]

---

[1]《东方杂志》二十二卷二号。
[2] 同上卷二十三号。
[3] 同上卷十四号。
[4]《考古录》余未见，此据《中国诗史》上卷转引，及沈归愚《古诗源》。

（二）隋唐（见程大昌《演繁露》、侯有选《祠像辨证记》及俞正燮《癸巳存稿》卷十三）。

（三）唐（见刘克庄《后村诗话》）。

（四）梁陈或唐（见王世贞《艺苑卮言》）。

（五）晋或隋唐（见《明一统志》）。

关于《木兰诗》的作者，上述（一）（二）（三）项主张，俱无确据，殆姑妄言之，可不具论；第（四）项韦元甫说亦系误会，盖元甫为《木兰诗》之发现人，见此篇后，自作续篇一，即“木兰抱杼嗟,借问复为谁？……”《古今乐录》于著录《木兰诗》时，并将韦著续篇附入,《文苑英华》编者不察，误合前后篇以为韦作也。此殆北朝民歌，升格而为乐府，其作者既已失考，自以阙疑为是，可不必附会。至其时代，以程大昌、刘克庄、俞正燮三家说为最有影响，姚、徐二先生及时贤之持唐代说者，俱仰汲其流而扬其波澜、姚著确断木兰为隋末唐初人,且属梁师都部下（此即本俞说），徐著反姚说。而断其作于初唐盛唐之间，至魏君遂确断于武周时，并以木兰为突厥人，盖其师之所未敢遽作定论者，魏君皆肯定言之。

关于《木兰诗》之发疑，虽始自宋人，然皆摭拾诗中一二故实引起端绪而已，未尝立根干作定论也。盖根干不立，只摭拾僻典势不足为通澈之论。如“可汗”名称自北朝以来即有之；“眉间贴黄”亦北周遗俗；“耶娘”之称，亦通行于北朝；若不观其会通，则此项典实，可梁可陈，可隋可唐，同一典实，而引用多歧，究何以知其必然。(唯清人沈德潜编《古诗源》，论此诗有云：“唐人韦元甫有拟作一篇，后人并以此篇为韦作，非也。韦系中唐人，杜少陵《草堂》一篇，后半全用此诗章法，断以梁人作为允。”按杜甫《草堂》诗后半云：“旧犬喜我归，低徊入衣裾；邻舍喜我归，沽酒携胡芦；大官喜我来，遣骑问所须；城郭喜我来，宾客隘村墟。”实效其体，沈氏本刘克庄之说而以此证韦作之非，信而有征。惜未进一步，确证为萧梁时北朝人作也！）自近人姚、徐二家之文出，遂各作系统之论证，宋明清人所发引之端绪，至是遂有证实之趋势，然二家结论殊异趣，此其症结又何在哉？

尝考古人及姚、徐两家之说，致误之由，不在其材料之不备，而在其根本方法之错误。根本方法维何？即牵引史事以配合诗中情节也。夫木兰事迹今所存者惟诗，不细考诗体诗格及诗中典实之所由起，以推求其产生时代，而务以诗中情节求合于各代史事，遂致牵强附会，各趋极端，而终无一是，此乃索隐法之“可怜无补费精神”者也。索隐法立说之分歧，试举数例以明之：清宋翔凤以诗事求合于隋史，乃以“可汗”为突厥启民可汗，以天子为隋炀帝。盖隋文帝开皇十八年，曾发兵助启民可汗击其兄弟都蓝可汗，至炀帝大业三年，都蓝死，旋其兵亦败，兵争始息。恰与诗中“壮士十年归”之语合，而可汗、天子亦俱有所属，此一说也（见宋氏《过庭录》，清末李慈铭《越缦堂日记》曾论其非，可参看）。近人姚大荣先生又以诗中人物、地理、事实，求之于魏晋南北朝时代、隋大业前，均无一合，最后乃以隋末梁师都曾立国于河套，且尝称大度毗迦可汗，而其国都统万城有“明堂”，立国适十有二年，均与诗中所言切合，遂以木兰著籍于梁师都部下，而悬测木兰代父戍边乃师都北防契丹事，此又一说也。徐中舒先生论姚说乖于事实，而以“转勋”之制始于唐武德七年，又据之断《木兰诗》作于唐武德以后、宝应以前。魏君承其说而以武周时史事比附实之，此又一说也。宋、姚、徐三家所据材料，同为一诗篇，而其结论则若是其异趣，乃错误方法所得之结果。

三、《木兰诗》故实阐证

前人及时贤以史实迎合诗事法之不可确据，尚可就人称、地理及数字三点分析论之。

人称之中如“可汗”与“天子”二尊号，依诗篇而论，本未可泥。“可汗”之称，起于南北朝之外族君王，然诗家及隋唐间人，对夷狄之君，常以“单于”与“可汗”间称，并无定名。如突厥沙钵略王，本称“可汗”，然当其破幽州，纵兵自木峡、石门两路来寇武威、天水、安定、金城、上郡、弘化、延安诸塞时，隋文帝震怒下诏曰：

故选将练兵，嬴粮聚甲，义士奋发，壮夫肆愤，愿取名王之首，思挞单于之背。（《北史·突厥传》）

则称“可汗”为“单于”，或其时习称如斯，非必掉文也。又颉利统称“可汗”，而唐太宗初闻李靖破颉利，却谓侍臣曰：

主忧臣辱，主辱臣死。往者国家草创，太上皇以百姓之故，称臣于突厥，朕未尝不痛心疾首，志灭匈奴，坐不安席，食不甘味。今者暂动偏师，无往不捷，单于款塞，耻其雪乎。（《旧唐书·李靖传》）

则亦称“单于”，其尤可玩味者，向称“可汗”之夷狄君长，有时亦同称“天子”。隋时突厥沙钵略可汗尝遣使致书于文帝曰：

辰年九月十日，从天生大突厥天下贤圣天子伊利俱卢设莫何始波罗可汗致书大隋皇帝。（《北史·突厥传》）

云云，其全衔内，赫然有“天子”之称，文帝复书则去其“天子”二字，直称“大突厥伊利俱卢设莫何沙钵略可汗”，而自称“大隋天子”，或亦恶其僭妄，以等夷视中国也。其后沙钵略（即始波罗之另一中国译名）既称臣，即上表改称“大突厥伊利俱卢设始波罗莫何可汗臣摄图”，始去其“天子”之号，然则“天子”与“可汗”并称，盖早有由来，非仅梁师都一人为然矣。当时华夷君长称号，既若是其混淆莫定，则吾人据之以立论，殊难得其准确。我以为《木兰诗》所云“可汗”“天子”实即一人，按《木兰诗》云：

归来见天子，天子坐明堂。策勋十二转，赏赐百千强，可汗问所欲，木兰不用尚书郎，愿驰千里足，送儿还故乡。

赏赐与授官实为一事，天子与可汗，称谓不同，就其叙述言，亦实一人，不容赏赐出天子，而授官另出诸一可汗也。此称谓之不可泥者一。

次更论“耶孃”一名：按《木兰诗》云：

阿耶无大儿。

又云:

不闻耶娘唤女声。

自称父母为耶嬢。徐先生以耶嬢并称，始于《木兰诗》，而六朝人尝称耶婆，知其时尚无耶嬢之名，至唐人始统称父母为耶嬢，因而断《木兰诗》系出于唐代。今按古无“耶”字，唯“邪”作语词用，或同“也”（见王引之《经传释词》，颜之推以为未定之辞，犹未尽是）。后作地名为“琅邪”，至汉时始以“耶”代“邪”为语词，然二字犹并用。其以“耶”为父称，始见于六朝，《南史·王彧传》云：

（王绚）年五六岁读《论语》至“周监于二代”，外祖何尚之戏之曰：“可改耶耶乎文哉！”

王鸣盛《十七史商榷》论此云：

《王彧传》：子绚读《论语》“周监于二代”。何尚之戏曰：“可改耶耶乎文哉！”尚之意以下文“郁郁乎”，“郁”与“彧”通故也。唐无名氏《古文苑》第九卷《木兰诗》：“军书十二卷，卷卷有耶名。阿耶无大儿，木兰无长兄。愿为市鞍马，从此替耶征。旦辞耶嬢去，暮宿黄河边。不闻耶嬢唤女声，但闻黄河流水鸣溅溅。”宋章樵注：“耶，以遮切。今作‘爷’。俗呼父为爷。”杜甫《兵车行》：“耶嬢妻子走相送，尘埃不见咸阳桥。”又《北征》诗：

“见耶背面啼，垢腻脚不襪。”以父为耶，六朝及唐多有。其实古只作“邪”，讹为“耶”，俗妄诚可笑，然如辽耶律氏未可改为“邪”，则知古不容泥，若于耶上又加父，则误中之误。（卷六十《南史合宋齐梁陈书八 · 耶耶条》）

此六朝人以耶称父最早见于记载者（王氏以耶为邪之讹，或未尽然，下当另论）。又颜之推《颜氏家训》有云：

《孝经》云：“资于事父以事君而敬同。”不可轻言也。梁世费旭诗云：“不知是耶非？”殷沄诗云：“飘飏云母舟。”简文曰：“旭既不识其父，沄又飘飏其母。”此虽系古事，不可用也！（卷四《文章》第九）

按汉武帝《李夫人歌》：“是耶？非耶？立而望之，翩何姗姗其来迟！”耶字犹作语词用，至梁时费旭袭用其语，则为简文帝所讥，知耶之称起于汉后梁前明矣。

上文引王鸣盛说以耶为邪之讹，似未尽然。兹试为探论之，按耶之称，虽起于六朝，然非南人之语，南人称父或直呼“大人”，刘义庆《世说新语》云：

（陈）太丘问炊何不馏？元方、季方长跪曰：大人与客话，

乃俱窃听，炊忘箸箄，饭今成糜！（卷中之下《夙慧》十二）

或谣呼父：

张苍梧是张凭之祖，尝语凭父曰："我不如汝。"凭父未解所以。苍梧曰："汝有佳儿。"凭时年数岁，敛手曰："阿翁，讵宜以子戏父？"（同上书下之下《排调》十一）

此皆面称之词，对人则或称家君，无耶之称。是知耶本北语，南人译其音为耶，非邪之讹也。俞正燮《癸巳存稿》曰：

房山石经山云居寺有辽清宁四年《镌经记》碑，称刺史子妇"司徒娘子耶律氏"，女"小娘子三宝奴"。京城悯忠寺辽石函字有云："玉钱一，韩家小娘子施"。盖娘子以称内主，其闺女则称小娘子也。《金史》：海陵以第二娘子大氏为贵妃，第三娘子萧氏为昭容。《丙子平宋录》云："至元十三年正月甲申，承相至皋亭山，丞相娘子来到。丞相曰：'你吃一盏酒，大事未了，你回去者。'娘子回程。"盖初译时以娘子为一家尊称，六朝、唐人相沿，辽金元皆承用之。或笑其俚，不知其托意至高也。（卷四《女人称谓贵重条》）

此溯“娘”（娘为孃俗字）字语源，以为译语，实为卓见。“孃”出北语，正可移以证耶之非南语原所有也。关于“孃”字，六朝时南语无“孃”之称，亦可以《世说新语》为证：

周嵩起，长跪而泣曰：“不如阿母言，伯仁为人志大而才短，名重而识闇，好乘人之弊，此非自全之道；嵩性狼抗，亦不容于世。惟阿奴碌碌，当在阿母目下耳。”（卷中之上《识鉴》七）

（王经）涕泣辞母曰：“不从母敕，以至今日”，母都无慽容。（卷下之上《贤媛》）

又《梁鼓角横吹曲》之《折杨柳歌辞》：

阿婆不嫁女，那得孙儿抱。（《乐府诗集》）

又颜之推《颜氏家训》云：

陈思王称其父为家父，母为家母。（卷二《风操》第六）

又云：

河北士人皆呼外祖父母为家公家母，江南田里间亦言之。（卷二《风操》第六）

又云：

吾尝问周宏让曰："父母中外姊妹，何以称之？"（同上）

据此则不仅南语无耶孃之称，即中原汉语亦鲜见，足证俞氏译自北语说之不可移也。"孃"之出北语，除上述之反证外，尚可探寻其本证。《北齐书·祖珽传》云：

裴让之与珽早狎，于众中嘲珽曰："卿那得如此诡异！老马十岁，犹号骝驹；一妻耳顺，尚称娘子。"（卷三十九《列传》二十一）

又《隋书·韦世康传》，世康为绛州刺史与子弟书曰：

况孃春秋已高，温凊宜奉，晨昏有阙，罪在我躬。（卷四十七《列传》十二）

前者称妻为娘子，后者称母为孃。(《北齐书·高睿传》:“生三旬而孤，聪慧夙成，特为高祖所爱，养于宫中，令游娘孃之。”是齐宫亦有孃称。）按祖珽狄道人，世康关右人，俱北人。似沿胡俗而云然。又《温公书仪》:

古称父为阿爷，母为娘子。(原书未见，暂引自《辞源》)

则娘子亦尝作母称。(段玉裁《说文解字注》:《广韵》:孃，女良切，母称。娘，亦女良切，少女之号。）总之俱北语所独有也。自五胡杂居中土，至隋唐而浑然混合，喧宾夺主，耶孃二字，遂蜂拥于诗人笔下，亦犹今之“摩登”“密斯脱”之风行全国，盖词语尚新奇，古今本不殊也。若以耶孃之称定《木兰诗》出唐人之手，则六朝以来之称，又将作何索解？此称谓之不可泥者二也。

《逸周书》有《明堂篇》，载周公制明堂之位，以明诸侯尊卑，此相传明堂说之始。而论之者不一，或以明堂为文王配帝之所，天子听朔，必于明堂，视大庙为尤重。然诸书明堂之数非一，而其制亦多异。大要为儒家粉饰以尊王之制，后世帝王矜功暴德，颇有仿造之者，如姚先生所举梁师都之统万明堂，魏君所举唐武后东都明堂，皆其例也。后世明堂之制非虚，然除史册外，文人载笔，则率多泛指形容，如言宫必曰甘泉、未央，言殿必曰建章、昭阳，盖皆假典属辞。若以《木兰诗》中之明堂，求合之于隋唐，刻舟求剑，殊未必然。又如唐太宗《春日玄武门宴群臣诗》云："驻辇华林侧，高宴柏梁前。"岂可证为唐亦有柏梁台乎？今按《木兰诗》首段用"职"韵，次段用"庚"韵，次用"先"韵，次用"尤"韵，次用"微"韵，再次用"阳"韵（此依今普通韵言），"天子坐明堂"一语，正为由"微"韵转入"阳"韵之首句，以下直到"不知木兰是女郎"，俱用"阳"韵，故"堂"字实为诗中转韵之关键，或即为下面叶韵而然也。诗歌中不乏此类之例，如沈佺期《独不见》首句原作"卢家少妇郁金香"，而郭茂倩《乐府诗集》则作"卢家少妇郁金堂"。证之"兰陵美酒郁金香"句，知"堂"乃改字，盖堂、香虽同属阳韵，而音有清浊之分，乐府主于协律，遂改为堂以就之，此一例也。又李白《劳劳亭》：

天下伤心处，劳劳送客亭。春风知别苦，不遣柳条青。（《李太白集》卷二十五）

其亭名劳劳，初无疑义。然李氏另一《劳劳亭歌》云：

金陵劳劳送客堂，蔓草离离生道旁。古情不尽东流水，此地悲风愁白杨。（同上卷七）

按景定《建康志》:“劳劳亭在城南十五里，古送别之所，吴置亭在劳劳山上。”又《舆地志》:“丹阳郡秣陵县新亭陇上有望远楼，又名劳劳亭，宋改为临沧观。”李诗所咏即指此，非各为一处。且题明为亭，而诗作堂，其为叶韵，又极显然。此二例也。《木兰诗》本属歌体，原重协律，其采用明堂故实，盖率然为之，原为叶韵，未必果有“明堂”献捷之事。况明堂大会乃属大典，天子初亦无率然受贺之理。又“贴黄”一事,姚、徐两家俱有所征引，而持论各异。按俞正燮《癸巳存稿》卷四《额黄眉间黄》条云：

凡女人妆饰，皆是好相：掠鬓取角犀丰盈，剃眉取疏长，施朱取唇红……涂黄取额明。男女有一于此，皆是贵征。

并详征萧梁以下诗篇，断以“女人涂黄，始见萧梁、字文周时，南宋既希见”,论甚赅备。今按贴黄分额、眉、鬓三种。梁江洪《咏歌姬》诗:“薄鬓约微黄,轻红淡铅脸。”此鬓间贴黄也。费昶《咏照镜》诗:“留心散广黛,轻手约花黄。”王咏《奉和率尔成咏》诗:“散黄分黛色，薰衣杂枣香。”韩愈：“眉间黄色见归期。”此眉间贴黄也。梁昭明太子《戏赠丽人》诗:“同安鬟里拨,异作额间黄。”李商隐《早梅有赠》诗：“何处拂胸资蝶粉，几时涂额藉蜂黄？”此额间贴黄也。《木兰诗》谓“当窗理云鬓，对镜贴花黄。”则系属鬓间贴黄。唐宋诗人所咏，或言额，或言眉，或言口，而绝少言及侵鬓者，是以黄淡抹云鬓，乃萧梁时妇女妆饰，唐时或已无之。唯此俗系南沿北俗，抑北学南妆，则尚难定。意贴黄本出自佛妆，而佛传自西域，证以于文定《谷山笔麈》“周天元时禁民间妇人不得施粉黛，自非宫人，皆黄眉墨妆”之语，似此俗沿自北朝，故虽始见于萧梁诗人吟咏，而其俗已或在萧梁前盛行北方。此又“明堂”“贴黄”二事之可资商论者也。

至于诗言地理，本多一时兴会，未尽确指，盖诗人于此，向不甚重视。《木兰诗》虽属记事之什，亦嫌浑括，此诗人与史家之异也。颜之推《颜氏家训》有云：

> 文章地理，必须恰当。梁简文《雁门太守行》乃云：“鹅军攻日逐，燕骑荡康居，大宛归善马，小月送降书。”萧子晖《陇头水》云：“天寒陇水急，散漫俱分泻，北注徂黄龙，东流会白马。”此亦明珠之颣，美玉之瑕，宜慎之。（卷四《文章》第九）

宋兵未尝征匈奴，燕骑亦未有荡康居之事，设执此求合于史事，不知将作何解？又黄龙地在北，白马地处西南，陇水俱无由注，执此以研地理，则亦扞格难通。此虽极端之例，要见诗家浑括泛指也。又如李白《明妃诗》云：“汉家秦地月，流影照明妃。一上玉关道，天涯去不归！”明妃所经为朔方，杜甫诗所谓“一去紫台连朔漠，独留青冢向黄昏”者也。而李白竟以玉关当之。又白居易《长恨歌》云:“峨眉山下少人行,旌旗无光日色薄。”玄宗幸蜀，取道剑阁，峨眉地在嘉州，与当时幸蜀之道全无涉，而乐天竟咏峨眉，其非实指亦可知。盖诗人吟咏，于人地花木之称，必取其声著而音色响亮者，不仅仅于实指，此又诗例与史例之异致者也。木兰从征，其地之属塞北，自无容疑，然如据地名推求其路线，则殊未可。观其朝辞耶孃，暮宿黄河，朝辞黄河，暮宿黑水（或作黑山），行甫两日，即抵燕山（盖泛指幽州境内之山，或解作燕然，则亦太泥），军行之速，即今日之汽车，亦望尘莫及！及韦元甫作《续篇》，则更云：“朝屯雪山下，暮宿青海旁。夜袭燕支虏，更携于阗羌。”较前篇益逞其笔势！ 盖诗家兴会所至，移山倒海，一凭笔端，非史例之所可限，此诗家地理之未可泥者三也。

又数字之不尽可稽，以其为言语之虚数，江都汪氏之论赅矣。按《木兰诗》用数字者，有下列数项：

①军书十二卷，卷卷有耶名。

②将军百战死，壮士十年归。

③策勋十二转，赏赐百千强。

④同行十二年，不知木兰是女郎。

以上“百战”不必其为百，“百千”不果其为百千，皆形容之辞（王闿运《八代诗选》以“强”作“镪”,姚氏亦嫌其泥,见姚著）。唯三“十二”之数，最滋误会。今按“同行十二年”证以“壮士十年归”之句，则其亦为约数可知。姚先生以梁师都立国十二年解之，而宋翔凤又以“壮士十年归”之语，与隋兵助启民可汗伐都蓝年数相合。依姚说则十年之说无法解释；依宋说则同行十二年之说又自相矛盾，执而求之，终无一是。至“策勋十二转”，则亦不能为十二，盖按唐制十二转为上柱国，正二品，木兰之功勋当不至骤跻极品，且依下文，木兰官爵仅为尚书郎（另详）而止，不容跻十二转之列矣。然则此“十二”字眼，或作者一时习用，亦未可知，唯“军书十二卷”一语，则或有所确指。按北周兵制，一柱国主二大将，凡六柱国，十二大将，即其编制为十二军，隋改十二卫，犹沿用周齐之旧，然至武德六年而罢，至贞观十年，乃定府兵之制。军书十二，或即缘此而云，至武周时则此称亦无之。然此推测亦觉近泥，姑附著之，以求正于达者。

诗中人称、地理及数字之均未可执泥，具如上论。在未求得其时代之本证前，即不佞之阐释，亦苦无所附丽。然如能进而求得本证，则此项故实均不失为有力之旁证，请即继此试为探求其本证，俾以张吾之说焉。

四、《木兰诗》时代试考

单据《木兰诗》中故实以推求其时代，既可六朝，亦可隋唐，则当更求其本证，以立根本。窃尝细绎《木兰诗》全篇，觉其诗体及尚书郎二事殊有线索可寻，兹试为分论之。

（一）**诗体有代降。**

《木兰诗》虽全篇记事，然以无本事可证，故所应重视者，尤为其文学价值。中国诗歌，就其发展史言，则三百篇递降而为楚骚，楚骚递降而为五七言，五七言递降而为律体，律体递降而为词曲，一代有一代之体，其递变脉络，大体可寻。依此以观，则《木兰诗》无论在诗体及韵味方面，均与《古诗十九首》《陌上桑》《古诗为焦仲卿妻作》等汉魏以来诗歌，毋宁同属一脉络，而尤与乐府歌体相近，如就其发端言，其“唧唧复唧唧”（或作“促织何唧唧”“唧唧何力力”“敕敕何力力”）一语，与《古诗十九首》之“行行重行行”“凛凛岁云暮”“青青河畔草”“明月何皎皎”，与《成帝时燕燕童谣》之“燕燕尾涎涎”及《白头吟》之“凄唐复凄凄”等句，同富声音之美。此项重言，盖本之《诗经》“关关雎鸠”“采采卷耳”“燕燕于飞”等之古调，而至六朝，尤为诗人所普遍仿效。如“漫漫秋长夜，烈烈北风凉”（曹丕《杂诗》），“汎汎东流水，磷磷水中石”“亭亭山上松，瑟瑟谷中风”（刘桢《赠从弟三首》），“浮云何洋洋”（徐幹《杂诗》），“灼灼西归日”“湛湛长江水”（阮籍《咏怀》），“皎皎明月光，灼灼朝日晖”（傅玄《明月篇》），“秋风何冽冽”（左思《杂诗》），“郁郁涧底松，离离山上苗”（左思《咏史八首》），“耿耿横天汉，飘飘出岫云”（庾丹《秋闺有望》），“幕幕绣户丝，悠悠怀昔期”（梁武帝《拟青青河畔草》），“迟迟衫掩泪，悯悯恨萦胸”（何曼才《为徐陵伤亲诗一首》），“的的金弦净，离离宝襊分”（萧驎《咏袙》），“郁郁陌上桑，袅袅机头丝”（王台卿《陌上桑》四首），几于俯拾即是。盖当时诗坛风气如斯，故自成一体裁。迨至唐时，虽亦尚间有重言，然风气已移，已不似六朝之普遍，此其一。

再就《木兰诗》之章法言，《古诗为焦仲卿妻作》之“十三能织素，十四学裁衣，十五弹箜篌，十六诵诗书”及“移我琉璃塌，出置前窗下，左手持刀尺，右手执绫罗，朝成绣夹裙，晚成单罗衫”。又《古乐府·江南》之“江南可采莲，莲叶何田田，鱼戏莲叶间。鱼戏莲叶东，鱼戏莲叶西，鱼戏莲叶南，鱼戏莲叶北”；《陌上桑》之“十五府小史，二十朝大夫，三十侍中郎，四十专城居”等，皆与《木兰诗》之“东市买骏马，西市买鞍鞯，南市买辔头，北市买长鞭”及“开我东阁门，坐我西阁床”等节，均随顺其辞，略同一式，自非唐人格局，此其二。

更就音韵言，《木当诗》之“问女何所思？问女何所忆？女亦无所思，女亦无所忆”及“木兰不用尚书郎”“不知木兰是女郎”，用二“思”字、二“忆”字、二“郎”字为韵，其不忌重韵可知。这种重韵与《陌上桑》诗中用三“敷”字,《相逢行》诗中用二“堂”字,《古诗为焦仲卿妻作》诗中用四“语”字、二“由”字、三“归”字、二“去”字,《上山采靡芜》诗中用二“如”字,秦嘉《赠妇诗》第二首中用二“形”字,曹植《美女篇》中用二“难”字,《弃妇篇》中用二“宁”字等等，均不忌重韵，正复相同。盖汉魏以来，诗韵未定，故诗歌均用重韵。隋唐而后，因沈约之四声及陆法言之切韵成立流行，其律遂严。初唐人之作，虽亦间有重韵之什，然亦犯忌，自不能有《木兰诗》等自由用韵之作，观于韦元甫《后篇》之用韵即可知。此其三。

就其源流言,郭茂倩《乐府诗集》载《梁鼓角横吹曲》有《折杨柳歌辞》云：

> 上马不捉鞭，反拗杨柳枝。下马吹长笛，愁杀行客儿。
> 门前一株枣，岁岁不知老。阿婆不嫁女，那得孙儿抱?
> 敕敕何力力，女子临窗织，不闻机杼声，只闻女叹息。
> 问女何所思?问女何所忆?阿婆许嫁女，今年无消息。

此曲属北朝乐府，都无异议。证以“敕敕何力力”句之脱胎于同时代《梁鼓角横吹曲·地驱乐歌》,“侧侧力力”益为可信，盖此乃为北地口语也。《折杨柳歌》纯言儿女私情，其词亦简朴，唯其意坦白真挚，为当时所传诵，作《木兰诗》者乃效之以起兴，因其具有不朽故事，乃能整然衍为长篇。此其源同而流异之故，又可略推者也。若谓《木兰诗》乃唐人本此而仿作，则殊不可能，因《木兰诗》似由民歌升格而为乐府，唐人歌行极鲜此种民歌体式与口吻也。如唐人徐延寿《折杨柳》诗云：

大道连国门，东西种杨柳。葳蕤君不见，袅娜垂来久。
缘枝栖暝禽，雄去雌独吟。余花怨春尽，微月起秋阴。
坐望窗中蝶，起攀枝上叶。好风吹长条，婀娜何如妾？
妾见柳园新，高楼四五春。莫吹胡塞曲，愁杀陇头人！
（据沈德潜《唐诗别裁》引）

题为《折杨柳》，实系极严正之古体，有辞而无其声，乃文士之辞，非民间乐可知。更如张九龄《折杨柳》云：

纤纤折杨柳，持此寄情人。一枝何足贵，怜是故园春。
迟景那能久，芳菲不及新。更愁征戍客，容鬓老边尘！
（据沈德潜《唐诗别裁》引）

又崔湜《折杨柳》云：

> 二月风光半，三边戍不还。年华妾自惜，杨柳为君攀。
> 落絮萦衫袖，垂条弗髻鬟。那堪音信断，流涕望阳关！
> （据沈德潜《唐诗别裁》引）

则又俱变为律体。《折杨柳歌》系以杨柳起兴，而此则皆全篇咏柳，唐人已失其曲调，又极显然。所谓面目犹似，精神全非也。唯李白《折杨柳》：

> 垂杨拂绿水，摇艳东风年。花明玉关雪，叶暖金窗烟。
> 美人结长想，对此心凄然！攀条折春色，远寄龙庭前。
> （《李太白集》卷六）

《李太白集》编次将该诗列为乐府，唐人亦非不知古有其曲，然谱调既失，遂自衍而为新声，故虽名乐府，而与《梁鼓角横吹曲》仍无联系迹象，盖唐代乐府已多不复能歌，徒有其名而已。此其四。

前曾数谓《木兰诗》本为北地民歌，升格为乐府，即基于其不同于魏、晋、南朝之古体及隋、唐乐府之观点。然尚有一个问题须附论，即其由民歌演变为乐府之过程。长篇记事诗歌，本皆先有故事，而故事有名者，其必谱播为歌声，常皆不一其人，故其本事之流变，每因人地而异。此可以《陌上桑》为最显著之例。《陌上桑》故事主角，原为罗敷，故诗曰:“日出东南隅，照我秦氏楼；秦氏有好女，自名为罗敷。”而左延年《秦女休行》云：“始出上西门，遥望秦氏楼；秦氏有好女，自名为女休。”则其姓名一变而为女休。其为一事两作，容无疑问。若更远溯其源，则二诗似又皆本之辛延年《羽林郎》，诗中主角胡姬事，与罗敷极其仿佛（崔豹《古今注》所记罗敷事实，又与《陌上乘》颇异）。姑无论其为仿作，为别作，皆可见其故事流变之迹。持此以衡《木兰诗》，则各本字句有差异，初稿（民间歌谣）与改本（谱入乐曲）有微歧，而初稿当另有传写及别作，亦未可知。其传写或改作迹象之可寻者，如首句“唧唧复唧唧”（姑以《古诗源》本为主）一语，唐无名氏《古文苑》作“促织何唧唧”，明刊本《文苑英华》作“唧唧何力力”（原注：或作历历），多字异而音同，其间显有为当时或后世修改或传讹之迹，揆以北歌之朴质，则初稿当作“敕敕何力力”为近是。又“可汗问所欲”，《文苑英华》作“可汗欲与木兰官”，又作“欲与木兰赏，木兰不用尚书郎”，郭氏《乐府诗集》作“不愿尚书郎”，《文苑英华》作“不用尚书郎”；“愿驰千里足”，《文苑英华》作“愿得鸣驼千里足”，段成式《酉阳杂俎》作“愿借明驼千里足”；“火伴始惊惶”，《古文苑》作“火伴皆惊忙”，

《文苑英华》作“火伴惊忙忙”，各家著录未尽同。其中如“可汗欲与木兰官”“欲与木兰赏”“火伴皆惊忙”及“火伴惊忙忙”诸句，可能为稿本之各异。如“鸣驼”“明驼”，则后人修改之笔，盖作“明”者,以上文有“燕山胡骑鸣啾啾”(《乐府诗集》正作“鸣”),故下文不再用“鸣”;其下文仍用“鸣”(驼)者,则上文或作“声”是也。又“扑握”作“扑朔”,“弥离”作“迷离”,“惊忙”作“惊惶”，则亦俱是改字。至“黑山”作“黑水”,“云鬓”作“云发”,“皆惊忙”作“始惊忙”，则或传写之误。凡此皆未可尽考，因穷其故事之流变，遂附著之。又著录者及选家，往往以己意改篡古辞，萧梁太子《文选》即曾有其先例，如古辞“夫为乐，为乐当及时，何能坐愁怫郁，当复来兹”,《文选》更之曰:“为乐当及时，何能待来兹”;古辞“贪财爱惜费,但为后世嗤”,《文选》更为:“愚者爱惜费，但为后世嗤”；古辞“自非仙人王子乔，计会寿命难与期”,《文选》更为“仙人王子乔，难可与等期”，皆裁剪长短句为整齐五言（此本朱彝尊说）。则《木兰诗》“万里赴戎机”以下数句,或出唐人修改,亦正自可能,然不能即以此谓为唐人作也。

（二）**尚书郎因革**。

《木兰诗》中唯一明确之典实为“尚书郎”官称，诸家考论，均未及此，不可谓非失察矣。尚书郎一职，乃汉魏以来之郎官。汉时郎官满三年称侍郎，后世郎官分曹，故属尚书省贼曹者称尚书郎，职兵事者有都兵、中兵、外兵、唐别兵之分。自隋改称侍郎，而另置员外郎一官，遂无尚书之名。时员外郎为郎中之贰，其职更卑矣。设《木兰诗》出唐代，岂宜有此名称？《木兰诗》不出于唐人之手，此实为最坚强之本证。兹依杜佑《通典》所载，略为引述如下：

郎官谓之“尚书郎”，汉置四人，分掌尚书事。

尚书郎初从三署诣台试，初上台称“守尚书郎中”，满岁称“尚书郎”，三岁称“侍郎”。

魏尚书郎二十三人，青龙二年，增置骑兵，都官，凡二十五郎。

晋尚书郎选极清美，号为大臣之副。武帝时有三十四曹，后又置运曹，为三十五曹，或为三十六曹。当五王之难，其都官、中、骑三曹郎，昼出督战，夜还理事。……桓玄僭位，改都官郎为贼曹。宋高祖时有十九曹。元嘉以后有二十曹郎。三公、比部主法制，度支主算，都官主军事、刑狱。……后魏三十六曹，至西魏十二年，改为十二部。……北齐有二十八曹。（卷二十二《职官》四）

此自汉至北朝郎官制之大略，其分曹则各代互有增减损益，地位也较有变异。隋唐递兴，其制多沿袭魏齐，而郎官制稍有变革。《通典》云：

隋初尚书有六曹、二十四司，凡领三十六侍郎，分司官曹务，直禁省，如汉之制。至开皇三年，二十四司又各置员外郎一人，以司其曹之籍帐，侍郎阙，则厘其事。(原注:今尚书员外郎，其置自此始。以前历代皆谓之尚书郎，各以曹名为称首，或谓之侍郎，皆无员外之号。)(卷二十二《职官》四)

隋置尚书员外郎，非尚书郎，杜佑已辨之，故若以《木兰诗》中之尚书郎当尚书员外郎之称,亦不可能,因尚书员外郎之省称当为“员外郎”,而不应作“尚书郎”。唐郎官名称,又与隋稍异。《通典》云:

大唐改隋诸司郎为郎中，每曹又复置员外郎。武德六年废六司侍郎，贞观二年复旧。今尚书省有左右司郎中各一人，员外郎各一人，分管尚书六曹事。其诸曹诸司郎中总三十人，员外郎总三十一人，通谓之郎官，尤重其选。(卷二十二《职官》四)

佑为唐人，且久官内外，兼掌领史局，故言之典核条畅如斯。尚书郎既非隋唐所有，则《木兰诗》之非出唐代可决矣!

又按尚书郎在北朝，若以西魏官制为据，其官爵为从五品中，去上柱国尚远，十二转勋之为虚辞，就此已可略见。然尚书郎虽非上柱国比，而职位清要，自是美选。《通典》云：

八座受成事，决于郎，下笔为诏策，出言为诏命，其入直，官供青缣白绫被，或以锦緤为之，给帐帷、茵褥、通中枕。太官供食物，汤官供饼饵及五熟果实之属，五日一美食，下天子一等。给尚书郎侍史一人，女侍史二人，皆选端正妖丽，执香炉，护衣服。奏事明光殿，因得侍省中，省中皆以胡粉涂壁，画古贤烈士，以丹朱漆地，故谓之丹墀。尚书郎口含鸡舌香，以其奏事答对，欲使气息芬芳也。（卷二十二《职官》四）

此述虽系汉事，然尚书郎入直禁中，职事清要，待遇优渥，六朝即小有出入，大体当自不殊。是则六朝尚书郎之职掌，约同近世翰林学士，而待遇优渥过之，非木兰之奇功盛年，未易荣获斯选。唯木兰女扮男装，代父从征，虽非常道，要亦出之无奈，今若受官膺爵，则属非法，木兰孝亲爱国，幸而功成，自未甘再冒欺君之罪，此时代及旧社会制度之所限，亦属无可如何，非所尚论于今日矣。

上列二事，一从文学，一由史实，皆征之于本诗，虽或未尽详核，要俱可为本证，合之前章阐证，其非出自唐人，而属六朝时代作品，差足定谳。唯其辞尚质朴，与《梁鼓角横吹曲》《折杨柳歌》及《古诗为焦仲卿妻作》等南方诗歌，格调虽同，而风神不侔，故其刚健明快，与《敕勒歌》之雄伟苍莽，同富北方色彩，与南人婉转清丽之什，恰成鲜明对比。前人属之梁代，以为马上之声，要自有识，当以梁前北朝民间乐府为允。至其作者，则失考已久，甚或不一其人，依旧阙疑可也。

1950年10月26日草成于沪上蜗庐

附记一：

余写此文，承上海合众图书馆惠借《东方杂志》有关各期，以做参考之用，唯以未得《国学月报》为憾！顷偶自上海鸿英图书馆假得《国学月报》二卷四期张为骐先生《木兰诗时代辨疑》一文，翻读一遍，张先生论证与余未尽同，而结论为近，知前人已有先余而言之者，至张先生疏引《魏书》史实，以求合《木兰诗》本事，则尤余之所未敢言者，其说大抵可从也。兹略节张先生结论附余文后，俾便读者比较观之。

（北魏）太和十六年八月，诏阳平王颐、左仆射陆叡并为都督，领军斛律恒等十二将七万骑北讨蠕蠕。诗中军书十二卷，不知是否此十二将之军书？我们由此可以推测作诗的时候，即是最早不出孝文帝太和年间，太和二年龟兹进名驼，十年起明堂，十八年迁都洛阳，又革衣服之制，证以诗中情节，很相符合。故此诗约作于太和十八年以后，至其最迟时期，当然不出《古今乐录》，即梁之末年(西历四九四—五五六)。郭茂倩说:“歌辞有《木兰》一曲,不知起于何代也?”我们说就在这六七十年内,大概不会错吧?

“军书十二卷”故实出处,与拙说不谋而合,而以《古今乐录》只论梁以前乐府,无及陈以后者一点,破主隋、唐诸说,尤足为铁证也。

1950年11月19日夜于沪上蜗庐

附记二:

本文誊清后,呈正于顾颉刚师,师询张为骐先生说之来历,当以盖本诸姚石甫(莹)考论而阐发为答。师遂谓姚说亦当表明。因更录其说附焉。按清道光二十四年藏属乍雅两呼图克图起争端,姚氏奉命两度前往调理,归而述其山川道里,人物风土,并及感发考论,成《康輶纪行》一书。其卷五有《木兰生地时事考》一条,以木兰为武威人,其从军事在魏孝文帝太和二十年后,宣武帝景明、正始年间,实张氏说之所从出也。其说云:

途中偶忆南北朝代父从军之木兰,前人知为北魏人矣。然究属北魏何时何代之人? 其从军为何时何地之事?尚未考也。以余考之,木兰盖古武威今凉州人也。其从军事在孝文帝太和二十年后,宣武帝景明、正始年间。何以见之?即于《木兰辞》中得之也。自古羌胡衣服与中国异，何况女子，今其辞云：“脱我战时袍，著我旧时裳。”以羌胡女子而为裳衣，显然变服从中国。又云：“归来见天子，天子坐明堂。”按孝文帝太和十六年始作明堂，行养老之礼，十八年始禁胡服。以此二事证之，故知木兰为孝文作明堂禁胡服以后人也。……武威在燕山东南，观其去家至西北从军，则非有事齐梁矣。孝文帝太和十六年，败柔然于大碛；二十二年，讨破高车，明年帝殂。宣武帝继位，改元景明，凡四年而改元。正始元年，筑九城于北边，此十数年中，皆有事于西北。筑城后乃定高车、柔然，正在燕山西北。木兰从军，十年乃归，且有将军百战死之语，度其从军之久，情事多与史合，故知为太和、正始年间屡次用兵西域时事也。

按姚氏以《木兰诗》中之黄河边，为指今大通河，大通河下流入于河，故被以黄河之名。其北距黑水之源，不及二百里。黑水头者，乃指其源，黑水之源去木兰家仅二日程，故定木兰为武威人，而以祁连当燕山，盖祁连与燕支本一名也。此论独较诸家为长，故张说本此启示而加细，更溯其地于蠕蠕，此两家之同异也。夫考证之业，后来居上，不能谓非张氏之勇猛精进矣。拙文只论诗作之时代，于人地犹未遑推求，用备录姚、张两家之论，俾作读拙文者之参证云。

1950 年 12 月 31 日于沪上蜗庐

附记三：

本文写成后，适邓广铭先生致书先师顾颉刚先生为北大《国学季刊》征稿，师即以此稿应征，因请董佩生（培深）君代为录副寄之。不数月而余以被诬系狱，遂不复问闻。一九五八年间，忽传闻此稿结论为当时大、中学教材所采用，然无从明其究竟。六十年代初，偶睹文研所初版《中国文学史》，果引此文所举本证有关诗体者三条，谓出之近人考证云云，颇疑此文或已发表。一九七九年归自柴达木，得重事笔砚，用函广铭兄询究竟，当由其助手复函，竟谓北大向无《国学季刊》，遑论拙文。盖少年新进，已只知《学报》，而不知《国学季刊》，遂不复问。

一九八四年夏，赵俪生先生来宁，颇以未见原稿为憾，嘱余重为写定，深感其意而正无以应。乃不十日而颉刚先生女公子顾潮来函，谓在整理先生遗稿中发现此文原稿与副本，随即与他稿多篇一并寄还。王氏之青毡依旧，江郎之白发已新，抚稿怀旧，曷胜今昔之感！而先师护持之深与师母、师妹等关注之殷，尤属没世而难忘也！适史筱苏先生为《文史集林》征稿，敝帚自珍，随即录呈，借作补白，并略述其始末如上云。

1985 年 3 月于青海民院

关于《滕王阁序》的写作年代[1]

唐王勃（公元649—676）《秋日登洪府滕王阁饯别序》一文，才华横溢，感慨遥深，不仅脍炙人口，由来已久，而且历代相传，蔚为盛事。但对这篇作品写作的年代，自唐以来，即多异说。王定保《唐摭言》说："王勃著《滕王阁序》时年十四。"（卷五）按王勃生于唐太宗贞观二十三年己酉（公元649年），依此顺推，则其十四岁作序之年，当为唐高宗龙朔三年癸亥（公元663年）。宋初李昉等奉敕编《太平广记》，又作十三，则为龙朔元年辛酉（661）。元代辛文房《唐才子传》则说：

父福畤（畤：zhi，音峙）坐是左迁交趾令。勃往省觐，途过南昌，时都督阎公新修滕王阁成。九月九日，大会宾客，将令其婿作记，以夸盛事。勃至入谒，帅知其才，因请为之。勃欣然

[1] 原载于《青海民族学院学报》1981年第3期。《黄河远上：李文实文史论集》（商务印书馆，2019年）亦收录此文。——编者

对客操觚，顷刻而就，文不加点，满座大惊。酒酣辞别，帅赠百缣，即举帆去。至炎方，舟入洋海溺死，时年二十九。

与王说相差约十四五年。后世明清间人，大都主王说，而后人姚大荣、陆侃如等则主辛说，后来转精，已成定论。

最近我从青海师院《学报》一九七九年第二期上看到聂文郁先生《王勃<滕王阁序>的写作年代》一文，又重新提出这个问题，仍据《唐摭言》及《太平广记》否定近人改证，而他所提出的论据，却很不可靠，特别是对有些史实和词句，不免误解，还值得讨论。

聂先生的文章，尽管花费了很大气力，引证了不少文献，但由于只在王、辛两派持论之间作评断，而没有从史书上加以考察，所以始终脱不开原有的圈子。按《旧唐书·王勃传》（卷一九〇上）有云：

时勃父福畤为雍州司户参军，坐勃左迁交趾令。上元二年，勃往交趾省父，道出江中，为《采莲赋》以见意，其辞甚美。渡南海，堕水而卒，时年二十八。

这里虽未提到作序的事，而已明确记述勃往交趾省父的时期是高宗上元乙亥（675），而且王福畤任交趾令，是畤雍州司户（新书作功）参军之后，他此时还未任六合令。再看，《新唐书·王勃传》（卷二〇一）说：

> 父福畤，由雍州司功参军坐勃故左迁交趾令。勃往省，渡海溺水，悸而卒，年二十九。初，道出钟陵，九月九日都督大宴滕王阁。宿命其婿作序以夸客。因出纸笔遍请，客莫敢当。至勃，沆然不辞。

在这里明白指出作序的事，是在往交趾省父的那年，只是年龄和《旧传》有二十九、二十八之异。这一岁的出人，乃是旧时推算上的差异，一是虚岁，一是实计。总之，作序之年并非十四岁那年。根据《旧传》，勃往交趾省父是上元二年，《新传》说“道出钟陵”，也点明九月九日，其为上元二年九月九日，自更无任何疑问。

历来杂史别记，对文人早慧，颇多附会。这在王勃身上，更是如此。我认为有关仕宦涉历，见诸史传的记载，比一般杂史别记为可信，过去考论这个问题的人，都轻信了一时传闻，在不能自圆其说时，往往曲为穿凿，清代俞正燮说王勃曾两次去交趾探父；聂先生此文又强调“年十三，省其父，至江西”以牵合作序的年代，都是显著的例子。

再从《滕王阁序》去探求本证，则更可证明王勃十四岁作序说的虚妄。聂先生原文曾举“童子”“三尺”两例。借以证明王勃作序之年为十四岁，实际上这都是误解。

按“童子”一词，指十九岁以下未成年的人而言，但这只是泛指,并非定例。前人曾经指出“童子何知”一语,“最易泥视”，这本来是对的。而聂先生却强调说这点“必须泥视”。实际上使他自己陷入了泥淖，得出了错误的结论。因为阎都督在滕王阁宴客那天，本来请的客人都属于宿儒硕望一流人物，王勃是因路过投谒，被临时相邀的人，不仅是官职低下，而且在年龄上，也远比当会与宴的诸人为小，从而他自己称为童子，相对而言，是符合当时实际情况的。要说童子一定是指身高三尺的小儿，则李密“内无应门五尺之僮”一语为不可解,同时王勃自谓“三尺微命”，也并不指他当时的身高。正因为聂先生太泥于“童子”的解释，便把“三尺”也牵连了进去,失去它原来的本义。王勃在本文中，既以佟军、贾谊等年青人为比，也又以冯唐、李广等老将军自况，难道我们可以据此把他作序之年拉到连他自己并未活到的老年去吗？文学作品，不像历史，正未可泥。

那么，“三尺”究竟指什么而言呢？这里它既不指三尺剑，也不指三尺躯，而是指古时官服衣带的长度。按古服制有所谓大带，系于腰期，其下垂的部分叫作“绅”。《礼记·玉藻》：

绅长制，士三尺。

大夫大带，四寸。注：大夫以上以素，皆广四寸；士以练，广二寸。

上面“士三尺”这个古服制，正是王勃这个微官的自概。唐时官场服制，不一定完全还按古制，但他以这个服制来说明自己的官品低微，则是如实的。关于他所说的“微命”，王力先生在他所主编的《古代汉语》（下册第一分册）注释中说：

微命，指卑贱的官阶。《周礼·春官、典命》郑注：“王之下士，一命。”王勃曾为虢州参军，所以自比于一命之士，而说“三尺微命”（依高步沄说）。

按上面所说一命，乃指最低一级的官阶。周时官阶从一命至九命，《周礼·地官·党正》：“一命齿于乡里。”这只是一个仅为乡里所知的官阶，后世用以泛指低微的官职。所以“三尺微命”，不是为聂先生所说“正与十四岁的王勃相合”，而是说与他的相当于一命之士的官职相合。同时，就骈偶的关系讲，“三尺微命”和“一介书生”是相对应的，三尺主要是为了对称一介，更与年纪无关。关于“三尺”的误解，不只是聂文如此，还有人说是“身命低微的三尺童子，一个才华不足的书生”。（《历代文选》注）不仅“三尺”成了身高，而且书生还竟成了才华不足，更是不成话说了！

还有原序内所提出的一些故实，也很有助于说明序文作成的年代。如“屈贾谊于长沙，非无圣主；窜梁鸿于海曲，岂乏明时！”王勃在做虢州参军时，以杀官奴曹达灭口事坐诛，会赦，除名，所以他自比贾谊；王福畤被贬交趾令，所以他被比为梁鸿，“窜”与“贬”二字对应，这正说明王福畤被贬官远谪，而勃即于此时往省，与“年十三，省其父，至江西”，及其父“先为六合令”等并不适应。更证于“舍簪笏于百龄，奉晨昏于万里”，也正说明他已弃官不仕，而在十四岁时，则方当勠力功名，时誉斯归的时候，当不致有这样沉迹情绪。原序全文，除了写景叙事以外，抒情成分，最为浓厚，其“天高地迥”“兴尽悲来”；“关山难越”“萍水相逢”；“有怀投笔”“无路请缨”；“命途多舛”“时运不齐”；“老当益壮”“穷且益坚”诸句，情致悱恻、感慨遥深，求仕不达，宦途蹭蹬的牢落情绪，都是他自己失志和父亲远谪心情的流露。一个十四岁的小儿，正当一举成名，考中幽素科，授朝散郎，而为沛王李贤慕名召为修撰的时候，却发出上述那样失志的悲叹，是难以联系起来的。

最后，聂先生还根据杨炯在《王子安集原序》中所说，以为王勃在省父于交趾之前，早已名列四杰之冠，不可能到此时才有“满座大惊”“声震洪都”的称誉。因此他说杨序所云“年十有四,时誉斯归”这句话与王勃十四岁在洪州宴会上即席写就《滕王阁序》有密切关系。他说：

大概杨炯写《王子安集原序》时，王勃十四岁即席写就《滕王阁序》之事，已经脍炙人口，家喻户晓了，杨序只提“年有十四,时誉斯归”,读者就可以知其所指,而不必要细述其来由了。

根据我个人的理解，这个来由，恰好不是指这次作序的事，而是指另一回事。《旧唐书·王勃传》说：

勃年未及冠,应幽素举及第。乾封初诣阙,上《宸游东岳颂》。时东都造乾元殿,又上《乾元殿颂》。沛王贤闻其名,召为沛府修撰,甚爱重之。

《新唐书·王勃传》也说：

麟德初，刘祥道巡行关内，勃上书自陈，祥道表于朝，对策高第。年未及冠，授朝散郎，数献颂阙下。

按刘祥道于麟德元年八月拜右相，其巡察关内道，在拜右相之前，其时间当在龙朔二、三年间。龙朔三年，王勃正好十四岁。与两《唐书》本传所云“应幽素科及第”“对策高第”及“年未及冠”完全相符合。杨序所谓“年有十四，时誉斯归”，无疑即指此而言。连沛王李贤都闻其名，则他以对第闻名，是完全可以肯定的。至于《滕王阁序》之作，乃后世相传的文坛盛事，艺林佳话，王勃得名，并不由此。我设想此事的盛传，大概受后来韩愈《重修滕王阁记》的影响，因为《唐摭言》成书于唐末，其受韩愈推服三王评论的影响，自然大有可能。否则何以两《唐书》对此都未加渲染，而唯独王定保有“此真天才，当垂不朽矣”的赞誉？（两《唐书》虽写定于宋初，但它的原始资料，都是唐代就有的。）

中国历代的杂史别记，虽然也颇存故实，可备稽考，但在有些细节上却不免存在传闻和夸诞甚至猎奇的毛病。《唐摭言》和《朝野佥载》等，都不例外。引用这种资料，必须与正史相参证，方可看出有些传闻的来龙去脉，以及它所以致误之由。

另外，文人早慧，历代都不乏其人，这本来是较普遍的一种现象，而王勃的早慧，却成了说他十四岁作序的重要线索。一定要把这篇脍炙人口的作品的写作，安排在他十四岁那年，主要是为了说明他的早慧。天才论在文学史上是最为人所称道的，王定保在这方面表现得最为典型。他自己没有加以衡量，而是根据传说，绘声绘色地把王勃在写序过程中所挥洒出来的警句，用传报的手法依次报给都督，一直到“落霞与孤鹜齐飞，秋水共长天一色”，终使阎都督叹为天才，才把这场精彩的表演，从高潮落到了平地,这确实也够形象生动。实际上前人对此也早指出过“落霞”“孤鹜”句，实自庾信《马射赋》“落花与芝盖齐飞，杨柳共春旗一色”脱化而出,“层峦”“飞阁”句,实由王屮《头陀寺碑》“层轩延袤，上出云霄；飞阁透迤，下临无地”凝炼而成。这种对前人警句，陶钧运铸，推陈出新的功力，也必须是学养成熟、技巧熟练的能手才能做到，初露锋芒的年青人，笔致不会那样娴熟老到，因为这不是光凭一时聪明所能奏效的。所以王定保的说法，既带有稗官的色彩，又兼具晚唐的看法，和当时史官的记载，是大相径庭的。在这点上我们没有理由相信后来的传说，而否定当时的历史记载。

另外，初唐四杰在文学史上的地位，主要是就诗而论的。初唐以上官仪为代表的官体诗歌，浮艳淫靡之风，仍未得到清除。四杰在这方面持反对态度，在诗歌革新的道路上，有所建树。而且在格律诗的建立方面，也起了一定的作用。仅以王勃而论，他所作《送杜少府之任蜀川》，胸怀开拓，心情爽朗，实具有初唐国运上升的气象。这种豪放健朗的风骨，下开陈子昂、张九龄的“国朝盛文章,子昂始高蹈”的崭新局面。这点应当值得特别强调。

至于王、杨、卢、骆的名次，或称王、杨，或称卢、王，则由于知名的有后先，并不是品评他们的高下，当时的称谓如此，似用不着纠缠。说到他们的文章，则都沿陈、隋之旧，并无新的变革，这直到韩（愈）、柳（宗元）出来，掀起古文运动，才得到了革新，富有思想感情和充实的内容。因此从文学史角度上看来，王勃的《滕王阁序》，尽管有可称之处，其意义并不重大，而王勃的成名与享名，也不完全由此获得，这只是文坛上一桩佳话，为后人传诵罢了。

韩愈与唐代古文运动[1]

韩愈（公元768—824年）是唐代古文运动的领袖，同时也是中国文学史上承前启后的重要人物。他的散文明快犀利，雄浑健厚，气势磅礴，而又曲折自如。因此自宋以来，为文章家推重，蔚为文宗。目前大专院校中国古典文学作品选读中，也和过去一样，重点选有他的作品，供作研习。惟自“文化大革命”以来，对他在中国文学史上的地位和作用以及思想渊源等方面，由于“四人帮”的歪曲和干扰，还存在着一定的偏见和混乱状态，有必要从全面做一考察和叙论，借以廓清在中国文学史研究和中国古典文学教学上的混乱现象。

一、唐代古文运动的渊源及其先声

唐代是中国之势强盛，文化发皇的一个重要时期，而在文学方面说，则尤为突出。不仅自建安以来蓬勃发展的诗歌，在盛

[1]《李文实手稿（第六辑）》（青海人民出版社，2023年）收录其手稿。此篇为整理者首次辑录而来。——编者

唐时代达到了高峰，结出了丰硕的果实，而且自东晋以来和华艳靡丽的骈文相对立而处于劣势地位的散文，也开始达到了兴盛和完成的境界，并进一步走向新的发展途径，这给以后各代的文学以巨大的影响。

中国散文的历史从《尚书·盘庚》篇开始，以质朴无华的口语，逐步发展为叙事简洁、语言精炼的《论语》，再进而发展为议论风发的《孟子》《庄子》《荀子》《韩非子》等的议论说理散文，和《左传》《国语》《战国策》的历史记叙散文。由于春秋战国间社会生产力的发展，生产关系和社会制度的变更以及王官失守，表现在人的思想上，便形成了百家争鸣的局面。而用来从事这种社会、政治斗争工具的散文，便随着当时社会复杂的变化和激烈的斗争，如三春鲜艳的百花，竞发怒放开来，形成了万花如海、争奇斗艳、波澜壮阔、纵横捭阖的伟观。散文经过这段重要时期的创造和发展，便成为中国文学史上的巨流长河。直到两汉，政论文经过贾谊、晁错等人，辞赋经过司马相如、杨雄等人，史传文经过司马迁、班固等人，无论是文学的基本形式，或是语言艺术和个性风格等，都得到了长足的发展，臻于完美灿烂的境地。与古相较，兼有时代发展的特点。特别是《史记》的作者司马迁，更是一位十分卓越的语言艺术大师，他继承《左传》《国语》的优良传统，加上父亲司马谈和他自己所掌握的丰富资料，融会贯通，并广泛吸收民间活泼生动的口语、谚语。写成了他“究天人之际,通古今之变,成一家之言”的纪传体伟大历史著作《史记》,他不仅是著名的历史著作家，同时也是具有非常卓越艺术手腕的伟大文学家。他撰写的人物传记，以不同的文章结构，描摹面貌各异的人物性格，形象鲜明，栩栩如生。而且感情充沛，爱憎分明。他在叙事上把重要人物的言行与个性，重大事件的发生与发展，都能用简洁而流畅的语言，生动地表现在读者的面前，真象是呼之欲出。他更擅长以条理井然的手法，有声有色地描绘出历史上头绪纷繁、波澜壮阔的战争场面和悲壮慷慨等场景。在先秦诸子散文的基础上，创造了富有时代和个人特色的文体，给后世以巨大的影响。有人称他为空前伟大的历史家与散文作家，并不是过誉的。

中国散文的发展到了西汉，通过先秦以来创作家们的不断加工改造，由原来朴素的书写文学，上升到文质并茂、生动华彩的高级阶段。在文体方面，也更产生了以楚辞为蓝本的汉赋，用思深沉，构思精密，词藻富丽，达到了极盛境界。但从事物发展的规律来说，文章形体是随着时代的变化而演变的，一种新体文学，当它发展到极盛境界后，由于脱离实际，自然又会起分化，有些已僵化的陈词滥调，便在时代发展洪流的激荡下，必然又有人出来另加创造，产生出新的文学或体制来，这便是文学上的新陈代谢。举例来说，如楚辞变为汉赋，汉赋变为六朝俳赋，俳赋又变为唐宋四六文，散文也是一样，如西汉散文本来和语言并无大的分离，但到了后来，由于辞赋的发达，言语和文辞逐渐分离，自然出现了句法很整齐的骈体文。本来经传和诸子的散文中间也杂有整齐的骈句或韵文，西汉文人如贾谊、司马相如等，即开始用整齐的句法入散文，便增加了文章形式之美和声韵之美，以后《汉书》继之，于是乎便产生了与散文并列的骈文。从西汉的散文演变出骈文，再由东汉的骈文变为魏晋六朝的骈文，更变为唐宋的四六文。本来骈文用美丽的韵语和整齐的句法写物状貌，气韵流畅，声调抑扬，或取材宏伟，或情致缠绵，具有一种独特的风格和深厚的感染力。其间著名作家为郭璞、陶潜、鲍照、江淹、徐陵、庾信等，他们的作品华实相扶，文情并茂。但骈文发展到了徐庾，其美观已达到了极致。同时骈文本身，偏重辞采，形体虽然美观，而冗长堆砌，意少语多，与社会现实相脱离，加之不宜叙事，在应用上更受限制。到了末流，便专事雕琢辞句，模拟体制，陈陈相因，失其自然。这样，骈文便由盛而衰，成为一种不适应时代发展而陈腐僵死的滥调。从历史上说，自东晋以来，南朝统治阶级，穷奢极欲，荒淫逸乐的腐化生活，杀伐动乱，残害生民，反映在文学上，便形成了它浮华艳丽、专事雕砌而不切实用的恶劣文风。这是文学与时代相消息，非在政治上掀起大的变革，便不会挽回这种文学内容和形式上的颓风。随着此后的隋唐大统一局面的形成，在文学方面，以韩愈为首的古文运动，便顺应这个形势发展的要求，应用而兴起了。

在秦汉之间发扬光大的散文，自东汉以迄唐初，其声光为新兴而又日渐趋于靡丽的骈文所掩盖，但具有深厚根源的散文，却并没有完全趋于熄灭。相反，他还在某些文士的大力推动下，随时起着反抗作用。从西晋时夏侯湛作《昆弟诰》至北周苏绰撰《大诰》，都以古朴的训诰文体，摈斥梁陈以还的浮华文学。论者说这是唐代古文运动的先声。从文学史的角度来看，这点是非常重要的。尽管他们的那种训诰式古文，仍然同样地不切实用，但其奠基的意义是重大的。

二、唐古文运动与韩柳的继起

唐代是中国历史上国力发扬和文化鼎盛的一个黄金时代。但唐朝初年，在徐陵、庾信一派文风影响下，整个文坛却为四六文所独占，《四库提要》说：

庾信骈偶之文，集六朝之大成，导四杰之先路，自古迄今，屹然为四六宗匠。

四六文即骈四俪六的近体文。这种文体从有益于文学的方面来说，其特点是对声律的研究和运用。本来在声律方面，有雅声和南声两种，南声是楚声，而雅声则是华夏正声。这两种声律，原只运用于诗歌和辞赋上。到了南北朝时，由于佛学的传入和流行，印度的声明学（音韵学）传入华夏，经周颙、沈约等人的研究和汲取，由是梵声代替了雅声，声律对偶便从诗、赋广泛应用到了文章领域，四六文作为一种声韵优美的文体而风靡六朝和唐初文坛，与梵声的传入是分不开的。但从其坏的方面来说，这种文体，发展到末流，不是浮华不切实用，就是堆砌形成僵化。从其本身的发展规律来说，这种形式主义的文体，在达到其高峰以后，由于缺乏内容，便自然趋于衰谢。更由于唐初国势的强盛，必须要有一种适应新的发展趋势的新体文学，来取代这种业已趋于僵死的旧体文学。

前边已经提到唐代古文运动的先声，已由苏绰等所开启。继之而起的有傅奕、吕才，但他们只是以较通俗的古文来反对宗教迷信，和近体文并没有展开直接的斗争。到陈子昂出来提倡复古主义文学，古文和近体文的斗争，才发展到了一个新的转折点。韩愈自己说：

唐之有天下，陈子昂、苏源明、元结、李白、杜甫、李观，皆以其所能鸣。(《送孟东野序》)

《四库提要》更进一步说：

考唐自贞观以后，文士皆沿六朝之体。经开元、天宝，诗格大变，而文格犹袭旧规。元结与及始奋起湔除，萧颖士、李华左右之。其后韩、柳继起，唐之古文，遂蔚然极盛。

这段简要的叙述，把唐代古文运动的脉络和师友相传的开辟与继承关系都明白地揭示出来了。陈子昂在文学史上的功绩，着重在诗歌上，但他同时在文风的改变上，也相应地起了卓越的作用，所以韩愈也称颂他“国朝盛文章，子昂始高蹈”。韩愈特别继承了西汉以前的散文传统，所谓古文，是与骈文相对立而言。

以韩愈为首的唐古文运动的师承渊源已如上述，但还必须说明韩愈在这方面，同时受到了他家学的熏陶。萧颢士的儿子萧存，和韩愈的长兄韩会及梁肃为友，跟梁肃同时的还有柳冕，他们都会作古文。显然韩愈在小时也受到他们的影响与濡染。说韩愈“能为古文业起家”，便是根据这点来说的。

唐代古文运动到了韩愈，既有师承，又有创新，因此又由细流汇为大河，波澜壮阔，形成高潮。这一方面固然是时代环境所使然，而另一方面，却也有其个人独特的思想理论基础。我们试加以考察，元结提倡古文是继他的从兄元德秀的，元德秀用古文阐扬儒家德行，借以反对当时统治阶级的腐朽；元结则更激烈地反对当时的贪污与虐政。这就是说他们的古文有了儒家的思想内容，尽管他们还都疏于经术，但已脱出了仅从文体上来争锋的轨道。和他们相反，孤独及的思想儒佛混同，梁肃思想也偏重在佛教。所以他们虽然同样地反四六文，而旗帜目标，均不鲜明。萧颖士、李华在思想上以儒家五经为根源，韩愈继起，便蔚然趋于极盛。由此可见，掀起一个新的文学革新运动，必须先要有符合新的历史发展、切合实际的理论根据，光是从文章形式上来争短长，必然是软弱无力，不能创造出新的事物。因为一切新事物的产生，总是要伴随着和旧事物的斗争。文学改革运动，既是文学本身发展的需要，也是社会政治斗争的反映，不具备切合实际的思想理论武器，便不会得到成功。韩愈提倡古文，和各家所不同的地方，恰好就在于他树立起了以他所谓的儒学为内容的思想斗争旗帜，体现了新兴地主阶级的文艺思想。

读到儒学，自从孔子删定六经创立了出儒家学派、儒家教义，对中国封建制度的巩固和发展，起了极其严重的作用。总的来说，儒家反对横征暴敛的苛政，主张举贤才，慎刑法，薄赋敛，重教化和政治上的大一统等，在中国历史上有其一定的积极作用。尽管它的妥协性与保守性多于进取性，却在一定的历史时期内对封建制度的稳定和发展，仍有所补益和保障。李唐政权，崇尚佛道，不仅对当时的生产力有所破坏，而且在政治上也形成了割据和纷争。当时道观佛寺遍及全国,他们都拥有大量财产,并兼营高利贷。千千万万的僧尼,饮酒食肉,穷奢极欲。他们还蓄有大量白徒善女，都不入户籍，还免除一切课役。本来皇室和地主，对广大劳动人民进行了残酷的剥削，而道观和佛寺，又更参与其列，成为了另一种剥削者。这种经济破坏、时局动乱的局面，到了肃宗、代宗以后，益发不可收拾。韩愈正生当这个时代，目睹着这种国家残破、民生凋敝的严重景象，便起来以振兴儒学为旗帜，以古文运动为手段，以反佛老为目标，掀起了学道宗经的唐代古文运动。

韩愈本人服膺儒术，维护儒家道统。他以仁义道德为先王之教，而维护这种仁义道德之工具，则是“其文诗、书、易、春秋；其法礼、乐、刑、政；其民士、农、工、商；其位君臣、父子、师友、宾主、昆弟、夫妇”(《原道》)。看起来这无非还是儒家的那老一套，宗经、明道，也是早由刘勰提出过了。但韩愈结合当时的政治、社会、经济等具体情况，他便给这些所谓的先王之教，赋予了新的内容。对此，我们可以概括为以下三点。

（一）反对藩镇割据

唐代国家统一局面的破坏始于安史之乱。韩愈把维护儒家道统，排斥佛、老，和反对当时藩镇专权割据联系起来。而安禄山、史思明和当时许多不服中央的藩镇大员，同时都是胡人。陈寅恪先生曾认为韩愈古文运动的中心思想是“尊王攘夷”。如是则从思想本源上说，当时“夷狄之法”的佛教，和安、史等藩镇大员，都是外来的乱阶，二者相为表里，乘机扰乱中华。所以韩愈的反佛，也就是反藩镇的割据和犯上作乱，其目标是鲜明而切实的。这是前此古文改革家们所没有的思想特点。

（二）反宫市虐民和豪强横行

韩愈一生曾被贬两次，其第一次贬阳岭，便是由于上疏论宫市之弊，请免徭役赋税，当时皇位的继承权取决于内廷的宦官，而宫市的祸害亦由宦官所造成，其矛头所向，显然可见。他的这篇疏，虽然没有流传下来，但他在《顺宗实录》里却对五坊小儿的欺压人民和敲诈勒索，明确地有所记载。并且说：“名为宫市，而实夺之。”他同情人民的态度，也是非常明显的。（唐代自天宝历大历至贞元五六十年间，皆有宫市，为害人民。白居易《卖炭翁》就是苦宫市之作，可以参看。）同时，他还因向皇帝提出了天旱人饥的事实情况，得罪了宰相李实。他反豪强，也是从同情受压迫剥削的人民出发的。韩诗韩文中，这样的例证不少，所以《旧唐书·韩愈传》说他“观诸权门豪士，如仆隶焉，瞪然不顾”。证明他不仅在诗文中反豪强欺压小民，而且在行动上也有强烈的表现。韩愈作为当时统治集团中的一员，自不可能完全站在人民一边，这是很自然的。但在“四人帮”时期，竟荒谬地以儒法为分野，便说韩愈反对永贞革新，是代表儒家；柳宗元参与永贞革新，是代表法家。按王叔文等的永贞革新，内容主要有两点：一是反对宦官专政；二是反对藩镇割据。和韩愈在古文运动中的主张正复相同。永贞革新的所以失败，是由于他们没有与宦官相抗衡的内外基础，韩愈对个别宦官虽然也有过吹捧，但并不反对革新主张，他所反对的只是王叔文、王伾、韦执谊等贪贿的作风，对这点必须有严格的区别；同时他对这个集团中的柳（宗元）、刘（禹锡）等人，又均很倾服。说明韩愈批评二王，与永贞革新并无直接关系。“四人帮”以人划线，混淆黑白，硬说以韩愈为代表的儒家反对革新，实际上是在影射地攻击当代老一辈革命家的社会主义革命和建设路线。如此而已，岂有他哉！

（三）反佛道寺观和僧尼道士的不事生产及奢靡浪费

宗教从意识形态方面来说，是与科学和唯物主义相对立的唯心论体系，他们崇拜和宣扬超自然的神灵，认为人的生死祸福都由神灵所主宰。因此他们要求所有的人都甘心忍受现世的苦难，而把希望寄托于“来世”和“彼岸”的天国。据佛教的大乘教义说，唯有它才能“救渡一切众生”，脱离现实的苦海，而安然地达到“彼岸”的幸福境界。这本来是一种精神麻醉品，而历代的统治阶级却把它用来作为他们愚弄和欺骗人民的工具，而佛寺、道观和那些宗教上层人物们，也凭借封建帝王们赋予他们的特权，蓄养奴婢，放高利贷，强占农民土地，甚至饮酒食肉，败坏风气，成为了社会发展的绊脚石和精神物质方面的蛀虫。更加上成千上万的僧尼不事生产，不劳而食的人越来越多，而农村的破产也日益严重，所以韩愈说：

古之为民者四，今之为民者六。古之教者处其一，今之教者处其三。农之家一，而食粟之家六。工之家一，而用器之家六。贾之家一，而资焉之家六。奈之何民不穷且盗也？（《原道》）

韩愈在这里提出中国社会原来的士、农、工、商四个阶级，都各有所职，有所事，相互协作，便形成了生产发展、货物流通、各安其业的安定社会局面，而自从统治阶级利用、纵容了僧、道，便把这种他所称为先王之教的安定局面破坏了。如果再继续这样发展下去，那更益发不可收拾。为此，他冒着杀头的危险，在元和十四年唐宪宗准备以隆盛的仪节，恭迎佛骨的时候，挺身而出，上了有名的《谏迎佛骨表》，从而激怒了宪宗，几乎丢了性命，最后被贬为潮州刺史。

现在我们来看这个问题，韩愈反佛主要是从佛徒所造成的那些社会现象来立论，并没深刻地接触到佛教的教义，但他“尊王攘夷”的主张，与指责释、道不事生产而享有特权的两点，是密切和当时迫切需要解决的政治、社会问题相结合的。韩愈是一个唯心主义者，但在这些方面却具有一定的进步性。他所提倡的古文运动，有了这个儒学的内容，便给它赋予了新的生命。这就使他的古文运动，不仅是文体的改革，而且是一种学术思想和社会政治改革的斗争了。

就一般而论，古文运动与反佛老并不具有必然的联系，但韩愈把文字自附于儒家经术，文章以意为宗，使文与道有机地结合起来，既与纯粹宣扬理学而枯燥无味的道德论有所区别，同时与专门发抒才情、注重文章技巧的形式主义作品，也颇不相侔。韩愈“文以载道”的主张，和他“猖狂恣睢”的文笔，与当时的政治、社会实际，密切结合起来，使他卓然成为影响最大的古文运动的一大领袖。后世有些作家对此有很精辟的认识，如宋代的大诗人陆游就曾说过：

夫文章小技耳，然与至道同一关捩，惟天下有道者，乃能尽文章之妙。(《上执政书》)

这一点看来是非常重要的，做文章离开了切合实际的理论和政治要求，则无论他才情怎样奔放，技巧怎样高明，而由于它的空洞无物，仍然是“雕虫小技”，于实际毫无补益的。

和韩愈共同掀起唐古文运动的另一领袖人物是柳宗元。韩、柳两人，生在同一个时代，而且是来往很密切的朋友。尽管他们之间，在有些问题上有所争论，但在这次文学改革运动中，两人并肩战斗，直底于成。他们互相鼓励，互相依靠，互相推重，互相研讨，亲密无间。他俩的观点立场，一致的地方多，而相异的地方少。论其文章和贡献，也是各有千秋。而在“文化大革命”中，“四人帮”随心所欲地以韩愈为儒家，而把柳宗元封为法家，于是乎轩此轾彼，强调韩、柳的对立和争论，而否定了他们共同战斗的业绩，特别突出了柳宗元，而将韩愈贬抑到古文运动的附庸地位。这是“四人帮”歪曲历史的流毒在文学史上的表现，今天我们必须把它肃清。

唐代的古文运动，韩、柳二人并为领袖，而论其影响之深远，则仍以韩为较重要。近人范文澜先生说：

韩愈之所以被公认为古文运动之创始人，而且在一定的时间和程度上说来，几乎是空前绝后的成功者。”（见范著《中国通史》第四册第七章）

他又说：

古文运动中韩柳并称，主将自然是韩愈，副将才是柳宗元。（见同上）

他的这种评论是很允当的，也是历史主义地看待这个问题的。比较而言，韩文通畅，柳文精深；韩文雄浑，柳文劲秀。在风格上各擅胜场。从思想内容上说，柳文比较富有批判和讽喻精神。如《捕蛇者说》的揭露当时黑暗现实；《段太尉逸事状》的鞭挞悍将暴卒的残暴；《三戒》的讽刺批判现实，都寓意深刻；特别是《封建论》的对封建制度缺失的分析;《天说》的论天下不能主赏罚等，识见卓越，都很有积极意义和批判精神。至于他的散文创作，尤其是游记，幽深峻峭，富有诗情画意。他善于状物写景，形神兼备，为后世所盛称。至于他被贬后的哀怨阴郁，一寄于文，胸襟不如韩愈开阔，这则是他的文章的弱点。由于“四人帮”的混淆是非，有必要在这里略加论列。其他方面，则因本文的主旨在论述韩愈，所以不再多涉及了。

唐代古文运动的蔚然兴起，除了韩、柳两位大师的倡导外，其积极参与者，尚有张籍、皇甫湜、沈亚之、李翱、杜牧、孙樵以及后起的皮日休、陆龟蒙等人，他们的成就虽不及韩、柳，但推波助澜以及继承之效，也同样是不可磨灭的。

三、韩愈的批判继承精神和他在散文方面的成就

文字原来是记录人类语言的符号，而文章则是传达人类思想和语言的工具。为了使人类的正确思想和认识描述得自然生动，流传久远，便必须用谨严缜密的方法和生动活泼的文笔组织描绘起来。这就是说要用艺术形象很完满地把它表达出来。文章必须首先要具备适应时代发展、切合实际需要的内容，然后再用一定的美妙形式和手法把它加以体现。这就是文章必须兼备的两种因素。所以，一方面来说，文章是说理记事的工具，另一方面来说，好的文章，同时又是一件引人入胜的艺术品。

韩愈在文章的思想内容方面，首先提出了"文以载道"的主张。而他所谓的这种道，就是我已在上节所阐述的儒家先王之道。自从孔子创立了儒家的学说，后世的儒家，在和诸子百家学说的斗争中，为了适应各个时代的不同需要，都各在其继承中有所发展。如子思、孟子一派的思想和主张，和原始儒家就有所不同；荀子一派继起，又和思孟学派同中有异；到了汉代的董仲舒，变得更不纯一。总之是他们同中有异，异中有同，归趋仍然一致，都是为了封建统治阶级的需要。到了唐朝，韩愈认为他所崇信的文、武、周公、孔子之道，在孟子以后便失了正传，所以他抛开了荀卿、董仲舒和扬雄等的儒家道统，而直接以六经为依据，结合当时的实际需要，而揭橥出他新儒学的道统。他的这个主张，

为后来的宋学家所继承，而发扬成为新的道学——理学。这样，传统的古文经学，遂又完全走向了唯心主义道路，失去了它原来所具有的革新意义的一面。而古文革新的文统，则却一直持续到白话文学运动之前夕。这两点必须要分别加以看待。尽管如此，韩愈的“文以载道”的主张，确乎是当时他的古文运动所以获得成功的一项有力武器。合乎现在的话来说，所谓道，即是与现实相联系的思想修养和政治主张。思想新了，修养深了，便会理直气壮，气壮则文气自然充沛，语言也自会有力。所以文章必须以思想内容为第一义，这是古今的通理，韩愈在古文运动方面独能取得巨大的成功，与这点是完全不可分离的。

其次，才可以读到文体改革问题了。唐代的古文运动，从其本身来说，是一种文体的改革。当时文体在骈文的桎梏下，其本身急切需要解放，而六朝以来的近体四六文，虽然形式美丽，但有的浮艳，有的堆砌，甚至趋于僵死，已完全不切实用。那种浮华的文风和堆砌的字句，与当时社会的发展形势，已完全不相适应,形成文章与实际相脱离。为此韩愈在文体改革方面提出了“惟陈言之务去”（《答李翊书》）“惟古于词必己出”（《南阳樊绐述墓志铭》）。这里他明确地提出了用生动活泼的当代语言，来代替六朝以来那种僵死的语言。同时他又提出他所提倡的这种散文，以三代两汉之文为模式，因此他说：“非三代两汉之文不敢观，非圣人之旨不敢存。”这就是以复古主义来革新，这种复古，不是字模句仿，回到古代，而是继承秦汉散文的传统。因为这种先秦、两汉的文章，从《尚书》到《史记》，在继承的基础上，吸收并改造了古代的书面语言，又提炼和吸取了当时的民间口语，使之适合于当代人的诵读与使用，在继承中有了提高。书面文字和民间流行的语言，基本上趋于接近和融合，流畅通俗，容易为人们所接收，并产生感染力量，形成了生动活泼的新文体。而六朝以迄唐初的近体文，由于其过分追求形式的美化，损伤了它的自然和通俗，结果又成为了一种堆砌雕饰、专供文人舞文弄墨而脱离民间语言的书面废话，失去了向人们宣传政治、记叙事物的作用。韩愈以复秦汉之古，来推翻这种不切实用，或无病呻吟的近体文，实际上仍然是革新。因为他虽打着复古主义的大旗，但并不是模拟和抄袭，他提出对三代两汉之文只应该“师其意，不师其辞”（《答刘正夫书》），而反对“剽贼”。这里他把继承与革新的问题，辩证地统一了起来，非常富有积极意义。他还独特地提出“大凡物不得其平则鸣”的主张，和文笔说构成了他自己的文体改革论。

韩愈教人非三代两汉之文不敢观，他自己在实践上正是体现了这一点。韩愈自己曾这样说：

沉浸醲郁，含英咀华，作为文章，其书满家。上规姚姒，浑浑无涯；周诰、殷《盘》，佶屈聱牙；《春秋》谨严，《左氏》浮夸；《易》奇而法，《诗》正而葩；下逮《庄》《骚》，太史所录；子云，相如，同工异曲。(《进学解》)

这就是韩愈所致力追求的秦汉典籍，这种丰富多彩，各极其妙的文学艺术杰作，成为他汲取不尽的文章宝库。他真的做到了“沉浸醲郁，含英咀华”。经过他的刻苦钻研，最后达到了“其皆醇也，然后肆焉”的境界。另一方面，他还特别强调文章的气势，他认为“气盛则言之短长，声之高下者皆宜”。这个文气说，也是他们文体改革的主要内容所在，有理直气壮、得心应手、浩瀚流畅之妙。

虽然韩愈在文体改革上，钻研得如是之广，而由博返约，尤其得力于司马迁、司马相如、扬雄三家。司马迁是诸子之后第一个散文大家和艺术巨匠。韩愈以他的文章为榜样，汲取其笔直事核、不隐恶、不溢美的精神力量，师法其杰出技巧，成为司马迁以后又一位散文大家。他的文章，叙事抒情，描写人物，点染穿插，曲折自如，自然生动，这都得利于《史记》。说理文议论风生，条畅透彻，明快犀利，这些都和《史记》有异曲同工之妙。它的碑志文，是这方面突出的例证。司马相如是汉代辞赋大家，学辞赋舍他则别无其师，韩愈推崇他，正说明韩文浩瀚恣肆，乃得自于他的辞赋。至于扬雄，在道统上韩愈说他“荀与扬也，择焉而不精，语焉而不详”。而在文章传统方面，韩愈却佩服他仿《论语》而作的《法言》，因为他的语言精炼。韩愈曾说自己：“穷究于经传史记百家之说，沉潜乎训义，反复乎句读。”反复句读，说明他在炼字造句方面下了功夫。韩文的炼字精当妥帖，文从字顺，以至横空盘硬语，都是注重造句的最突出成果。他在这方面的巨大收获，主要从扬雄得来。大凡文章的构成，首先要锤炼字句。《文心雕龙·章句篇》说：“章之明靡，句无玷也；句之清英，字不妄也。”便是这个道理。可见要做出清新流利、声调铿锵的文章，这个基础功夫是不可缺少的。历来著名作家对前人的作品，都在批判中有所继承。韩学扬雄，即其显例。扬雄专事模拟，看来无啥可学，但他在文学上锤炼的工夫，却有一定贡献。韩愈扬弃了他的摹拟，而汲取了他的锤炼字句，并给韩文带来了语言新颖妥帖排奡。这对后世学作文章的人是有一定启示作用的。

韩愈曾为向他问学的弟子说，在文章方面，有师即可学。他自己也是同样，广泛吸取古人文章的长处，即就是庄子，他也学其汪洋恣肆的气势。不仅如此，他还对他所极力反对排斥的骈文，也并不全盘排除。对其整齐的句法等方面，仍在自己的创作中恰当地加以运用，使他的文章在疏散中有工整之致。如《张中丞传后叙》和《进学解》等文中，兼有工整的对句，骈散兼行，全文既叶和而又有气势，能融合诸家而自成一体。从这里也不难看出他在批判地继承方面，为后人树立了典范。因此他的文章，几乎无体不备，论说、记事、抒情都能曲尽其妙，特别如《祭十二郎文》，一反常调，纯用散文笔调倾吐他的悲痛的心情，流利自然，十分细致而动人，开祭文用散的先河，这当都是他推陈出新的地方。正由于他在文体改革方面有广泛的实践，在批判中有继承，在继承中有革新，因而适应了当时的社会政治需要，不仅为当时人所接受，而且影响到后世。后人对他的文章风格，有很高的赞誉和概括。如苏洵说他的文章：

如长江大河，浑浩流转，鱼鼋蛟龙，万怪惶惑，而抑遏蔽掩，不使自露，而人自见其渊然之光，苍然之色，亦自畏避，不敢迫视。(《上欧阳内翰书》)

这个评语，说得颇为形象而扼要。苏轼也曾以韩文与杜（甫）诗、颜（真卿）书、左（丘明）史为古来集大成之作，推崇备至。他还进一步总结说：

自东汉以来，道丧文弊，异端并起，历唐贞观、开元之盛，辅以房、杜、姚、宋而不能救。独韩文公起布衣，谈笑而麾之，天下靡然从公，复归于正，盖三百年于此矣。文起八代之衰，而道济天下之溺；忠犯人主之怒，而勇夺三军之帅。此岂非参天地，关盛衰，浩然而独存者乎？（《潮州韩文公庙碑》）

这里，“文起八代之衰”说他在文起改革方面的成就，“道济天下之溺”，说他在文章内容方面的师承作用。的确，他在文章内容和形式的统一上，是起了卓越的作用的。韩愈所倡导的古文运动，在柳宗元的大力协同下，取得了起八代之衰的成功。同时也在他们的培养鼓励下，继起有人使他们的影响流传到后代。韩门子弟张籍、皇甫湜和李翱，继承了他的传统，继续进行战斗。而在文章的内容充实上，李翱更建立了儒学的心性说，使得佛学终于成为了儒学的附庸，起了光大师说的作用。张籍和皇甫湜都是古文名家，后来的杜牧、孙樵也都卓然有所树立。孙樵自述其古文传统得之于皇甫湜，是韩愈的三传弟子。杜牧则是晚唐一位更为杰出的作者，他的《阿房宫赋》借古讽今，寓意深刻，为大家所熟知。而他的《罪言》和《杭州新造南亭子记》，在论当时政治、兵事与反佛等方面，更扩大了韩愈的影响。此处，如陆龟蒙、皮日休等，也都是这一派的后劲。唐古文运动的所以蓬勃发展，得力于他们的推波助澜者实多。由韩、柳所继承并发扬的这种文风，在元白末流及世风的影响下，到唐末至宋初的一段时间里，虽又曾出现了萎靡和雕饰的反复现象。但经过宋代欧阳修等的继起，又使韩、柳的古文传统趋于极盛。明代的茅坤，把唐宋两代古文名家的作品，选辑成编，这就是后世所流传的《唐宋八大家文钞》。茅坤和唐顺之、归有光等，继承了唐宋的这个散文传统，便又影响了清代桐城派古文的发展。直到民国初年的五四白话文学运动兴起，这个在中国文学史上流传了千余年的古文，才结束了它的生命，而为现在语体文所代替。文体上的新陈代谢为时代发展所必然，但古文运动在其历史上的深远影响和作用，作为一种文学遗产，仍然是不可否定和抹杀的。

“文以载道”这个主张，在五四运动时期曾受到猛烈的抨击。那是因为唐宋以来的古文以儒学为内容，而到了清末民初，由于社会和政治的剧烈变动，西方的民主和科学思想逐步传入了中国，于是传统的儒家思想，便失去了它原来所具有的一定的积极作用，而成为阻碍资产阶级民主革命和传播科学思想的障碍物，特别是其末流的封建礼教，更阻碍人的个性的发展，思想的解放。文章本身作为宣传新的思想和主义的工具，则接近人民大众的白话文，自然比古文要生动活泼得多。同时，新鲜活泼的白话文，不仅是在形式方面，单从文字结构等来进行改革，它同样也提倡和传播新的民主科学思想，从而在内容和形式上都有了新的创造。特别是到了后来，更有了马克思列宁主义的更新内容，这更使得五四新文化运动，结出了丰硕的成果。它的影响已远远不能为文学所范围，这也是五四新文化运动为唐宋古文运动所难比拟的地方。白话这个新体文学，同样也是载道，但它所载的道，并非已失去历史意义的儒道，而是适应新的社会发展的民族主义和社会主义这个新的思想内容了。

四、论韩愈在文学其他领域中的贡献

本文主要意图，是论述韩愈古文运动在中国散文发展方面的继往开来的作用。但还有两点也必须在这里附带加以论列，以便对他有个较为全面的认识。这里所谓的两点，便是他在诗和小说方面的创始作用。

唐诗和唐代古文同是唐代文化发皇的两个高峰。韩愈是古文运动的领袖,同时在诗的创作方面也是创硬体诗派的一位大家。他作诗也很下工夫，深入地吸取了李白、杜甫两大诗人的精华，而创为独具个人特点的硬体诗，在唐诗中独具一格，不同凡响。他学古人很用心,达到了与古人心神交会的境界。他的《调张籍》诗有云：

我愿生两翅，捕逐出八荒。精诚忽交通，百怪入我肠。刺手拔鲸牙，举瓢酌天浆。腾身跨汗漫，不著织女襄。顾语地上友，经营无太忙。

他自己由于对古人的作品钻研得深了，像飞鸟在八荒中翱翔，拔鲸牙，酌天浆，海阔天空，尽入诗肠。于是，他便豁然与古人精诚相通，创造出雄宏奇诡的诗篇来。这说明他不仅得到古人作品的神髓，而且有自己的融会贯通，所以他的诗能脱离古人窠臼而戛之独造。同时他常以李杜为楷模，不妄肆菲薄。“不知群儿愚，那用故谤伤。蚍蜉撼大树，可笑不自量。”这与杜甫“王杨卢骆当时体，轻薄为文哂未休”的论诗态度是完全一致的。由于他们都“不薄今人爱古人”，所以能虚心撷取古今人之长，而融铸成为自己不朽的诗篇。论者说他的诗变化奇崛，主要得自李白；法度森严，主要得自杜甫。而“横空盘硬语”，则更是他的本色，这在改变大历以来平庸的诗风，和矫正元合体软熟褊浅的流弊方面有积极的作用。韩愈是古文大家，他作诗也如行文，这本是诗体发展中的一种波澜，具有笔力雄放、诗意通显的特点。宋代诗人陈师道却说“韩以文为师，故其诗不工”；沈括更说“这不过是押韵之文”。江西诗派虽也受韩愈诗派的影响，而他们对韩诗的看法却如此不同，这是他们没有从时代影响作用上来看待这个问题，所以只局限于家派之见。韩文和韩诗，各有其特点和所以必然如此的理势，光从工与不工来论，则疏失其真旨。毛主席曾说：

韩愈以文为诗，有些人说他完全不知诗，则未免太过，如《山

石》《衡岳》《八月十五酬张功曹》之类，还是可以的。据此可以知为诗之不易。(《给陈毅同志谈诗的一封信》)

毛主席的这个评语，无疑是很平允的。韩愈以文为师，第一点表现在文从字顺，他自己也说造句必须是“文从字顺各识职”；第二点，也和作文一样，表现为豪放纵横，不拘成规，高古雄奇，自成一家。做到了风格的多样化，也起了对元和体诗的矫枉作用，更有它的时代意义。其诗篇即以毛主席所指出的《山石》为例来看：

山石荦确行径微，
黄昏到寺蝙蝠飞。
升堂坐阶新雨足，
芭蕉叶大栀子肥。
僧言古壁佛画好，
以火来照所见稀。
铺床拂席置羹饭，
疏粝亦足饱我饥。
夜深静卧百虫绝，
清月出岭光入扉。
天明独去无道路，

出入高下穷烟霏。
山红涧碧纷烂漫，
时见松枥皆十围。
当流赤足踏涧石，
水声激激风吹衣。
人生如此自可乐，
岂必局束为人鞿？
嗟哉吾党二三子，
安得至老不更归。

格调高古而语言平易，真正体现了文从字顺和语言独创。同时写景状物，抒发感情，兼有疏朗豪放之致。这和他的绝句：

天街小雨润如酥，
草色遥看近却无。
最是一年春好处，
绝胜烟柳满皇都。（《早春呈水部张十八员外二首》（其一））

同样，在平淡中寓有奇趣，刻画入微。他的律诗《左迁至蓝关示侄孙湘》为一般人所喜诵。又如《答张十一》：

山净江空水见沙，
哀猿啼处两三家。
筼筜竞长纤纤笋，
踯躅闲开艳艳花。
未报恩波知死所，
莫令炎瘴送生涯。
吟君诗罢看双鬓，
斗觉霜毛一半加。

写景疏淡，感慨遥深，有情景交融之致。说他的诗不工是不全面的，这应当和他有些生硬和故押险韵的篇什以及韩派有些诗人艰涩险怪的作品区别开来。不论是哪一派的诗人，都有其不足的一面。我们论韩诗，不是从宋人那样以宗派的观点，来任意加以抑扬，而是从韩愈硬体诗派所产生的历史背景，推求它的时代意义和在当时所起的作用。从这点上讲，这个诗派的贡献是不可抹杀的。

韩派诗人，从张籍、孟郊、贾岛、卢仝以至李贺，他们为了陈言之务去，都穷搜孤索，求立新意。因此他们的作品，虽然有时不免幽险古怪，但也确然异乎流俗，在当时说是有抗俗之功的。在上述作者中，以李贺成就为最大，得韩诗的真传。他的诗言语清新，诗意深刻。他常到荒坟旧墓、萧瑟凄凉的地方去游览，写阴暗鬼趣，幽光烂然，独具风味。而且造句奇巧，神话气味浓厚，也为一般诗人所未及。他更反对求仙，讽刺恶政，给他的诗赋予了鲜明的反抗性。特别是他的《致酒行》说：

我有迷魂招不得，雄鸡一声天下白。少年心事当拏云，谁念幽寒坐呜呃。

道出了他自己高远的雄心壮志，不甘为幽寒一类的诗人，胸襟也和一般人不同。毛主席推崇李贺的诗，说“李贺诗很值得一读”。这个见解是很重要的。目前有些文学史上对李贺是颇为忽略的，应在这里指出。

关于韩愈与小说的关系，一般中国文学史上间亦有所谈及，但对他的影响作用和与古文的关系，估计不足，论次不清。小说之创作，在韩愈之前，唐人就已有《古镜记》(王度作)、《游仙窟》(张鷟作)之作。和韩愈同时，更有陈鸿《长恨传》和元稹《莺莺传》等风行开来，但用古文作小说，却是从韩愈开始的。韩愈作《毛颖传》，故事完全出于虚构，开以古文作小说的先河。《石鼎联句诗序》，也是一篇很好的小说。他以古文作小说，引起当时人的惊怪，和他学生们的反对，但却得到了柳宗元的支持和宣传，柳自己也作了《河间传》以示提倡。于是，在当时政治上的要求下，唐代盛极一时的近体文小说，便逐渐为古文小说所代替。而唐传奇的影响所及，演变成为元明的杂剧、南曲，成为文学史上别开生面的文学新品。韩愈的开创之功，也是不可磨灭的。

五、简单的结论

以上把唐代的古文运动的渊源流变与其历史作用，扼要地作了一番论述，同时对韩愈本人在这个运动中的地位和影响，也结合起来加以评论。总的来说，唐古文运动无论是在摧廓旧体文学，还是在创立新体文学方面，都建立了不可磨灭的功绩。特别是它在提高散文语言的艺术性和对后世的影响方面，成就也是突出的，为中国古代文化增添了光采。

不过，唐古文运动和韩愈本人，也并不是没有缺点和消极作用的。如作为唐古文灵魂的儒家道统，尽管在对当时佛道的消极破坏作用来说，是具有一定积极对抗作用的。但儒家学说本身的妥协性与保守性，经常成为封建制度的精神支柱，阻碍着社会的发展与进步。韩愈本人以维护儒家道统自任，也就必然维护了封建统治，这是我们应该分清和批判的。韩愈的文章中，也曾在一定程度上反映了劳动人民的疾苦，对贪官污吏和骄兵悍将等有所不满，但总的仍是在维护封建统治秩序的前提下才提出来的。儒家谈批判处正多，但必须是历史地加以分析对待。

其次，在文体改革上，韩愈本人的创作是有很高成就的，给当时和后代以巨大影响。他的笔力雄健浑厚，汪洋恣肆，不愧为文学巨擘。但他有时为了反对流俗，有些作品则不免流于奇崛险怪，也是其一弊。特别是在诗的方面，他的弟子，如樊宗师辈，造句怪异，艰涩难懂，是趋于极端的现象，完全没有可取之处。总之，主流是健康的，而末流则是反常的，这都应当区别看待。

我们现在应当采取的态度，是对历史上曾起到过一定作用的事和人物，要根据当时的现实和它的影响作用，给它以应有的历史地位。否则便成了历史虚无主义，光是在口头上空喊中国有几千年灿烂的文化，而归结到具体事物上，便把它不适当地否定了。这样所谓几千年的灿烂文化，实际上并不存在了。“四人帮”便是这样做法的典型代表，应该彻底肃清其流毒。在对每一件事物的具体分析和区别对待上，毛主席早就给我们制定了明确的方针：

清理古代文化的发展过程，剔除其封建性的糟粕，吸收其民主性的精华，是发展民族新文化提高民族自信心的必要条件；但是决不能无批判地兼收并蓄。必须将古代封建统治阶级的一切腐朽的东西和古代优秀的人民文化即多少带有民主性和革命性的东西区别开来。(《毛主席选集》第二卷)

毛主席的这个方针，在我们讲述和评议中国文学史上较为重要的问题时，是必须信守和遵循的，否则便会模糊了精华与糟粕的这条界线；同时，还会走上“四人帮”一样的虚无主义魔道。整理和论述文学遗产，主要目的是为了给当代的政治服务，这就是古为今用。打倒“四人帮”后，全国各行各业的总目标，都必须集中于“四化”的实现，今后的文学研究工作，必须广泛汲取古今中外文学上有现实意义的东西，来为我们划时代的文学创作提供有益的营养。知古即所以鉴今，在文学史的讲课中，也尽量总结前人成功的经验，作为提高学生阅读和写作能力的门径和方法。韩愈重视文章内容必须结合当时现实，并为当时政治服务的这一点，对我们如何为“四化”建设做出应有的贡献，是有启示意义的。

附记：我个人在这方面，本来就很生疏，而且又荒废了很长时间，由于近来要讲点文学史，为了便于讲说和帮助记忆，便随想随写地凑成了这篇初稿。因为手头资料不足，加之时间仓促，只做了些概括性的论述，但不免有错误之处，尚请大家教正。

陈寅恪先生在四十年前，曾在哈佛大学《亚洲学报》上发表过《论韩愈》一文，对韩愈在反佛方面的问题，有颇精辟的论证。解放后据说曾在《历史研究》某期上又转载过，我因为一时查不到原文，只凭记忆大略证引了一些他的论点，由于引用不够具体，特在这里附带说明一下。

1979年6月5日于青海民院中文系

1979年9月3日补订

韩愈诗歌的渊源及其风格试探[1]

唐代文学比前此的建安、太康、齐梁时期的文学，更是一个规模空前的发皇时期。特别是在诗歌方面，千帆竞发，百舸争流，洪波激荡，此起彼落，更是开辟了前所未有的局面，达到了高度成熟和灿烂的境界，这是大家一致所公认的。其中杰出的如边塞诗派、山水田园诗派、元白新乐府诗派和韩愈的硬体诗派等。都在继承传统的基础上，结合各个时代的社会现实生活的需要特点，各自有所树立和创新。唐诗在初、盛、中、晚四个时期中都得到繁荣发展，是与上述各个诗派和以李白、杜甫两位伟大诗人为代表的浪漫主义及现实主义诗风的巨大影响分不开的。但是自唐迄今对韩愈诗歌的独创风格和其影响，评价却颇不一致。这似乎并不单是文艺评论上的见仁见智，实际上还是评论家缺乏全面的辨析所导致的纷歧。笔者在一九七九年曾写了一篇《韩愈与唐

[1]《李文实手稿（第六辑）》（青海人民出版社，2023 年）收录其手稿。此篇为整理者首次辑录。——编者

代古文运动》的草稿，认为韩诗与其古文运动实有相连带的关系。去年在《古代文学理论研究》丛刊第一辑上读了程千帆先生《韩愈以文为诗说》，觉得与自己的想法在某些方面有不谋而合之快，因不揣固陋试再略加申论，以就教于程先生和对此尚持有异议的文艺评论家们！

一、在李、杜之后别辟蹊径

清代诗人赵瓯北（翼）《论诗》，诗有云："满眼生机转化钧，天工人巧日争新。预支五百年新意，到了千年又觉陈。"他以事物新陈代谢的进化观点来比喻诗歌的产生和发展，这是符合文学发展的规律的。他在这里特别强调生新，而这个新又是如何产生出来的呢？他又在另一首《论诗》中说："诗文随世运，无日不趋新。"原来文艺的盛衰消长，是随时代的发展和变化而起落的，也就是说以时代的兴衰为转移的。他的这个把文艺的发生发展与世运兴衰相联系的论点，同样有助于我们对韩愈诗派的创新精神做更进一步的探讨。

韩愈是唐王朝在经过了安史之乱长期扰攘之后，才得到暂时喘息的时代成长起来的。这时期的特点是外患日逼，国土日削，而封建统治阶级内部又是互相倾轧，你争我夺。诸如藩镇割据、宦官专政、党派营私、宫市扰民、徭役频繁等，构成了当时长期动荡不安的政治局面，而文化、经济上繁荣上升的高潮业已成为过去，农民因不堪压迫剥削而相继掀起了反抗斗争的浪潮。这种时代的特点，反映在文艺上，也正值一个振衰起弊的转折点。仅就唐诗而言，在随世运而更新的方面，不妨概括为这么两点：第一是继承汉、魏风骨的传统，而翻盛唐清新刚健、伟大雄浑之新；其次是摧齐、梁绮丽萎靡之风，而出盛唐语言精炼、音调铿锵的近体之新。对汉魏风骨是在继承中有所发展，对齐梁的新体，则又在继承中有创新，这就是初唐、盛唐诗歌发展的特点，其成就与贡献都在别开生面、推陈出新方面。但是诗到盛唐，百花争艳，万宝纷呈，已是极盛的局面，加上李白、杜甫两位大诗人的发扬创造，或飘逸豪放，或沉郁顿挫，明净高华、深沉凝练的风格都兼具并备。无论是领域的开拓宏阔，色调的鲜明谐和，技巧的纯熟提高，都达到了光辉的顶峰。因此，一到中唐，随着世运的迁移，这种气象格调，便有了盛难为继之慨！根据“无日不趋新”这个新陈代谢的文艺发展规律，便要从“新”字上另找出路。若果仍沿大历十才子那条字句精工、词采绮丽的老路上走下去，尽管在艺术上不无工巧和音律可称，但总的说来，境界狭隘，内容贫乏，已不切当时社会政治的需要。于是便有以白居易、元稹为代表的新乐府体诗应运而生了，这又为中唐平庸的诗风注入了新鲜的血液。新乐府诗体的新，大致可概括为三个方面：一是继汉魏乐府民歌的传统矫中唐以来近体重音律技巧的偏向，形式上师法古体乐府的朴质淳厚，而不必再借重于音乐的效果；一是内容题材针对现实，广采时事民困，以起到救时劝俗的作用，这就是白居易所说的“文章合为时而著，歌诗合为事而作”。他想借用讽喻的表现手法来达到兼济生民的怀抱，而不是专为作诗而作诗了；一是用平易通俗的语言来表达自己所要说的意见，务在明白易晓，老妪村童，都能记诵，因此他的诗流传最广，影响最大。语言通俗，正是乐府民歌的优良传统，经他利用发挥，便独创一格，举国风行。这种回真向俗的本领，同样需要深厚的工力，非一时草率所能奏功，因此它具有比乐府民歌更长远的影响作用。白诗具有这样三个新的特点，依然在盛难为继的情况下，创出了又一新的局面，这不正是“天工人巧日争新”吗?

虽然，白诗不仅在当时开辟了新境界，而他本人的作品又具有长久的生命力，影响于后代，但由于当时封建统治阶级生活的腐朽与糜烂，社会风气的趋向奢华淫靡，白诗本来健康新鲜的风格,很快被拉向软熟淫靡的邪道。唐李肇《国史补》曾这样写道:

元和以后，为文笔则学奇诡于韩愈，学苦涩于樊宗师；歌行则学流荡于张籍；诗章则学矫激于孟郊，学浅切于白居易，学淫靡于元稹，俱名为元和体。大抵天宝之风尚实，大历之风尚浮，贞元之风尚荡，元和之风尚怪也。

由于元、白诗流传广，容易为市井小儿所仿效，这样一来，传非其人，通俗易晓的诗体经这般人辗转争效，便变成支离褊浅的庸俗作品。本来元稹的诗就有淫艳的色彩，就其本人来说，他也是无可辞其咎的，但世运的变迁，仍然是诗风衰靡的主因。唐诗发展到这个地步，非得有个矫健硬朗的诗风来加以挽救不可了，这就产生了“奇崛险怪”的韩愈诗派。“奇崛险怪”这个名称，从字眼上看起来就觉得有点古怪生硬，但这却正是在元、白末流的软熟体诗风靡下，出而与之对抗的流派。好像人患了热症，非得要用凉药则不能退热清火，至于药味的苦涩，那就则非所计了。

韩愈是唐代古文运动的领袖，也是中国文学史上具有成就的散文作家。对诗来说，他原是想以“余事作诗人”的，但他的古文运动的成功，却把古文的势力扩展及于小说和诗的领域，尽管他自己原来只想拿它来作解忧排闷的消遣品，万万没想到古文运动意外的成功，把他推向了诗体改革的浪潮里。时势既已如此，作为一个具有倔强孤傲性格的古文大家韩愈来说，对摆在面前江河日下的元、白末流，支离褊浅而又淫靡一时的诗风，怎样去加以挽救和矫正呢？常规的比兴，李、杜的格调，都不能恰切时弊，针砭褊浅，而且也不能在盛唐诗的桂冠上再增加同样的一颗明珠，于是便利用他长于古文的大手笔，独辟蹊径地标榜“横空盘硬语”，笔力可扛鼎的硬朗诗风，创立了以他为首的硬体诗派，以奇崛险怪来针砭软熟褊浅，这也正符合他这个人倔强孤傲的性格的。这一关键之点，早经前人明白指出，《瓯北诗话》（卷三）就曾说：

韩昌黎生平所心摹力追者，惟李杜二公。顾李杜之前未有李杜，故二公才气横恣，各开生面，遂独有千古。至昌黎时，李杜已在前，纵极力变化，终不能再辟一径。惟少陵奇险处尚有可推扩，故一眼觑定，欲从此辟山开道，自成一家。此昌黎注意所在也。

奇险一途是否即由杜诗悟出，这还非一语可定，但立足于李杜，而又不在李杜脚下翻筋斗。自辟蹊径，别开生面，确是韩愈的立意所在。韩愈无疑是深通“文变染乎世情，兴废系乎时序”（《文心雕龙·通变》）这个道理的，文学作品的面貌随时更新，要是一旦处于停滞不前的状态，那就需要变革，这就是文学上的继承和创新，把继承与创新很好地结合起来，便能全面理解文学的发展，这就是所谓通变。叶燮说：“韩愈为唐诗之一大变。”这个变就是韩愈对当时元白体末流唐诗的变革，也就是推陈出新。叶燮在他的《原诗》里，对此还加以阐述说：

且夫风雅之有正有变，其正变系乎时，谓政治风俗之由得而失，由隆而污。此以时言诗，时有变而诗因之。时变而失正，诗变而仍不失其正，故有盛无衰，诗之源也。吾言后代之诗，有正有变，其正变系乎诗，谓体格、声调、命意、措辞、新故、升降之不同。此以诗言时，诗递变而时随之，故有汉、魏、六朝、唐、宋、元、明之互为盛衰。惟变以救正之衰，故递衰递盛，诗之流也。

文学的递嬗与演变，从发展过程而言，虽不免有时由盛变衰，有时由衰变盛，但总的来看，总是向前推进的。而这种文学在发展中的变化，又是与时代的兴衰、世运的隆替紧密相关连的。从这个角度来看唐诗的演变，是递衰递盛的。所以叶燮又说：

唐诗为八代以来一大变，韩愈为唐诗之一大变，其力大，其思雄，崛起特为鼻祖。

他这样推崇韩愈，好像不免溢美，但只要从推陈出新、独辟蹊径的方面来说，倒是十分确切的。韩愈的诗所以被称为李、杜后唐诗的一大家，其原因就在这里。

二、以文为诗与唐代古文运动的关系

上一节粗略地阐述了韩愈继盛唐之后为唐诗的发展开辟了一条新的途径，而他之所以别树奇崛险怪的风格，则是对元白体末流软熟褊浅诗风的反动。奇崛符合韩愈的性格，而险怪则并非韩诗的全貌，韩诗的风格是丰富多彩的，其所以险怪，可能只是矫枉的一种手法，矫枉不免过正，这是可以理解的，而从其用心来说，是出于不得不然的举措。这只要看他早年的诗，只是“讽于口而听于耳”的一种时俗之好，而老年的诗则又终归平淡这两点事实，就不难得出个中消息。古今来的有些论者，没有从通变这个关系去看待韩诗，而只是看到他的险怪和以文为诗两点，往往由己意和爱憎遽下断语，举其具有较大影响者而言，如明代的王世贞说：

韩退之于诗，本无所解，宋人呼为大家，直是势利他语。(《艺苑·卮言》)

王世贞本是著名文艺评论家，但在此却斥谈外行话，江辛眉先生批评他“荒唐透顶”(见《论韩愈诗的几个问题》,《中华文史论丛》1980 年第 1 期)。另外，他所谓“宋人呼为大家”，也并非实词。实际上宋人除欧阳修等少数人外，如苏轼、黄庭坚、陈师道、沈括等代表人物，都轻诋韩诗，这几乎是人所皆知的事实。

另外，如清代的刘熙载也说：

昌黎诗往往以丑为美，然此但宜施之古诗，若用之近体，则不受矣。是以言各有当也。(《艺概·诗概》)

“以文为师”,怎么能说它是丑呢？江辛眉先生说,这恐怕就是“记丑而博”的“丑”，是怪异之事，那么这也是指险怪而言，险怪与以文为师并非是一码事。

最奇怪的，现在竟然也还有人说这种没头没脑的糊涂话的。如吴世昌在《重新评价历史人物——试论韩愈其人》中说：

最后，要谈谈这位文豪的作品，有时也是不足为训的……例如他有一首《记梦》诗，竟有连续出现的这样的句子：

我徒三人共追之，一人前度安不危。

神官见我开颜笑，前对一人壮非少。

天风飘飘吹我过，壮非少者哦七言。

他在“安不危”“开颜笑”“壮非少”下面加上重点后，接着讲了个秀才因常做重复的字句，死后被罚进地狱，在那里见到王羲之、苏东坡、秦少游的故事。原来这三位诗文名家也因为做了“永和九年，岁在癸丑”“壬戌之秋，七月既望”“杜鹃声里斜阳暮”，都犯了做“重复字句”的罪。于是他便发表意见说：

但地狱中并无韩愈，可见连阎王也慑于他的大名。他的诗文怎么不通也是范本。他的重复的字句，如上面所举者，已极可笑：安＝不危，开颜＝笑，壮＝非少。这样的字句，尽管出于文豪笔下，也是不足为训的。(《文学评论》1979年第5期)

这更比王世贞近了一步。互文连绵，对偶并举，本来是古汉语一种修辞方法。如丝竹、管弦同为一义，而王右军有“丝竹管弦之盛”的佳句；文囿、辞林同为一义，而萧梁太子有“历观文囿，泛览辞林”的名对;且“历观”又岂非“泛览”？贾生“席卷天下，包举宇内”(《过秦论》)实为一事；李斯“非秦者去，为客者逐”(《谏逐客书》)并无二义。至于作诗,如刘希夷“年年岁岁花相似，岁岁年年人不同”的年年岁岁,骆宾王“芳杜湘君曲,幽兰楚客辞”的芳杜、幽兰，均是重复。即就是杜甫的“今欲东入海，即将西去秦”“二月已破三月来”“一片花飞减却春”的字句，也无非唠叨。谚语“三九二十七,篱头吹觱栗”,夫岂更不辞费？现在的“生死存亡”“万寿无疆”更成为口头语。这些吴先生都无异议，而唯独对韩愈大加呵斥，可见憎爱并无助于艺术风格的辨析。这种批评，倒却“不足为训”。

从上面举的例子，可见韩愈险怪的诗风和以文为诗所引起的风波，确乎不小，无怪到现在还不免聚讼纷纭了！但我认为险怪只是锏对鞭，而以文为诗却正是韩诗的独创风格。正因为韩诗别开了蹊径，才使一般人感到惊奇诧异，惶惑莫解。新生事物，在最初为人所看不惯，乃是情理之常，但到现在还看不惯，则是值得深思的。

以文为诗，就是用作散文的方法来写诗，也就是诗的散文化。这正和楚辞变为汉赋一样，道理是早就存在的。成功的实践也摆在那里，就是人没有去注意它，所以当韩愈来运用这个方法写诗时，人多惊诧起来。而韩愈本人却因为从事古文运动的实践，发现了这个秘密。韩愈提倡古文，主旨是在于想用一种有力而切于实用的文字工具，来宣传他切望改革的政治社会现实，诸如佛道盛行严重地阻碍着生产的发展，藩镇割据使国家统一遭受影响，宦官专权助长宫市扰民，外患日迫、国土日削以及党争的各立门户等。这些都关系着唐帝国的安危，必须力求得到改变。韩愈古文运动的内容，主要不外两点：第一，是在内容方面，要贯穿儒家的尊王攘夷的大一统思想和仁政，这就是“文以载道”；其次，是文体方面，摒弃梁陈以来绮靡堆砌而不切实用的形式主义严重的骈文。从这两点上不难看出，韩愈以复古求革新的真正目的，复古是手段,革新才是目的。在文体改革上,看上去是要复周、秦、两汉之古，实际上韩愈本人的文章，就并不是搬运古董。他的所谓复古，首先是恢复奇句单行的散文传统，以代替业已僵化而与现实不相适应的骈文。而恢复散文的传统，则以三代两汉之文为模式。这个模式并不是模拟，而是“师其意，不师其辞”，还更反对“剽贼”。这和我们现在也用散文,但同样不是复古是一样的。另外，更重要的一点是，韩愈理会到秦汉散文，与当时口语不甚远，这就是它的生命力所在。若果本着这个精神，将唐代的书面语言加以提炼改造，并吸取当时的口头语言，使之适合于当代人的诵读和使用。这样两者趋于接近和融合，便会自然形成生动活泼的新文体。(在这方面，韩愈本人还存在佶屈聱牙式的艰深部分，这可能是作为一种曾经的表面掩饰和他个人的逞才炫博有关系,是时代的局限。真正把古文写得明白晓畅,到宋人才完成的。)正因为内容与形式都结合了现实，古文运动便最终取得了成功。余力所及,他又试写了小说形式的《毛颖传》和《石鼎联句诗序》,同样促使唐代的小说改变了样子。韩愈原来可能还未想到诗歌这个范畴，因此他只把诗当做是解怀排闷的工具。但当他的古文运动取得了无施不可的意外收获后，才促使他把古文的手法运用于诗的领域的尝试。因而，以文为诗便成了在这个课题上势所必至的手法，这就是我所谓的以文为诗与古文运动的关系，二者是密切相关联的。但韩愈在诗的革新上，去掉了重道的这一项内容，而把功力全集中在形式一方面，这又是他把道与艺的界限截然划开的观点，同时也由于诗的性质和文不完全相同而然的。原来诗文各有其体，这就是它的个性，而以文为诗或以诗为文，则又是其共性。典型一般寓于个性，而通过个性又体现其共性，这就是韩愈以文为诗的原理精蕴所在。韩愈把古文家任意驱遣词意，而自然雄健奔放等的特长用到写诗上去，既不落前人的窠臼，而又不同凡响，自然成为一条别具一格的新路子了。"江山代有才人出，各领风骚数百年。"韩愈毕竟是一个有所发现和创造的历史人物，后人推崇他并不是什么"只是势利他"，他早已经死了，有什么"势利"呢？

我们现在这么说，也并不完全是特创之见。宋朝人早对我们有所提示。如欧阳修说：

退之笔力，无施不可，而常以诗为文章末事，故其诗曰"多情怀酒伴，余事作诗人"也。然其资谈笑，助谐谑，叙人情，状物态，一寓于诗，而曲尽其妙。此其雄文大手固不足论，而余独爱其工于用韵也。盖其得韵宽，则波澜横溢，泛入旁韵，乍还乍离，出入回合，殆不可拘以常格，如《此日足可惜》之类是也。得韵窄，则不复旁出，而因难见巧，愈险愈奇，如《病中赠张十八》之类是也。余尝与圣俞论此，以谓譬如善驭良马者，通衢广陌，纵横驰逐，惟意所至；至于水曲蚁封，疾徐中节，而不少蹉跌，乃天下之至工也。(《六一诗话》)

他开首说的韩愈以诗为文章末事的问题，乃是以革新古文为主题时的事，前已论及。所谓末事，重点还是指诗只是茶余酒后的点缀，没有文章载道那样的重要。这里所要指出的是“无施不可”，既然无施不可，则当然可施之于诗。金代赵秉文《与李天英书》也说：

杜陵知诗之为诗，而未知不诗之为诗。而韩愈又以古文之浑浩溢而为诗，然后古今之变尽矣。(《闲闲老人滏水文集》)

这说得比欧阳修更为明确，“溢而为诗”就是指把古文的手法扩张到诗的领域。这就说明过了相当长的一段时间后，人们在仔细推寻这个奥秘，而不专事惊诧或怀疑、笑话了。这个问题，程千……（原手稿缺页，文佚）……《诗人玉屑》引，文句稍异，可见连沈括都对此不能理解。

（三）江西诗派领袖之一陈师道说：

退之以文为诗，子瞻以诗为词，如教坊雷大使之舞，虽极天下之工，要非本色。

这是他自己的意见，他还引黄庭坚的话说：

黄鲁直云："杜之诗法出审言，句法出庾信，但过之尔。"杜之诗法，韩之文法也。诗文各有体，韩以文为诗，杜以诗为文，故不工尔。（均见《后山诗话》）

所谓"押韵之文"，是不承认它为诗，这是由于他们只看到诗的个性，而未认识它的共性所致。至于本色的说法，虽承认它也是诗，但只是旁门邪宗。这也昧于通变之义，只知继承，而不能与创新相结合。所谓文必秦汉，诗必盛唐，就是这种论点的代表。我们若试加分析，不难看出这种"正宗"的说法实是一偏之见，因为正宗与旁支本来只是相对而存在的。如原来以风雅颂为正，而变风、变雅为变，从时代发展的眼光看，反而变风、变雅倒能反映现实。小说在十家中原不入流，但一到唐宋，附庸而为大国；至明清，则更骎骎凌驾于正宗诗文之上。词原为诗余，至宋乃与诗并驾。本色与杂色之间的关系，也正复相同。元曲中正生、正旦为本色，而净、末等为杂色，一个是主角，其他为配角。设若有出戏以末为本色，则副末又成为杂色，都是相对而言的。元杂剧中，以先出而接近民间俗曲的为本色，后来的文人作品如《西厢记》等，便是杂色。本色存其原，杂色极其变，反而后来居上，要以本色为正，则永远不会有新品种。苏东坡的词正因为佚出了婉约派的圈子，词的境界才得到了扩大，风格也多样化了。据此以观，以本色、非本色为标准，说韩愈的诗非正宗，则岂不更可看出它的新鲜来了吗？所以到了清代，便有了全面的认识，叶燮而外，如赵翼说：

以文为诗，自昌黎始，至东坡益大放厥词，别开生面，成一代之大观。(《瓯北诗话》)

方东树说：

诗莫难于七古……观韩、欧、苏三家章法剪裁，纯以古文法行之，所以独有千古。(《昭昧詹言》)

所谓“一代之大观”“独有千古”，虽不无溢美，但韩诗能经得起时间的考验，则可概见。前人们不仅对以文为诗是韩愈创的一条新路有了仔细的探察和切当的论述，而且还由此得出了“诗文相生”说，把它提到理论的高度。宋人陈善在他的《扪虱新话》中说：

韩以文为诗，杜以诗为文，世传以为戏。然文中要自有诗，诗中要自有文，亦相生法也。文中有诗，则句语精确；诗中有文，则词调流畅。谢玄晖曰："好诗圆美流畅如弹丸。"此所谓诗中有文也。唐子西曰："古人虽不用偶俪，而散句之中暗有声调，步骤驰骋，亦有节奏。"此所谓文中有诗也。前代作者皆知此法，吾所谓无出韩杜。观子美到夔州以后诗，简易纯熟，无斧凿痕，信是如弹丸矣。退之《画记》，铺排收放，字字不虚，但不肯入韵耳。或者谓其始自甲乙，非也。以此知杜诗、韩文，阙一不可。世之议者，遂谓子美于韵语不堪读，而以退之之诗但为押韵文者，是果足为韩杜病乎？文中有诗，诗中有文，当有知者领予此语。

此论实属卓见，即针对沈、陈诸家而发。《甲乙经》我未翻检，是否肇始于它，始不具论。继此之后，明李东阳也说：

诗与文不同体，昔人谓杜子美以诗为文，韩退之以文为诗，固未然。然其所得所就，亦各有偏长独到之处。近见名家大手以文章自命者，至其为诗，则毫厘千里，终其身而不悟。然则诗果易言哉？（《麓堂诗话》）

他也不同意沈、陈诸说，但似未见《扪虱新语》，故只从能文者未必能诗为说。清代刘熙载不以韩诗为然，但对此则说：

诗文一源，昌黎诗有正有奇。正者，即所谓“约六经之旨而成文”;奇者,即所谓“时有感激怨怼奇怪之辞”。(《艺概·诗概》)

此就奇正相对而言，比陈师道为全面（尽管近人章行严先生还支持陈说）。以上都是诗文相生说的源流。但要追原其始，诗文同体实在源于六经，这不是我的发明，还是宋人陈骙在他的《文则》甲中说：

六经之道,既曰同归;六经之文,容无异体。故《易》文似《诗》,《诗》文似《书》,《书》文似《礼》。《中孚》九二曰:“鹤鸣在阴，其子和之;我有好爵，吾与尔靡之。”使入《诗》雅，孰别爻辞?《抑》二章曰:“其在于今，兴靡乱于政，颠覆厥德，荒湛于酒，女虽湛乐从,弗念厥绍,罔敷求先王,克共明刑。”使入《书》诰，孰别雅语? ……《洪范》曰:“恭作肃，从作乂，明作哲，聪作谋，睿作圣。”《小旻》五章曰:“国虽靡止，或圣或否。民虽靡朊,或哲或谋,或肃或艾。”此诗创意,师于《书》也。《仪礼》曰:“皇尸命工祝，承致多福无疆，于女孝孙，来女孝孙，使女受禄于天，宜稼于田，眉寿万年，勿替引之。”《楚茨》四章曰:“工祝致告，徂赉孝孙，苾芬孝祀，神嗜饮食，卜尔百福，如几如式。”此诗创意，师于《礼》也。

依此例博引下去，真不知有多少。所谓诗文同体，它包括两点：一是文中有诗句，诗中有文句；一是同一事体，既用文记述，又用诗表达，也就是诗文既因个性而分立，又以共性相辐辏，总之是互为表里。所以要这样的道理，就古人来说，我猜测这是由于上古没有像现在一样的笔墨纸张，事事都可记下来翻看，而是要专靠记诵，记诵之什，简而有韵，便于背诵。即使是无韵的散体，只要简练而有节奏，那同样易于默识强记。大概由于后世逐步有了绢帛笔墨，长篇大论多了，这个诗文同体的传统，便也逐渐被人忽视和遗忘了。宋朝人在学术上真有本领，即就是这点传统，也被他们发掘出来，钩沉之功，实在可钦！宋代的讲唱文学，一般都说取法于佛经，如此则连印度的梵文，也同样有诗文同体的传统呢。

《诗经》所收诗歌，基本是四言，这是典诰之遗，但也有从二字直到八字的参差错落句式，这是民歌和《书》《礼》之遗。虽不截然如此，但大致可以这样归类。诗文相生及同体的原理，虽不为后人所明晓，但在创作实践中仍不自觉地遵循这个自然规律。陈子昂的《登幽州台歌》：

前不见古人，
后不见来者，

念天地之悠悠，

独怆然而涕下。

这不妨作为诗文一体的例子。李白的《梦游天姥吟留别》：

云青青兮欲雨，水澹澹兮生烟。列缺霹雳，丘峦崩摧。洞天石扉，訇然中开。青冥浩荡不见底，日月照耀金银台。霓为衣兮风为马，云之君兮纷纷而来下。

这不妨作为诗中有文的例子。韩愈的《进学解》：

寻坠绪之茫茫，独旁搜而远绍。障百川而东之，回狂澜于既倒。先生之于儒，可谓有劳矣。沉浸醲郁，含英咀华，作为文章，其书满家。上规姚姒，浑浑无涯；周诰、殷《盘》，佶屈聱牙；《春秋》谨严，《左氏》浮夸；《易》奇而法，《诗》正而葩；下逮《庄》《骚》，太史所录；子云、相如，同工异曲。先生之于文，可谓闳其中而肆其外矣。

这自然是文中有诗的例子。我看以文为诗或以诗为文的魅力却实在太大。黄山谷和陈师道虽则口口声声说韩诗“不工”“要非本色”，但他们自己在韩诗魅力的冲击下，也不知不觉地堕入其钩中。请看黄山谷《岩下放言》诗：

林居野处，而贯万事。花落鸟啼，而成四时。物有才德，水为官师。空明湛群木之影，搏击下诸峰之巇。游鱼静而知机，君子乐而忘归。

这不是在作赋吗？而他自己是在作诗。再看陈师道的诗：

天下宁有此？昔闻今见之！（《别三子》）

为惠不必广，但问与者谁。受施何用多，名义以为资。（《赠赵奉议》）

这比韩愈还散文化。可见以文为诗，并不完全是人为，而是诗文本身的规律就是如此，即使你想违抗，也无可奈何，黄、陈两家的例子可为明证。我们现在写散文诗，一般说是学西洋的，而我们所以能学，也是由于我国的文字本有这个传统规律，否则想学也是不可能的。这样说来，韩愈的诗，虽然很多人都不爱读，爱与憎是一回事，而是诗可散文化，散文可以诗化，则是其本身的规律。

三、韩诗风格试探

韩诗胎息于古是它的远源，而力追李杜则是它的近源。前者已如上述,后者和其风格的特点,还必须续加试探,期明其究竟。二者交错和关联之处，则前后互见，虽不免辞费，但仍有其必要。

韩愈要继李杜之后别树一帜，必须要植根于古，胎息深厚，这是战略；而他生当中唐大历诗已落入平庸圆熟，元白末流诗又正以褊浅软熟的诗风弥漫诗坛的时代，则又必须立足于当代，近法盛唐，以矫正时弊，这是战术。盛唐诗至李杜而极，所以他就借李杜诗歌艺术的精蕴，来加以继承发扬，以形成自己独有的风格。他想在诗歌方面矫正时弊，却和在古文运动方面具有宿志不一样，而可以说是仓卒上阵的。因此，他必须借古文运动胜利的余威来战胜对方，以文为诗所以成为他的诗格的重要一面，便是由此而产生的。至于雄浑浩瀚，则是他古文气势的所必至；险怪奇崛，又正是他针砭软熟淫靡诗风的手段；而老归平淡，则表明他对时风的矫正取得胜利后平静和喜悦的心情。他的诗格的多样化，都与他的遭际有密切联系。尽管是仓卒上阵，但蓄积的力量仍是深厚的。若只靠古文的手法和力量，显然也是取不得这样的成果的。

韩愈诗学李杜，而胎息于古，有他自己的诗可以为证。他在《荐士》中说：

周诗三百篇，雅丽理训诰。曾经圣人手，议论安敢到。
五言出汉时，苏李首更号。东都渐弥漫，派别百川导。
建安能者七，卓荦变风操。逶迤抵晋宋，气象日凋耗。
中间数鲍谢，比近最清奥。齐梁及陈隋，众作等蝉噪。
搜春摘花卉，沿袭伤剽盗。国朝盛文章，子昂始高蹈。
勃兴得李杜，万类困陵暴……

从《三百篇》而汉魏五言而鲍谢、而陈子昂、而李杜，他自己的所继承、所崇仰是很清楚的。而他所得力，则在李杜。《调张籍》一诗说：

李杜文章在，光焰万丈长。不知群儿愚，那用故谤伤。
蚍蜉撼大树，可笑不自量。伊我生其后，举颈遥相望。
夜梦多见之，昼思反微茫。徒观斧凿痕，不瞩治水航。
想当施手时，巨刃磨天扬。垠崖划崩豁，乾坤摆雷硠。
惟此两夫子，家居率荒凉。帝欲长吟哦，故遣起且僵。
剪翎送笼中，使看百鸟翔。平生千万篇，金薤垂琳琅。
仙官敕六丁，雷电下取将。流落人间者，太山一毫芒。
我愿生两翅，捕逐出八荒。精诚忽交通，百怪入我肠。
刺手拔鲸牙，举瓢酌天浆。腾身跨汗漫，不著织女襄。
顾语地上友，经营无太忙。乞君飞霞佩，与我高颉颃。

这首诗赞美景仰李杜，而他自己得力于李杜的宏深造诣，也可从他的心得体会中完全可以看得出来。健笔纵横，想象奇瑰，与李杜诗的精神意境融合无间，自不愧为中唐大家。范文澜说："韩诗变化怪奇，主要得自李白，法度森严，主要得自杜甫。"这个见解是十分精辟的。韩诗的怪奇想象和譬喻，正自不同于一般，是新颖而徜徨的。从李杜出来而又不同于李杜，正是他创新的表现。而以李杜的高标为号召，比举周、秦、两汉为更有力，这又是与他在古文运动中所揭橥的标帜异样的。

在与异端进行斗争时，必须广结同道，以壮声势，否则孤军作战，势必坐困，这是韩愈在古文运动中的经验。因此，他广结善缘，消除对立面，只要对他的主张不加反对，他都积极拉拢。至于同道，则不论其诗风和自己怎样异趣，均大加赞扬，不惜做过情之誉。如穷搜苦吟的孟郊、贾岛，幽冷凄艳、华丽怪诞的李贺，专写怪奇的卢仝，他都既赞美又鼓励，极推崇的能事。就连艰涩怪异，不知所云的樊宗师，他也说是"既极乃通"，也力加赞扬。这都无非是因这些人的诗风和元白异辙，正好用来与之对阵而已。还有张籍，善写乐府诗，词调流畅，原与元白同调，韩愈也把他拉过来，说他"古淡"而笔力能扛鼎，"轩鹤避鸡群"，成为他亲密的诗友。这一般人相激相荡，自然也就不免互相影响，形成为一个坚强的壁垒，元白末流自然不是他们的对手，不经过交手便随风披靡了。说明奇崛险怪这支武器，对改变当时圆熟软熟、褊浅庸俗的诗风，正是最好的针砭，因而也就起了矫枉的作用。

我在前面曾提到奇崛险怪的诗风，只是一种矫枉的手段，并不是韩诗的主旨所在。他只表现在字面上的争奇斗险，佶屈聱牙，硬压险韵，倒装字句，打乱节奏等方面，这中间有得有失，可议者多。所以，随着战斗的结束，韩诗也就化险为夷，除了偶然炫博肆才以外，诗格的主流仍日益趋向平淡，而“文从字顺各识职”了。从这里不准看出“文从字顺”正是以文为诗特点的发挥，僻字硬语只是一种过程中的现象，因而到了后期便逐渐自动消逝了。

那么，对韩诗的怪奇又如何去解释呢？我以为这正是他的生新，也就是所谓瑰怪奇诡。这可从《调张籍》诗中以大禹的凿山导河喻李杜的笔夺造化，垂功万世。《华山女》中以女道士为仙女下凡，而她被召入宫廷，又是重返仙宫等的隐喻，设想奇特，用意深刻。都不落常套，既徜徉迷离，又真切生动。《苦寒》《陆浑山火》《郑群赠簟》《孟东野失子》等作，都构思新颖，设想奇特突兀，用意反常，不同凡响。这种奇诡风格，正是诗家别创的意境，非徒花样翻新而已。至于瑰怪之词，可举数例如下：

其一，炼字奇僻。如“绿净不可唾”“虫吊寒夜永”“文字觑天巧”“杏花两株能白红”“乾死穷山竟何俟”之类是也。

其二，造句翻新。如“金薤垂琳琅”“千以高山遮”“江鱼不池活”等的倒字翻新；“所学皆孔周”“闾井多死饥”“超然谢朋亲”“无人角雄雌”“诗书置后前”“应对多参差”“惟学平贵富”“渚牙相纬经”“碧海滴珑玲”等的倒词翻新；（此为后人的叶韵别创一径）“淮之水舒舒，楚山直丛丛”的倒对翻新；“落以斧引以纆徽”“嗟我道不能自肥”“曰吾儿可憎”“在纺织耕耘”的句式翻新等，都怪怪奇奇，独放异彩。

其三，虚字应用。如“若用水解渴”“夫岂能必然”“人言齿之豁”“见则先愧赧”“苟异于此道”“天乎哀无辜”等，几乎都随手拈来，妥帖稳当。这些字词句的构成，都增浓了韩诗光怪陆离的色彩。他自己曾说，“奸穷怪变得，往往造平淡”，这是他对贾岛讲的，贾岛并没做到这点，而对他自己来说，这却是回真向俗的必由之路，或许这还是他的胆识才气和学养所决定的。因为，他的诗歌风格，本是丰富多彩、不拘一格的。所以，由险趋夷，便自然轻而易举了。当然，在怪中间，如争压险韵，故用僻字等，则是白圭之玷，并无可取了。

韩愈诗中并无瑰怪色彩，而以雄宏或描摹见长的，如《此日足可惜》《谒衡岳庙遂宿岳寺题门楼》《八月十五日夜赠张功曹》《雉带箭》《山石》《听颖师弹琴》《辛卯年雪》《李花二首》，或反映广阔现实，或抒发感慨，或描摹物象，都形象鲜明、准确，风格变化多样，描绘尽致，自然流畅。一般或均以险怪目之，不免见小而遗大了。

韩愈诗的创格，如诗加以议论，诗中有文、拗句、险韵等，都是形成宋诗的主要因素。诸如欧阳修、苏轼、王安石、黄庭坚、陈师道等，都直接受到他的影响。尽管，黄、陈等都标榜杜甫，但始终没有冲破韩诗的樊篱，不过他们在表面上以杜诗为宗罢了。

我为了试着阐明我的观点，獭祭繁琐，自己也感到单调枯燥，为了让我自己和读者稍松一口气，录用韩愈的几首平淡流畅的诗，作为本文的结尾：

草树知春不久归，百般红紫斗芳菲。杨花榆荚无才思，唯解漫天作雪飞。(《晚春》)

荆山已去华山来，日出潼关四扇开。刺史莫辞迎候远，相公亲破蔡州回。(《次潼关先寄张十二阁老使君》)

天街小雨润如酥，草色遥看近却无。最是一年春好处，绝胜烟柳满皇都。(《早春呈水部张十八员外二首之一》)

1982年3月16日于青海民院汉语文系

《清代传记文选》主导言[1]

一

传记于古为史官专职，其名始于太史公《史记·列传》。列传云者，罗列一时著名人物而为之传也。

刘彦和（勰）《文心雕龙·史传》篇云：

左氏缀事，附经间出，于文为约，而氏族难明。及史迁各传，人始区详而易览。

刘子玄（知几）《史通·内篇·列传》亦云：

夫纪传之兴，肇于《史》《汉》。盖纪者，编年也；传者，列事也。编年者，历帝王之岁月，犹《春秋》之经；列事者，录人臣之行状，

[1] 原载于《中央日报（成都）》副刊，1946 年。《清代传记文选》（商务印书馆，2019 年）导言部分。《李文实手稿（第二辑）》（青海人民出版社，2023 年）收录其手稿。——编者

犹《春秋》之传。《春秋》则传以解经，《史》《汉》则传以释纪。

二家皆溯传记之起源，其本乃史职，例严而体尊。非私家所可随意秉笔也。然史官为书，一代之人，传者无几，后世文人学士，表微阐幽，稍稍为人立传，揆其初旨，若刘向《列女》，期表贞节，扬雄《家牒》，思显父母，其例犹未甚滥。即如唐人有作，虽亦取传记为名，犹多寄托讽刺谐谑游戏，未尝公然自当史任。自宋世文士秉笔，传记之例始大昌，骎骎乎侵史官之职矣。顾宁人（炎武）《日知录》卷十九于此有云：

列传之名，始于太史公，盖史体也。不当作史之职，无有为人立传者，故有"碑"，有"志"，有"状"，而无"传"。梁任昉《文章缘起》，言传始于东方朔作《非有先生传》，是以寓言而谓之传。《韩文公集》中传三篇：《太学生何蕃》《圬者王承福》《毛颖》。（原注：又有《下邳侯革华传》，是伪作。）《柳子厚集》中传六篇：《宋清》《郭橐驼》《童区寄》《梓人》《李赤》《蝜蝂》。何蕃仅取其一事而为之传，王承福辈皆以微者而为之传，《毛颖》《李赤》《蝜蝂》则戏耳，而谓之传，盖比于稗官之属耳。若《段太尉》，则不曰传，曰逸事状。子厚之不敢传《段太尉》，以不当史任也。自宋以后，乃有为人立传者，侵史官之职矣！

顾氏此论，最得古义。然后世为人立传，虽褒贬未尽得体，纪事间或失真，而搜罗遗逸，足补史传之阙，轶闻佚事，亦多较史为详。其有助感发，固与史氏无异也。姚姬传（鼐）编古文辞类纂，立传状为一类，而为之阐释云：

传状类者，虽原于史氏，而义不同。刘先生云：古之为达官名人传者，史官职之，文士作传，凡为圬者、种树之流而已。其人既稍显，即不当为之传，为之行状，上史氏而已。余谓先生之言是也。虽然，古之国史立传，不甚拘品味，所纪事犹详。又实录书人臣卒，必撮叙其生平贤否。今实录不纪臣下之事，史官凡仕非赐谥及死事者，不得为传。乾隆四十年，定一品官乃赐谥。然则史之传者，亦无几矣！余录古传状之文，并纪兹义，使后之文士得择之。

姚氏此言，祖述其师刘海峰（大櫆）说，盖亦不废私家之作。故就我国传记文学之发达言，自唐宋而后，乃别开生面，然文士载笔，好恶由己，其例滥体卑，亦至近世而尤甚，其得失固参半也。

私家传记，若司马相如《自叙》，王充《自纪》，止于本身。即扬雄、殷敬家传，亦仅及一家，所关犹微。至圈称传陈留耆旧，周斐传汝南先贤，遂广集英灵，及于郡国，始分史官之席，而与官史相互媲美。虽体例较异，而其为功史事则一也。后世如习凿齿《襄阳耆旧传》(《隋志》作纪），陈寿《益部耆旧传》，束皙《三魏人士传》，张方贤《楚国先贤传赞》，刘彧《长沙耆旧传赞》，林絃《莆阳人物志》，王襄《南阳先民传》，袁绍《钱塘先贤传赞》，佚名《京口耆旧传》，宋濂《浦阳人物记》，区大任《百越先贤志》，郑柏《金华贤达传》，李濂《祥符乡贤传》，黄佐《广州人物传》，张大复《崑山人物传》，以及孙奇逢《中州人物考》《畿辅人物考》之属，皆祖述圈、周，补史之阙，文采斐然，多见著录。此其表彰前贤，载光乡邦者一也。其不以一地为范围，而编次历代名臣事迹，如姚咨《春秋名臣传》，李廷机《汉唐宋名臣录》，朱熹《八朝名臣言行录》，焦竑《熙朝名臣实录》，李若愚《历代相臣传》《昭代名臣录》，曹溶《崇祯五十宰相传》，及朱轼《历代名臣传》之属，皆诠次大臣，详记政事。此其阐扬令德，有关治乱者又一也。其仿名臣之例，诵法先儒，如胡舜陟《孔子编年》，戴铣《朱子实纪》，冯从吾《元儒考略》，周汝登《圣学宗传》，刘鳞长《浙学宗传》，孙奇逢《理学宗传》，黄宗羲《明儒学案》，全祖望《宋元学案》，江藩《国朝汉学师承记》，及朱轼《历代名儒传》之属，皆条析流派，著其精微。此其光昌学术，风励后进者又一也。又如郁衮《革朝遗忠录》，郎瑛《萃忠集》，张朝瑞《忠节录》，龚颐正《中兴忠义录》，及罗汝鉴《群忠备遗录》，许有穀《忠义存褒什》，钱士升《明表忠记》，及罗汝怀《湖南褒忠录》之属，皆录舍生蹈义之事，表抚志殉节之臣。此其发扬忠贞，扶植纲常者又一也。他如皇甫谧《高士传》，高兆续《高士传》，费枢《廉吏传》，朱轼《循吏传》，解缙《古今列女传》，王绍珪《古今孝悌录》之属，或标高节，或志景行，亦一时隐逸清亮之选。此其搜括孤芳，敦励风教者又一也。至若王偁《张邦昌事略》，杨尧弼《逆臣刘豫传》，曹溶《刘豫事迹》之属，皆笔伐奸伪僭窃之辈，大义昭然，此其善善恶恶，判别忠奸者又一也。综上六端，私家作传，虽非古义，而明一代之治乱，昭千古之贤奸，存一地之文献，又何可废？其为后人所重，非偶然矣！抑传人书事，史贵直笔，设居史职者，不重史德，歪曲事实，则虽官修之史，亦难取信。是故传记之作，无论史氏稗官，知人论世，必是非不谬于圣人，要在秉笔之公而已。余序兹选，首明此义，俾读者知所取焉。

二

自来文章之道，最尚体要，言必有则，名须符实。传记一体，因事立名，其类甚繁。姚姬传辨别文体，以传、家传、行状、事略、实录各体，皆归传状一类，其分合出入，厘然有当，颇为后世辨章文体者所宗。兹选略师其意，各以类从，间加解题，略述缘起，其文之不称者，则并体阙焉。惟解题举例，偏详清代。前人有作，此所宜详。义取参览，庶免偏陋云尔。

姚氏《古文辞类纂》选录古传状之文，仅及传、行状、事略而止。然推绎其意，细为区分，则凡传、家传、别传、外传、小传、自传、合传、同传、附传、补传、行状、述、事略、遗事、实录及年谱之属，皆其类也。兹为分述如次：

“传”之名，盖取诸史之列传。陈留耆旧及高士、神仙，俱以“传”名，后世文人学士之所表章，亦多称“传”。盖自比于史官，而与史传并行矣。韩柳之作，多近嬉戏，自宋人继述，例遂普行。欧阳永叔（修）《桑怿传》，曾子固（巩）《洪偓传》，苏子瞻（轼）《僧圆泽传》《杜处士传》，苏子由（辙）《孟德传》《丐者赵生传》之类，其权舆也。

传状之在文章家，为史之流，其自别于官书，而私记其先德，贻厥方来，则谓之“家传”。此体自扬（雄）、殷（敬）而后，唐宋间人，多喜为之。如李邕《狄梁公家传》、李繁《邺侯家传》、张大素《敦煌张氏家传》、韩忠彦《韩魏公家传》、翟耆年《翟忠惠家传》、郑翁归《夹漈家传》、林成季《艾轩家传》等，俱多可考。元明以来，文集所载，其作尤繁，文辞虽美，然请托公行，阿谀曲讳，多乖史例，是则末流之失也！

史传之外，别搜轶事，补其未及，是谓“别传”，或亦谓之“外传”。刘向《例女》，梁鸿《逸民》，刘子玄（知几）以为“别传”，然时尚无其名也。迨裴松之注《三国志》，多引别传，而魏晋间人之《桓阶别传》《罗含别传》,(皆见《太平御览》引,失其作者)亦颇流传，于是其名乃立。继之如晁迥《扬雄别传》、王岩叟《魏公别录》、曹偃《曹武惠别传》等，皆汲其流。清季如朱仲我（孔彰)《中兴将帅别传》，至成专书，其事更加详焉。“外传”之名，似始于唐，伶元《飞燕外传》、乐史《杨妃外传》及郭湜《高力士外传》之类,皆其滥觞。后此如王晫《胡孝廉外传》、张次仲《查古庵外传》等,皆师其例。然揆其体,与“别传”为近,故并论焉。

叙次简略，文省事赅，是谓“小传”。唐李义山（商隐)《李贺小传》其选也。黄梨洲（宗羲)《明儒学案》,于每家俱有小传，翔实简赅，最为上乘。江进之（盈科)《明十六种小传》，虽专书，亦非其比也。

自叙家世，并及生平，是谓“自传”。太史公《史记·自序》，班孟坚(固)《汉书·叙传》,皆其嚆矢。及王仲任(充)《论衡·自纪》出,而波澜始阔。间有寄诸隐托者,如陶靖节(潜)《五柳先生传》，欧阳永叔（修)《六一居士传》之类皆是，盖别调也。

综叙二人以上之事，而不分主从，是谓“合传”，太史公《陈余张耳列传》《伯夷列传》之类是也。其二人以上平列,无别轻重，而各为起讫者，则谓之“同传”，如太史公《管子晏婴列传》《孙武吴起列传》之类是也。或以此为“合传”，区分犹未尽密，盖此只取同时或异时之人，其事迹约相类者，比次成篇，扩而大之，如《儒林》《文苑》《党锢》《独行》，俱属相同，其与“合传”之相参并录，合体成篇，究异致也。至其以一人为主，而以余子为从，是谓“附传”，如太史公《孟子荀卿列传》，附三驺子、墨子、慎到、李悝诸人，《淮阴侯传》附蒯通之类皆是。其例后世史书多用之。

补前人所未传，或已传而佚者，是谓“补传”，亦补阙拾遗之意。如司马光《文中子补传》、朱一是《建文忠臣补传》之类皆是也。

“行状”为上史官之作，其人之世系、爵里、行谊等俱在焉。是体源于汉胡干《杨原伯状》，“行状”则后来之名，别详本书解题。韩、柳之作而外，宋人集中，亦多佳作，如欧阳永叔（修）《尚书户部侍郎赠兵部尚书蔡公行状》，苏子瞻（轼）《司马温公行状》，王介甫（安石）《尚书兵部员外郎知制诰谢公行状》《鲁国公赠太尉中书令王公行状》诸篇，颇为世所诵习。其并时诸人之作，见于著录，如许忻《许右丞行状》、李伦《李忠定行状》、杨万里《叶丞相行状》、黄干《朱侍讲行状》、柴中行《赵忠定行状》等，大抵门生故吏笔也。近世诸家，就余所见者言，其事详文雄，无过于钱牧斋（谦益）《高阳孙文正公行状》，真史家之功臣也！与“行状”相类，而非上诸史官者，则有所谓“述”，亦称“行述”，如李翱《陆歙州述》、胡天游《王大夫述》、彭绩《先府君述》、龚自珍《宋先生述》、王箴听《先府君行述》之类是也。

书人之生平大略，不名曰“传”“行状”，则称“事略”，亦传体也。王偁《张邦昌事略》，郑禧《群忠事略》，刘湘煃《江南先贤事略》，皆其先例。清初如汪钝翁（琬）《书曹孝子事略》《黄孝子事略》，犹属单篇零简，及李次青撰《国朝先正事略》，始称巨观。盖与王偁之《东部事略》，后先辉映矣！事略详人生平，其只述一事者，则谓“遗事”，自宋无名氏《寇莱公遗事》《唐质肃遗事》等之，导夫先路，后来继作，如苏天爵《刘文靖公遗事》、夏崇文《夏忠靖遗事》、史珥《胡忠烈遗事》，其与此相类。琐记轶闻，或称“书事”。然观于储大文《书杨复菴遗事》，则“书事”，亦即“遗事”，特名微不同耳。“遗事”始终直书一事，如方苞《左忠毅公逸事》、袁枚《书鲁亮侪事》，皆其正体；其间及他事，或涉议论者，如方苞《高阳孙文正公逸事》、汪琬《书沈通明事》之类，则变体也。

“实录”之名，盖始于韩昌黎（愈）之作《顺宗实录》，后世帝王行事，设实录馆，由馆臣载笔，非私家所得僭越。其私记先世之事，惟李翱《皇祖实录》。自“实录”设馆，私家遂无有用其名者。

自来选文之士，皆不及“年谱”，以其事详而文繁，非文章体也。然“年谱”为一人之史，知人论世，为用极宏，实专传之先声，论传记者不可忽也。“年谱”之作，年经月纬，体从编年。

溯其缘起，盖肇于宋。如薛执谊《六一居士年谱》、洪兴祖《昌黎先生年谱》、吴斗南《陶潜年谱》等，俱属创作。明清而还，作者益众。清代谱录之学，发皇一时，其谱名臣，如顾栋高、陈宏谋《司马温公年谱》，顾栋高、蔡上翔《王荆公年谱》，马其昶《左忠毅公年谱》，陈鋐《孙文正公年谱》，王廷灿《汤文正公年谱》，王昶《阿文成公年谱》，黎庶昌《曾文正公年谱》等。名儒如董玚《刘蕺山先生年谱》，李塨、王源《颜习斋先生年谱》，段玉裁《戴东原先生年谱》，黄屋炳《黄梨洲年谱》，王之春《王船山年谱》，金龙光《汪双池先生年谱》等，多见闻真切，体大思精。其出于自谱，或口授门人笔录者，则如孙奇逢《孙夏峰先生年谱》、宋荦《漫堂年谱》、李塨《恕谷先生年谱》、张金吾《言旧录》、徐鼒《敝帚斋主人年谱》以及王先谦《葵园自定年谱》等，均可见其毕生用力所在，而一时代之学风，亦概见焉。时贤若胡适之（适）先生之《章实斋年谱》（姚名达增补），钱宾四（穆）先生之《刘向歆父子年谱》，丁在君（文江）先生之《徐霞客年谱》，最为脍炙人口，皆清儒先河之力也。

自太史公作《史记》，本纪以统帝王，世家以志诸侯，列传以载臣工，是为纪传一体之开山。后世史家，莫或违焉。本纪、世家亦传体，曾文正（国藩）所谓"史则本纪、世家、列传，皆记载之公者"是也。惟后人作史，自班孟坚（固）以下，俱无世家。

其出私家之手，亦唯杜淹《文中子世家》之类，寥落无几。而主选政者，姚氏《类纂》及王氏（先谦）《续纂》，选录俱不及史。独曾公（国藩）《经史百家杂钞》及黎氏（庶昌）《续古文辞类纂》，采及纪传，独能穷其渊源所在。今修清史，犹未成书（《清史稿》刻尚为禁本），私家有作，又多残阙，文字亦未尽雅驯，故本书于此，亦从缺略。然论传记之文，必以本纪、世家为其冠冕，用并著之，亦辨识文体之一助也。

三

昔梁任公（启超）著《清代学术概论》，以清之考证学方〔仿〕欧洲之文艺复兴，而论其文学，则大事讥诮，以诗词为衰落已极，臭腐不可向迩，固无论矣。其于骈散之文亦云：

以言夫散文：经师家朴实说理，毫不带文学臭味。桐城派则以文为"司空城旦"矣。其初期，魏禧、王源较可观。末期，则魏源、曾国藩、康有为。清人颇自夸其骈文，其实极工者，仅一汪中，次则龚自珍、谭嗣同。其最著名之胡天游、邵齐焘、洪亮吉辈，已堆垛柔曼无生气，余子更不足道。要而论之，清代学术，在中国学术史上，价值极大；清代文艺美术，在中国文艺史、美术史上，价值极微，此吾所敢昌言也。

其论廉悍，可谓抹杀尽致。时贤持论，亦多鄙薄。大抵以为明清之文不及唐宋，唐宋之文不及汉魏，必推溯至周秦而后止，如斯则千百年后，将无复文学之可言矣！夫递嬗演变，文章通谊，推陈出新，乃在逸才。且时势变异，关乎文运，必以今人之笔，发为周秦之文，则面目虽然，而精神无注，其可取者，又将安在？是昧时之论也！

文章体制气味，自周秦变而为西汉，东汉再变为魏晋，魏晋更变而为六朝，皆互不相袭，而精神面目，随时迭新，其浅深工拙，各参造化，未可以优劣论。而绎其迹象，则一脉流转，渊源可溯，此之谓递嬗者也。世间万事，盛难为继，物极必反，又理之常。六朝之文趋繁缛，韩柳矫之以质实；八家之文流庸肤，而何（景明）、李（梦阳）振之以高古；何李之文变板重，而唐（顺之）、归（有光）救之以清疏，皆抑波挽澜，扫旧务新，此之谓反响者也。若以文章为弗变，则后世何有递嬗？若以前人为尽美，则异代何有反动？且文章与时势相因缘，尤关重要。汉唐一统，其文雍穆；魏晋丧乱，其文慨切；齐梁偏安，其文柔靡；元起漠北，其文鄙俚，其盛其衰，夫岂不以境哉！

本此以论清文，明季公安纤佻，竟陵破碎，至天启、崇祯而极敝，顾（炎武）、黄（宗羲）救之以切实，侯（方域）、魏振之以雄放；乾隆之际，务尚华辞，流于靡丽，刘（大櫆）、姚变之以雅洁。若恽（敬）、曾（国藩）之伦，则更济其拘曲纡徐为雄伟者也。及桐城衰敝，而龚（白珍）、魏（源）、康（有为）、梁（启超）反之为奔放。至是而古文之寿终，而文体大获解放，寖假而胡（适）、陈（独秀）、钱（玄同）、刘（复）鼓文学革新运动，以语体代文言，较康梁为更进矣。

至于骈文，宋代四六，末流至于迂腐冗滥。元明作者，了无足观。至清初吴兆骞、毛奇龄，则又承汉魏之遗，稍后变以齐梁，不免雕镂堆砌。自邵齐焘标清新雅丽，汪容甫继起，倡法魏晋，遂以散体之气，贯诸俪体，清远闲适，风韶独绝。其相激相荡之迹，亦可略睹。而骈文至清而臻绝诣，非前代所可及。本书选录，虽不及此，然清代文学非如梁氏之所论，则有不可不言者矣。

若夫文章与世变相因，清代亦不例外，有清文学之开山，大抵为胜朝孤臣孽子，其或痛心国变，诟病士习，乃潜心殚虑，务为实学，奔走四方，犹期匡复。如顾宁人（炎武）、黄太冲（宗羲）、朱之瑜（舜水）、费燕峰（密）以及顾景范（祖禹）之伦，皆其选也。或抗志高蹈，耻食周粟，讲学著书以终其生，如王船山（夫之）、李二曲（颙）、孙夏峰（奇逢）、魏叔子（禧）、徐俟斋（枋）之伦，皆其选也。上述诸人，多为通儒硕学，然发为文章，则深情流露，多故国之思，此一时也。及乎康乾之际，天下大定，故老零落，而清廷又刻意防范，文网严密，文字贾祸，动至杀身。于是文人学士之有思想才力者，无所发泄，乃相率埋首旧籍，寄情于古，因而学尚考据，文贵朴质，渊雅醇正，自然朴茂，无复清初慷慨苍凉之致，其所歌颂，亦无非庙堂盛业，升平景象。方（苞）、姚（鼐）、惠（栋）、戴（震）、段（玉裁）、王（念孙）、阮（元）、焦（循）之伦，皆其选也。其所为文，本于经术训诂，和厚有余，生气不足，此又一时也。道咸而后，政治败坏，外侮日亟，究心时务者，憬然思变，如龚（自珍）、魏（源）之危言高论，皆有志经济，以斡旋气运，变法图强。时势至此，又文章学术将变之候也。及曾（国藩）、罗（泽南）、胡（林翼）、左（宗棠）崛起，以经世之学为倡，其所为文，以风俗人才为急务，再振清初遗老坠绪。然曾胡中兴，不足挽满清之末运，而康（有为）、梁（启超）继起，重扬龚、魏之余波。于是西学兴而变法起，文章之形式内容，亦随之而遽变，其淋漓激切，实时代之呼声。此又一时也。

文章递嬗蜕变及其与时代相因之关系既明，继请一述清代传记文学之鸟瞰。明季遗臣，既皆身遭国变，目击时艰，而抗节诸公，其人格又光明俊伟，行事复节烈慷慨，以目击大难之遗逸，传忠亮死节之名贤，其人其文，两俱可传。顾、黄而下，若侯朝宗（方域）、魏叔子（禧）、汪钝翁（琬）、邵青门（长蘅）、潘次耕（耒）、潘力田（柽章）、吴赤溟（炎）、王崑绳（源）诸人，俱以大明遗臣为清代文学之先驱，继之以戴南山（名世）、方望溪（苞）、全谢山（祖望）、邵念鲁（廷采）辈，皆能表章忠节，扬其义烈。清初文章，于斯为盛，而传记之文，因而大昌。盖传主人格事业，既俱为一代之光，而秉笔之士，又复春怀故国，寄情往哲，其情至而其哀切，则宜乎其真挚动人也！

本期文章，实以传记为中心。诸家之中，侯、魏、汪、邵、王皆文士，固以文章见长；潘、吴、戴、全、邵（念鲁），咸属良史；次耕、望溪则经师；宁人、太冲则通儒，而多善叙事。宁人首重器识，文非关经术政理之大，则不苟作。故此期传记，允以太冲为巨擘。太冲于史，故注重文献人物，其《南雷文定·凡例》有云：

余多叙事之文。尝读姚牧庵、元明善集，宋元之兴废，有史书所未详者，于此可考见。然牧庵、明善，皆在廊庙，所载多战功。余草野穷民，不得名公巨卿之事以述之，所载多亡国之大夫，地位不同耳。其有裨于史氏之缺文一也。

太冲长于叙事，而枝叶犹嫌未尽，然其重视文献，表章人物之精神，浙东史家，如万季野（斯同）、全谢山、邵二云（晋涵）、章实斋（学诚）诸家，皆能保持勿坠。季野、谢山之浩瀚明畅，尤非文士所可及，皆太冲开创之功有以致之耳！

与太冲并时，而同以文史之学知名者，又有钱谦益（牧斋）。

牧斋本江左文坛盟主，其《初学》《有学》二集，传状佳作，正复不少。徒以晚节披猖，遂不复为士林所重。然就文论文，其身事新朝，因文见意，时有弦外之音。临文峻厉激发，雄深哀艳，所传固不可以人废也。

自康熙一统中国，至雍乾而极盛，国家既复承平，又去明日远，易代之事，渐归淡忘。而八旗从龙之士，身与创业，天潢贵胄，丰沛世臣，率皆炫耀一时。同时朴学发皇，大师辈出，于是传记作家遂一转其目光，而以此将相名儒为对象。钱衎石（仪吉）《碑传集》所收，自顺治迄嘉庆，名臣传记，比肩相望。其间虽多不免谀颂,而名笔亦自不乏。至于传述儒臣,则更勒有专书。自阮芸台（元）《清史儒林传》以下，如江郑堂（藩）《国朝汉学师承记》、钱东生（林）《文献征存录》、何丹畦（桂珍）《续理学正宗》、唐镜海（鉴）《国朝学案小识》诸书，皆褎然成帙，虽蹊径各有异同，而诵法先儒，则诸家俱同，不仅为传记之渊薮，亦可觇一时风会之所在也。

道咸以来，变乱日亟。曾、胡夷平大难，一时载笔之士，又多纪其功业。李次青（阮度）《国潮先正事略》，上继钱衎石《碑传集》，下开朱仲我（孔彰）《中兴将帅别传》，俱一时斐然之作。同时如郭筠仙（嵩焘）、薛叔耘（福成）、王壬秋（闿运）、吴挚甫（汝纶）、王鼎丞（定安）、罗研生（汝怀）之伦，步趋略同。而曾文正之博大雄奇，尤足为其时传记文学之领袖。然咸同中兴，仅属昙花一现，故康梁继之以变法。自此文体解放，传记对象，扩而及于外邦，以为变法之助，而我国历史人物，向以为夷吾器小，主父用夷，安石奸邪，三保奄竖，而不屑道者，亦至此均有专传出现，重注以新鲜生命。此则以梁任公为先驱，今之为传记者，犹多汲其流焉。

四

清代传记文学之轮廓，略如上述，然其专著之渊源流别，尚有待于详说者，兹分别述之。

综有清一代之人物传记，其属类书者，以钱衎石《碑传集》、缪筱珊（荃孙）《续碑传集》、闵尔昌《碑传集补》及李黼堂（桓）《国朝耆献类征》四家为最著，其钞撮碑志家传，广罗名贤事迹，分类编次。钱、缪、闵三家之书，多至二百余卷，已为洋洋巨观，而李氏类征，竟达四百八十四卷。其搜罗之丰富，于此可见。此种类书，较之专著，虽不免芜杂，而一代名家之作，几于尽归网罗，实不失为传记文学之宝库。至其有功史家，则更无待言也。按此类纂录，并非清儒自我作古，而实有其渊源可寻。溯自汉魏以还，墓碑别传之作盛行，其间往往较史官为得真，故后之论史者，多资之以助考证，顾石本不尽拓摹，文集又皆散见，互考为难。于是至宋杜大珪出，乃搜合诸篇，为《名臣碑传琬琰集》百〇七卷，分为三集，上集神道碑，中集墓志行状，下集则多别传之属，起建隆、乾德，讫于建炎、绍兴，一代巨公之始末，约略备矣。大珪在宋，名不甚显，然此书之编录，在文献传记学上，贡献极大。后人继作，则有明徐朝文（纮）之《明名臣琬琰录》及《续录》，去取谨严有法度，不及大珪，而所辑自洪武迄弘治，收载亦及二百余人，其人物事迹，多大体可传。钱、缪、闵三家之辑录，亦皆仰汲其流，其价值贡献，与大珪固在伯仲之间耳。

清代学者编著学术史，而用传记之体者，继清初孙夏峰《理学宗传》之后，有江郑堂（藩）《国朝汉学师承记》，及唐镜海（鉴）《国朝学案小识》二书。江著成于嘉庆间，实为当时一大创作。阮文达（元）序之，以谓"读此可知汉世儒林家法之承授，国朝学者经学之渊源，大义微言，不乖不绝，而二氏之说，亦不攻自破"。其揄扬可谓至矣。惟江氏此书，显分汉、宋门户，壁垒森严，论者或病其隘。然清代经学，汉、宋本自分立，其专宗汉学，以抵程朱之隙者，惠（栋）、戴（震）之伦是也。其专宗程朱义理，兼传稽汉唐注疏者，方（苞）、姚（鼐）之伦是也。宗汉学者，薄宋贤为空疏，而治宋学者，又病汉儒为支离。二派各树一帜，互相水火。至曾文正一宗宋儒，不废汉学，力破门户之争，进而为汉宋谋会通，一归之于礼学，而后其争乃渐熄。江著直写当时实情，要非故立名目，妄事轻薄，而其于宋学，又另撰《国朝宋学渊源记》，亦并不完全摈弃。特江氏亦汉学家流，故间对宋学流露不满之意，是则门户之见未能尽泯，持以客观之例，自有间矣。至其传述清儒，上继全（祖望）、黄（宗羲）《宋元学案》《明儒学案》，下开章太炎（炳麟）《检论·清儒》，以及梁氏《清代学术概论》《中国近三百年学术史》，钱先生（穆）《中国近三百年学术史》，徐菊人（世昌）《清儒学案》（钱先生有改作，尚未印行）在学术史上之地位，仍极重要也。清代理学，亦分二派，其恪守程朱家法者，陆陇其、陆世仪、张履祥诸先生也。其兼宗陆王，而不信于程朱者，孙奇逢、李颙、汤斌诸先生也。唐镜海《学案小识》传理学诸儒，似师熊赐履《学统》第分正统、翼统、附统、杂统之例，而分立传道、翼道、守道三案，第其高下，以二陆为直绍洛、闽之统，而别设经学、心学两案，显示排斥之意，且摈孙夏峰不录，复深致其鄙夷，其门户之见，较江氏为尤甚。讲学家卫道习气，牢不可破，其书之内容，亦因之而大为减色，较江著又等而下之，论者病焉！此外不专为一派学者作传，而合儒林文苑为一者，则又有钱东生（林）《文献征存录》。此书初名《当代名流纪事》，未经完成而钱氏遽而谢世。遗稿经其门人王萩原（藻）整理为十卷，而由俞理初（正燮）为之刻行。钱氏故熟于本朝文献掌故之学，斯书则其毕生精力所萃。王萩原序述其著述经过有云：

先生体弱多病，不喜酬应，日常过午不食。每夙兴，在丑寅之交，率烧高烛一二枝，阅书数十番，天始明。无间寒暑，搜讨极勤，蝇头细字，或行或楷，随笔著录，间有涂抹，至不可辨。兹所辑为《当代名流纪事》，凡十一册，廿余年来未成书也。

据汪孟慈（熹孙）《钱学士墓表》，则此书系拟上史官之作。钱氏在史馆久，多识旧闻，所传条列件系，絜其纲维，能知作者之意。而辞采达雅，则又有非江唐所及者。惟全书儒林与文苑杂陈，不如江著之秩然就理，盖门人厘定之作，或非钱氏本意也。

其不专以清代学者为限，而远溯上世者，则有朱若瞻（轼）《历代名儒传》八卷，其成书较以上三家为早，自明以来传名儒者，大抵宗宋而祧汉唐，而宋又断自濂、洛以下。朱氏此传，上起田何、伏生、申公诸人，不没其传经之功；中及董仲舒、韩愈诸人，不没其明道之力；于宋则胡瑗、孙复、石介、刘敞、陈襄，虽轨辙稍殊，亦并见甄录，绝不存门户之见，论者以为得圣贤之大公。是传系出李清植手，而朱氏为之裁定，虽属编纂性质，非出自撰，然其去取矜慎，又具别裁，而态度大公，尤非通儒莫办。惜乎江、唐诸氏之不能继其轨也！朱氏此书所传，至元而止。而康熙间沈昭嗣（佳）所撰《明儒言行录》十卷、《续录》二卷，仿朱子（熹）《名臣言行录》例，编次明一代儒者，持论淳谨，不挟门户私见，盖朱作之先声矣。

明清之际，在中国学术界有一大新潮流，是为西学之东渐。其时欧洲各国耶稣会传教士，如意大利人利玛窦、熊三拔，西班牙人方济各、庞迪我，葡萄牙人孟三德、孟儒望等相继来华传教，而多通天文算学。其时明清方在对峙，故颇以测绘地图、制造炮火为明廷所信任。至清而南怀仁、汤若望、徐日升之伦，亦皆为清帝所见重，因而天算之学，盛行一时。而清儒之被其影响者，自梅定九（文鼎）、王寅旭（锡阐）、吴任臣（志伊）、薛仪甫（凤祚）诸大家而下，以迄戴东原（震）、钱竹汀（大昕）、董方立（祐诚）等，皆以天算之学名于时。至嘉庆间，仪征阮文达（元）次诸人事迹为一书，曰《畴人传》，盖取古人畴为世业之义，为历算家大张其军，以为数术穷天地，制作侔造化，儒者之学，于斯为大。凡录黄帝以来之传斯学者，迄清之中叶，共二百八十人。西洋来华之学者，亦皆列焉。其书又经罗士琳、诸可宝续编，又继录本朝学者若干人，一并刻行。此为我国学者为历代科学家作传之嚆矢，亦即欧人鲍尔（R.Ball）之《天文家名人传》，哈罗（B.Harrow）之《化学名人传》，同属传记中专门著作。然后者文笔较通俗，而前者偏重理论，文字亦较深奥，其在中国学术界，贡献甚大，而自传记文学立场言，则非一般人可读之书也。

雍正间，朱若瞻（轼）偕张江、蓝鼎元、李锺侨、张福昶等撰《历代名臣传》《循吏传》，标举典型，以示效法，与《名儒传》同为世所称，而未及本朝。至咸同中兴，有二书传述本朝人物，堪与此继武者，则李次青（元度）《国朝先正事略》，朱仲我（孔彰）《中兴将帅别传》是也。按自朱子撰《五朝名臣言行录》《三朝名臣言行录》，编次有宋诸名臣事迹，期有裨于世教。李士英（幼武）继成续、别、外三集，南渡中兴后四朝名臣，又略备焉（明人尹直亦有《续录》，余未见）。元苏伯修（天爵）又继之，撰《元名臣事略》十五卷，亦仿朱子《言行录》例，而始末较详（清初徐某有《明臣言行录》，余未见）。李氏事略，盖亦承其遗绪，而兼为钱衎石之续者。若朱氏别传，则又续李氏《事略》者也。按《言行录》亦列传之体，黄太冲尝谓列传善善恶恶，而言行录善善之意长，然非皎洁当年，一言一行，足为衣冠之准的者，无自而入，则比之列传为尤严。上述诸家之作，虽才识有高下，功力有浅深。然于此义，则皆相去不甚远。李氏《事略》，分名臣、名儒、经学、文苑、遗逸、循良、孝义七门，所包括较诸家言行录为广，而删繁就简，别有义法，尤非钱氏《碑传集》所可比。其自序谓："昔归震川自恨足迹不出里门，所见无奇节伟行，以发摅其文章之气，今元度放废归田，得网罗散失，以成此编，可谓极尚友之乐矣！"是其自许，亦自不小。今按李氏此作，成书虽与江唐二氏相接踵，而其态度议论，一本曾文正之说，不为江唐所牢笼，其凡例有云：

夫一贯之旨，曾子自行入，子贡自知入，其有得于圣道，一也。伯夷之清，柳下惠之和，孟子皆推为圣，未尝是此而非彼也。是编不分门户，渊源所在，各以类从，其议论之相反，而适可以相救者，均详列之，以俟后之君子论定焉。

持论最为得体，虽阐扬师说，秉承有自，要亦一时豪杰之士也！李氏《事略》，成于同治初年，于咸同将帅，因体例所限，仅录及死难之人，而其时伟人乘运，可传者实多。故至光绪中朱仲我（孔彰）乃续撰为书，题曰《中兴将帅别传》，凡卅卷，孙仲容（诒让）序其端云：

朱君尝从文正戎幕讲学，甚悉于戏下材官健儿，多相狎习。尝从询兵间事，辄得其详，故此传记述特翔实，两朝勋臣事迹略备，下逮偏裨，外附客将，捃录无所遗。又间及轶闻杂事，以见伟人奇侠精神志趣所流露，则奄有史公李将军传之奇矣。所缀论述，简而竺，严而不刿，信乎良史之才，非与夫考纂琐屑者，校其短长也。

称誉虽不免稍过，要其平正通达，简断有法，足与李著媲美矣。

以上所述，概系私家著作，至官修清史列传，原刊而收于四库者，有《宗室王公功绩表传》《蒙古王公功绩表传》各十二卷。又坊间流行者，有《满汉名臣》《贰传》《逆臣》诸传，以及后来之《清史列传》，内容增减，先后不同，事之涉两歧者，间亦不免。大抵史料之价值大，而文学之趣味微，本书概置不录。惟阮文达《国史儒林传》，识解宏通，方法谨严，在诸传中为最特出之作。龚定庵（自珍）尝谓："圣源既远，宗绪益分，公在史馆，条其派别，谓师儒分系，肇自《周礼》《儒林》一传，公所手创。谈性命者疏也，恃记闻者陋也。道之本末，毕赅乎经籍，言之然否，但视其躬行，言经学而理学可包矣，觇躬行而喙争可息矣。且夫不道问学，焉知德性？刘子以威仪定命，康成以人偶为仁，门户之见，一以贯之，是公性道之学。"（《阮尚书年谱》第一序）最足阐其精微，然印行与传钞之本，未尽相同，《清史列传》所载，又非原来面目。客中无从得原本，亦并不录，而略加附论于此，俾读者能自求焉。

清季外侮日亟，引起康梁之维新运动，思想学术，至此又一大变。其表现于传记文学者，一为对中国往古人物之重新估价，另一为介绍泰西各国名贤之事迹，此二者皆可以梁任公为代表人物。梁氏传记专著之属于前一类者，有《张博望班定远合传》《赵武灵王传》《袁崇焕传》《中国殖民八大伟人传》《郑和传》《王荆公传》及《管子传》，皆作于光绪之季，其后续成之《陶渊明年谱》《辛稼轩年谱》及《朱舜水年谱》三种，用意亦大体不甚相远。其属于后一类者，有《匈加利爱国者噶苏士传》《意大利建国三杰传》《罗兰夫人传》《克林威尔传》，以及《霍布士学案》《斯片挪莎学案》《卢梭学案》等多种，皆鼓吹新思想，资以改良政治者也。而于并时人物，则又撰有《南海康先生传》、《李鸿章传》(一名《中国四十年来大事记》) 二种。大抵梁氏对中国历史上人物，认识较深，故多能摹其心影，传其真象。而《王荆公》《南海康先生》二传，为尤多独到之处，一新世人耳目。至介绍泰西人物，则多失之粗浅，特其创始之功为不可没也。我国历史上伟大人物，除唐沙门慧立、彦悰《大慈恩寺三藏法师传》等一二传记外，向少专传之作。一般传记，多失之简略呆板，只叙其个人之行谊而止，不足为论世之资。自梁氏诸传出，而为中国传记文学辟一新径。当今传记文学之别开生面，皆直接间接受梁氏启导之赐，其贡献不可谓不宏矣！虽然，梁氏于其《中国历史研究法补编》中，论专传作法，目无余子，持论甚高，而检其所作如《李鸿章传》之类，芜累散漫，去其所论甚远。则作专传一事，务其尽善尽美，亦大不易！盖创议易精，秉笔难副，此在通才，间亦难免，不必尽为梁氏咎矣。

石达开“答曾国藩五首”伪诗作者之推测[1]

梁任公（启超）《饮冰室诗话》有一则云：

任公说：“太平翼王石达开，其用兵之才，尽人知之，而不知其娴于文学也。近友人传诵其诗五章，盖曾文正曾招降彼，而彼赋此以答也。”诗云：

曾摘芹香入泮宫，更探桂蕊趁秋风。少年落拓云中鹤，陈迹飘零雪里鸿。声价敢云空冀北，文章今已遍江东。儒林异代应知我，只合名山一卷终。

不策天人在庙堂，生惭名位掩文章。清时将相无传例，未造乾坤有主张。况复仕途多幻境，几多苦海少欢场。何如著作千秋业，宇宙长留一瓣香。

扬鞭慷慨莅中原，不为仇雠不为恩。只觉苍天方愦愦，莫

[1]《李文实手稿（第三辑）》（青海人民出版社，2023 年）收录其手稿。此篇为整理者首次辑录。——编者

凭赤手拯元元。三年揽辔悲羸马，万众梯山似病猿。我志未酬人亦苦，东南到处有啼痕。

若个将才同卫霍，几人佐命等萧曹。男儿欲画麒麟阁，早夜当娴虎豹韬。满眼河山增历数，到头功业属英豪。每看一代风云会，济济从龙毕竟高。

大帝勋华多颂美，皇王家世尽鸿蒙。贾人居货移神鼎，亭长还乡唱大风。起自匹夫方见异，遇非天子不为隆。醴泉芝草无根脉，刘裕当年田舍翁。

此诗自叙履历，兼述志气，所云名山一卷，著作千秋，盖亦有所自负矣！前后四章皆不免下里巴人之诮。独第三章则即以诗论，亦不愧作者之林，且仁人之言蔼如矣。至其怀抱帝王思想，不知民权大义，则固不足以责数十年前之人物也。(《饮冰室文集》卷四十五上)

任公之言如此，时人多信之不疑。然据罗尔纲先生考证，谓诗中所述出身与翼王石达开出身不符，盖达开乃富农之子，自幼读书不成，未尝中举也。又诗中辞句愤怨“苍天”，妄拟“大帝”均与太平天国宗教制度不合，遂断其为伪作。(见罗氏《太平天国史辨伪集·石达开假诗考》)其论甚赅，按世传达开诗，其中二十首均出高天梅手笔，经柳亚子先生所证明，惟此五首诗尚失其作者。

罗先生只考证其为赝鼎，而亦未追索及此，殊为憾事。窃不自揆，颇拟继罗先生之后，试为之推测，倘亦大雅之所不弃欤?

尝疑此五首诗出梁任公伪托之作，月前以告友人方诗铭君，诗铭谓此诗亦见黄世仲《洪秀全演义》，似其时代较《饮冰室诗话》为早。及余检冯自由《革命逸史》，则《洪秀全演义》于光绪卅三年丁未（1907）初，发表于《有所谓》及《少年报》；次年，卅四年戊申（1908）《中国报》，乃以单行本行世。而考《饮冰室诗话》之作，其前半固成于光绪廿八年壬寅（1902）、廿九年癸卯（1903）之间，后半并及诗人黄遵宪之卒，按黄氏卒于光绪卅一年乙巳，是为一九〇五年。可知《诗话》发表时间，实早于《洪秀全演义》之撰述约五年，黄氏书中“石达开诗退曾国藩”一回中之诗，盖采自《诗话》可知。是此，五首伪作之首见于《饮冰室诗话》，而辗转为黄世仲、罗鸣涛（编《太平天国诗文钞》者）及卢冀野（编刊《石达开遗诗》者）所采录，又无待烦言矣。

此五首伪诗既首见于《饮冰室诗话》，按诸著述通例必须表明其出处，而任公于此，竟含糊其辞，以“近友人传诵其诗五章”一语滑过之，此友人为谁？传闻自何处？均避而不言，此实一大破绽。因翼王石达开在太平天国史上，居有重要地位，此一史料之发现，例应受当时学术界之重视，且任公著录此诗，适当排满志士云集之日本，亦自无所顾忌；况此诗才华奔发，吐词宏伟，即就诗论诗，亦足传诵众口，何他人均无闻及，独任公一人备知之哉？可见友人传诵云云，乃任公之托词，实则甚可能出其自作也。

兹姑假定此五首诗出任公有所寄托之什，进而推寻其隙漏与原因，尚不无迹象可寻也。

第一，罗尔纲先生谓此五首诗，所自述出身与翼王石达开出身不符。持此以衡诸任公，则颇有其相似之处。按任公六岁毕业五经，八岁学为文，九岁能日缀千言，十二岁补新会学生，十三岁入学海堂，十七岁中试光绪辛卯广东乡试举人。此其少年科第，与诗中所言"曾摘芹香入泮宫，更探桂蕊趁秋风"者正相合也。十八以后从康有为于万木草堂，治公羊及周秦诸子、佛典，闻所谓"大同义"，并好墨子，及与陈千秋、谭嗣同游，遂舍讲学而志从政，创《时务报》，著《变法通议》，文名藉甚。而自任长沙时务学堂讲席，议论激切。遂引起叶德辉翼教之驳辩，及张之洞新旧之折衷。直至其走京师，与康有为上书论变法，则海内风动，无不知其议论文章。此其所谓"声价敢云空冀北，文章今已遍江东"者非耶？

戊戌维新之失败，在任公不可谓非一大惨痛回忆。事后痛定思痛，憬然致身廊庙，位极人臣之幻觉之破灭，退而思以著述自见。故其诗曰："况复仕金多幻境，几多苦海少欢场。何如著作千秋业，宇宙还留一瓣香。"且自赞自叹曰："所云名山一卷，著作千秋，盖亦有所自负矣。”其凄凉胸襟可想。第三首似写变法失败之怨恨，回首或伤维新党人，当时自无武力，而借重袁世凯之终于偾事，惟末首始旧诸达志事，藉以补足其题义。然达开自离天京，迹其行事，并无自打江山之意象，诗以刘裕自期，亦无非任公心目中之达开而已。虽然，此首中亦并非全无任公影子，任公变法虽失败，犹自矜知遇之隆。盖任公以此年人结主知，布衣召见并赏给六品卿衔，办理译书局事务。宠信几逾于阁部大臣，苟在帝心，真所谓“起自匹夫方见异，遇非天子不为隆”矣！此诗之本事，仿佛任公早年之遭际者也。

第二，再就诗中所表现之思想而言，亦非进步之革命思想。石达开乃一时革命志士，其所抱负在推翻满清，澄清中原，岂屑汲汲于无可奈何之后世之名。而此诗中所笼罩弥漫者，却为久被封建及科举制度所束缚之功名观念，其所仰望之事业，无非王佐之业。及此种幻想归于破灭，乃废然退而思，为后世不可知之名。此中理想人物，为孔为孟为屈原为司马迁，而司马迁且尝自慷慨言之，所谓：“昔西伯拘羑里，演《周易》;孔子厄陈、蔡，作《春秋》;屈原放逐，著《离骚》；左丘失明，厥有《国语》；孙子膑脚，而论《兵法》;不韦迁蜀，世传《吕览》;韩非囚秦，《说难》《孤愤》;《诗》三百篇，大抵贤圣发愤之所为作也。此人皆意有所郁结，不得通其道也。”（见《史记·司马迁自序》）几为后世求缺陷补偿者之不二法门。任公早年，壮志英发，为一积极功名之士，而其政治路线，则犹不脱其师之君宪保皇。《诗话》所谓“至其怀抱帝王思想，不知民权大义”，不无解嘲之嫌。全诗中较有革命家气息者，亦惟“我志未酬人已苦，东南到处有啼痕”二语，然犹有不免恻然仁者之言，有志再造如石达开者，视此正不啻妇人之仁。且达开自天京出走，尚非穷途末路，固不至发“我志未酬”之叹。而尝赋《志未酬》诗者，此其人正为任公。所云：“众生苦恼不断如乱丝，吾之悲悯亦不断如乱丝”（见《饮冰室文集》四十五下），非蔼然仁者之言乎？故自全诗所表现之思想意识言，非横绝一世革命家慷慨述志之旨，而为宦海失意功名之士之悲鸣。是则此诗当为任公戊戌事变后，亡命海外时思痛之作。迨壬寅、癸卯间发表《诗话》，遂托革命巨子石达开以传，任公固亦尝以鼓吹革命自任，实则其仅为一唯事革新之老新党，其意识非仅与洪、杨不侔，且亦与孙中山先生后来领导之革命党异趣也。

第三，更就任公早年文章之体裁气息以言，则其文“务为平易畅达，时杂以俚语、韵语及外国语法，纵事所至不检束”，而“笔锋常带情感”。在当时号称新民体，为古文之一大解放。揆其为诗，亦正如其文，别有一种淋漓感慨之气。此五诗在体例方面，好用俗语：如声价、文章、风云、龙虎、仕途、苦海等词，皆属俗套。而在气息方面，却淋漓尽致，固有其近似之处。复细检任公早年所为诗，如“慨然望澄清，与君骋两骖”（《留别梁任南汉挪路卢》）、“怜余揽辔澄清志，廿载销磨苦未降”（《送土尔扈特王归国》）、“相期揽辔澄清志，中历百忧知未降”（《送门人杨维新入京》）、“何时睹澄清，一洒民生艰”（《双涛园读书》），无异所谓“扬鞭慷慨泣中原”者也；如“剖心修六烈，流血为黎元”（《留别澳洲诸国志六首》）、“凌弱媚强天梦梦，自由平等性存存”（《书感四首·寄星洲寓公仍用前韵》）、“此去承明对宣室，定闻吁策起黎元”，依稀所谓“只觉苍天方愦愦，莫凭赤手拯元元”也；如“辜负胸中十万兵，百无聊赖以诗鸣”（《读陆放翁集》）、“我所思兮在何处？卢（梭）孟（德斯鸠）高文我本师”（《次韵酬星洲寓公见怀二首并示遁庵》）、“献身甘作万矢的，著论求为百世师”（《自励二首》），则犹恍然“只合名山一卷终”矣。此或求之过刻，合诸前论，要亦可思也。

以上三事，系就任公出身际遇，思想意识及文体气息以推论，蛛丝马迹，不无疑似之点。最后，尚有一事可资吾人寻味者，则任公固尝以己作伪托诸乩仙也。曩见冯自由先生《革命逸史》，其中有“梁任公之情史”一则云：

当其未晋京之前，尝与同门扶乩试问休咎，得乩仙批示律诗二章曰：

蛾眉谣诼古来悲，雁殡衡沙远别离。三字冤沉名士狱，千秋泪洒党人碑。阮生负痛穷途哭，屈子犹怀故国思。芳草幽兰怨摇落，不堪重读楚骚辞！

煮鹤焚琴事可哀，那堪回首望蒿莱。一篇鹏鸟才应尽，五字河梁气暗摧。绝域不逢苏武驾，悲歌愁上李陵台。男儿一死当何惜，抚剑纵横志未灭。

此诗出示于戊戌政变以后，世人颇有疑为启超所杜撰者。(《逸经》半月刊第八期，《革命逸史·初集》未收)

按此二诗概括任公戊戌事变前之早半生，何乩仙之灵验若此！而且体裁气息，又与前之首诗一脉相通，又出自后来自示，非由同门所传布，其为任公自撰当无疑。盖此属任公之诙诡自喜，而“答曾国藩五首”，则其平生枨触之寄托也。其一托以乩仙，寄鬼神之幽杳；一托诸翼王，发英雄之感慨。二者虽俱有所隐，然其心事，遂竟依此以传，则亦倘其初志欤？

1951年1月20日于上海

埋忧集一·《石点头》本事[1]

明人平话小说著者如冯犹龙之三言《喻世明言》《警世通言》《醒世恒言》，凌濛初之《拍案惊奇》诸作，早为士林所艳称外。晚近又有周清原《西湖二集》，东鲁古狂生《醉醒石》及天然痴叟《石点头》三书行世。按《石点头》共十四卷，其目如次：

第一卷：郭挺之榜前认子

第二卷：卢梦仙江上寻妻

第三卷：王本立天涯求父

第四卷：瞿凤奴情愆死盖

第五卷：莽书生强图鸳侣

第六卷：乞丐妇重配鸾俦

第七卷：感恩鬼三古传题旨

[1]《李文实手稿（第三辑）》（青海人民出版社，2023 年）收录其手稿。此篇为整理者首次辑录。——编者

第八卷：贪婪汉六院卖风流

第九卷：玉箫女再世玉环缘

第十卷：王孺人离合团鱼梦

第十一卷：江都市孝妇屠身

第十二卷：侯官县烈女歼仇

第十三卷：唐明皇恩赐纩衣缘

第十四卷：潘文子契合鸳鸯冢

其书为金阊叶敬池所刊行（余所见者为上海杂志公司据崇祯禁刻原本排印本），题页有“墨憨主人评”字样。按：墨憨主人乃冯犹龙，亦即本书序题古吴龙子犹者是也。是则天然痴叟为何人所托名，虽不可知，而其与冯氏为同时人，且属交游则无可疑。是书取名，盖本于生公说法，顽石点头故事，故冯序谓“若云生公不可作，吾代为说法”，其旨意可见。盖尚评议，垂教诫乃当时著说风气使然，近人辄斥其庸腐，似未论其世耳。

此书所包括十四篇平话中，其取材于唐代而为世所习知者，为第九卷“玉箫女再世玉环缘”及第十三卷“唐明皇恩赐纩衣缘”二篇。按《唐诗纪事》卷四十八韦皋条云：

皋少游江夏，止于姜使君之馆，有小青衣曰玉箫，才十许岁，常侍皋。皋后告别，于约后会，因留玉指环一枚，并诗寄情云："黄雀衔来已数春，别时留解赠佳人。长江不见鱼书至，为遣相思梦入秦。"

又《太平广记》卷二七四情感门韦皋条引《云溪友议》云：

唐西川节度使韦皋，少游江夏，止于姜使君之馆。姜氏孺子曰荆宝，已习二经，虽兄呼于韦，而恭事之礼如父也。荆宝有小青衣曰玉箫，年才十岁，常令只侍韦兄，玉箫亦勤于应奉。后二载，姜氏入关求官，家累不行。韦乃易居止头陀寺，荆宝亦时遣玉箫往彼应奉。玉萧年稍长大，因而有情。

时廉使陈常侍得韦季父书云："侄皋久客贵州，切望发遣归觐。"

廉使启缄，遗以舟楫服用，仍恐淹留，请不相见，泊舟江濑，俾篙工促行。韦昏暝拭泪，乃裁书以别荆宝。宝顷刻与玉箫俱来，既悲且喜。宝命青衣往从侍之。韦以违觐日久，不敢俱行，乃固辞之。遂与言约，少则五载，多则七年，取玉箫，因留玉指环一枚，并诗一首遗之。既五年，不至。玉箫乃静祷于鹦鹉洲。又逾二年，至八年春，玉箫叹曰："韦家郎君，一别七年，是不来矣！"

遂绝食而殒。姜氏悯其节操，以玉环著于中指而同殡焉。后韦镇蜀，到府三日，讯鞫狱囚，涤其冤滥，轻重之系，近三百余人。其中一辈，五器所拘，偷视厅事，私语云："仆射是当时韦兄也。"

乃厉声曰："仆射！仆射！忆姜家荆宝否？"

韦曰："深忆之。"

姜曰："即某是也"。

公曰："犯何罪而重系？"

答曰："某辞韦之后，寻以明经及第，再选青城县令，家人误爇廨舍库牌印等。"

韦曰："家人之犯，固非己尤。"

即与雪冤，仍归墨绶，乃奏授眉州牧。敕下，未令赴任，遣人监守，朱绂其荣，且留宾幕。时属大军之后，草创事繁，凡经数月，方问玉箫何在？姜曰："仆射维舟之夕，与伊留约，七载是期，既逾时不至，乃绝食而终。"

因吟留赠玉环诗云："黄雀衔来已数春，别时留解赠佳人。长江不见鱼书至，为遣相思梦入秦。"

韦闻之，益增凄叹！广修经像，以报夙心。且想念之怀，无由再会。时有祖山人者，有少翁之术，能令逝者相亲，但令府公斋戒七日。清夜，玉萧乃至，谢曰："承仆射写经造像之力，旬日便当托生。却后十三年，再为侍妾，以谢鸿恩。"

临去微笑曰："丈夫薄情，令人死生隔矣！"

后韦以陇右之功，终德宗之代，理蜀不替。是故年深累迁中书令，天下响附，沪僰归心。因作生日，节镇所贺，皆贡珍奇，独东川卢八座送一歌姬，未当破瓜之年，亦以玉箫为号。观之，乃真姜氏之玉箫也，而中指有肉环隐出，不异留别之玉环也。韦叹曰：“存殁之分，一往一来。玉箫之言，斯可验矣！”

《玉环缘》一篇，即本此而敷衍者，其叙皋陇右诸事，则皆本诸《新旧唐书》本传。至渲染增饰，以圆其事，则小说家常例然也。

又孟棨《本事诗·情感》第一篇云：

开元中，颁赐边军纩衣，制于宫中。有兵士于短袍中得诗曰：“沙场征戍客，寒苦若为眠。战袍经手作，知落阿谁边？蓄意多添线，含情更著绵。今生已过也，重结后身缘。”兵士以诗白于帅。帅进之玄宗。命以诗遍示六宫曰：“有作者勿隐，吾不罪汝。”有一宫人自言万死。玄宗深悯之，遂以嫁得诗人，仍谓之曰：“我与汝结今身缘。”边人皆感泣。

《唐诗纪事》卷七十八“开元宫人”条略同。《纩衣缘》一篇，即本此而点染者。此两事本俱悽艳，然前人摹写犹嫌未尽，流传亦未广远。作者采之，以成小说，尽能极艳，情致宛然，妙笔生花，诚不愧化腐朽为神奇矣。惟《纩衣缘》以哥舒翰守潼关之卒当边军，则不若以戍临洮诸塞之卒为更当也。

本书中除此二篇外，他篇本事亦尚有可征者，如第三卷“王本立天涯求父”、第十一卷“江都市孝妇屠身”及第十二卷“侯官县烈女歼仇”是也。按《明史》卷二九七《列传》一八五《王原传》云：

王原，文安人。正德中，父珣以家贫役重逃去。原稍长，问父所在。母告以故，原大悲恸。乃设肆于邑治之衢，治酒食舍诸行旅。遇远方客至，则告以父姓名、年貌，冀得父踪迹。久之无所得。既娶妇月余，跪告母曰：“儿将寻父。”母泣曰：“汝父去二十余载，存亡不可知。且若父氓耳，流落何所，谁知名者？无为父子相继作羁鬼，使我无依。”原痛哭曰：“幸有妇陪母，母无以儿为念，儿不得父不归也。”号泣辞母去，遍历山东南北，去来者数年。

一日，渡海至田横岛，假寐神祠中，梦至一寺，当午，炊莎和肉羹食之。一老父至，惊觉。原告之梦，请占之。老父曰：“若何为者？”曰：“寻父。”老父曰：“午者，正南位也。莎根附子，肉和之，附子脍也。求诸南方，父子其会乎？”原喜，谢去，而南逾洺、漳，至辉县带山，有寺曰梦觉，原心动。天雨雪，寒甚，卧寺门外。及曙，一僧启门出，骇曰："汝何人？"曰："文安人，寻父而来。"曰："识之乎？"曰："不识也。"引入禅堂，怜而予之粥。珣方执爨灶下，僧素知为文安人，谓之曰："若同里有少年来寻父者，若倘识其人。"珣出见原，皆不相识，问其父姓名，则王珣也。珣亦呼原乳名。相抱持恸哭，寺僧莫不感动。珣曰："归告汝母，我无颜复归故乡矣。"原曰："父不归，儿有死耳。"牵衣哭不止。寺僧力劝之，父子相持归，夫妻子母复聚。后原子孙多仕宦者。

此"王本立天涯求父"篇之本事，篇首写明代催比之酷苛累民，令人有苛政猛虎之感。明季之乱，催科亦一主因，盖作者目击其苦，而假此发之，故不觉其言之切也。又按《新唐书》卷二〇五《列传》一三〇《列女传》载周迪妻事云：

周迪妻某氏。迪善贾，往来广陵。会毕师铎乱，人相掠卖以食。迪饥将绝，妻曰："今欲旧，不两全；君亲在，不可并死，愿见卖以济君行！"迪不忍，妻固与诣肆，售得数千钱以奉。迪至城门，守者谁何，疑其绐，与迪至肆问状，见妻首已在枅矣。迪裹余体归葬之。

《太平广记》卷二七○《妇人》一“周迪妻”条同此。此“江都市孝妇屠身”篇之本事。唐书已失其姓，此篇则以宗二娘名之，亦小说家姑假称之耳。篇中云，人肉亦各有名称等级，尝见稗史野记间载之，非作者意为之也。长乐郑振铎尝斥此二篇庸腐，不知其本诸史乘而加赞叹之作,初非漫为神道设教之笔也。又按《午梦堂全集·伊人思》(吴江沈宜修辑)《唐宋遗事》载申屠氏事云：

宋女子申屠氏，字休光，美而艳，临嫁留别诗云：“女伴门前望，风帆不可留。岸鸣蕉叶雨，江醉蓼花秋。百岁身为累，孤云世共浮。泪随流水去，一夜到闽州。”后以殉节死。

此又“侯官县烈女歼仇”篇本事业也。手头无《宋诗纪事》，故不暇求其详，沈氏，明季人，当有所本。以余之俭腹，兼以客中乏书，所能考索者止此，然即此已略可知平话家载笔，犹承宋人讲史之绪，非皆凿空笔墨也。

全书中就故事情节及结构而言，要以“王孺人离合团鱼梦”“卢梦仙江上寻妻”二篇为最出色，他如“瞿凤奴情愆死盖”篇之写孀妇之情欲难禁,“贪婪汉六院卖风流”篇之写税吏之贪酷，俱能入木三分，深刻淋漓。历来司榷局者、贪婪者多，犹记明陆楫《蒹葭堂杂著摘抄》载一事云：

吴中名士陆楠，登乡荐，上南宫不售。归过扬州钞关，有部官司关，欲税其舟。楠投一诗云："献策金门苦未收，归心日夜伺东流。扁舟载得愁千斛，幸有明王不税愁。"其官见诗，迎而礼之。下第士闻者为之绝倒。

此自明时事，其与作者所写吾爱陶，亦只雅俗之分，其滥税则一，大可比观。此或作者痛愤贪酷，有意肆愤之作。世间贪吏何限，而必其托食倡寮，子女又并食其报，其事亦正难遇也。

至若第七卷"感恩鬼三古传题旨"篇所云三古故事，似《西湘二集》某篇中亦曾采及，则此或为明季流行之故事，亦不尽属文人一时臆说欤。

辛卯五月初四日先公逝世十周年纪念日记于吴门客寓

埋忧集三·《致身录》伪书考略[1]

明代野史颇纪建文逊国遗事。迨万历时史仲彬《致身录》、程济《从亡随笔》及玉海子刘琳《拊膝录》等书出，而其说益彰。惟钱谦益力辨其伪，撰《致身录考》，列十证以辟之，其说甚覆。按钱说据史彬墓表及史事以驳录，实史家推论时世先后及史料抉原之法。其说首云：

成化间，吴江处士史鉴明古与长洲吴文定公为友，尝请文定公表其曾祖讳彬字仲质之墓。今《匏庵集》中所载《清远史府君墓表》是也。

此史彬事迹之初见于纪载，亦即详实而未失其真面者。其后忽有《致身录》其书出世，而史彬面目遂一变。故钱氏继述其书出现

[1]《李文实手稿（第三辑）》（青海人民出版社，2023年）收录其手稿。此篇为整理者首次辑录。——编者

之原委云：

万历中，吴中盛传《致身录》，称建文元年，彬以明经征入翰林为侍书。壬午之事，从亡者三十二人，而彬与焉。彬后数访帝于滇、于楚、于蜀、于浪穹。帝亦间行数至彬家。诸从亡者，氏名踪迹，皆可考证。前有金陵焦修撰序，谓得之茅山道书中。好奇慕义之士，见是录也，相与欷嘘太息，徨凭吊，一以为必有，一以为未必无。南科臣欧阳调律上其书于朝，且有欲为请谥立祠，附方、铁诸公之后者。

依此说则史彬尝为建文朝侍书，且从帝出亡，踪迹甚密。此《墓表》之所无，而录所特详者。钱氏以后出者转译，因断论其伪云：

余以墓表暨录参考之，断其必无者有十：

表称："彬幼跌宕不羁，国初与诸少年缚贪纵吏献阙下，赐食与钞，给舟遣还。恭谨力田，为粮长，税入居最。每条上利害，多所罢行，乡人赖之。"如是而已。令彬果逊国遗臣，纵从亡访主，多所讳忌，独不当云"曾受先朝辟召"乎？即不然，亦一老明经也。其生平读书缵文，何以尽没而不书乎？文定之表，盖据明古行状，何失实一至于此？其必无者一也。表称："每治水诸使行县，县官以为能，推使前对，反覆辨论，无所畏。”彬既从亡间归，尚敢邛首伸眉，领诸父老抗论使者前，独不畏人物色乎？县官岂无耳者，独不知为故翰林侍书，推使前对使者乎？其必无者二也。表记彬生平，自缚吏诣阙，足迹不出里闬。录载其间关访主，廿年之间，遍走海内，何相背也。洪熙初，奉诏籍报民间废田，减邑税若干石。以录考之，彬方访帝于滇南，何暇及此。其必无者三也。表言彬重然诺，遇事不计利害，至死不悔。而录云：“以从亡为仇家所中，死于狱。”彬实未曾死狱，而云以从亡死狱，甚其词以觊恤也。表书其卒之日宣德二年三月十日，而录云后三日；书其年六十有二，而录云六十七。卒之年与日皆舛误。其必无者四也。从亡徇志之臣，或生牧圉，或死膏草野，或湮灭而渊沉，或鸟集而兽散。身家漂荡，名迹漫漶。安有晏坐记别，从容题拂曰某为补锅匠，某为葛衣翁，某为东湖樵，比太学之标榜，拟期门之会集哉？野史记壬午七月，有樵夫闻诏，自湛于乐清之东湖，今则以为从亡之牛景先。岂湛湖者一樵，从亡者又一樵耶？其必无者五也。录载彬入官后，元年谏改官制，四年请坚守，请诛增寿，皆剽窃建文时政，以彬事傅致之也。不然，何逊国诸书一时论谏皆详载，而独于彬削之耶？其必无者六也。

录后有敷奏记事，洪武二十四年八月廿五日东湖史仲彬缚贪纵官吏见上于奉天门，赐酒馔宝钞。次日陛辞，朱给事吉祖之秦淮，王文学彝、张待制羽、布衣解缙赋诗赠行，而给事中黄钺记其事。按朱吉墓记：洪武二十三年，辞荐不起，廿五年，以明经能书荐入中书，书诏敕。二十七年，授户科给事中。是年吉正辞疾里居，尚未入官，何得称给事中祖饯秦淮也？张羽为太常司丞，谪岭南，半道召还，自沉于龙江，此洪武初年也。王彝与魏观、高启同诛，洪武七年也。解缙二十三年除江西道监察御史，旋放归，是年缙不在朝，又不当称布衣也。黄钺建文元年以宜章县典史中湖广乡试，次年中胡广榜进士，授刑科给事中，安得洪武中先官给事也？作是录者，以钺同郡人，又死于壬午，故假钺以重彬，而不知其踳驳若是。其必无者七也。录云：吴江县丞到彬家问："建文君在否？"彬曰："未也。"微哂而去。当时匿革除奸党，罪至殊死，何物县丞，敢与彬开笑口相向乎？此乡里小儿不解事之语。其必无者八也。当明古时，革除之禁少弛矣。明古之友，自吴文定而外，如沈启南、王济之辈，著书多讼言革除，何独讳明古之祖？明古为姚善、周是修、王观立传，具在《西村集》中，大书特书，一无避忌，何独以己之祖，则讳而没其实乎？其必无者九也。郑端简载梁田王等九人，松阳王诏得之治平寺转藏上。彼云转藏，此云道书，其傅会明矣。序文芜陋，亦非修撰笔也。其必无者者十也。（《初学集》卷二十二）

按钱氏熟谙明一代故实，且尝浏览历朝实录，而当代之故书雅记迄于稗闻野史，收藏尤富，故所列十证，情综明辨，使作伪者无所藏其形迹，其论自是不刊。

钱氏文中所言松阳王诏得残卷事，按《明史》曾载其事，然只作为附记，盖疑以传疑之例也：

其后（按即指壬午后）数十年，松阳王诏游治平寺，于转轮藏上得书一卷，载建文亡臣二十余人事迹。楮墨断烂，可识者仅九人：梁田玉、梁良玉、梁良用、梁中节皆定海人，同族、同仕于朝……何申、宋和、郭节，俱不知何许人，同官中书……何洲，海州人，不知何官，亦去为卜者，客死。郭良，官籍俱无考，与梁中节相约弃官为道士。余十一人，并失其姓名。缙云郑僖纪其事，为《忠贤奇秘录》，传于世。（卷百四十三《牛景先传》下附记）

今就史原言，王诏自称所发现之治平寺建文忠臣名氏残卷，为建文逊国后，民间传说之首见于有意编造著录者，亦郑僖《忠贤奇秘录》之所从出也。至《致身录》出，而其面目遂三变矣。迨至崇祯间又益之以程济《从亡随笔》，书愈后出而愈详，则《随笔》又本《致身录》复何可疑？更益以刘琳《拊膝录》，则建文传说至此已五变，从亡诸臣已由九人而稽补至廿五人，王诏所云不可考者，至《从亡随笔》及《拊膝录》而灿然大备，其一脉相承之迹，均不难窥见。清修明史馆臣多不之信，盖即从钱氏之说。如徐乾学《修史条议》云：

建父出亡之事,野史有之,恐未足据。其尤诞妄考者:史氏《奇忠志》《忠贤奇秘录》二书是也。史贵阙疑，姑著其说，而尽削其从亡姓名，不以稗官混入正史可耳。(《憺园文集》)

又王鸿绪《史例议·下》云：

明代野乘之失实，无有为建文逊国一事……史彬《致身录》与《从亡日记》，虞山蒙叟惧史家弗察，溺于流俗，遗误后世，已辨之最悉二书，遂为识考所不谈。(横云山人《明史稿》)

又朱彝尊《史馆上总裁第四书》亦条辨《致身录》诸书纪事之误谬，末遂断论之云：

因史仲彬之名，而造为《致身录》，久而附益之。钱受之驳之矣，不足信十三也。世之论者，以牵除靖难之事，载诸《实录》者皆曲笔，无宁取之野史。然《实录》之失，患在是非之不公，然人物可稽，岁月无舛，后人不难论定。至逊国诸书，往往以黎从之鬼，眩人观听，以虚为实，以伪乱真，其不滋惑焉者寡矣。(《曝书亭集》)

凡此俱明史馆臣之议论，本诸钱氏考辨者。惟徐氏《条议》所谓，史氏《奇忠志》《忠贤奇秘录》云云，则略不免伪误。《忠贤奇秘录》之属郑僖造作，已见上文。《奇忠志》出史彬后人史兆斗手，亦一伪书，且为钱谦益所当面揭穿其伪造，其事甚快，殊可为作伪者当头棒喝。按钱氏《致身录考》末段述此事云：

史之后人诸生兆斗改录（按即指《致身录》）为《奇忠志》，多所援据，通人为之序，以为有家藏秘本，合于茅山所传者也。去年兆斗過余，问侍书事真伪云何？余正告之曰："伪也。"为具言其所以，兆斗色动。已而曰："先生之言是也。"问其所藏秘本，则逊谢无有。

盖史兆斗本改《致身录》以为志，其枕箱秘本即此录，而故托有家藏以眩俗。其過访钱氏，正欲借其言以自重，而钱氏遽断言其伪，遂致惊骇失措，不敢再眩家藏。此莫如偷儿之遇老吏，无所遁其形，亦徒见作伪者之心劳日拙矣！

《致身录》之为伪书，既经明季及清初史家所揭破，故《明史》从之，一扫悠谬之说。今按其论述云：

及万历时，江南又有《致身录》，云得之茅山道书中。建文时，侍书吴江史仲彬所述，纪帝出亡后事甚具。仲彬、程济、叶希贤、牛景先皆从亡之臣。又有廖平、金焦诸姓名，而雪庵和尚、补锅匠等，具有姓名、官爵。一时士大夫皆信之。给事中欧阳调律上其书于朝，欲为请谥立祠。然考仲彬实未尝为侍书，《录》盖晚出，附会不足信。（卷百四十三《牛景先传》后附记）

《明史》之成书，虽其人屡更，然此等处可具见专家断制也。

与《致身录》先后出世，而相因为用以欺世者，则《从亡随笔》（或称《日记》，以其为日记体也）是也。此书之伪，亦首由钱谦益发其覆，其《书致身录考》后云：

余作《致身录考》，客又持程济《从亡日记》示余，余掩口曰："陋哉！此又妄庸小人，踵《致身录》之伪而为之者也。"按张芹《备遗录》："济，朝邑人。为岳池县教谕，有术数。建文命护军徐州，金川门破，不知所之。"郑端简则云："济曾为翰林院编修，为建文君决计薙发，数以术免于难。"端简好奇，或因河池学舍及徐州碑石之事而傅会之，未必确也。又言“济随建文君来南京，至京不知而终。”端简未见《实录》，故杨行祥之狱，在正统五年，而《逊国记》言天顺初，斯已伪矣。其所谓西内老佛者，国史已明著其伪，而况从亡之臣随至南京者，谁见之而谁识之乎？又况所为《日记》者，谁授之而谁传之？又将使谁正之乎？作《致身录》者，涉猎革除野史，借从亡脱险之。程济，傅合时事，伪造彬与济往还之迹，以欺天下，而又伪造济此书若将疏通证明之者，此其本怀也。《致身录》之初出也，夫巳氏者，言于文宫庶文起曰：“当时程济亦有私记，载建文君出亡始末，惜其不传耳！”文起序备载其语。亡何而《日记》亦出矣！济之从亡，仅见于野史，其曾有私记，出何典故？夫巳氏何从而前知之？此二书者，不先不后，若期会而出，汲冢之古文，不闻发冢；江左之异书，谁秘帐中？《日记》出而《致身录》之伪愈不可掩矣。甚矣作伪者之愚而可笑也！”（《初学集》卷二十二）

按张芹《备遗录·岳池县教谕程公传》云：

公讳济，陕西朝邑人。洪武间以明经为四川岳池县儒学教谕。公有法术，岳池去朝邑数千里，寝食俱在朝邑，而日治岳池学事不废。革除间，上书言某月某日西北方兵起，朝廷以为非所宜言，系至京。召入将杀之，公叩头曰："陛下幸囚臣，期而无兵，臣死未晚也。"遂系公狱，已而兵果起，乃赦出。公更以为军师，护诸将北伐，与靖难兵先锋战于徐州，大捷。会曹国公师退，文皇至江上，公逃去，不知所终。初徐州捷时，诸将树碑载战功及统军者姓名。公忽夜往祭碑，人莫测其故。后文皇过徐州，望见碑，问知之大怒，趣左右碎碑，方一再椎，命止勿击，录其碑文，遂按碑族诛诸将，无得脱者。公姓名正在击处，遂免。往日之祭，盖禳之也。（据《豫章丛书·明人小史》本）

此程济传说之见于野史笔录者，自属当时民间传闻如此。然即就此观之，亦大类小说家言，颇多恍惚支离之辞。如谓其日治事岳池，而寝食在朝邑，其脚力较《水浒传》神行太保戴宗为尤健，谓非神话，谁其信之？又徐州碑事，永乐既穷治诸将，济姓名纵被椎去，诸将亦岂无狱词牵连？且前既已逃去不知所终，则徐州事虽发，亦无所用祈禳而遂免。其事之不足信如此，《明史》考徐州未常有是捷是也。而造伪史者，所以特取之以为援据者，正以其知术数及不知所终故也。盖通术数者多异事，无所终则莫可踪迹，因藉之以坐实建文出亡，诸臣从亡之事。在作伪者，此固属得意之笔。然《致身录》与《从亡随笔》，故相因为用者，而却以济为绩溪人，则又不免自没日往来岳池、朝邑之奇迹矣！盖属绩溪者乃程通，

《备遗录》所称为辽府左长史程公者，此又伪史之藏头露尾之一证，可为钱氏说作补证者也。至郑晓（端简）《吾学编》，则系纪录传闻性质，此可不论。钱氏又谓，造《致身录》者，又伪造济此书，若将疏通证明之一语，殊为探本之论。晚近胡适跋崇祯本《逊国逸书》残本，(见《胡适文存三集》“建文逊国传说之演变”一文)即以《从亡随笔》能改正《致身录》错误一事，为其依录伪造之证。至其伪造之人，则胡氏以《逸书》有钱士升序，并云《从亡》《拊录》二书系其得之于江右徐若谷司空，间有其眉批指正《致身录》误处，因而疑即出钱士升手。然此亦或然之词，其作者迨非钱谦益所指夫巳氏者莫属，谦益或显知其人，特以避嫌忌而隐其名，其人生世，当较钱士升为略早也。

《致身录》等之为伪书，经钱氏考辨，再益以朱彝尊补证，已铁案如山，无可置疑。惟伪书之出现，实亦有其时代背景，非偶然突发者，此点则钱氏以来论者皆未尝及，间尝翻检明季史册，其故亦有可得而言者，容试为探测以殿吾文焉。按靖难之狱，前后垂数十年，故一时载笔者，俱奉手噤若寒蝉惴惴焉，以此为戒。然永乐于此狱诛戮之惨，株连之广，实有足使士大夫阶级及民间隐有余痛及愤郁不平之气。至正统间，杨士奇请建修《建文实录》，并弛禁方孝孺遗书，犹未尝许，知革除一事之禁网尚严。自天顺元年十月，诏释建庶人出居凤阳，将网开一面，而朝野遂亦有言之者。如弘治六年之台州人缪恭伏阙上书，请封建庶人为王，兵科给事中吴世忠请褒美建文死难诸臣，虽格不行，然亦不之罪。踵斯以往，其禁遂弛。隆庆六年，诏崇祀建文死难诸臣，并恤其后裔。万历二十三年，给事中杨天民疏请复建文年号，神宗可其奏，屠叔方遂作《建文朝野汇编》。弘治以还，野史家既渐开笔，载逊国遗事之风，至是遂更纷如，伪史之出，盖循此而益事披猖，以应合此项时代要求，兼以吐三百年愤郁之气者矣。崇祯四、五两年，工部郎中李若愚、礼部主事周镳，又先后请复建文帝庙谥，均令礼臣酌议具奏。迨甲申弘光即位南都，礼部尚书顾锡畴乃奉旨修“建文实录”，上尊号曰惠宗让皇帝，仓卒以了此案，而明祚遂亦倾矣。此天顺以来建文君臣声名显晦消长之迹。而伪史盛于万历、崇祯之间，夫岂不以建文君臣名位既复，而人心愤郁尚未尽淌，兼以官书所载逊国遗事，率多曲笔，而建文史册又尽毁灭无可求，遂不惜假一二惝恍名氏，以逞民间影响之谈，借以快意，一时士大夫亦信之不疑，亦以其心理然也。故自建文伪史出，而永乐几无所容于天地之间，此原其情则然，而非所尚论其事者矣。

辛卯夏五月十七日于苏州客寓

埋忧集四·顾黄王唐论“君”[1]

中国自有封建制度，尊君遂为政治之极则，帝王恬然赫然凭凌于人民之上，以人民为奴隶，以国家为私产。虽孟子有“君轻”之说、“独夫”之论，而二千余年来君王之残刻自恣晏如也。夫岂止晏如无改，甚且愈演而愈烈，几于残民以逞焉，此实人类之公敌，民权之大蠹，为人类所共弃者矣！

溯中国已往历史，平民揭竿起义以反抗封建政权而获成功，易代立国者凡两代，刘邦之汉、朱元璋之明是也。然二家虽起平民，揆其处政，则仍以暴易暴。于封建制度，君主之独裁，初无所更，且视天下为私产，横摧人权，酷烈更甚于前代。盖独裁专制，至朱明而造极峰，实贻近代中国政治以恶果，“谁生厉阶，至今为梗”？研旧史者，首所宣知，而君为民贼，此在明遗，言之犹痛切。今之人但知明遗之反清复明，而于其反君主之独裁专制，

[1]《李文实手稿（第三辑）》（青海人民出版社，2023年）收录其手稿。此篇为整理者首次辑录。——编者

或未深察。清室暗承明之专制衣钵，尊君贱民，固为明遗所深恶。然明室果可恢复，而不痛单其君主专制之毒，则亦必非明遗之所望，此断断然无复可疑。如或未信，请为言明遗之论“君”。

明遗民中之有深识远志者，要以顾（亭林）、黄（黎洲）、王（船山）三家为巨擘；其行辈较晚，而亦具民主独见者，则更有唐甄（铸万）其人焉。顾君申民族大义，严夷夏之防，虽未尝著昌言以斥独夫，然揆其为治之义，则亦庶乎民主政治之遮容为另论，兹姑从略。黄王二家于明亡后，尝皆从事恢复运动，及明祀悲绝，乃退而发愤著书著其理想，述其志事，以寄望于来者，其遭际既苦，乃遗言弥切，及后辛亥革命之成功，即亦仰汲其绪，不可谓非民主先驱矣！

梨洲政治理想，具见于其所著《明夷待访录》一书中，凡君相、法制、学校、建都、兵制、田制、钱法等，均译为论列，其言美富。顾亭林即以为读此书，“知百王之敝可以复振”，万谓一语破的。读中国历史，诚令人不胜其“百王之敝”之慨，黄君之书能振“百王之敝”，则其深厚博大可知。尝细读之，亭林所推服之振“百王之敝”者，要以贵民贱君为其关键宏纲，盖民权不伸，君权不抑，则虽有良意美法，举无关于生民之要求也。

今按梨洲论“君”，先溯其原始。其《原君》篇云：

有生之初，人各自私也，人各自利也。天下有公利，而莫或兴之；有公害而莫或除之。有人者出，不以一己之利为利，而使天下受其利；不以一己之害为害，而使天下释其害。

此原君主之产生，系由于兴公利，除公害，舍此则何贵于有君焉。然此等舍私为公之君主，在人群攘攘，图争私利下，实难其选。此固非大智大仁大勇之圣哲贤豪，则殊难称其职，亦于斯见君主之位，非自私者所可希冀，亦非无德无行无知无能者所可妄图。故梨洲又云：

此其人之勤劳，必千万于天下之人。夫以千万倍之勤劳，而己又不享其利，必非天下之人情所欲居也。故古人之君，量而不欲入者，许由、务光是也；入而又去之者，尧、舜是也；初不欲入而不得去者，禹是也。岂古之人有所异哉？好逸恶劳，亦犹夫人之情也。

尧舜禹之事，固未尽确实，然揆其学说之所由起，实缘于对家天下制度之反抗，则殊无可置疑。梨洲假此以抒其为“君”之条件，在做事而非享福，宜先有舍身济世之抱负与精神，而后方能为生民兴利除害，称其职而无愧焉。

人“君”之原来职分乃如此，而反观后世之人“君”则皆反其道而行之，且变本而加厉焉！故梨洲呵斥之曰：

后之为人君者不然，以为天下利害之权皆出于我，我以天下之利尽归于己，以天下之害尽归于人，亦无不可。使天下之人不敢自私，不敢自利，以我之大私为天下之公。始而惭焉，久而安焉，视天下为莫大之产业，传之子孙，受享无穷。汉高帝所谓“某业所就，孰与仲多”者，其逐利之情，不觉溢之于辞矣！此无他，古者以天下为主，君为客，凡君之所毕世而经营者，为天下也；今也以君为主，天下为客，凡天下之无地而得安宁者，为君也。是以其未得之也，屠毒天下之肝脑，离散天下之子女，以博我一人之产业，曾不惨然曰：“我固为子孙创业也。”其既得之也，敲剥天下之骨髓，离散天下之子女，以奉我一人之淫乐，视为当然曰：“此我产业之花息也。”然则为天下之大害者，“君”而已矣！向使无“君”，人各得自私也，人各得自利也，呜呼！岂设“君”之道，固如是乎？

为“君”如此，非仅与设“君”之原意相背，且成为人民之公敌，社会之蟊贼。自宜群起而逐之，而旧时士大夫者流，深中御用学说之毒，不能冲决其思想之网罗，犹兢兢焉以“君为臣纲”“唯君则之”等纲常伦理之陨越为惧，殊不知所谓纲常名教，正帝王用以桎梏人民思想行动之枷索。此等陈旧观念，同为梨洲所抨击：

古者天下之人，爱戴其“君”，比之如父，拟之如天，诚不为过也。今也天下之人，怨恶其“君”，视之如寇仇，名之为独夫，固其所也。而小儒规规焉以君臣之义无所逃于天地之间，至桀纣之暴，犹谓汤武不当诛之，而妄传伯夷、叔齐无稽之事，乃兆人万姓崩溃之血肉，曾不异夫腐鼠。岂天地之大，于兆人万姓之中，独私其一人一姓乎！

此自本之孟子“君之视臣如犬马，则臣视君如寇仇”之昌言，而益其痛切，对二千余年来专制君主发猛烈之抗议，在三百年前敢为此大胆言论，实人类文化之光，非仅其有勇已也。

向来君王宰制天下，凌驾万民，其始虽均竭力计子孙万世之业。乃旷古以来，愈思垂统久远者，其澌灭乃愈速，曾不旋踵而身死国除，为天下笑者，几于所在相望，夫岂不以自私一端之为害哉。梨洲深于历史，因遂慨然论之，为野心家之当头棒喝：

虽然，使后之为君者，果能保此产业，传之无穷，亦无怪乎其私之也。既以产业视之，人之欲得产业，谁不如我？摄缄縢，固扃鐍，一人之智力不能胜，天下欲得之者之众，远者数世，近者及身，其血肉之崩溃，在其子孙矣！昔人愿世世无生帝王家，而毅宗之语公主，亦曰："若何为生我家！"痛哉斯言！回思创业时，其欲得天下之心，有不废然摧沮者乎？

其言可谓痛切，不啻私天下者之迷津宝筏也。此等识见，与梨洲同时之王船山（夫之）亦尝言之，其《黄书·古仪第二》篇论秦之亡云：

迄于孤秦，家法沦坠，胶胶然固天下于揽握，顾盼惊猜，恐强有力者旦夕崛起，效己而劫其藏。故翼者翦之，机者撞之，腴者割之，贰人主者不能藉尺土，长亭邑者不能橐寸金。欲以凝固鸿业，长久一姓，而偾败旋趾。由此言之，詹詹凿陋，未尝回轸神区而援立灵族，岂不左欤！

黄、王虽生同时，且同有志恢复，然山川阻隔，无踪迹之亲，然而其所论，则如响其斯应，亦岂不以痛感时会，心同理同也哉！

梨洲既立"民贵君轻"之说。其一切政治设施，乃皆本此而引伸，如论臣之出仕为天下，而非为"君"，为万民而非为一姓；一破自来巨为"君"设之谬见，而主分权（分"君"之权）。论立法则斥封建法律为一家之法，而非天下之法；其立法用意纯在欲保其祚命之长久，皆不胜其利欲之私，创之坏之，俱以私欲为其主。因一反有治人无治法之谬论，而谓有法治而后有治人。梨洲所理想中之治法，其精神应在于“贵不在朝廷，贱不在草莽”“天下之人不见上之可欲，不见下之可恶”。此即近代宪法之根本精神，得平等之真谛。分君王之权，立平等之法，而后以民意机构归之于学校，以为必使治天下之具皆出于学校，而后设学校之意始备。必如此而后君主之所是未必是，所非未必非，君主亦遂不敢自为非是，而公其非是于学校。则隐然现代民主政治议会之权兴。然近代以议会为民权应用之机构，其意倡自法人卢梭，其后于梨洲几一世纪，虽后起转密，要不可谓非我国先哲之独具巨眼矣。他如废制科以取士，抑兼并而使耕者有其田，宰相为分身之君等，无一非依抑制“君”权，发扬民权之民主主义而生发。民权之当发扬，暴君之当放逐，乃民主政治之第一要义。舍此而言民主，非诐辞，即伪善放诐辞，揭伪善，梨洲之论，其炬也已！

船山论封建政治，多就“私”字着眼，以王者无私为指归。虽其说未尽与梨洲相合，然破“君”之私，则殊途而同归，亦当时思想家之最富有历史眼光者。其论天下非一人所私有，不惜三复言之。一则曰：

圣人坚揽定跐以救天地之祸，非大反孤秦、陋宋之为不得延固。以天下为神器，毋凝滞而尽私之。故《易》曰："圣人之大宝曰位，何以守位曰人，何以聚人曰财。"(《黄书·宰制第三》)

再则曰：

天地之产，聪明材勇，物力丰犀，势足资中区而给其卫。圣人官府之，公天下而私存，因天下用而用天下。故曰："天无私覆，地无私载，王者无私以一人治天下。"此之谓也。(《黄书·宰制第三》)

三则曰：

窃天地之恩，以鬻贩人民而胶饴其心，施天下以私而责其公报。犹假敌戈鋋，望其稽伏，其不伤胠陷胸于彼者，盖亦鲜矣。《诗》曰："鸤鸠在桑，其子七兮。"淑人君子，均平专一，而风流雏鷇，无私之谓也。(《黄书·慎选第四》)

此皆力破君主之私欲，以王者无私乃为长治久安之道，此其意在另篇陈之尤切：

不以一人疑天下，不以天下私一人，休养厉精，土佻粟积，取威万方，濯秦愚，刷宋耻，此以保延千祀，博衣、弁带、仁育、义植之士甿，足以固其族而无忧矣。(《黄书·宰制第三》)

盖嬴秦之为治，穷天下之力，以奉一姓；诎天下之智，以愚黔首，虽收统一之功，然民力疲敝，干戈相寻，民之死者，几于数千百万，为专制遗毒之显例。宋以藩臣暴兴，不寐而惊，以唐藩镇之害王室也，遂假杯酒以解除宿将之兵权。乃不知宋之立国，契丹与辽、金雄踞于东北，西夏与蒙古虎视于西北，宿将之兵柄既解，遂贻宋以遗，大投艰之任，宋武之不兢以抵于其亡国，未始非此一念害之，况辽、金、蒙古在当时犹皆属异族乎？此以专制私意竟致沦上国于夷狄之著例。此二端俱为船山所深恶，则又其立论之根荄也。船山之痛恶帝王以私欲而扰攘天下，以私欲不惜沦上国于夷狄，可于其谥秦、宋为“孤”为“陋”二字见之。虽然，扰攘天下，流毒海内，与沦上国于夷狄，同为天下后世所不容。由前者言，则顾亭林所谓“亡国”也；由后者言，则“亡天下”者也。亡国且未可恕，况于亡天下乎？故船山尤慨痛于宋。而明之于清，亦犹宋之于元，船山安得而不大声疾呼，以严夷夏之防？此船山民族主义之所由来，而吾人读其书、聆其言，应以警众惕俗者也！

与黄王二氏先后相望，而亦大师黜。独夫扬民权之说，则又有唐铸万（甄）其人。铸万在学术界声名较黄王二氏为晦，然其精思卓识，正复未让二家专美。所著《潜书》上下篇，既深振衰起敝之怀，故多惊心动魄之语，议论大胆深刻，岂止一时著作之林，实亦名山不朽之业。其论“君”诸篇，谈言必中，鞭辟入里，态度之激烈，与梨洲《原君》篇后先辉映，实我国民主政治思想史上之奇葩，船山之温和，且未免有逊色焉。

铸万论“君”，首重明责，以为君主受全国人民之付托之重，故政治措施之为功为罪，首应由君主负责，不能推诿其言云：

治天下者惟君，乱天下者惟君。治乱非他人所能为也，君也。小人乱天下，用小人者谁也？女子寺人乱天下，宠女子寺人者谁也？奸雄盗贼乱天下，致奸雄盗贼之乱者谁也？反是于有道，则天下治，反是于有道者谁也？师尹皇父无罪，勃貂骊姬无罪，后羿寒浞无罪，何云无罪？毒药杀人，不能杀不饮者。伊尹周公无功，何云无功？良药生人，不能生不饮者。一贤人进则望治，一小人进则忧乱，皆浅识近见，不知其本者也。海内百亿万之生民，握于一人之手，抚之则安居，置之则死亡，天乎君哉，地乎君哉！（《潜书上·鲜君》）

一代之治乱，一事之成败，必深究其发纵指使之人，务使责有攸归，此针对封建时代专制独裁之“君”而言，乃就事论事，尚非其旨归所在。犹如谓姑勿论独裁专制之当否，君主既已独裁专制矣，则为功为祸，应由君主一人负其全责。此为其对功必归己？罪务归人之独裁者所提严厉抗议。然君主既独裁矣，则望其勇敢负责，恰如与虎谋皮，其事正未易期，因而铸万更进一步主张裁抑君权。其言云：

圣人定尊卑之分，将使顺而率之，非使亢而远之。为上易骄，为下易谀，君日益尊，臣日益卑，是以人君之贱视其臣民，如犬马虫蚁之不类于我，贤人退，治道远矣。泰山之高，非金玉丹青也，皆土也；江海之大，非甘露醴泉也，皆水也；天子之尊，非天帝大神也，皆人也。是以尧舜之为君，茅茨不剪，饭以土簋，饮以土杯。虽贵为天子，制御海内，其甘菲食、暖粗衣，就好辟恶，无异于野处也，无不与民同情也。(《潜书上·抑尊》)

此先阐明君主在本质上与常人无异，打破君主神圣之观念，废除偶像崇拜，使之与人民平等。其次乃论君主自尊之祸国患民：

人君高居而不近人，既已瞽于官、聋于民矣。虽进之以尧舜之道，其如耳目之不辨……人君之尊，如在天上，与帝同体。公卿大臣罕得进见，变色失容，不敢仰视，跪拜应对，不得比于严家之仆隶。于斯之时，虽有善鸣者，不得闻于九天；虽有善烛者，不得照于九渊。臣日益疎，智日益蔽，伊尹、傅说不能诲，龙逢、比干不能谏，而国亡矣……无闻无见，大权下移，诛及伯夷，赏及盗跖，海内怨叛，寇及寝门，宴然不知。岂人之能蔽其耳目哉？势尊自蔽也。(《潜书上·抑尊》)

此盖鉴于明亡之前事，故言来切实沉痛。然则君主应如何自抑？铸万谓其，宜自亲臣纳谏始：

直言者，国之良药也；直言之臣，国之良医也。除肤疡、不除症结者，其人必死；称君圣、谪百官过者，其国必亡。所贵乎直臣者，其上攻君之过，其次攻宫闱之过，其下焉者，攻帝族，攻后族，攻宠贵，是疡医也。君何赖乎有此直臣？臣何贵乎有此直名！是故国有直臣，百官有司莫不畏之，畏之自天子始。……位在十人之上者，必处十人之下；位在百人之上者，必处百人之下；位在天下之上者，必处天下之下。古之贤君，不必大臣，匹夫匹妇皆不敢陵；不必师傅，郎官博士皆可受教；不必圣贤，闾里父兄皆可访治。尊贤之朝，虽有佞人，化为直臣；虽有奸人，化为良臣；何贤才之不尽，何治道之不闻！是故殿陛九仞非尊也，四译来朝非荣也。海唯能下，故川泽之水归之；人君唯能下，故天下之善归之；是乃所以为尊也。(《潜书上·抑尊》)

是则抑“君”之职，乃归直臣，而尤贵君主之自动降尊求谏，庶免于独裁之敝。盖当时人尚无议会思想，故裁抑君权之法，乃不及今之密，此自时为之，不可以斯少之也。

凡上所论，为铸万建设方面之主张，亦即对君主专制、独裁制度改革之建议。至其在攻击破坏一方面，则对向来一人称尊之君主专制，抨击不遗余力。其勇于发议，敢于著说，在专制正盛之三百年前，实不愧为民主运动之急先锋，一时思想家罕有其匹。梨洲而后，唯唐氏为有作矣！梨洲贵民贱君，船山斥君之私有天下，铸万则尤深恶其残民以逞，匪惟斥之，且欲愤然诛之。其《室语》篇云：

自秦以来，凡为帝王者皆贼也。妻笑曰：何以谓之贼也？曰：今也有负数匹布、或担数斗粟而行于涂者，或杀之而有其布粟，是贼乎，非贼乎？曰：是贼矣。唐子曰：杀一人而取其匹布斗粟，犹谓之贼，杀天下之人而尽有其布粟之富，乃反不谓之贼乎！三代以后，有天下之善者莫如汉。然高帝屠城阳、屠颍阳；光武帝屠城三百（耿弇）。使我而事高帝，当其屠城阳之时，必痛哭而去之矣；使我而事光武帝，当其屠一城之始，必痛哭而去之矣。吾不忍为之臣也。妻曰：当大乱之时，岂能不杀一人而定天下？唐子曰：定乱岂能不杀乎，古之王者，有不得已而杀者二，有罪不得不杀，临战不得不杀。有罪而杀，尧舜之所不能免也；临战而杀，汤武之所不能免也。非是，奚以杀为！若过里而墟其里，过市而窜其市，入城而屠其城，此何为者！大将杀人，非大将杀之，天子实杀之；偏将杀人，非偏将杀之，天子实杀之；卒伍杀人，非卒伍杀之，天子实杀之；官吏杀人，非官吏杀之，天子实杀之。杀人者众手，实天子为之大手。(《潜书下·室语》)

此目以杀人为事之君主，为屠杀人类之刽子手，其言何等严厉。又云：

天下既定，非攻非战，百姓死于兵与因兵而死者十五六。暴骨未收，哭声未绝，目眦未干，于是乃服衮冕，乘法驾，坐前殿，受朝贺，高宫室，广苑囿，以贵其妻妾，以肥其子孙。彼诚何心，而忍享之！若上帝使我治杀人之狱，我则有以处之矣。(《潜书下·室语》)

此斥以杀人得天下而安享尊荣之君主，为惨无人道之徒，以万姓之膏血饱一己之享受，故愤欲处之。其处之之系何？则曰：

> 匹夫无故而杀人，以其一身抵一人之死，斯足矣；有天下者无故而杀人，虽百其身不足以抵其杀一人之罪。是何也？天子者，天下之慈母也，人所仰望以乳育者也，乃无故而杀之，其罪岂不重于匹夫！（《潜书下·室语》）

则以专制君主之罪不容诛，故拟严法绳之，见其死有余辜。孟子之斥独夫，梨洲之比寇仇，视此则犹远逊，其痛快淋漓，不稍宽假有如此！铸万既力排专制君主之残杀，而归其治道于尧舜之不失其本心，是则其持人道，固与释门之慈悲，儒家之恻隐同归。至其痛感，时会有为而发，期以见诸行事，又与梨洲、船山同其揆也。

辛卯六月二日

论诗要用形象思维：对《毛主席给陈毅同志谈诗的一封信》试讲[1]

一、原信全文

陈毅同志：

你叫我改诗，我不能改。因我对五言律，从来没有学习过，也没有发表过一首五言律。你的大作，大气磅礴。只是在字面上（形式上）感觉于律诗稍有未合。因律诗要讲平仄，不讲平仄，即非律诗。我看你于此道，同我一样，还未入门。我偶尔写过几首七律，没有一首是我自己满意的。如同你会写自由诗一样，我则对于长短句的词学稍懂一点。剑英善七律，董老善五律，你要学律诗，可向他们请教。

西行

万里西行急，乘风御太空。

[1]《李文实手稿（第六辑）》（青海人民出版社，2023年）收录其手稿。此篇为整理者首次辑录。——编者

不因鹏翼展，那得鸟途通。

海酿千钟酒，山栽万仞葱。

风雷驱大地，是处有亲朋。

只给你改了一首，还很不满意，其余不能改了。

又诗要用形象思维，不能如散文那样直说，所以比、兴两法是不能不用的。赋也可用，如杜甫之《北征》，可谓“敷陈其事而直言之也”，然其中亦有比、兴。“比者，以彼物比此物也”，“兴者，先言他物以引起所咏之词也”。韩愈以文为诗；有些人说他完全不知诗，则未免太过，如《山石》《衡岳》《八月十五酬张功曹》之类，还是可以的。据此可以知为诗之不易。宋人多数不懂诗是要用形象思维的，一反唐人规律，所以味同嚼蜡。以上随便谈来，都是一些古典。要作今诗，则要用形象思维方法，反映阶级斗争与生产斗争，古典绝不能要。但用白话写诗，几十年来，迄无成功。民歌中倒是有一些好的。将来趋势，很可能从民歌中吸引养料和形式，发展成为一套吸引广大读者的新体诗歌。又李白只有很少几首律诗，李贺除有很少几首五言律外，七言律他一首也不写。李贺诗很值得一读，不知你有兴趣否？

祝好！

毛泽东

一九六五年七月廿一日

二、毛主席的诗词

毛主席所发表的诗中，只有七言律诗 11 首，没有五言律诗。主席自谓 :“因我对五言律，从来没有学习过，也没有发表过一首五言律。”虽说如此，就七言律诗来说，主席的律诗，不仅平仄协调、音韵和谐、声调铿锵、形式完美，而且在风格上健笔凌云、仪态纵横、雄浑磅礴、犀利明快。有李白的清真刚健，无杜甫之沉郁顿挫，气度恢宏乐观，自成为一家之诗。其更重要的还在于他的极其生动的现实内容，他以伟大的革命家气度，放眼四海，关心人民，歌颂革命，斗志昂扬，态度坚决，爱憎分明。正因为他的诗具有这样的现实性和人民性，遂使他的诗达到了一般诗人所没有的境界。这充分说明，诗歌作为一种艺术品，必须兼有形式与内容的双重美。这二者相配合，感情才能深厚，形象才能生动，毛主席的诗便是这方面的具体典型。

关于毛主席的诗，郭沫若先生和其他很多学者、诗人，都有较为全面深刻的论述和介绍，我手头目前还没有这些资料，不便征引，只就自己管见所及，粗略地举例讲述如下 :

由于时间关系，这里只想以两首诗为例，给大家做一介绍。

第一首诗是《长征》:

红军不怕远征难，— — | | | — —

万水千山只等闲。｜｜——｜｜—
五岭逶迤腾细浪，｜｜———｜｜
乌蒙磅礴走泥丸。——｜｜｜——
金沙水拍云崖暖，——｜｜——｜
大渡桥横铁索寒。｜｜——｜｜—
更喜岷山千里雪，｜｜———｜｜
三军过后尽开颜。——｜｜｜——

这首从格律上讲，是平起格，通首押“寒”（上平声）韵。律诗由有平起、仄起两种形式，无论是哪种形式，首句还有入韵与不入韵的区别，不入韵的叫正格，入韵的叫变格。但不入韵的首句末一字必须用仄声，如柳亚子《感事呈毛主席》首句“开天辟地君真健”；又如杜甫诗“为人性僻耽佳句”等，都是仄起格，也是不入韵的例子。平起格与仄起格，只有首句平仄不同，其他各句则都一样，没有变化。

律诗有五律、七律、排律三种，连同绝句（也分五绝、七绝）都称做近体诗。所谓近体，是对古体诗而言。古体诗也讲声调和音韵，但比较自由。近体诗则法度严密，形式整齐，是唐人在古体诗的基础上新创立的一种诗体，它是在吸取了佛经的音韵，并结合古诗的声调，而逐步创造完成起来的。这种由唐人完成的近体诗，较古诗具备了形式音韵之美，所以读起来声调和谐，字句整齐，容易上口。这是律诗的特点。所以作律诗必须具备三个条件，即：(一)平仄(声调)；(二)韵脚；(三)对仗。

平仄原分平、上、去、入四声，平声中又分上平、下平两声。中国最早讲这种音韵的书叫《四声切韵》(陆法言)，把同类同调的字，归并分类，编成二百零六个韵部。后来因为这种分类法，把韵部分得太繁细了，应用起来太不方便，所以到南宋时，有个平水人刘渊，把能通用的韵合并起来，编成一百零七韵。现在通行的韵，则又分为一百零六韵，计上平声、下平声各十五，上声二十九，去声三十，入声十七。专书有《诗韵集成》《诗韵合璧》，都按平仄韵编列。目前则更有《诗韵新编》(中华书局)、《中华新韵》等，可供查用。当代的音韵学家王力，有《诗词格律》等专著，最便初学。现在的普通话，也分四声，大体与此相同，但其中已没有入声(有些方言中还残存着入声)，平声仍分阴、阳二声，还是四声，即：阴平(第一声)、阳平(第二声)、上声(第三声)、去声(第四声)，如“妈 mā、麻 má、马 mǎ、骂 mà”；“湾、完、宛、万”：“千、前、浅欠”都是其例，这就是四声。平声与仄声协调起来，读起来既顺口，又好听，便于诵读，也能感动人。

所谓韵脚，就是合平相通的韵字，用在诗句的停顿处，这就叫押韵。律诗平起的共有五处要押韵，这就叫韵脚。上举毛主席《长征》诗即是这类例子。叶委员长《远望》和鲁迅《自嘲》诗，也与此相同。仄起的则第一句不押韵，所以韵脚只有四处，即二、四、六、八句押韵。

律诗还有一项重要的格律，就是对仗。律诗共有八句，其中一、二两句称首联，三、四两句称颔联，五、六两句称颈联，七、八两句称尾联。由这四个部分组成一首诗，其中颔联和颈联要讲对仗，这就是这两联的上下句，不仅要字数对称，而且要声调、数字、名称（地名或人名等）、颜色、虚实（就是词性、词型）等都要对称；同时，这种用词要工稳、贴切而自然融合，不能勉强凑合，这就叫对仗。毛主席的《长征》诗，就是完全按照这种格律作成的。请看颔联"五岭"对"乌蒙"，"逶迤"对"磅礴"，"腾细浪"对"走泥丸"；颈联"金沙"对"大渡"，"水拍"对"桥横"，"云崖暖"对"铁索寒"，都非常对称而工稳，没有勉强的迹象，可以作为范例来学习。（也有首联和尾联也对仗的，似是例外。）

平仄、韵脚、对仗三结合，构成了律诗的形式，但在这中间还要理解平仄交替的规律。这就是说首句用平起，次句便必须要用仄声；首句用仄起，次句便必须要用平声，这样声调才能和谐。以下诸句，同样是平仄交替，连用平声或连用仄声，声调便会失去协调，读起来不爽口，也不容易记住。不仅这样，一句当中必须要具备最起码的平声或仄声字，失去了这个平衡，也会影响诗的声调之美。律诗平仄声的运用，本来有固定的格式，那是死的。但实际上运用起来，不能以格律完全限制词汇，或改变应有的内容。因此，古今来诗人一般都采用较为通融的办法，这就是所谓的“一三五不论，二四六分明”。就是说每句中单数字的声调可仄可平，只要能把一句中音节最重要的双数字的声调，按规定遵守好，则全首诗的平仄仍可保持协调。这样一来，受拘束的地方便减轻了，使人在造句运词的方面有了一定的自由，对初学的人来说，则更觉方便一些。

以上算是诗的句法，但从全诗组成来说，出句和对句之间，还要有一定联系，这就是所谓粘对。律诗中单句都叫出句，双句都叫对句，要是单双句之间声调不失粘，这就要把这两句之间的平仄关系要对立起来，从相反的方面加以组合。如以毛主席《到韶山》为例：

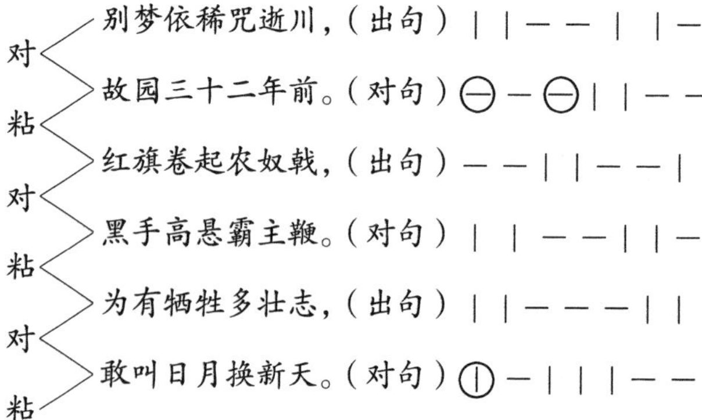

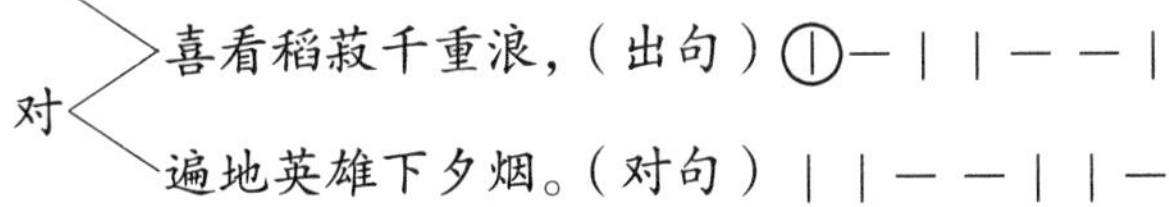

所谓“粘”，就是把联与联之间的平仄，粘合起来，平粘平、仄粘仄，和对句完全相反。这种类型，便把平仄相同的联句，结合为一个整体，对句与粘句恰好是相反相成。虽然由于出句不入韵，平仄不可能完全一样，但基本上仍属于同一类型。弄清楚了平仄交替的这种特点，在没有完全记清楚全诗的平仄时，只要把首句能划出来，下面各句的平仄，便可依次类推出来，不一定要凭死记。

毛主席这首诗，和《长征》所不同的是，这首诗用仄起格。这些只就形式方面而言，而最重要的是在内容方面。《长征》诗以饱满的革命乐观主义精神，把红军在长征途中所面临的艰难困苦视若无睹。崇山峻岭、长江大河、寒风积雪、深冰严霜，在诗人的笔下，不仅不成为横在红军前面的险关要隘、饥寒困苦；相反，这些祖国壮丽的山川景色，却都成了红军英勇直前的最佳陪衬。使人读了，不禁回肠荡气，倍感兴奋。而革命英雄们横扫千军，履险若夷的形象跃然纸上，鼓舞着千千万万的后来人，踏着前人开辟的光明大道，把革命进行到底。这种革命家的自豪感，是历来诗家所少有的。《到韶山》诗也同样歌颂了当年农民革命所取得的胜利成果。面对今日革命胜利的喜悦，缅怀当年先烈缔造的艰难，诗人的感慨颇深，亲切动人。

此外，毛主席的其他诗篇，如《登庐山》的诗境开阔，《送瘟神》的浮想联翩，无论在形式和内容上，都是我们所必须吸取的精神养料。

至于五言律，则只要对七言律的平仄、韵脚熟悉了，把七言句的前两个字去掉，便成了五言律的格式。只是原来的平起变成了仄起，仄起变成了平起而已。懂得这个诀窍，则可免去一隅三反的麻烦。毛主席虽然没发表过五言律，但他说还未入门，那是自谦之词。

其次，再来读读毛主席的词。毛主席在这封信里说："如同你会写自由诗一样，我则对于长短句的词学稍懂一点。"词兴起于唐末五代，而大盛于宋，是由近体诗演变发展起来的一种新体。原来的词都是入乐的，和现在的按曲谱填词一样，后来逐步又脱离了音乐，而单独成为一种纯文学作品。原来的曲调基本上都失传了，现在填词，虽然还依词牌，也只是在字句、音韵方面，并不能唱。（目前，唱毛主席《蝶恋花》那是新谱的曲。）

词的名称，又叫"诗余"，如《草堂诗余》；或称"乐府"，如《东坡乐府》；或称"长短句"，如《稼轩长短句》。毛主席把它称为长短句，其由来如此。

毛主席的词，从《沁园春·雪》发表后，便轰动了全球，被称为一代风流。随后，陆续发表了早年及在建国后的作品，广泛在人民群众中流行，曾被翻译为多种外文，在国际政治和文学艺术上都有深远的影响。毛主席自己说是“稍懂一点，”实际上，他不仅词律精熟，而且词境开阔，气魄雄浑，非一般词家所可望其项背。他的词句，如“横空出世莽昆仑，阅尽人间春色”（《念奴娇·昆仑》）、“北国风光，千里冰封，万里雪飘”（《沁园春·雪》）、“更立西江石壁，截断巫山云雨，高峡出平湖”（《水调歌头·游泳》）都是这方面的著例。

现在只以两阕词为例，讲一讲毛主席的词风和词境。第一阕是《沁园春·雪》：

北国风光，　⦶ | ⊖ —
千里冰封，　⦶ | ⊖ —
万里雪飘。　⦶ | ⊖ —△
望长城内外，　| ⊖ — ⦶ |
惟余莽莽；　⊖ — ⦶ |
大河上下，　⊖ — ⦶ |
顿失滔滔。　⦶ | ⊖ —△
山舞银蛇，　⦶ | ⊖ —

原驰蜡象， ⊖—⦶|
欲与天公试比高。⦶|——⦶|—△
须晴日， ⊖⊖|
看红装素裹， |⊖—⦶|
分外妖娆。 ⦶|⊖—△

江山如此多娇， ⊖—⦶|——△
引无数英雄竞折腰。|⦶|——⦶|—△
惜秦皇汉武， |⊖—⦶|
略输文采； ⊖—⦶|
唐宗宋祖， ⊖—⦶|
稍逊风骚。 ⦶|⊖—△
一代天骄， ⦶|⊖—
成吉思汗， ⊖—⦶|
只识弯弓射大雕。⦶|——⦶|—△
俱往矣， ⊖⊖|
数风流人物， |⊖—⦶|
还看今朝。 ⦶|⊖—△

古人说，《沁园春》调，格局开张，宜抒壮阔豪迈情调。毛主席运用这个词调的特点，借咏雪抒发开展了他独步千古的豪迈胸怀。上半阙写北方雪景，莽莽苍苍，浑无迹崖，气势雄浑，境界开阔，冰雪晶莹，红妆妖娆，相映成趣。下半阙放眼今古，评点历史人物，目无余子，独擅风流，真正是泱泱乎有开国的气象。词自苏（轼）、辛（弃疾）以来，开出豪放一派。所谓豪放，是指词的风格潇洒奔放，气势蓬勃，信手拈来，挥洒自如。而在境界方面，则开阔爽朗，上下今古，左右山河，如海洋浩渺，读之令人意远神旷。此阙之评点江山，《水调歌头·昆仑》之斩山劈堙，翻江倒海，都是毛主席把苏、辛以来的词境，更进一步推向高峰的突出例证。

苏、辛一派词，在艺术上还兼有运用浪漫主义手法表达丰富的想象和迷离恍惚的深情。毛主席的《蝶恋花·答李淑一》和《贺新郎·别友》也同样具有这类风格。兹举《贺新郎·别友》一词如下：

挥手从兹去。　　＋｜——｜△
更那堪凄然相向，　｜——＋—＋｜
苦情重诉。　　｜——｜△
眼角眉梢都似恨，　＋｜＋——＋｜
热泪欲零还住。　＋｜——＋｜△

知误会前番书语。　＋｜｜——＋｜△
过眼滔滔云共雾，　＋｜＋——＋｜
算人间知己吾和汝。　｜———｜——｜△
人有病，　—｜｜
天知否？　——｜△

今朝霜重东门路，　———｜——｜△
照横塘半天残月，　｜——｜——｜
凄清如许。　———｜△
汽笛一声肠已断，　｜｜———｜｜
从此天涯孤旅。　—｜———｜
凭割断愁丝恨缕。　｜｜｜——｜｜
要似昆仑崩绝壁，　｜｜——｜｜｜
又恰像台风扫寰宇。　｜｜｜——｜—｜
重比翼，　—｜｜
和云翥。　——｜

这阙词是革命伴侣别后相思之什，深情脉脉，真切动人。毛主席一般不作言情之什，而这阙独以清新婉丽的语调，芬芳悱恻的风格，抒发了深挚的爱情，为当今词坛上放出了异彩，也为我们开阔了眼界。说明文学作品的风格，本来就是多样化的，只要你写的作品能反映真实情感，任何题材，都是可以采取的。

三、毛主席论诗

（一）形象思维

形象思维是对逻辑思维而言，逻辑又称思维术，即思想方法，逻辑思维即是推理。就是说，思维必须合乎逻辑，也就是任何科学的原理和发展趋势。形象思维也是一种思维方法，是理性活动，也有逻辑性，但却不是直观，不是抽象，而是形象，是文艺创作的特点。高尔基说："想象在其本质上也是对世界的思维，但它主要用形象的思维，是艺术的思维。"这说明文学的基本精神，既要有形象，又要有思维。诗人们是向来用形象说话的，这比用抽象的理论或数字来说话，更为自然生动。他的思维，反映在形象当中，没有形象思维就等于没有文学。诗词是文学作品中的一种，一首律诗，在形式上要讲声调、音韵，而且在前后联系上，为了音韵协调，要用相反相成的办法，相反相成就是这件事物发展的规律，也就是思维。

毛主席说，诗歌要用形象思维，怎样具体地应用这一思维方法呢？毛主席说，这要用比、兴的方法，中国从《诗经》开始，便有了赋、比、兴三种创作方法。赋是直说，一般的记事诗，即所谓史诗，都是赋体。古诗如《古诗为焦仲卿妻作》《木兰辞》

等都是由赋体民歌演变而来，其中也有比、兴，但以赋为主。比就是比喻，朱子说:“比者，以彼物比此物也。”分起来，可有两种:一种是借此喻彼，如李白诗：“总为浮云能蔽日，长安不见使人愁。”以浮云比小人当道，以日和长安比皇帝；孟郊诗：“谁言寸草心，报得三春晖。”以寸草心比游子怀念，以三春晖比慈母思情，形象生动，真切感人。另一种是对比，如毛主席词以“长夜难明赤县天，百年魔怪舞翩跹”比喻旧社会反动统治；而以“一唱雄鸡天下白，万方乐奏有于阗”比喻中华人民共和国的建立，全国民族大团结。短短的两句话，把旧社会的黑暗，统治者的丑恶和新中国矗立于世界，举国欢腾的雄伟气象，都极其深刻生动地描绘出来。这种描绘的手法就是用比喻，这种比喻便是对比，对比的特点，就是给人以明显的感觉，形象便自然突出。

兴：这种表现手法，在诗歌中最为突出，民歌尤其如此。朱熹说：“先言他物，以引起所咏之词也。”这就是说“兴”这种作诗手法，是先用眼前的或过去的他事开头，然后才说到正题。如《论语·子罕》引《诗经》:“唐棣之华，偏其反而。岂不尔思，室是远而。”朱熹注云：“此逸诗也，于六义属兴。上两句无意义，但以起下两句之辞耳。”这里说“上两句无意义”是很对的，如“桃之夭夭，灼灼其华（古音读污）;之子于归，宜其室家（古音读姑）”，桃夭两句，也无意义。但起兴诗的头两句，有的是为了押韵。如《小雅·伐木》:“伐木丁丁，鸟鸣嘤嘤。出自幽谷，迁于乔木。嘤其鸣矣，求其友声。”伐木与鸟鸣诗义无直接联系，而却与第二句韵脚有关。还有如:“关关睢鸠,在河之洲。窈窕淑女,君子好逑。”鸟鸣与淑女、君子原无诗义上的关联，但也可以理解为求偶之男女双方，看到睢鸠双鸣双飞，引起同感，便借此起兴，亦事理之常，则说它诗义双关也自可通。所以说，在某些情况下，兴词与主题含义似断似连，也仍不失其为兴，这里似不应拘泥。

《诗经》中的国风，大部分是来自民间的歌谣，十五国风都是徒歌，与雅、颂之合乐者不同。但十五国风，并非同调。所以，虽同属兴诗，仍各有所区别。这就是说风诗唱起来没有统一的调子，这在民歌中特别明显。本省民歌中，有种叫“花儿”（或“少年”）的，用赋、比、兴手法很普遍，其用赋手法的，如：

一对尕牛的庄稼人,二十串钱儿的账哩。尕牛卖掉了还账哩,西口处大路上上哩。

俄罗斯盘子玻璃灯,鸦片烟吃成个瘾了。我说的好话你不听,鬼门关再不远了。

一述农民破产之苦,一叙夫妻劝勉之诫。也有记行旅之苦的,这里不多举例。用比的手法较上述用赋的为多，如：

山里头高不过太子山，川里头平不过四川。花儿里好不过藏金莲，五辈里好不过少年。

这是对比。其以此喻彼的，则如：

马没有鞍子四条腿，马瘦是脊梁骨现了。人没有银钱好似个鬼，人穷者精神短了。

新配的钥匙八片簧，锁门是锁君子哩。远路上维下的好心肠，维人是维心思哩。

天没有柱子地没有梁，虚空哩盖楼房哩。你没有老子我没有娘，我俩要疼肠哩。

民歌用比，在藏曲里更为普遍，很值得做诗歌的人取法。至于“花儿”用兴的手法，则几乎俯拾即是。如即景起兴的：

天上的云彩跑马哩，四山哩拉雾是下哩。尕妹的心儿哩有假哩，费这个心思者咋哩。

小燕麦出穗嗦啰啰吊，大燕麦拔不过了。一对大眼睛水活活笑，西施女赛不过了。

即事起兴的，如：

兰州城里的国民军，天河口里的扫星。民国的世事不太平，好花儿比光阴要紧。

鲨鱼皮鞍子假银镫，桦木(啦)做下的臭棍。虽说我的年纪轻，心底里不会想二心。

除了以眼前之事起兴之外，更多的是以故事起兴。小说戏曲盛行以后，历史故事和小说人物成了农村中说唱的最好素材。所以，论英雄必道《三国志》《杨家将》说；说红装必夸穆桂英、王宝钏。其例如：

关老爷骑马到阵上，好像是六月的会场。金梁配给者玉柱上，背一口名声是对当。

张翼德城头上擂鼓哩，古城边斩蔡阳哩。我你（哈）晴天里盼雨哩，冷天里盼太阳哩。

穆桂英大雨里抬亲哩，活拿个杨宗保哩。你死是我陪着死去哩，你活是我陪着老哩。

平贵回窑十八年，武家坡挑菜的宝钏。我你（啦）离开者心没宽，宽心者漫了个少年。

用“兴”的手法写成的花儿,开头两句大都为了便于启口和押韵,与所要表达的意思了无关涉(个别亦有似断似连的,已详前)。这与《诗经》中的“兴”诗前两句无关义理者正复相同,这说明“花儿”继承了民歌的这个传统。解放后,新编“花儿”极为流行,且被之管弦,放诸广播,但作者似很少应用这种手法,其流行作用,不免减少。毛主席指出,今后诗歌发展的趋势,很可能从民歌中吸取养料和形式。这点为我们今后创作和发展“花儿”,指出了广阔的路子,是我们应该努力的。

(二)毛主席论唐宋人诗歌

在论形象思维时,毛主席谈到律诗的不易作,并以唐宋诗人为例。首先,毛主席提到韩愈,他说:“韩愈以文为诗,有些人说他完全不知诗,则未免太过。如《山石》《衡岳》《八月十五酬张功曹》之类,还是可以的。据此可以知为诗之不易。”据我所理解,韩愈是古文大家,是唐代古文运动的领袖,但对他的诗,宋朝许多人都认为不行。首先是江西诗派领袖黄庭坚便说:“韩以文为诗,杜以诗为文,故不工耳。”沈括更说他的诗只不过是“押韵之文”。我认为宋人的这种议论,没有从韩诗产生的时代背景出发,便不免过于片面。韩诗自成一派,被后世称为“硬体诗”。详考此类“硬”诗之所以产生,是与当时流行的元(稹)、白(居易)“软熟诗派”相对立的。元、白所倡导的新乐府运动,继承了《诗经》乐府的现实主义传统，写作了不少为人传诵的名篇，这是他们有所贡献的一面。但在另一方面，他们的诗在形式上不免流于软熟，特别是元稹，更多淫语艳韵。到了他们的末流，这种元和诗体，便成了“支离褊浅之词”（元稹《上令狐相公诗启》）。本来元和体诗平易通俗，为广大人民所喜爱，但到了后来，却演变成了陈词滥调，满篇的庸俗化作品，笔熟体软，结构松散，诗格日趋卑下。

正是为了矫正元和体末流的这种弊病，以韩愈为首“横空盘硬语”的韩诗派，便针锋相对地应时而产生了。从这一点上说，宋人说韩愈不知诗是完全不理解这个诗派在当时的作用的。韩愈称他自己的诗是：“横空盘硬语，妥帖力排奡。”这就是他的诗的风格，也说明他正是为了反对褊浅庸俗的诗格，才创立这种硬诗格的。在诗的风格多样化方面，韩诗独具一格，是非常有意义的；而且他对当时，甚至是对他有异议的江西诗派，有比较重大的影响。他的《山石》等诗篇，诗格高古雄奇，而言语仍平易通俗，毛主席也认为可以。同时在韩诗派中，如孟郊、贾岛、张籍、卢仝等人之作，都异乎流俗，而李贺尤为突出。李贺的诗，从诗体（形式）上说，色彩缤纷，语言新颖而诡异，造句生硬而盘屈，真有创新立异，笺补造化之功。而在内容上，不仅想象丰富，浪漫气息浓厚；而且搜奇猎艳，穷幽极秘，在诗歌上别开生面，自成一家。因此，毛主席很推崇他的诗，并介绍给陈毅同志，指出："李贺的诗很值得一读。"看来这也有一定的针对性。因为，当前流行的旧体诗和自由体诗，一般也存在软熟的毛病。毛主席是想以李贺的这种硬体诗格来矫正这一毛病，并不专指陈毅同志的诗而言。但是，诗人和作家们在学习毛主席这个指示时，似乎并未领会到这一点，我认为这是值得考虑的。我们现在作诗，必须要有我们自己的时代风格。李贺的诗，当前有关古典文学的选本中都有所选录，他的"天若有情天亦老"和"雄鸡一声天下白"的名句，经毛主席的引用为大家所熟知；而"黑云压城城欲摧"，则更是一般所习用的警句。当然，李贺的诗和韩派其他诗人的诗一样，也存在着一定的缺点，如有些作品生硬艰涩、隐晦雕琢，是韩派诗的通病，这也是应当指出的。

至于说韩愈以文为诗，则是其风格的特点。较之盛唐诗格，恰如大河奔流，汹涌澎湃，气势雄放，浑翰无际，这正是以行文之法作诗，为诗家开辟了另一境界。吕惠卿说："诗正当如是。"我认为是对的。有人说他的诗是"押韵之文"，只是偏执一体，而抹煞了风格的多样化，我们必须历史地看待和评价这个问题。诗体要解放，还必须从这里探索路径。如果和过去的诗论家一样，诗必盛唐，则新的创造将何由产生？毛主席的话是值得深思的。

至于宋人的诗，毛主席所指，主要是江西诗派的末流。江西诗派的创始人黄庭坚，在诗的格律和技巧上，有一定的功力和贡献。但总的来说，他们用僻典，压险韵，做拗体，损伤了诗体的自然和内容，过分地追求了技巧，流为形式主义，特别是他的末流，更加枯燥无味。毛主席批评他们的诗“味同嚼蜡”，非常肯切。宋诗的这种毛病，一直延续到民国初年，流弊极大。

最后，毛主席还由于律诗很容易束缚人，所以说李白、李贺都不大作七律诗，集中只有几首五律流传下来。我们翻翻李白的集子，五言律倒有一些，如“山随平野尽，江入大荒流。月下飞天镜，云生结海楼”(《渡荆门送别》)、“山从人面起，云傍马头生。芳树笼秦栈，春流绕蜀城”(《送友人入蜀》)无论从形式和内容上说，都可和他的古诗、绝句相媲美。而七律不仅作得很少，有名的如《金陵登凤凰台》：

凤凰台上凤凰游，凤去台空江自流。
吴宫花草埋幽径，晋代衣冠成古丘。
三山半落青天外，二水中分白鹭洲。
总为浮云能蔽日，长安不见使人愁。

这首诗，在格律上首联和颔联、颔联和颈联之间，都失去了平仄上的协调。而从另一方面说，这首诗内容很完美，如果为了形式上的谐、合，把它加以修改，使之谐律，则又不免削足适履。今天我们作诗，则既应重视必要的格律，又应当不以形式的要求而损害内容的完美，这将是毛主席论诗的用意所在。

四、叶剑英、董必武、陈毅三个同志的旧体诗

毛主席在这封信中，于律诗方面，推崇叶剑英、董必武二者的作品，说："剑英善七律，董老善五律。你要学律诗，可向他们请教。"叶老的诗发表得不多，但从仅见的几首律诗看，不仅在内容上歌颂革命，志壮气雄，而且在形式上也声调铿锵，不同凡响。《远望》《八十书怀》和《重读论持久战》等都是七律，为广大读者所传诵。兹以《重读论持久战》为例，略加介绍如下：

百万倭奴压海陬，神州沉陆使人愁。
内行内战资强虏，敌后敌前费运筹。
唱罢凯歌来灞上，集中全力破石头。
一篇持久重新读，眼底吴钩看不休。

全诗从形式上讲，声调如律、音韵谐和、对仗工稳、节奏分明，读之朗朗上口。而更重要的是在内容上，忧心国事、痛恨敌寇，关心民族的存亡，怀抱兴复的大计，坚韧乐观，指挥若定，给人以极大的鼓舞力量。这种革命家的气度，远非一般诗人所能及。

诗中虽然也引用了“沉陆”“灞上”“石头”等典故，但显豁贴切，益发增添了全诗的浑厚意味，一扫艰涩生僻的流弊，值得学诗者讽诵取法。

董老的诗，在风格上循谨厚重，诗如其人。在形式上工力深沉，格律严谨，造句用字一丝不苟，可以从他的诗中看出他的苦读和好学来。兹以《挽陈毅同志》二首之一举例如下：

久被病磨折，元良竟丧生。
立功丰不伐，求艺广多成。
皓月无幽意，清风有激情。
井冈山上树，瞻仰总心倾。

感情深厚，情景交融，有一唱三叹之致。对陈毅元帅的生平，概括完整，评论公允，不愧诗史。董老的五言律诗，如《挽续范亭先生》《三月四日夜枕上口占》等；七律如《挽沈衡山先生》《九十初度》等，都是极为工整出色之作，其感情真挚，意态恂恂，非常感人。

最后，再读陈毅元帅的旧体诗。陈毅元帅毕生为了革命，驰骋疆场，戎马倥偬，但却雅好诗文，礼贤下士，俗有“儒将”之称。他的诗词意态闲雅，笔力纵横，往往信手拈来，不拘成规，有敢于冲破格律束缚的精神，为我们树立了诗界革命的风范。在这方面，他的《梅岭三章》最为典型，如其二云：

南国烽烟正十年，此头须向国门悬。
后死诸君多努力，捷报飞来当纸钱。

按格律来对照，这首七绝，既失粘，也失对。但在内容上，却正充分地表达了一个出生入死的革命家，视死如归、光明磊落的崇高胸襟。他在第一章更说：

断头今日意如何？创业艰难百战多。
此去泉台招旧部，旌旗十万斩阎罗。

则意气更为慷慨激昂。毛主席称赞他的诗："你的大作，大气磅礴。"这确实是他诗的独特风格，不能以格律来拘范它。在目前印行的他的诗选中，未收毛主席所改的那首《西行》，其他律诗也所收很少，可能他自己也未再多作。但从仅在诗选中所收的律诗看来，如七律《广东》《卅五岁生日寄怀》，意气如虹，挥洒自如，也极可诵。其中如："半壁河山沉血海，几多知友化沙虫。日搜夜剿人犹在，万死千伤鬼亦雄。"等句，不仅气势雄浑，即是声调对仗，也极工稳。不过，对陈毅元帅的一生来说，他毕生为国，出生入死，珍惜晚节，守正不阿，是他的革命大节，发之于诗，也对我们后来的人,感发兴起,鼓舞极大。这点是首先应当砥砺和学习的，至于文章诗歌的声色格律，则是革命家所不屑为的，毕竟是次要的关节。何况陈毅元帅的诗词，方面极广，有古为今用的革新精神。所以，即就是在这一点上，也还有其导夫先路的作用，同样是不能忽视的。

由于讲课时间上的限制，这里只提了示个粗浅的门径，举例更不周详，个人的理解，也不一定完全正确，希望能引起同学和同仁们的讨论和指正。

一九七九年七月一日

毛主席诗词的艺术风格——为纪念毛主席百岁诞辰作[1]

毛主席是一代革命家、思想家，是把马克思列宁主义和中国革命实践相结合的创始人。诗词是其余事，且不苟作。但仅就这一项而论，其气魄雄伟，实大声洪，并非一般骚人墨客所可比拟。元气磅礴，大笔淋漓，开诗词的一代新风，这也可以说是自黄遵宪以来又一次更弘阔的诗界革命。李白是大诗人，他的《古风五十九首》一开头便慨叹“大雅久不作”，他的这组诗，远祖风骚，近承汉魏，是以复古求解放，一扫六朝以来绮丽风格的伟作，他因感于六朝以还，风雅不振，正声微茫，至慨于诗道沦亡。因以复古创新为己任，建立一种清真刚健的风格的诗作为任务，以反映盛唐时代乐观向上的时代风貌。毛主席一生喜欢唐代三李的诗格，其中第一个便是李白，要直接说他是继承发扬李白的诗风，

[1]《李文实文稿（第六辑）》（青海人民出版社，2023 年）收录其手稿。此篇为整理者首次辑录。——编者

还并不完全符合，因为毛主席所处的诗代，是“五四”以来欧风东渐，特别是马列主义传播到中国，而与中国封建社会的传统已发生了冲突的一个新时代。但毛主席想改变与推翻这个旧时代的立场，表现在诗风上，却是与李诗大体上是相呼应的。因为，毛主席的诗毕竟是属于中国古诗的传统的。

世传的毛主席的诗共有七律十一首，七绝两首，都是近体诗。七古只有一首，是早年的作品。近体诗是唐人的结晶，而李商隐是近体诗的典范作家，毛主席喜欢李商隐的诗，他惯于作七律，也可能与此有关，驾轻就熟，运转自如，既有继承，更多发挥，在新的时代条件下，自能超出前人，创造出自己的风格。所谓天马行空，行其所当行，止其所当止，自不会为前人所囿。毛主席是革命家，其文艺创作的特点，主要在有所发挥、有所创造、有所前进。

毛主席近体诗的风格，是雄浑豪放，乐观明快。红军长征是一桩艰苦而壮丽的革命事业，毛主席在红军击毁敌人，在赣、湘、黔、蜀多次被堵截和围攻，胜利渡过岷山后，喜赋《长征》一诗云：

红军不怕远征难。万水千山只等闲，
五岭逶迤腾细浪，乌蒙磅礴走泥丸。
金沙水拍云崖暖，大渡桥横铁索寒。

更喜岷山千里雪，三军过后尽开颜。

长征本来是一次壮烈艰难的革命斗争过程，渡赤水、过雪山，更是前所未有的行军壮举。毛主席以无产阶级革命家的坚忍斗志，履险若夷，以革命英雄主义的乐观胸怀，歌颂了这次富有历史意义的长征，这在精神上已经创造和保证了中国革命的必然胜利。也在这首诗中，毛主席充分描述出了红军的革命英雄气概和必胜的信念。

随着解放战争胜利进军，毛主席在人民解放军占领南京时，又高唱道：

钟山风雨起苍黄，百万雄师过大江。
虎踞龙盘今胜昔，天翻地覆慨而慷。
宜将剩勇追穷寇，不可沽名学霸王。
天若有情天亦老，人间正道是沧桑。

这首诗不仅雄浑豪放，而且慷慨激昂，同样如：

坐地日行八万里，巡天遥看一千河。
天连五岭银锄落，地动三河铁臂摇。(《送瘟神》)

为有牺牲多壮志，敢教日月换新天。(《到韶山》)

云横九派浮黄鹤，浪下三吴起白烟。(《登庐山》)

洞庭波涌连天雪，长岛人歌动地诗。(《答友人》)

这些诗不仅豪放明快，而且胸怀广阔，气魄弘伟，不能与一般诗人比论。

词的风格，在这一方面更比诗显得开阔而雄浑。如《沁园春·雪》:

北国风光，千里冰封，万里雪飘。望长城内外，惟余莽莽；大河上下，顿失滔滔。山舞银蛇，原驰蜡象，欲与天公试比高。须晴日，看红装素裹，分外妖娆。

江山如此多娇，引无数英雄竞折腰。惜秦皇汉武，略输文采；唐宗宋祖，稍逊风骚。一代天骄，成吉思汗，只识弯弓射大雕。俱往矣，数风流人物，还看今朝。

气象阔大，词采俊爽，自非唐宋以来词人所可比。这词作于抗日战争胜利之初，但中华人民共和国的形象，已在这里呼之欲出了。诚如作者所说，不仅是宋朝豪放一派词人，无此气派，即就是秦、汉、唐、宋的开国君主，都也低首称臣，连名震欧亚的成吉思汗大帝，也只好徒呼负之了！以一阙新词，畅述所怀，一空今古，而不久果然建立了中华人民共和国。使古老而受人欺压的中国，英雄地在世界上站了起来。言为心声，确为人一新耳目，这当然不能就词论词了。王国维论词境，以辛弃疾《青玉案·元夕》："蓦然回首，那人却在灯火阑珊处"为最高境界，这只不过是就词的述情意境道出悲感的情怀罢了，比之伟大历史局面的开拓，当然不能同日而语了。

毛主席的豪情壮语，同时也见于《贺新郎·别友》：

要似昆仑崩绝壁，又恰像台风扫寰宇。重比翼，和云翥。

《沁园春·长沙》：

指点江山，激扬文字，粪土当年万户侯。

《渔家傲·反第二次大围剿》：

七百里驱十五日，赣水苍茫闽山碧，横扫千军如卷席。

《忆秦娥·娄山关》：

雄关漫步真如铁，而今迈步从头越。

《满江红·和郭沫若同志》：

四海翻腾云水怒，五洲震荡风雷激。要扫除一切害人虫，全无敌。

这些都是革命家独有的豪情壮怀，弘词伟语，自非一般词人所可望其项背，而为后人开辟了一条开拓胸襟的路子。更如“安得倚天抽宝剑，把汝裁为三截？一截遗欧，一截赠美，一截还东国。太平世界，环球同此凉热”“正西风落叶下长安，飞鸣镝”等警句，气魄雄伟，更如“秦皇扫六合”，气吞河岳。使人读之，回肠荡气，即懦夫夫亦奋然有立志焉。

毛主席诗词的风格，自以雄奇豪放为主调，但就词体而论，自宋以来，就有诗刚词柔的分途。就是说，宋人的诗，多偏于刚性美；而词则婉转柔软，富于柔性美，这自然是一种大较。但词之婉约，适于抒情，因而突出了柔性美，如李清照诗多慷慨，而词偏婉约，说明在一般情况下，词宜于发抒柔情。毛主席的词，其刚劲风格，如《忆秦娥·娄山关》《念奴娇·昆仑》《满江红·和郭沫若同志》，风格词气豪迈有逾苏、辛，然如《蝶恋花·答李淑一》：

我失骄杨君失柳，杨柳轻飏直上重霄九。问讯吴刚何所有，吴刚捧出桂花酒。

寂寞嫦娥舒广袖，万里长空且为忠魂舞。忽报人间曾伏虎，泪飞顿作倾盆雨。

情思意境悠远清通，而寄兴深微，哀而不伤，近于深婉。而另有一种清超幽回的境界，且不拘常格，别具超脱襟怀。与此同揆者，又如《卜算子·咏梅》：

风雨送春归，飞雪迎春到。已是悬崖百丈冰，犹有花枝俏。

俏也不争春，只把春来报。待到山花烂漫时，她在丛中笑。

这也富有柔性美，誉梅之坚贞独秀，明示沉绵深挚之情，就此并可见作者深厚的修养。

在中国古典文学作品中，词为其一体，但其体小、质轻，境界也嫌狭小。而在毛主席笔下，却兼具阳刚与阴柔，弘阔与幽深之美，如《水调歌头·重上井冈山》：

久有凌云志，重上井冈山。千里来寻故地，旧貌变新颜。到处莺歌燕舞，更有潺潺流水，高路入云端。过了黄洋界，险处不须看。

风雷动，旌旗奋，是人寰。三十八年过去，弹指一挥间。可上九天揽月，可下五洋捉鳖，谈笑凯歌还。世上无难事，只要肯登攀。

抚今怀古，溯往开来，一片乐观革命主义精神，洋溢笔底，挥洒行间，鼓舞后人，昭告来者，情深意美，自具千古，更非一般词人所可比了。

一九九三年十一月十九日

鲁迅——中国小说史研究的开拓者[1]

三十年代初，我到了曾经是六代豪华的胜地南京。那里的风气，与当时尚处在僻远闭塞的青海，确是迥然不同。在这里，我第一次接触到了五四以来的新文学。上海编印的新文艺刊物和文学丛书，犹如雨后春笋，使我目不暇接。特别是一见到鲁迅先生的旧著新作，我更是如饥似渴地反复阅读，爱不能罢。

大概是由于我先前读过一些旧小说，特别是林琴南译的《茶花女遗事》和《迦茵小传》，习惯于一般的文言文的关系，因此我把后一段时间的注意力集中到了鲁迅先生早期辑印的《唐宋传奇集》和他与周作人合译的《域外小说集》两书方面去。据一般的说法，好像《域外小说集》的译笔不及林译那样风行一时，但我觉得从忠实于原著的谨严态度和他们淹雅朴茂的笔致来看，这部书对我的影响倒是很深刻的。由此连类而及，我更涉猎到了《中

[1] 原载于《青海日报》1981 年 9 月 21 日第三版。《黄河远上：李文实文史论集》（商务印书馆，2019 年）亦收录此文。——编者

国小说史略》这部开创性的杰作。

在中国近、现代文化学术史上，鲁迅先生的《中国小说史略》和王国维先生的《宋元戏曲史》(后来正式定名为《宋元大曲考》)，是熠熠发光的两颗明珠，也是用科学方法研究中国文学的开山著作，既是对祖国文学遗产的科学地批判与继承，又是启迪和指引后人继续攀登高峰的指路明灯。在他们的指引下，对于中国古代小说和戏曲的发掘、研究工作，带来了前所未有的繁荣，仅以治中国小说史名家的，就不下几十人之多；且影响及于国外，可见其沾溉的深远。无论什么工作或事业，开创是极其难为的，所谓“筚路蓝缕，以启山林”，从古就极言其缔造的艰难，但经过鲁迅先生辛苦缔造，一条研究中国小说史的康庄大道，便被开辟出来了。鲁迅作为中国新文化的巨匠，他在旧文化的发掘和整理方面，贡献也是极其辉煌的。

《中国小说史略》，是鲁迅早年在北大、北师大以及后来在厦门大学、中山大学所授课程的讲稿，由于“中国之小说自来无史”，所以经他这样一提倡，一个新的蹊径和一门新的学科，便被开辟和建立起来了。中国小说在最初不被人看重，以为是“街谈巷语，道听途说者之所造”，因而被排斥于九流之外，这是由于当时小说尚未真正形成和历史条件所使然。但奇怪的是在魏晋以后小说趋于成熟，并深入人心的时候，一般正统文人，仍然囿于传统偏见，认为是小道末技，君子弗为；甚至斥为诲淫诲盗，深恶痛绝。尽管自明以后，虽经李卓吾、袁宏道、冯梦龙等人的大力提倡与鼓吹，而小说仍然处于被卑视的地位，不仅是与治国平天下的经史有背，而且还远逊于诗文。这种传统观念，滞碍了小说的正常发展，也忽视了小说的社会功能和影响，直到清代中叶，依然如此。

从清末开始，我们这个老大帝国，在外来势力侵迫和内部革命要求强烈的情势下，一般较有新思想的人，意识到要外抗强权，内反专制，必须要有一种强有力的宣传武器，揭露政治上的黑暗腐朽，宣传新的爱国思想，灌输新的文明和道德；并从欧美资本主义社会的具体情况，发现小说实与国家的兴衰，社会的荣枯，有密切而不可分割的联系。于是小说广大深远的社会作用，便与清季以来的改良运动联系起来。严复等传播西方科学思想的人，首先提出“说部之兴，其入人之深，行世之远，几几乎出于经史上，而天下的人心风俗，遂不免为说部之所持”。（《〈国闻报〉附印说部缘起》）从此以后，小说的社会地位，才首次被提高起来了。

鲁迅正是在这种社会风气和要求的激荡下，独辟蹊径地把中国两千多年来小说产生、发展、演变的历史，与其广泛深入的社会影响作用，深入而细致地加以分析总结。它的体例完整，系统分明，议论精辟，分析入微，均可看出鲁迅眼光的敏锐，思虑的深沉及治学态度的谨严来，使读者受益匪浅。

四十年来，我曾多次翻读过这本书，感到它有几点对我的启示特别深刻：

一、根底深厚。《中国小说史略》,部头不大,仅是一本小册子,粗看起来，好像无足轻重，实际上它网络古今，贯穿百代，脉络分明，系统井然。初读的人万想不到这是他从千百年来分散零落的断简残编中搜求整饬得来的硕果。只要你约略地翻检一下鲁迅所纂辑编订的《古小说钩沉》《小说旧闻钞》《唐宋传奇集》等小说史的古籍资料，你才会憬然领悟到鲁迅对此所涉猎之广，搜求之勤，考订之精和用力之深。他钩稽提要，除了人所共知的《太平广记》《太平御览》《北堂书钞》《初学记》以及《法苑珠林》《艺文类聚》等大部头类书外，还遍及于明以来的笔记、杂纂等。他对祖国的这笔文学遗产，怀着非常珍视的感情，“惜此旧籍，弥益零落”。这是一种怎样深厚的感情啊！用这样深厚的感情，沉酣于中国的文学遗产，难怪他独能浑涵博大、通贯精深地写出一部前无古人的中国小说史来。真的是九层之台，累土而起；七级之塔，历阶而登。他所凭借的厚，自然就植根深;他所攀登的高，自然就所见得远了。这是历来建功立业、著书立说的不二法门，鲁迅给我们在这方面做出了很好的榜样，做学问、写作品，都要刻苦努力，而且还要含英咀华，弃陈扬新，绝不能投机取巧，哗众取宠，读鲁迅的书，这点是应该首先汲取的精神。鲁迅在新文化上的业绩，小说史仅是其中的一项，甚或是次要的一项，而它给我们的启示和所立的楷模，却是非同时其他著述所可比拟的。

二、穷源竟流。小说史的编著，不同于小说史料的整理，这就必须具有一定的史识，即是说还必须有历史观点。鲁迅在早期就具有一定的唯物史观，兼之他在治学方法上受有清代汉学家的一些影响，因此他治小说史便具有这二家之长，一方面他能穷究源流，另一方面又能探讨小说发展的规律。一条线索，一种规律，是鲁迅小说史的独特贡献。

鲁迅追溯中国小说的起源，探索出小说原植根于神话，由神话而传说，其间不断发生变化。他说古代的神话传说，到了秦汉“稍变为鬼道”，又杂有方士之说；魏晋时又杂以神仙之说，古今汇流，才形成志怪小说。他对这种随时代辗转变化的迹象，仔细地探索出来，串成一条线，使人感到头绪清楚，脉络井然，不是横空而来，倏然而去。鲁迅说：

中国本信巫，秦汉以来，神仙之说盛行，汉末又大畅巫风，而鬼道愈炽；会小乘佛教亦入中土，渐见流传，凡此，皆张皇鬼神，称道灵异，故自晋迄隋，特多鬼神志怪之书。

小说借助于神鬼故事，是当时的时代色彩，但借此表达人民强烈的反抗意志和对理想的追求，这种幻想，则仍然是“逞神思而施以人化”的神话传统，这个传统一直发展到宋明而更放异彩，鲁迅本人对此也有所发扬。

另如志怪小说对后世的影响，首先表现在唐传奇上。而唐人“始有意为小说”，则又成为新的演进。宋明传奇一脉相承，直到清代《聊斋志异》等，都是文言小说的传统。不仅文言小说如此，口头文学的白话小说，从唐代的市人小说发展而为话本，到了拟话本出现，更影响及于文言小说。从短篇的话本发展而为长篇，如从《大宋宣和遗事》到《水浒传》；从《三国志平话》到《三国志演义》，关系就更明显。进而于后来的公案小说和侠义等小说，或为余波，或接正脉，都与话本有千丝万缕的联系。经他这样一指点，把千百年来中国旧小说的渊源继承及演变等关系，若网之在纲，一目了然。难怪他批评一般的文学史只配称为资料了。依此看来，小说的产生和发展既与历史各个阶段的政治经济相联系，又与其本身的继承规律相因缘。即就文言白话的相交替来说，也是适应社会发展的需要而互为因果的，文体的变化，也同样是受其发展规律的支配的。不论是哪一类小说，从形式到内容，莫不与其时代背景及社会风气息息相关，新陈代谢。这样地去认识中国古代小说的产生和发展，便可以有机地把它联系成为一个整体了。

三、重视现实。文学作品的主要任务之一是在反映现实。对中国小说的这个传统精神，鲁迅特别给予了重视和发扬。各个时期文学作品中的这种倾向，他都做了精确的分析和评价，肯定其积极进取的部分，如《水潜传》的反对封建压迫，赞扬起义英雄；《红楼梦》的反对封建思想，鞭挞封建文学；《金瓶梅》的揭露封建黑暗势力及腐败政治等，他都大力进行赞扬。而对封建说教，庸俗落后的因果报应等观点和表现手法等,则均予以扬弃和抨击。特别是对美化封建统治阶级，调和阶级矛盾等方面的作品，尽情加以揭露和批判，爱憎分明，立场坚定，既维护了现实主义传统，又指明了历史的局限，帮助读者加深和提高了认识。

四、提高了小说的地位。鲁迅顺应革命发展形势，用写小说史的方法，把向来被认为不登大雅之堂的小说，提到了响应革命潮流，鼓舞民族精神，发扬爱国主义传统，为当前现实斗争服务的高度。因此他对小说史的研究工作，成为了“据过去以推知未来”的革故鼎新事业。这就不仅是填补了文学史领域内的此项空白，并为后来者开启了先路，给当代小说的发展，指出了明确的方向，付予了艰巨而光荣的任务。小说不再是文人学士的消闲品或竟是低级庸俗的东西了。

鲁迅这本书的光辉和影响，非以上几点所能尽，这只不过是我个人的一些感受罢了。

鲁迅与中国小说史的研究[1]

王国维的《宋元戏曲史》和鲁迅的《中国小说史略》，毫无疑问，是中国文艺史研究上的双璧。不仅是拓荒的工作，前无古人，而且是权威的成就，一直领导着百万的后学。

大抵两位在研究国故上，除运用科学方法之外，都同样承继了清代乾嘉学派的遗烈。他们爱搜罗古物，辑录逸书，校订典籍，严格地遵守着实事求是的态度。(郭沫若《鲁迅与王国维》)

鲁迅说："中国之小说向来无史。"(《中国小说史略·序言》)但中国小说起源却很早，《汉书·艺文志》就曾著录小说家书十五种，一千三百八十篇。大概是由于当时的小说作品，多是记录神话故事或人物琐事，情节简单，处于萌芽状态，因此尚不为

[1]《李文实手稿（第六辑）》（青海人民出版社，2023 年）收录其手稿。此篇为整理者首次辑录。——编者

人所重视。司马谈《论六家要旨》不及小说家，班固《汉书·艺文志》虽及小说家，而摒于九流之外，他的理由是："小说家者流，盖出于稗官。街谈巷语，道听途说者之所造也。"这是就当时情况来说的。但这支根苗，继续萌动，到了魏晋南北朝时，便逐步开始繁盛，从魏晋的志怪到唐代的传奇，小说的面目一新，不仅鬼神拟人化，而且有了虚构。从唐末至宋，都市繁荣，市场兴起，为了适应市民生活的需要，话本、讲史等口头文学应运而生，终于演变发展成为明清以来的长篇小说，可以说是源远流长，成为中国文学史上的独树一帜，影响深远的一朵奇葩，不再是街谈巷语的那种小道了。而中国社会受儒家等传统的影响，一般读书人仍然认为小说不如诗文，诗文不如经史，不能登大雅之堂，甚至还污蔑它诲淫诲盗。尽管这样，千百年来，小说本身产生于生活，具有感染、刺激、沉浸、诱发等深厚的作用，比一般说教能深入人心。因此，从明代的李卓吾、金圣叹等起，便为小说争历史地位，直到清末改革运动兴起，他们受了外国文学观念的影响和现实斗争的需要，才发现了小说深入人心，移风易俗的伟大社会作用。于是，中国的新小说便继旧小说日益繁荣之势，而正式向传统的经史诗文公开挑战了。

中国新文化运动伟大的旗手鲁迅先生，便是在这个新的文学潮流下，第一个写出了他的《中国小说史略》，打破了中国小说自来无史的局面，奠定了小说在中国文学史上的地位，使小说史成为专门的一门学科，不仅是小说史荒原的开拓者，而且也是启示和灌溉后人的重要著作，为小说史的研究开辟了崭新而广阔的道路。

这部在近代文学史上开山的著作，对我个人的启示和诱发是极其深厚而巨大的。简单来说，有以下几点：

（一）辛勤的钻研和严谨的态度。鲁迅在 1912 年以前，便开始对汉、魏、六朝时代的小说资料进行辑佚和整理。他在这时期所校辑的《古小说钩沉》，从《太平御览》《太平广记》《初学记》《北堂书钞》等多种大类书中，合辑出古小说三十六种，不仅是收辑整理，而且还经过仔细考订。搜罗宏富，考订精审。他辛勤的钻研和严谨的治学精神，为我们树立了光辉的榜样。

接着，他又继续汇编了《唐宋传奇集》和《小说旧闻钞》两部小说辑集。既订正了明清以来书坊各种版本的讹误，又广泛搜求及于近百种笔记、杂纂，用力之勤，采摭之广，均未前此所未有。由此我们可以看出《中国小说史略》取精用宏的深厚功力来，这非一般著述所可比拟。

（二）完整的体例和统一的观点。鲁迅曾评论过“五四”前后所出版的一些中国文学史，他说那都不免是一些文学资料，所以，他的这本书特别重视史识。这即是说，既要有丰富的资料，还必须具备统一的观点。用历史唯物主义的观点，把所有资料联系贯穿起来，使它成为一个整体。因此，他的这本书不仅体例完整，而且观点一致，前后一贯，互相联系。

（三）独到的卓识和精辟的分析。《中国小说史略》的史的概念和线索，特别明晰，使人读后把中国千余年来发展演变和继承的关系，一目了然，如网之在纲，有条不紊。如他把小说的起源追溯于神话，由神话而传说，由传说而加以拟人化，便成为逸史小说。商周以来的巫风，加上秦汉而后的方士神仙，再加上魏晋以还的小乘佛教，便产生了鬼神志怪小说。唐代传奇在这个基础上更加以虚构，文辞华艳，叙述婉转，便从鬼道转入人道，其发展演变迹象历历可寻。

随着商业经济的发达和市民阶层的兴起，小说便向社会生活方面发展。所以传奇虽出于志怪，而这种神怪均具有人性，遂开宋代说话的蹊径，递演而为长篇。其间既有继承，又有发展，并不是突然而来，倏然而息的。宋话本继唐代市人小说而产生，便由文言而向白话发展，这种白话的口头文学，逐步成为明清的白话书面语言，于是小说便大大兴盛起来。鲁迅指出“后来的小说十分之九是本于话本的”。把这个继承发展的关系，也分析得极其明白。由《三国志平话》发展为《三国志演义》，由《大宋宣和遗事》发展为《水浒传》，都是由话本的说话递嬗成为白话书面语言的显著例子。这些都通过鲁迅的探索和分析而明白如镜的。

（四）扬弃与批判。由于时代的局限，古代小说中同样存在精华与糟粕的两部分。鲁迅对旧小说中宣扬封建道德，歌颂封建统治阶级，诬蔑农民斗争及宣传因果报应等陈旧观念和落后意识等，都指出其落后危害性，大力加以扫荡和批判，这对我们怎样批判扬弃其糟粕而吸取其精华，为我们创作真实反映现实的新作品，不断前进和实事求是地进行研究工作，指出了明确的方向。

“少年”漫谭[1]

一、“少年”与“花儿”

青海境内的河湟流域及甘肃境内的大夏河及洮岷流域，最流行的民歌，莫如“少年”。所谓“少年”，实际上是一种富有浪漫色彩的山歌，向来是不登大雅之堂的东西。它的得名虽不可知，但据我们推测，却似乎与少年人有密切的关系。因为“少年”是一般青年男女所唱的歌曲，它的内容，也百分之九十以上是关于青年男女的事情。这从“少年”的本身不难找出一点线索来：

年青的时候里都一般，哪一个五荤里不贪。

这里所谓的“五荤”，是指的烟、酒、嫖、赌和“少年”，照这样

[1] 原载于兰州《和平日报》第二版《西北边疆》学术副刊，1948 年 7 月 18 日、25 日，8 月 1 日、8 日、15 日、29 日，9 月 7 日、19 日、26 日，10 月 3 日。《黄河远上：李文实文史论集》（商务印书馆，2019 年）亦收录此文，并对标题顺序重新做了调整。今据以上各出处整理收录。——编者

看来，唱“少年”并不是一件体面的事情，不过唱“少年”总是比烟、酒、嫖、赌等恶习要来得有意义一点。所以“少年”里也曾这样地说：

花儿里好不过藏金莲，五荤里好不过少年。

的确,“少年”是自抒所怀和男女相悦的抒情诗,不能与烟、酒、嫖、赌等“四荤”等景齐观。它的所以被降贬到“五荤”阵营，大概是因为“情诗”的气味太浓厚，被道学先生所痛恶的缘故吧？这一点读者看了下文就会知道,暂时不必去说。我引这番话的意思，是想说明“少年”的得名，是与青年男女的自行歌唱有关，因为“五荤”照例多半是关于青年人的行为,所以“少年”歌词就有“年青的时候里都一般”的自解。若是“老不正经”，便会被人奚落，曾有一首“少年”道：

百七和百八上量青稞，百九的街道里过了；年青的时候里没欢乐，老来者脚步儿错了！

可见老年人应该是要跟“少年”离远的，因为那毕竟是属于少年时代的事。同时“少年”中也特别警告青年男女们要及时行乐，免得老大伤悲：

脚穿个麻鞋图轻巧，头戴上一顶儿草帽；阳世上来了者欢欢地闹，紧闹吧慢闹是老了！

八十的老母浪花园，头戴了红花儿了；花开花败的年年有，人老是老一就了！

××××××××，××××××××；年青的时候里草尖上飞，老来了再不能后悔。

这都是很明显的例子。并且青年人原则上也是排斥老年人加入“少年”的行列的，所以他们在“少年”中告诫女的不要跟三十岁以上的男人们鬼混：

骑上个孕驴了你莫（读如薄）撩，棒棒啦扎你的腿里；三十以上你莫要，岔岔胡扎你的嘴里！

实际上稍微上了点年纪的人要唱“少年”也难免给人家一种奇异的感觉，认为你是“老兴大发”。这样看来，因为这种山歌是少年人所最喜欢歌唱，而且它的内容也都是少年人自抒所怀和男女互相调情的缘故，所以便把这种歌曲，也就叫作“少年”了。我这个推测，虽有点"望文生义"，但可能是大体正确的。

"少年"或又叫作"花儿"，其实"少年"与"花儿"应该是有分别的。所谓"花儿"，是专指青年男女间"相悦之辞"的情歌而言，它的取意，大概是香草美人之意，只是"少年"的一部分。因为我们详细审查"少年"的内容，其中如征夫的怨戍，游子的思归以及一时一地的纪事等，都与"男女相悦"无关。八九年前，张亚雄先生搜集这类民歌多首，而命其名曰《花儿集》，似乎没有严格地去划分二者之间的界限。实际上还是"少年"一名，最为确当，因为"少年"可以包括所有男女青年，只要是他们和她们所唱的歌，不论是情歌或非情歌，都可以这样称呼的。这和《诗经》中的《国风》多为男女情歌而雅颂为清庙、臣王之什的分别，恰好是相类似的。

说到这里，顺便可以检讨一下"少年"产生的背景，"少年"无疑的是抒情的歌曲。它的所由产生，一种由于"遣情"作用而发抒出来的，这在"少年"本身，早就有清楚的说明：

鸭子嘴长爪爪（读如抓）短，水线上绾成个牡丹；阿哥们出门者精神短，宽心者漫了个"少年"。

又有句俗谚说：

婆娘们难心了痛哭哩，男人们难心了唱哩。

这里所谓的“唱”，便是指唱“少年”，可见“少年”是为了自遣情怀，不期然而发出来的讴歌，属于这一类的“少年”，多半发自客居及旅途，劳者自歌，发泄其精神上的苦闷。另外一种则是属于“挑情”方面的，这也在“少年”中说得很明白：

大路上下来的清凉官，双手啦抱住个轿杆；青苗地里的白牡丹，阿们者不漫个“少年”？

牛毛的褐褂蓝大叉，二郎吧担山的纽子;认不得人儿难搭话，“少年”上拔你的口气。

这很分明是与《陌上桑》中“使君从南来，五马立踟蹰，使君遣吏往，问是谁家姝？”同一个作用。因为“挑情”的“少年”，是产生于春夏间阡陌之上的，以一个陌生人，突然对田中锄草的女子表示倾慕，自不免难以启口，因此便改用富有诱惑煽动性的“少年”来挑动她的感情，这便是“少年”的另一成因，这类“挑情”的“少年”，便是“花儿”，其中以男女对唱的尤为精彩（此点容后另详）。经过这样的分析，“少年”与“花儿”的区别，又可得到一番说明了。

“少年”的名称起源，既有了上述的说明，那我们应当进一步说一下“少年”流行的区域及其流派了。“少年”现在流行的区域，在湟水流域有青海的湟源、大通、湟中（即西宁）、互助、乐都、民和等县；在黄河上游有贵德、化隆、循化等县。在大夏河及洮河流域，有甘肃的临夏、宁定、康乐、和政、临潭、岷县、临洮、洮沙等县。从甘肃的临夏向西北，以迄青海的湟源、贵德，是“少年”的大本营所在。在这个区域之内，就“少年”的辞句及腔调来看，却并不完全一致，大体说来，约可分为三派：1. 湟中派；2. 临夏派；3. 洮岷派。湟中派以湟水流域的西宁、乐都为中心，湟源、互助、大通诸县，风气略同。这一派的“少年”可能纯粹是本地产品，很少有外来的影响渗入。临夏派以旧河州府为中心，迤南如宁定、和政、康乐，迤西北如民和、循化、同仁、化隆及贵德，都直接受其熏染，是“少年”中势力最大的一派。洮岷派以临潭、临洮为中心，陇西、渭源、会川、洮沙、岷县，都大体相近。洮岷的歌曲，我所见者较少，无从评议，不过“少年”至洮岷，似乎已走上“谣歌”及“俗曲”的路子，渐渐地与“少年”分了家了。如此则“少年”的研究及搜集，当以临夏、湟中二派为对象，然在上述区域中，“少年”风气流行之盛，也有等差。大抵临夏、民和、循化、化隆、隍中、互助及乐都，唱“少年”之风最为盛行，这几县的农人们，走在大路和郊外时不能唱两句“少年”的，可说是极少。至于湟源、大通、贵德、亹源诸地，“少年”也颇流行，而言其普遍，则较临夏、化隆、乐都等县为次，此外如共和、同仁诸县，在深山幽谷之中，大道草原之间，虽也不无清亮歌声，然已仅限于少数所谓“唱家”之流，与大众显系较疏。继如河南及环海蒙藏游牧地带，虽是唱“少年”的绝好场所，但因生活习俗的不同及语言文字的隔阂，“少年”遂与他们或她们根本绝缘了。

不过有一点要我们特别注意的是，“少年”虽不产生于蒙藏游牧地区，但“少年”流行的区域，却正是在所谓的“安多”区域以内，临夏、洮岷及湟中三“少年”中心区的周围，都是蒙藏人民所生息的处所，恰好形成一个包围圈。大家都知道蒙藏人民（尤其是藏民）是非常喜欢并擅长歌舞的，他（她）们高亢而浏亮的声调，似乎影响于“少年”者很大，同时“少年”歌辞的句法，有很多都是藏式的倒装语法。在这一点上不难可以推想出汉藏文化的混合情形，及中原各地民歌何以从没有“少年”这样高亢浏亮的腔调的缘故来的。

二、劳者自歌纪记事诗

我在上节曾说过“少年”中除了情歌以外，还包括征人怨戍及游子思归等的篇什，现在就专来举例说明这一点。记得自十多年以前开始，在青海的军营内，普遍地流行着下列一类的“少年”：

阿哥们不是个吃粮人，马大人拔下的门兵；马大人有恩了回给个家，无恩是向后转哩。

阅兵和点名的乐家湾滩，好人哈冻成个病汉；疼心的尕妹哈打一封电，训练们再剩了个半天。

炮响吧三声的走开了，姊妹哈给谁哈靠了；娘老子养下的金身子，吃粮者糟尿踏坏了。

一口吧一声的吃粮哩，吃粮的难寒哈看来。吃粮哈当兵的保皇上，官身子由不得自己。

这些都是现代人的作品，这一点而最著名的还有这样以薛平贵自况的一首：

平贵吧回窑的十八年，武家坡挑菜的宝钊；把光阴好比打墙的板，上下翻，催老了英雄的少年。

这一类表达征人悲慨的歌唱，和唐诗人们的“岁岁金河复玉关，朝朝马策与刀环。三春白雪归青冢，万里黄河绕黑山”“不知何处吹芦管，一夜征人皆望乡”等诗篇，一样的含有深怨，王昌龄《关山月》中的“戍客望边邑，思归多苦颜”正好做他们的写照。不过当兵也有它的荣耀处，所以“少年”中也说：

山里的野马红鬃刚，假银的鞍子哈备上；阿哥们吃粮者保皇上，姊妹哈营盘里带上。

宝马金鞍，英雄美人，气概却自不凡。不过穷愁之音易好，欢愉之辞难工，“少年”中像这样有气概的篇什，并不怎样丰富。

久客思归，是一般的常情，“少年”多半产生在旅途中，所以这方面的描画，分外深刻而贴切：

花蓝背斗里背羮子，羮子哈撒给者场里，人家的地方上推日子，自家的地方哈想哩。

三十晚夕贴钱马，才知道过年的了；挣不下银钱回不下家，才知道作难的了。

黑鹰和黄鹰啦打一仗，闪折了黄鹰的翅膀；多人的伙儿里我孽障，我离了个家的地方。

出门吧三步的离乡人，夜黑者没处儿站了；热身子爬了个冷地了，命苦者把天给怨了。

这里面一、三两首极述作客他乡的孤寂，与“锦城虽云乐，不如早还乡”是一样的情怀。第二首劳者思憩，令人恻怆，第四首则写流浪潦倒的苦况，淋漓尽致。读惯了“迢递三巴路，羁危万里身。乱山残雪夜，孤烛异乡人。渐与骨肉远，转于僮仆亲。那堪正飘泊，明日岁华新”及“今夜不知何处宿，黄沙白草绝人烟”诗句的人，再来读这类的“少年”，对那些穷愁潦倒，飘流东西的孤客自不免要一掬同情之泪了。像这样自怜身世，悲慨伤怀的“少年”，不仅发自流落异乡的孤客的口中，同时也发自株守家园而贫无立锥的“穷措大”们的嘴上：

马没有鞍仗四条腿，马瘦是脊梁骨现了；人没有银钱者活像个鬼，人穷是精神们短了。

曹操吧山头上观一阵，百万兵战不过子龙；有人哈疼心的人家们，没人吧疼心的我们。

×××××××××，×××××××××；穷光阴到我的头上了，五荤的衣食哈忘了。

至于怨女们的叹息，自然也是有身世之感的：

白马上骑的是薛平贵，黄草吧滩里的露水；女婿娃尕了者贪瞌睡，娘老子寻给的赘累。

因提到这首“少年”，使我忽然想起做小媳妇的难处来，上述怨女的难处是难在对付一个不懂事的小丈夫，而这里我要列举的小媳妇的难处，却难在应付两位婆婆（姑），唐王建有一首吟《新嫁娘》的诗云："三日入厨下，洗手做羹汤；未谙姑食性，先遣小姑尝。"这首诗是久脍炙人口的，不料在"少年"中也有类似这样的作品：

大妈妈要吃个浆水哩，二妈妈要吃个醋哩；一样的锅儿里两样的饭，难心者阿们者做哩。

这种描写苦闷的东西，自然也是极可宝贵的。总之，"少年"是青年男女的抒情诗，其属于自慨身世，长歌当哭，而与专言恋爱的"花儿"异曲同工者，略如上例。这一类作品，在性质上说，自然和"花儿"不能相混，是"少年"中的另一面，但因它向来没有一个别名，故从一般的称谓仍叫它做"少年"。若是有人能赐它以佳名，则"少年"二字，就可做它和"花儿"总名了。

此外尚有一种纪事的"少年"，它也是和"花儿"的内容有些异趣的，也可以附在这儿谈一下。本来原为乐歌的诗三百篇中，如《六月》《采薇》《采芑》及《绵》等篇，都可当作史诗看，后来《孔雀东南飞》《木兰辞》及《长恨歌》《秦妇吟》等，更是纪事的长篇巨著。"少年"因为每首只有四句，所以没有长篇的纪事，但一时一地的大事却也有时扼要地记载下来,这一点也是来跟《诗经》的性质相近似的。闲话休提，我这里且举两个例看看：

二十四打了个一条山，冷水啦拌了个炒面；阿哥们前进者没子弹，机关枪扫下的可怜。

这是战争时留下来的纪事诗，其作战时间地点及牺牲的惨烈，都历历如绘。又如：

朱锦屏死的者莲花台，周子扬做了个伴儿；国民军造谣者不上来，孽障死西宁的汉儿。

这也是一件绝大的掌故。民国十六年，国民军入甘，还没有来西宁，当时西宁方面派湟源朱绣及天水周希武二氏（朱时任蒙番师范校长，周任教官，俱为当时西宁镇守使马阁臣将军所礼重）代表赴兰欢迎。走到老鸦峡中的莲花台地方，不幸突被匪徒所杀，当时西北一带，回汉感情，似乎不甚融洽，汉人们以国民军来了，就可帮助他们，所以日盼国民军早临，但自朱、周二代表之行落空，光传说国民军要来，而实际上并不见至，于是汉人们就又不免感到恐慌了。这首“少年”便是纪当时动〔荡〕情形的，生动逼真，确能传神，与诗篇中“君王城上竖降旗，妾在深宫哪得知，十四万人齐解甲，更无一个是男儿”神韵正复相同。这类的“少年”其可贵处正如史诗，可惜我记得的并不多，一时不能详举了。

三、花儿的对唱（上）

“花儿”本来的意思是指女性情人，说她美丽得和鲜花一样。记得有两首“花儿”道：

拉加寺安下的同德县，贵德的浮桥是扯船；我维的“花儿”哈你没见，花儿里挑下的牡丹。

白蛇吧娘子黑蛇的传，船舱里坐的是许仙；不维个花儿是没营干，维下是心上的扯牵。

从这里可以显然地看出“花儿”一名的原来意义来。大约后来因为这类“少年”，都牵涉到花儿，因此就拿它来作为专名了。“花儿”是男女青年的恋歌，是“少年”中最精彩的部分，其对唱的场面，尤为热烈动人。

“花儿”的产生，似乎就是由对唱而来的。对唱“花儿”有两个很重要的时期，那便是清明与芒种。因为清明前后，是农家刚锄小草的时候；芒种前后，是锄大草的时候。锄草在甘肃和青海一带，是属于妇女的工作。每当春风和畅的仲春，或是炎阳逼人的初夏，你若到郊外田野间去走走，便可看见一排一排穿红戴绿的妇女们，都戴了一顶凉草帽，或是在头上盖了一条雪白的新毛巾，蹲坐在青苗田里，一面锄草，一面有时在唱着"花儿"，来减少她们整日辛苦工作时的疲倦（当然也有时是有意和人家挑情）。这时若有几个路过或闲游的青年男子，也同样是怀着青春苦闷的话，则有名的"花儿"对唱便在这种场合里开始了。

独自在田里唱"花儿"，是属于排遣心头苦闷的，但若有意唱给人听，那便是属于引诱人家的挑情行为了。挑情是对唱的引线，只要你能引得起，则会一发而不可遏。从我所知道"花儿"的内容来看，这种挑情与对唱的过程，是有一定的线索可寻的。大概说来，这种属于挑情的行为，是由男子方面发起的话，则他不外是唱出这样的歌来：

太阳吧出来者照山川，照的是阳山吗阴山？拔草的阿姐们上楞干，拔的是头次（读如器）吗二次？

或更大胆一点的就表示出他关爱的意思：

大日晒者个肩膀痛，绿燕麦拔的者手痛；过路的哥哥是出门的人，尕妹哈见了是心疼。

若是发动挑情的是属于女方的话，她自也有她的说辞：

大路下来的光棍汉，手拿的五尺的扁杆；我你哈当人者擦一把汗，你我哈送上个“少年”。

牛毛的褐褂蓝大叉，二郎吧担山的纽子；认不得人儿者难搭话，“少年”上拔你的口气。

女对男方的挑情，若是愿意接受的话，那她的回答大体是这样的：

西宁的萝葡缨子大，当天里闪出个虹（读如扛）来；谁是个阿哥们汉子家，一步一个家唱来！

男对女方的挑情，照例没有不接受的道理，自会欣然地表示出感激与爱慕之忱：

大闹天宫的孙悟空，天兵们抓不住了；不是个阿妹们疼肠的很，阳世上没走的路了。

或是直接问她究竟要他唱哪一类的“少年”：

出去大门的三道岭，哪一道岭儿上上哩；三国和杨家将的十八本，哪一本打开了唱哩?

挑情挑到这种地步，自然是要进行对唱了。那么就请看她点戏吧：

灶爷板儿上八棱子灯，它照着黄河水红；你唱个杨家的老令公，我唱个三国了你听。

男方的肚里，果会装有以《杨家将》故事做起兴的“花儿”时，那他可以不负所期地随便这样唱下去：

六郎的妈妈是佘太君，手拄着蟠龙的拐棍；……

杨大郎面目赛宋王，身替个宋王爷死了！……

贪生吧怕死的杨五郎，五台山上修下的庙堂；……

甚至还可以借此喻彼地道出挑情的本意来：

六郎的儿子是杨宗保，穆桂英的怀儿里睡了；……

歪打正着，你说这是多么巧妙的手法与心眼儿?不过，有时也有人根本不会唱《杨家将》的，那岂不是要作难吗？诸位看官且不要着急担忧，“花儿”的作家早就为我们开辟了一条躲闪的道路，让我轻轻易易地瞒过了对方：

泾阳的白菜哈我不吃，我吃时清油啦拌哩；三国杨家的我不唱，我唱个清朝的传哩。

于是便可抛开那托词不想唱的《杨家将》,而从自己一向熟悉的“清朝传”方面下手：

康熙爷访贤者月明楼，手搭个栏杆者点头；尕妹是阿哥心上的油，千思吧万想的难丢。

嘉庆爷得了个孙子了，四路的粮草哈免了；……

这样地搭讪着引起动机以后，便要决定目的了，因为漫“花儿”并不是卖弄自己“花儿”的知识怎样丰富，而是借它来做谈情说爱的工具。因此男人们遂不再放松一步地先表示出他爱慕的心情：

天上的星宿哈出全了，月亮的光气压了；尕妹的模样哈十全了，眉毛哈香头啦画了。

假银的鞍子梅花的镫，紫檀木削下的臭棍；眉毛吧弯弯的两条龙，赛过了朝里的正宫。

远看个黄河是一条线，近看个黄河是水边，远看个尕妹是藏金莲，近看个"花儿"是牡丹。

有时也还可这样地采取多头政治，对其他的女人同时表示渴慕：

甘肃吧凉州的米粮川，四月八好不过五泉；大嫂子好比个藏金莲，二嫂子好比个牡丹。

不过，这样的光从歌颂花容月貌上下手的办法，是阅看对方的容貌和风度怎样而定，若逢到对方的相貌并不漂亮时，还是一味地瞎恭维，便自会引起对方的反感，以为你是用反语来奚落讽刺她，那可就糟了。一个聪明的挑情君，决不会如此的鲁莽，他是会从另一方面进攻的：

梁山上一百的单八将，仁义哈不过的宋江；不爱个尕妹的俊模样，只爱个心好么义长。

大红的袍子九龙带，西凉府考者个举来；十分的人才哈我不爱，一心儿奔者个你来。

这一种是专从对方内在的美来加一番赞美，同时还可以显出自己与众不同的特识来，实在不失为是一个巧妙的攻心法子。真是戏法人人会变，各有巧妙不同了。

渴慕倾心的话，既已全盘托出，唱“花儿”的第一个阶段，算是圆满地完成了。以下当然要移转话头，接着倾诉起个人可怜的身世来，企图获得对方体谅与同情：

汉刘秀十二上走南阳，南阳是好大的地方；贱身子到你的贵地上，照你的兄弟者疼肠。

诸葛亮祭起了东南风，火烧了曹操的大兵；头来是阿哥的光阴穷，二来是配不过你们。

孟姜女哭倒了九堵墙，长城里哭出个范郎；没吃吧没喝的莫愁肠，有你是有我的望想。

大概金钱是恋爱的后盾，这在唱“花儿”逗情的流浪汉，也有所感觉，因此他先拿上述的话说出他的“没吃没穿”的清寒家世来，但他却并不承认这是“穷酸”而是暗示爱的结合，可不必就看重目前的经济条件，只要将来有希望就行了。“花儿”中所说的“光阴穷了者穷过哩，好过的光阴哈盼哩！”正不是在说明这个意思吗？这样的要求，万一引不起对方的同情，而发出如下讥笑口吻的话，虽不至前功尽弃，却也是危险万状：

大路上下来的黑尕娃，他穿的蓝布的夹夹；一大的钱儿哈当两大，你不是维人的下家。

不过唱“花儿”的人，多年是事前就有意的，所以这类不通人情的话，非到万不得已时，便不会说出来。果然对方是这样大方而又有意的人的话，那么他（她）们便可以再进一步，开始商量起婚姻来。

四、花儿的对唱（下）

男女婚姻问题，向来被视为终身大事，唱“花儿”的人，在这方面，自然也是煞费苦心。在称赞歌颂对方并自白身世后，看得对方还不讨厌他的情况之下，才提出婚姻要求来：

河里的鱼娃儿长不大，长大是变青龙哩；这一个尕妹哈维不下，维下是长精神哩。

高高山上的尕果树，解板者做窗梁哩；年纪合方人对路，婚姻们须商量哩。

这还算一种试探的口气，接着就会说出他敢于这样冒昧的理由，表示这是天定的良缘：

胭脂川买下的胭脂马，回来了胭脂川吊下；
我俩的婚姻哈天配下，生死簿儿上造下。

不但是“天定良缘”，而且还是“女貌郎才”“门户相当”呢：

关老爷骑马到阵上，好像是六月的会场；金梁配给者玉柱上，背一口名声是气长。

这样婚姻当然非常完美。于是双方便会发出山盟海誓，表示这不仅是完美的结合，而且还是永远的结合，一定要“白头偕老”：

金山吧银山的八宝山，鞑子们占下的草山；若要我俩的婚姻散，九道湾黄河的水干。

金山吧银山的八宝山，鞑子们占下的草山；你若要哥哥啦婚姻散，三九天清冰上开一朵牡丹。

清石崖根里的清水泉，你拿个马（木）杓啦舀干；要得个我俩的婚姻散，西海干，八宝山摇得者动弹。

铁青的鞍子铁青的马，兰州的浮桥上站下；黑头发变成个白头发，手拄上拐棍了罢下。

虽然都在表示“海枯石烂”的决心，但有时还似乎不太放心，还要表白或叮咛上一番，免得半路里出了岔子：

黄河吧千万年淌者哩，青沙山一辈子坐哩；你死是我跟者死去哩，你活我陪者坐哩。

大路吧边里的绿韭菜，莫割了青青的长给；尕妹是阳沟者阿哥是水，莫断了清清的淌给。

白马儿拉的是血缰绳，张翼德领的是败兵；若要给哥哥哈长精神，你千万莫想个外心。

大马儿走了个宁夏了，马驹儿撒了场了；已经已往的维下了，外心哈再不要想了。

在对唱“花儿”的场合中，这算是最圆满而甜蜜的。本来这类“花儿”的产生，就是美满婚姻的真实记录，等传留到后人的口里时便又拿来“对唱”一番，以发泄他（她）们精神上的苦闷了。

以上是“对唱”场合中得到圆满结果的例子，假若一方表示出渴慕之忱，而引不起对方的同情，甚至竟加以嘲笑的话，则已到绝望的关头，不能不提出“爱的美敦书”，企图挽回摇摇欲坠的危急状态：

大红的主袄儿剪领哩，手拿个扣针儿引哩；我拿个实心啦维你哩，你拿个笑脸啦哄哩。

天上的云彩们黑下了，你看是晴哩吗下哩？阿哥我为你者哭下了，你看是成哩吗罢哩？

这样声泪俱下的“爱的美敦书”提出后，仍然无效的话，则失望怨恨之声，环绕于对方的耳根里了：

天上的云彩们跑马哩，太子山拉雾是下哩；尕妹的心儿有假哩？费这个心思者怎哩。

花椒树儿一拍大，碎刺儿它把个手扎；尕妹哈好比个海里的花，折不上它，唱上个“少年”了走吧！

但是有些人并不这样的温和，在失望之余，会奚落对方是一个拜金主义者，早已沉醉在富豪的怀抱里，所以对他的真心的爱恋,不能接受。这类富有讥笑与怨望的“花儿”,篇什甚为丰富：

白杨树长得太高了，黑老鸦搭不上架了；小阿哥活的个人穷了，尕妹啦答不上话了。

塔尔寺修下的工大了，修成个金銮的殿了；尕妹们维下的人大了，阿哥们答不上话了。

上去个丹噶尔茂白胜，下来个窑街的大通；尕妹们维的是有钱的人，阿哥是来路的难民。

诸葛亮祭起了东南风，火烧了曹操的大兵；一来是阿哥的光阴穷，二来是配不过你们。

好犏牛出给者南山后，好骡马出给者贵德县；有钱了我闹的好时候，没钱了我退者后头。

这种带有悲凉色彩的奚落，实际上已差不多是自怨自艾了，有些唱“花儿“的人，并不走这条近于示弱的路子，他们干脆采取谩骂手段，痛骂上一顿：

镰刀有哩者绳有哩，上山者割麻柳哩；银钱有哩者人有哩，你般的恋恋儿有哩。

燕麦的眼睛瓢儿嘴，屎肚子好像个案板；人家们看你是干尿蛋，你个家思想是干散。

或许还要自夸上一番，说我早就有了如花似玉的情侣，对你不过开开玩笑而已：

我维的花儿哈你没见，花儿里挑下的牡丹！

“花儿”唱到这种地步，无法再“对唱”下去了，只好互相边唱边骂地走开了。

陌生人们的对唱，略如上述，但一遇到熟人或是旧情人的时候，则所唱的“花儿”，又和上面的不完全相同：

黄河吧干了者海干了，海里的鱼娃儿见了；不见的花儿哈可见了，心理的疙瘩儿散了。

月亮当中的梭罗罗树，娇娇女吊死在树上；不多不少的两步路，差些乎想死在路上。

石崖吧头上的野鸽鸽，盘儿里要吃个水哩；千思吧万想的悔不过，一心儿要维个你哩。

红嘴吧绿毛的尕鹦哥，不绊的铁绳啦绊了；实心吻维下的你一个，不费心情哈费了。

五月吧端午的雄黄酒，白蛇的寿数们到了；抓住个尕妹的葱指手，团圆的时候们到了。

天下好不过苏杭州，嘉峪关通的是肃州；抓住个尕妹的葱指手，金镏子抹给个记手。

铁青的马驹儿下兰州，马尾巴绾成个绣球；远路上看你者没拿头，嘴儿里含了个大豆。

这是男方的唱词，久别重逢，他那股劲儿是够亲热的了。女子方面看到情郎忽然回来了，自然也是悲喜交集：

背斗背上了沿岭上来，青草的楞干上浪来；莫带个信了你自己来，苦命的阿姐哈看来。

青禾带大麦煮酒哩，麦麸子拌两缸醋哩；我俩的大路长走哩，人前头争一口气哩。

绣花哩绣花哩针折了，针没有折，扣线哈风刮者去了；说话哩说话哩心邪了，心没有邪，三魂哈你勾者去了。

亲热尽管是亲热，而且在爱情之海中，也最贵一个专字，但是人情喜新而厌旧，往往不能够守得住专的藩篱，因此你离我弃的事，也就层出不穷。古诗上“但见新人笑，那闻旧人哭”的诗，说得实在痛切。陆平原的“悠悠君行迈，茕茕妾独止。山河安可逾，永路隔万里。京师多妖冶，粲粲都人子。雅步袅纤腰，巧笑发皓齿。

佳丽良可美，衰贱焉足纪。远蒙眷顾言，衔恩非望始”及“时暮复何言,华落理必贱”的诗句,为弃妇们吐尽愤怒之气,在“花儿”中旧情人相见，话不投机，或是已发觉对方另有了所欢时，便也互相怨个不休，于是交织出一片抱怨声来：

霸陵桥践行贼曹操，老爷的刀，绛红袍刀尖上挑了；你我哈好下的天知道，千日的好，你拿个一笤帚扫了！

薛仁贵征东者不征西，没知道杨满堂反的；我心里没想丢你的意，谁知道你丢下我的！

松木的扁担哈闪折了，清水儿落了个地了；把我的身子哈染黑了，你走了干散的路了！

曹操吧城头上观一阵，百万兵战不过子龙；你我的身儿上坏良心，我落了万人的骂名。

西宁城修下的太高了，气压碾伯的县了;光面子话哈少说了，隔肚皮人心哈见了。

打马的鞭子哈闪折了，走马的脚步儿乱了；说下的话儿上不站了，你跟上旁人者转了。

花开的时候里人人要，花败是拿笤帚扫了；年青的时候里我俩儿好，半路上你丢者走了。

上山者打了个麝子了，下山者吃了个肉了；后悔者打了个腔子了，对天者吃了个咒了。

甚至于很露骨地说出这样的话：

嘉庆爷得了个孙子了，四路的粮草哈免了；天大的名声哈我背了，你搂了旁人者睡了。

爱情本来是独占的，所以当发现自己的爱人所爱不专的时候，自会由嫉妒而生愤恨。女人们被遗弃，痛苦与愤恨也完全是一样的。诗小雅《谷风》便是最早的弃妇的哀怨。“花儿”中除了上列“花开花败”等叹息外，在愤愤不得已时，还会对遗弃了她而不问不闻的薄情郎说出这样的话来：

十月的梅花将开来，白鹤儿展翅者飞来；活者是带者个书信来，死了是托者个梦来！

世间离奇的事情，一天比一天在增多，因此这种愤怨的歌声，也就永远缭绕于世人的耳际了。

对唱的“花儿”，也有些与上述异趣的，那便是奸夫淫妇的互相拐骗，这类伤风败化的勾当，在下层社会中尤其来得多。“花儿”中传留着不少奸夫淫妇拐骗之辞，给喜欢这一道的人们做夸妄的材料，这类人逢到一块儿，便会以它作“对唱”之用：

梯子哈搭给者天边上，天上的星星哈摘上；我当个拐夫你跟上，五尺的身子哈舍上。

要打个满尺的刀子哩，要挖个乌木的鞘哩；要舍个五尺的身子哩，要闯个天大的祸哩。

铁匠们打者个刀子来，皮匠们捎者个鞘来；尕妹们拿出个实心来，阿哥们豁出个命来。

甘、肃、凉州的好棉花，纺线者织成个布哩；仇人们再狠者别害怕，石崖上踏一条路哩。

墙头上罩了个黑刺了，门锁哈生铁啦打了；刀枪和矛子的围住了，我从个隙空里过了。

上去个墙头者一矛子，血在个鞋口里冒了；瘸哩拐哩的到家里，缓（养）好了再跟你闹哩！

十八辆车子顺摆起，兰州的关山上上哩；钢刀拿来了头割者去，血身子陪你者坐哩。

满山吧满洼的山丹花，层层吧累累的菊花；刀枪和矛子的莫害怕，阿姐的怀儿里睡下。

真是色胆如天，令人咋舌！这大概是受西番（藏）、撒拉诸族的风习而然，并可见边地民风的强悍与粗野。此外“对唱”的“花儿”中关于男女之事亦赤裸裸地刻意描写的，篇什也很繁复，其猥亵与大胆，就是以描写色情著称的《金瓶梅》等小说，也不为过，不过“花儿”的描写，因体裁关系，较为单调罢了。这类东西，为寻求感官刺激的色情狂们所最喜唱诵，这里恕不列举了。

五、离愁与相思

“人生难得是欢乐，唯有别离多”。所以当一个人和自己的父母、兄妹与朋友们，作远别时，便都不免有天涯海角之思，离乡别井之悲。吴梅村送吴汉嵯谪戍，“人生千里与万里，黯然销魂别而已”的诗句，所以引起后人心灵上的共鸣，其原因就是为此。而情人的分手东西，尤其是人间最可悲伤惋惜的憾事，在“少年”的领域内，这类“悲莫悲兮生别离”的哀怨声，也同样地在到处弥漫着：

四更的月牙儿偏西了，耳听者金鸡儿叫了；哥哥们把衣裳穿齐了，姊妹们的清眼泪淌了。

西凉的马超犯潼关，割须吧弃袍的阿瞒；不维个花儿是没营干，丢下是心上的扯牵。

康熙爷访贤者月明楼，手搭个栏杆者点头；尕妹是阿哥心上的油，千思吧万想的难丢。

孙二娘梁山上卖酒哩，武二郎要打个尖哩；阿哥们出门者说走哩，多早者回来是见哩！

尕马的鞍子备齐了，脚户的铃铛儿响了；心硬口硬的走开了，姊妹哈给谁们靠了！

日头儿落了者实落了，长虫吧石崖上过了；指甲连肉的离开了，刀割了连心的肉了。

描写难分难舍、依依流连的情况，贴切生动，呼之欲出。虽然女方在依依不舍的状况下，会提出“晴天里打上个遮凉的伞，阴天里打上个雨伞；已经儿来了者坐两天，再来是山高么路远”的哀求，但征夫们仍然会在无可奈何的情形下，含着满怀的离绪，挥泪远征了。

生离既是人生不可避免的遭际，那么异地相思，便是相继而来的苦痛，春树慕云之想，落月屋梁之怀，为离乡背井的流浪人共有的心情，更何况是情人们的情深意长呢！因此“少年”中的相思曲，特别来得丰富：

青枝吧绿叶的白帐房，鞑子里挖一回大黄；想起个尕妹者哭一场，路远者辨不过地方。

唐汪川有一个扯船哩，牛心山有一个洞哩；远路上有我的扯心哩，西宁城有我的啥呢？

天上的云彩黑下了，地下的雨点儿大了；想起个尕妹者哭下了，记起了说下的话了。

三战吕布的虎牢关，鞭打了吕布的铜冠；想起个尕妹者泪如泉，千擦吧万擦的不干。

兰州的木塔藏里的经，拉卜楞寺上的宝瓶；痛烂了肝花想烂了心，望麻了一对儿眼睛。

甘、肃、凉州的十八站，嘉峪关不远的五站；我俩人分别者将半年，谁知道想成了病汉。

黄河的沿儿上牛吃水，鼻圈儿丢到个水里；端起个碗儿想起个你，面叶儿捞不到嘴里。

青石头青来蓝石头蓝，蓝石头根里的牡丹；折起个牡丹想起个你，手拔起了两根儿马兰（莲）。

早晨的太阳吧胭脂，后上的太阳是水红；一天里想你着肝子痛，一晚夕想你着心疼。

武家坡挑菜的王三姐，鸣雁们捎书者呢；前半夜想你者没瞌睡，后半夜我哭者呢。

十一月里修磨哩，几时者水打者转呢？黄沙里澄金难遇面，教我的心疼烂呢。

玻璃瓦扣者个经堂上，遮风者挡了个雨了；想起个尕妹者哭一场，我哭者想了个你了。

石头窝窝里踏蒜哩，玻璃瓦扣经堂哩；想起个肉儿者发颤哩，清眼泪洒胸腔哩。

三转两转的房檐儿，猫儿头挂水柱呢；一个人坐下是没伴儿，对谁者报艰难呢？

羖羝羔吃乳者双膝跪，大羖羝腰躬者呢；睡梦里梦见是尕妹啦睡，醒来是怀空着呢！

桃树栽给者官沟上，桃花儿落给者水上；相思病得给者心肺上，血痂儿坐给者嘴上。

天上好不过北京城，五花树修下的正宫；阿哥们得下的相思病，没有个看好的医生。

孙膑摆下的万仙镇，七国们斗了个宝了；尕妹们得下的相思病，大罗仙看不者好了。

这样由触景生情到辗转反侧，甚至病体缠绵，都是为了两地相思。这种相思病，非一般医生所能医治，因此他（她）们唯一的希望是早日团圆，因为他（她）们的沉疴，是由于切望团圆而引起的，故唯有团圆才是治这沉疴的良药：

诸葛亮摆下的八卦阵，要灭的东吴的将哩；阿哥们得下的相思病，要睡个尕妹的炕哩。

因此当他从远道来探视一息奄奄的她时，也会安慰着说：

……相思病得下者你莫哭，救命丹我拿着呢。

或者是他在病体霍然的一刹那，这样地对她表示感激：

……尕妹是灵宝的如意丹，阿哥们一闻者好了。

对于在爱海中荡漾着的情侣们，团圆一事，竟有这样起死回生的功用，无怪世人们都整天地在歌颂“大团圆”了。

六、“少年”的赋比兴（上）

风、雅、颂、赋、比、兴，是诗家所谓的六义，前三者是诗的分类，后三者是诗的做法。诗经十五国风都是当时流行各地的民歌，民歌的做法，就我们来看，不论其时地如何，都有其共同之点。“少年”是民歌，自然也不能例外。以前研究《诗经》的人，误听了汉代经师的话，把古代流行的民歌，看成神圣的经典，所以把一部《诗经》，弄得乌烟瘴气，竟埋没了它的原来面目！现代的学者受了世界上新思潮的激荡和洗礼，才渐渐地敢以离经叛道的眼光，去看那一向被视为神圣不可侵犯的经典，因此原为民歌的《诗经》，总算脱去了它的华贵的外衣，慢慢恢复到原来的地位。不过有些顽固不化抱残守缺的人们，对这种新的看法，还不免有点将信将疑。现在我们若以“少年”的做法，来和《诗经》比较一下，便不难使这般人们恍然大悟，同时也可给这种新看法做一个更进一步而有力的证明。

关于《诗经》中所包括的诗的做法，朱晦翁（熹）曾有如下的说明：“赋者，敷陈其事而直言之者也。兴者，先言他物以引起所咏之物也。比者，以彼物比此物也。”按他的这个界说去看《诗经》，则如《召南·甘棠》：

蔽芾甘棠，勿剪勿伐，召伯所茇。
蔽芾甘棠，勿剪勿败，召伯所憩，
蔽芾甘棠，勿剪勿拜，召伯所说。

是属于敷陈事物而直言之的“赋”类之例。如《召南·鹊巢》：

维鹊有巢，维鸠居之。之子于归，百两御之。
维鹊有巢，维鸠方之，之子于归，百两将之。

维鹊有巢，维鸠盈之。之子于归，百两成之。

是属于以彼物比此物的“比”类之例。如《周南·关雎》：

关关雎鸠，在河之洲。窈窕淑女，君子好逑。

及《邶风·柏舟》：

泛彼柏舟，亦泛其流。
耿耿不寐，如有隐忧。
微我无酒，以敖以游。

是属于先言他物以引起所咏之物的“兴”类之例。“少年”的做法，同样可拿赋、比、兴三者做个比较详细的分析与说明。

关于“赋”体的“少年”，多半是故事性的。就是说每一首“少年”都各包括有一个小故事，或是记载一事的经过及一时的感触的。属于“纪事”一类的“少年”，在前面第二节中已经举过两首，这里再来举几首性质较为不同的作品来看看：

眼看个红日西坠了，金鸡儿上了个架了；一天的日子又黑了，想你的时候们到了！

这是因天黑而想念情人的写实，是一时感触的纪录。

大力架牙壑里过来了，撒拉的艳姑哈见了；撒拉的艳姑是好艳姑，艳姑的脚大者坏了。

这是纪旅行途中所见的作品。大力架是积石山的支脉，由临夏入青海境必经之途，过大力架则撒拉八工中的张噶、清水两工在望。撒拉女人称艳姑，天足而貌美，为他处所鲜见。所以旅客们便用了“少年”写下他们在另一个环境中的奇闻异见了。

一对吧尕牛的庄稼人，二十串钱儿的账哩；尕牛哈卖掉了还账哩，西口外大路上上哩。

这是纪一个可怜的贫农于破产后远适异域的事的。

大路上下来的尕客娃，穿的是枣红的夹夹；说两句玩话者你燥下，你不是维人的下家。

这是纪偶然邂逅而取笑的事的。

月亮上来者亮上来，月亮的影子里浪来；窗子里莫瞰了炕上来，四六的棉毡上睡来。

十样锦盘子里端馍馍，菊花儿碗里的茶喝；馍馍不吃茶不喝，快把你心上的话说。

这是纪情人们约会及久别重逢时情景的。这类“少年”不但是直言，而且是直之又直，最显明的赋体。此外故事性的如：

血手吧拍门的林肇德，王桂英哭沙场哩；苍蝇们抱笔者勾不上魂，阳世上有亏枉哩！

这本来是从灯影戏里流传到民间的故事，因为容易动人，便也把它拿来“少年”化，在对唱时用以表达自己的冤屈了。还有最奇特的是关于《诗经》的直接翻译：

关关雎鸠在河洲，窈窕女，文王的怀儿里睡了；辗转反侧寤寐悠，悠哉悠，睡卧里不安然了。

这在《诗经》中是属于“兴”类的诗，但前人不懂起兴的道理，硬说它是什么文王之化，后妃之德。这首“少年”的作者，也根据了他们的解释把它翻译成了“少年”，在“少年”的立场言，这是直接叙说《诗经》，不是“兴”体，而是“赋”体了。（关于《诗经》的翻译，还有《桃之夭夭》等章，此处不一一列举。）

其次，再来说“比”，朱晦翁的《诗集传》中，对于赋和兴，都不大弄得清楚，唯有说“比”是以彼物比此物最为确当不易，虽然他也有时不免把比诗弄成兴诗，但他的这个界说是不错的。“少年”中的“比”体，大体可以分为两种：一种是纯比体，种则是比兼兴体，兹分别举例说明如下：

牡丹不开了拿水浇，绿叶子它自己长哩；婚姻不成了拿话说，铁石心它自己软哩。

河里的鱼娃儿长不大，长大是变青龙哩；这一个尕妹哈维不下，维下是长精神哩。

白杨树高吗柳树高？柳树的叶叶儿嫩些；女婿娃好吗朋友好？朋友的恩情们重些。

羊毛哈装者箱子里，几时者捻成个线哩？阿哥们出门者番子里，几时者回来是见哩？

红嘴吧绿毛的尕鹦哥，不绊的铁绳啦绊了；实心啦维不下的你一个，不费的心情哈费了。

十八条骡子盘泾阳，盘不到泾阳的路上；十七十八上盘姑娘，盘不到姑娘的肉上。

青石头栏杆玉石头桥，它修者水线上了；尕妹哈好比红樱桃，吃个是好，它长着树尖上了。

白马寺上的枪炮多，八里寺上的马多；我为你着下的闲气多，你为我挨下的打多。

马尾巴绾下的撒鱼网，打不到清水的浪上；半夜三更的大门上浪，睡不到尕妹的炕上。

上川的麦子哈打八石，它不到下川的两石；远路上维下的黄金莲，她不到庄子里牡丹。

以上都是属于以彼物比此物的纯比体的例子，前面两句是一件事而拿来和后面两句所说的事相比，或者以鱼、树、花、鸟等来比人，这些都是陪衬，而所以说这番话的重心，还是在最后两句。大约是因为以显见的事物，用来比难喻的心情，比较容易动听。这便是比喻在文学中特别发生作用的缘故。

另外一种虽然也同样用比，但并不像上述那样的贴切，而兼有起兴作用的“少年”，这或许因为“少年”的作者，在歌唱时自然地脱口而出，原先也并未意识到赋、比或兴的缘故。“少年”

的作者大都是一字不识的朴素民众，他们很难有这种素养，因此便也没有什么严格的界限可言，只要能表达他（她）们情感的流露，他（她）们便随口而歌了。所谓赋、比、兴这种名称，是我们在看了许多“少年”以后才归纳出来的，这只是说歌谣这东西本身就具有一种普遍的自然规律吧了。现在就来举几首关于比而兼有兴的作用的例证：

琉璃瓦扣的者经堂上，遮风者挡了个雨了；清眼泪淌的者腔子上，我哭者想了个你了。

白马拉者个柳林里，柳林里有什么草哩？一口一声的出门哩，出门者有什么好哩？

老虎下山者林败了，林棵里长不起树了；庄子大了者人害了，巷道里走不成路了。

泾阳的草帽往前戴，恐害怕南山的雨来；大辫子姑娘人人爱，恐害怕婆家人娶（读如取）来。

关老爷曹营里十八年，老爷的愁眉莫展；好话说了千千万，尕妹的铁心莫软。

青燕麦扬穗者一竿箭，菜子花赛金子哩；尕妹们说话者实在干，石头上钉钉子哩。

这中间所谓的“琉璃瓦”与“清眼泪”，“柳林”与“出门”，“老虎下山”与“庄子大了”,“老爷”的“愁眉”与“尕妹”的“铁心”，“燕麦的穗”与“尕妹的话”等都很少有关系,甚至有时还正相反。但细看它的作用，似乎还是在取譬，若与前面的纯比体对照起来，则这类“少年”虽在取譬，而兴的意味，却也包括有一部分了。

最后要说到起兴了,《诗经》中的起兴，本没有什么意义，但历来研究《诗经》的人,对这点却弄不清楚,直到民国十四年时，顾颉刚先生解释起兴的作用，一方面是为了起势与陪衬，另一方面是为了协韵，因为歌谣一开口就开门见山，不免太突兀，为了要歌唱起来比较顺口，便先借他事或他物来引起，同时这种起兴句子，与后面的正文协韵，唱起来自然顺口而动听了。自从有了这个解释，我们读起《诗经》来，便觉怡然理顺，不像以前那样别扭了。顾先生引一句山歌说“山歌好唱起头难，起仔头来便不难”，这句话也可以“少年”来做个更详明的例证。

“少年”中以兴体为最普遍，这同样的为了借此作一起势，而且为了对方的易于领受，遂用常所见闻的事物来协韵引起，这种起兴除了具有以上的两种必要作用外，与下面正题可说没有什么连带的关系，这是歌谣与文章迥然不同的地方，只要唱起来顺口，其他都可不管了。“少年”中的起兴，详细地分析起来，习见的事物，包括有本地的山川景物、禽虫花草及特产等，关于山川景物及特产方面，我们若以兰州为例，则有如下的起兴：

兰州州好比一只船，白塔山好比个桨杆。

兰州城里靠的是水北门，水上的船，要放个秦州的来哩。

甘肃凉州的米粮川，四月八好不过五泉。

兰州的木塔藏里的经，拉卜楞寺上的宝瓶。

十八辆车子顺摆起，兰州的关山上上哩。

西宁的萝葡兰州的瓜，碾伯的山蛋蛋杏儿。

西宁的萝葡兰州的瓜，不到个巩昌的茄莲。

兰州城里的葡萄树，根盘在城墙外了。

兰州城里的好红擒，辕门上摆的是点心。

若以旧河州府（临夏）为例，则有如下的起兴：

河州的什字的十字河，抬头者看，有一棵倒柳树哩。

乌山池边的紫牡丹，黄菊花赛金莲哩。

人好营盘马好店，唐王川修下的果园。

太阳落着个峡里了，积石关起了个雾了。

太子山开了三眼泉，柏木的杩杓啦舀干。

太子山拉了云雾了，鸡窝山起了个雾了。

此外有关其他地方及边地风光的则如：

川口的果子碗口大，风吹者落不到地下。

西宁城修下的太高了，气压了碾伯的县了。

西宁的城儿里修牌坊，兰州的画匠哈请上。

拉加寺安下的同德县，贵德的浮桥是扯船。

走了甘州的走凉州，三岔吧路口的肃州。

羖羝一伙羊一伙，羊伙里有花羊哩。

羖羝羔吃乳者双膝跪，母羖羝腰躬者呢。

太阳落了者羊赶了，羊吃了路边的草了。

白马哈白了者雪白了，黑马哈乌墨啦染了。

白马骑上了走西藏，黑马上驮的是藏香。

脊背里背的是梅花枪，上山者打麝子哩。

虎狼豹皮的猞猁猻，梅花枪打下的野牲。

轰雷闪电的雨来了，羊羔羝收不上圈了。

冰冻吧三尺的口子开，雷响吧三声的雨来。

上面所述的宝马山羊及山野草原等的风光，正与《敕勒歌》的“天苍苍，野茫茫，风吹草低见牛羊”一样的描写，因为这是生活在草原中人们所习见的特景，拿它来起兴，自然最为贴切。

至于禽鸟花草，则更是眼前的美景，叫人听了，当可卧游：

花花麻雀儿绿翅膀，它飞在高山的岭上。

花花蝴蝶儿吃花菜，尕鹦哥要吃个米哩。

鸭子嘴长爪爪短，水线上缩成个牡丹。

嘎啦鸡飞过了九架山，野雉们莫飞个半山。

黑鹰和黄鹰打一仗，闪折了黄鹰的翅膀。

金莲花盘根者刺梅花壮，马莲（兰）花开者个路上。

大豆的地里白豆花，层层吧累累的菊花。

大豆花开开者骑白马，小豆花开开是对对。

豆儿圆来圆豆儿，你开了粉团花了。

白牡丹白者挠人哩，红牡丹红的者破哩。

清水啦漫了花园子，红牡丹开开是紫的。

好不过四月的响晴天，黄菊花开的地边。

菜子花开开者赛金莲，胡麻花打蓝伞哩。

胡麻花开开者饱蓝，骨儿都青，叶叶儿落下的早了。

青石头根里的黄菊花，尕手啦折者个献下。

花开时葫芦儿担起的架，花败时葫芦儿吊下。

麦子出穗者豆开花，燕麦的穗穗儿吊下。

大麦出穗者头勾下，青禾吧出穗者吊下。

石崖吧头上的屯屯儿草，野鸽鸽要盘个窝哩。

这都是即景起兴的，边地春夏季景色，也约略可从此看出。除了以山川地理为起兴的题材外，还有他（她）们关于气象方面的知识：

月亮盘场是刮风哩，日头儿盘场是下哩。

天上的云彩跑马哩，太子山拉雾是下哩。

这一朵云彩里有雨哩，有雨是有龙王哩。

白疙瘩云彩大点子，黑云彩在山尖上哩。

北斗七星一张弓，天河口，紫微星摆个卦哩。

三星的尾巴儿朝西了，耳听者金鸡儿叫了。

月亮上来者蒲蓝大，亮明星上来者碗大。

总之，不管是天文也好，地理也好，只要是一般习见的事物，都是“少年”起兴的好材料，这里不过是只举几个例子罢了。

七、“少年”的赋比兴（下）

以上对于以习见方面事情做起兴资料的例子举了不少，但因为了节省篇幅，并没有把接连在后面的正文录出，兹为读者便于对照起见，把上述起兴和正文连接起来看看，便可知道起兴究竟是什么一回事了。

兰州的木塔藏里的经，拉卜楞寺上的宝瓶；(以上起兴)
疼烂了肝花想烂了心，望麻了一对儿眼睛。(以上正文)

乌山池边的紫牡丹，黄菊花赛金莲哩；(以上起兴)
头顶上香盘问一声天，多早者成婚姻哩？(以上正文)

白牡丹白者挠人哩，红牡丹红破哩；(以上起兴)
尕妹的跟前有人哩，没人是我陪着坐哩。(以上正文)

天上的云彩跑马哩，太子山拉雾是下哩；(以上起兴)
尕妹的心儿里有假哩，费这个心思者怎哩。(以上正文)

试问“木塔”“宝瓶”与“心肝”“眼睛”,“牡丹”“菊花”与“香盘”“婚姻”，“云雾”与“虚情假意”究有什么关系呢？真可说风马牛不相及，所以起兴除了在歌唱方面的谐和与方便外，并没有什么意义可说的。

其次要谈到以习闻的事情为起兴资料的例子，“少年”既然是西北上最流行的民歌，则仅是天文地理及一般常识方面的材料，尚不够应用，因此又把它的内容扩充到习闻的事情方面去，关于他（她）们所习闻的事情，更无过于小说与唱本之类的历史故事了。这类历史故事的来源,包括有《封神演义》《东周列国志》《西东汉演义》《三国演义》《隋唐演义》《西游记》《北宋杨家将》《水浒传》《精忠说岳》《白蛇传》，以及明清以来口耳相传的故事等，其中尤以《三国演义》《隋唐演义》及《北宋杨家将》三书故事为最普遍。从此也可约略看见这几部小说在西北民间流行的情形。照理说“少年”中大部分是谈情说意的情歌，应当以《红楼梦》的故事来起兴最为贴切，而就我所知道的“少年”来说，却无一处提到这方面的故事，大概因为《红楼梦》是具有较高艺术价值的文艺作品，为一般人所不能接受的缘故。兹就所见，略举以上述各书故事为起兴资料的“少年”如次：

殷纣王上了摘星楼，伯夷考抚琴者哩;相思病丢了时找我来，救命丹我拿着哩。

闻太师骑的是黑麒麟，黄花山收四将哩；尕妹妹要的是上等人，阿哥们怎爱上哩。

金吒木吒的雷震子，他就是子牙的弟子；我这里想你者忧累死，你没有想我的意思。

雷震子身背了黄金棍，月蓝的袍，虚空里摆了个阵了；齿白唇红的大眼睛，羊鼻的梁，阿哥们看者个晕了。

（以上《封神演义》）

三国起首是董卓，清水河，老爷们营扎下了；一晚夕想你者没睡觉，细思想，疼心者怎丢下了。

出五关来斩六将，卧牛山收下的周仓；吃不上吃的者喝不上汤，身死者这一条路上。

张爷刘爷的关老爷，他破了曹操的阵了；尕妹好譬个灵宝丹，她救活阿哥的命了。

火烧战船的贼曹操，败走了华阴道了；你不要阿哥的我知道，你领了高人的教了。

三战吕布的虎牢关，关老爷戏的是貂蝉；你莫嫌阿哥的家难寒，我不嫌你的个路远。

关老爷骑的是胭脂马，鞭子儿绕，脚踩了梅花的镫了；我维的尕妹哈十七八，年纪儿小，主意哈拿不定了。

诸葛爷南屏山祭风哩，草船上要借个箭哩；你不要阿哥者也中哩，倒惹者多着些气哩。

诸葛亮祭起了东南风，火烧了曹操的大兵；你我的身儿上坏良心，我落了万人的骂名。

鲁子敬过江者讨荆州，老实人，他上了孔明的当了；前半夜想你者没瞌睡，后半夜我哭者亮了。

城头上擂鼓的张翼德，城根里斩蔡阳哩；你没有心意者我不来，从此后大路哈断哩。

夜过个巴州收严颜，张翼德下了个跪了；十月八月的遇不上面，我得了相思的病了。

长坂坡挖下的陷马坑，临阵上离不过子龙；尕妹是肝花阿哥是心，心离肝花是不成。

马打个三鞭者出曹营，长坂坡战不过子龙；阿哥们维的是君子人，半路里不闪个你们。

西凉的马超犯潼关，割须吧弃袍的阿瞒；不维个花儿是没营干，维下是心上的扯牵。

黄盖设下的苦肉计，曹营里放了个火了；实心的尕妹不要我，从今后不枉想了。

（以上《三国演义》）

秦琼敬德的保唐王，徐茂公当先生哩；连说三声者没承当，央人者说，人面子值千金哩。

夜打登州的小罗成，程咬金打皇杠哩；娶不上婆娘者维不下人，立逼者当和尚哩。

敬德月下访白袍，路遇了二唐童了；天下传名的我俩人好，再不许要旁人了。

仁贵的儿子是薛丁山，桃花箭，正射了张口的雁了；尕妹哈好比女天仙，路遇者我红尘哈染了。

薛仁贵征东不征西，没知道杨满堂反的；我心里没想丢你的意，谁知道你丢下我的。

刘金定出月者下南唐，她在个朦胧的阵上；阳世上维人者也难肠，不费的心思哈费上。

（以上《隋唐演义》）

梦斩了泾河的老龙了，龙头哈午门上挂了；大小的班辈哈拉平了，水浑是打脑里浑了。

刘全进瓜的三九天，进不到阴曹的府里；尕妹哈好譬白牡丹，摘不到阿哥的手里。

刘全进瓜的三九天，李翠莲，金簪上舍了个命了；头又疼来腰又困，又得了相思的病了。

唐僧取经的孙悟空，白龙马打了个哨声；阳世上维人者到如今，从小儿没坏过良心。

孙悟空他不是娘养的，他就是石头里长的；万物是假的者人真的，什么是你的么我的。

（以上《西游记》）

杨继业碰死在李陵碑，八只虎闯幽林哩；光阴穷了穷推者，银钱哈多少者够哩。

杨大郎模样儿赛宋王，凛烈臣，身替个宋王爷死了；花擒（红）的模样大眼睛，忘不下，活活的想死个我了。

杨二郎起马者上高山，袖筒里筒的是绣环；白日里牵念晚梦见，想来是山高的路远。

马踏如泥的杨三郎，浑身儿血染遍了；热身子没挨者吵坏了，虚名声扬出外了。

憨憨沌沌的杨四郎，外国里招下的驸马；刀枪矛子的实扎下，纽带哈解，阿哥的热身子护下。

贪生怕死的杨五郎，五台山修下的庙堂；花儿哈立逼者刀尖上，阿哥哈立逼者吊上。

杨六郎把定了三关口，怀抱了将军，手拿了青铜的剑了；想了么没想是你打听，晕死了三遍，活活的阎王爷见了。

乱箭钻身的杨七郎，背绑者花椒的树上；死了者莫喝迷魂汤，回转者阳间的世上。

焦赞孟良的火葫芦，火化了穆柯塞了；一铁锨砍断我俩的，什么人把良心坏了？

（以上《杨家将》）

西门庆他受的潘金莲，武二郎要报个冤仇；要得个我的愁眉展，除非是尕妹啦团圆。

梁山上一百单八将，仁义吧不过的宋江；不爱个尕妹的俊模样，只爱个心好么意长。

梁山上一百单八将，罡不过武二花和尚；你那里牵念我这里想，几时者才挨到肉上。

孙二娘梁山上卖酒哩，武二郎要打个尖哩；阿哥们出门就走哩，几时者回来是见哩。

（以上《水浒传》）

白蛇娘子的雷峰塔，水淹了金山寺了；我俩的婚姻天配下，越想是越稀奇了。

白蛇娘子的神通大，水淹了金山寺了；山高吧路远的来不下，我成了官身子了。

五月端阳的雄黄酒，白蛇的寿数们到了……

白蛇吧娘子黑蛇传，船舱坐的是许仙；不维个花儿是没营干，维下是心上的扯牵。

（以上《白蛇传》）

以上就几部流行民间的小说，录出了不少的“少年”，此外如《包公案》《清史演义》以及民间传说之类的东西，在“少年”中时亦偶见。最奇怪的居然还有用“四书”来做起兴的：

颜渊三月不违仁，曾子曰：吾日吧三省吾身；你有你的心上的人，坏良心，空口啦答应了我们。

凡传十章前四章，铜铃铛，风吹者铛啷啷响了；口儿里说下的还不想，想起了你，清眼泪嗒嗒啦啦了。

这可见只要他（她）们唱得顺口，任何材料都可以应用了。这种以小说故事及四书为起兴的“少年”，与正文扯不上什么连带关系，比以山川风物为起兴的更为显然。殷纣王上摘星楼，伯夷考抚琴与情人的害相用病；闻太师黄花山收将与情人们的抱怨；颜渊、曾子的德行与情人的咒骂，究竟有什么关系呢？同时一种起兴与同样可以应用到几处地方，或是一种意思可以用几种不同的起兴，这更可证明起兴与正文丝毫没有连带关系，例如：

拉加寺安下的同德县，贵德的浮桥是扯船；我维的花儿你没有见，花儿里挑下的牡丹。

大红兜肚儿米黄线，当中里绣上个紫梅；我维的花儿你没有见，孔雀吧石榴的牡丹。

前山后山的叠叠儿山，鞑子们占下的草山；我维的花儿你没有见，好像个才开的牡丹。

这三支歌都是对他人夸耀自己情人美貌的，一样的意思，却有三种不同的起兴。又如：

贪生怕死的杨五郎，五台山修下的庙堂；花儿哈立逼刀尖上，阿哥哈立逼着吊上。

贪生怕死的杨五郎，五台山修下的庙堂；已经来了者睡到亮，哪怕他刀尖上穿上。

两种不同的主题，却只用同样的起兴。这在以习见事情为起兴中间也有例子：

麦子拔掉了草留下，麻雀儿抱两窝蛋哩；身子去了魂留下，给阿哥作两天伴哩。

麦子拔掉了草留下，麻雀儿抱两窝蛋哩；朋友做罢了情留下，路头吧路尾的见哩。

若要说正文与起兴之语有关系的话，这种广泛的用法便不能存在，民歌中与《诗经》最相类的以我所见的说，无过于“少年”，甚至可以说是同一类的作品，不过前者为古代的语言，后者为现代的语言而已。《诗经》中的起兴诗，大半只用草木鸟兽，有时还可附会，“少年”中于此外更广引历史故事，则连附会也不可能，起兴与正文无关，同时也无什么意义，它不过是为了音韵的谐和与歌唱的方便而自然的随便引来作个起势罢了，只要达到这个目的，则虽是割裂或歪曲原来故事，都在所不惜，如“凡传十章前四章”，下面紧接着“铜铃铛”，简直不知所云。又如“薛仁贵征东不征西，没知道杨满堂反的”，也并不是一事。最明显的还有：

黄巢造反者灭大唐，沙陀国搬兵的靖王；头来是哥哥们浪山场，二者是尕妹哈拜望。

按黄巢造反，陷长安，藩镇均视不救，唐室乃借重沙陀，其时沙陀王为李克用，就是这支“少年”中的靖王。但依《珠帘寨》戏本，去沙陀搬兵的是陈敬思，哪里有靖王自己搬自己的道理？不过这支“少年”作者也许并非不知道这事，但若唱为“沙陀国搬兵的敬思”，便与后面正文的“拜望”不协韵，于是乃把“靖王”搬上场了。从这里我们可以看出他们是如何在为他们的目的——协韵——而努力了。“少年”是与《诗经》最相类的民歌，“少年”

中的起兴，既然与正文无关，那么《诗经》中兴诗的同样没有意义，不就可以肯定的答复了吗？

八、唱“少年”与赋诗

在春秋战国时代，上流社会中，尤其是国际间的往来场合中，赋诗之风，极为盛行。当时的士大夫阶级，大都能唱《诗经》，一般外交官们，对三百篇诗，更是背得烂熟，只有这样，他们才会“使于四方，不辱君命”，也才够资格“折冲于樽俎之间”。这究竟是什么一回事呢？《汉书·艺文志》说：

古者诸侯卿大夫交接邻国，以微言相感，当揖让之时，必称《诗》以谕其志。

据这种解释看来，赋诗无异是一种美妙娴雅的外交辞令，也就是说在必要时借一首诗来表达他们的意思，或试探对方的态度。因为是这样，当时的外交官们有的人从这方面获取了不少的方便，但也有的人却在这方面受了不少的窘。既然赋诗具有这样重要的作用，当然在赋的时候，须经过一番审慎的选择，不至于使对方莫名其妙，或引起反感。但是我们在前面已经说过，《诗经》中包括有不少的情歌，这种情歌哪里能会搬到交际舞台上呢？这就是赋诗的奥妙处。原来赋词是“借诗为喻”及“赋诗见意”的。

只要有一点相关程度，令人家附会得到，便达到了目的，所以赋诗的人与原作者的意思，并不一致，看去似乎有点相像，又似乎有点不相像，或许也只有其中一二句有点切合，这便是诗家所谓的“断章取义”。所以如“有美一人，清扬婉兮，邂逅相遇，适我愿兮”的情诗，也竟会成为象征郑伯宴赵孟于垂陇的盛事了。

因为赋诗，使我想起唱“少年”来，“少年”中属于情歌的那一部分，按它意义去唱，应该是如我在前面第三节中所说的那样，但这只是说明了它是在哪种情形中产生的作品，后来的拿来歌唱，却不一定是完全如此了。大概现在的人唱“少年”，最普遍的独唱，这种唱法固然也有时借它来发抒一己的苦闷或欢情，但也有时只是尽就自己所记得的“少年”来唱上一番，并不去理会它原来的意义。如本身是一个少不更事或根本没有出过门的人，但当他高兴或苦闷的时候，也却很自然地对人唱出这样的“少年”来：

半辈子出门者更没有闲，死了时比活的安然。人人说是吃粮是好，吃粮的难寒哈看来。

听的人只要听得入耳，自然也会大鼓掌，对它所含的意义，却并不去过问。另外还有一种唱法，那便是在大会场中由几个人来对唱，这种对唱，不管是有几对人，却都是男的。这对唱一支，那对唱一支的一直唱到尽欢而散。而两方面所唱的有时有点相关，有时却一点也不相关。如甲唱：

输打赢要的赵匡胤，匡胤的华山哈卖了；生下的白来长下的俊，由不得我你哈爱了。

乙唱：

死鸹子吓死了活鸟王，赵匡胤坐天下哩；开心的钥匙你不肯配，想心上怎么到哩。

看起来有点切合，但又有点不切合，但你若能这样唱出来，对方是一定会满意的。又如甲唱：

常遇春三打采石矶，月亮儿好像个簸箕；光阴是真的者人假的，什么是你的么我的。

乙唱：

孙猴子他不是娘养的，他就是石头里长的；万物是假的人真的，阳世是五辈人闹的。

这种答赋，不但不切合，而且意义正相反，似乎是要辩论上一番。但对方却正因为他的句子有点相似（“光阴是真的者人假的”与“万物是假的人真的”句法完全相同），同时有一部分意义相近（“什么是你的么我的”与“阳世是五辈人闹的”），也就欣然接受，而听众们也一样地会体会到“言在此而意在彼”的奥妙作用，而赞美感叹。这与赋诗的作用，多少有点相类，而与原作者的意思，却有点距离了。还有这种对唱前后并不一定连贯，只要能吸引着对方及听众的情绪及微妙的感应，尽可以忽而东忽而西地扯上一气。这也可以说是有点像“断章取义”了。

最重要的尚有对“少年”。对“少年”只是对着念词而并不“对唱”。这种对词似的对“少年”，是由两个人对，而围着一群人听。这种对词，同样的有时似乎切合，而有时却不伦不类，所谓切合，如甲赋：

高里高不过五台山，川里大不过四川；花儿里好不过藏金莲，五辈里好不过少年。

乙对：

盘盘路儿盘者来，清风儿刮者个雨来；把我的少年哈拿者来，你的个少年哈取来。

这两支“少年”的含义可说是南辕北辙，显然是勉强凑合的，但因为里面都是提到“少年”，所以也就合拍了，其他连这么一点儿关系也扯不上的更多，这要看对“少年”的双方的敏感与否而定。总之，无论是对唱、对白，唱白者双方以及听众的要求，都希望能互相以“微言相感”，那才算美满，为了要达到这个要求，要应付这个场合，唱白者忽然的男变女，或是女变男，大家都并不感觉奇怪，至于“少年”的原意，那就更顾不到了。

在宴会上唱或对“少年”，在以前很少见，现在却于较开明的主人主持下，也渐渐有实行的。虽然它的作用，和以前外交官折冲樽俎有点不同，而它的断章取义则仍然是一致的。这是不是古代赋诗习惯的变相遗留，那还得要仔细研究了。

九、“少年”的地方色彩

西北边疆的名山巨川，灵禽宝马，以及草原的美好风光，在“少年”中有充分的表现。前在论起兴的那一节中，约略地提到过，读者举一反三，自可了然，这里为了节省篇幅，不再另加叙说。“少年”是中国西北部地方的民歌，民歌富有地方色彩，各地皆然，也用不着多说。现在我只想拿几点比较特殊的事情来谈谈。

我国自唐宋以还的说部盛行以来，流传民间最普遍的小说，第一应数《三国演义》，这只要看了前几节中以《三国演义》故事起兴之多，便可想见。但“少年”起兴中，杨家将故事竟与三国故事分庭抗礼，甚且有凌驾而上的模样。这却是什么缘故呢？依我想来，这完全是由于地方背景。杨业父子，虽是山西人，而坐镇征战，依《北宋杨家》一书的渲染，却都在今陕西、甘肃境内，今固原县属三关口，相传即系杨延昭坐镇之所，而兰州附近，甚且有穆柯寨之地名。我想可能这些故事的流传，较《杨家将》小说的成书为早。如果我这个揣测大致不错的话，则“少年”中广罗这个故事，并不是它比《三国》故事更能吸引群众，而是由于它本来就流行于当地，为当地人所熟悉罢了，这是我要说的“少年”中地方色彩之一。

关于沙陀国的故事，在内地除了《珠帘寨》戏剧外，流传很少。而在西北上，虽连个《珠帘寨》戏也听不到，但“少年”中却保存了沙陀王李克用及十三太保等的故事。原来沙陀为西突厥别部，居住今甘新边界，自吐蕃陷北廷，乃迁沙陀于河西，今河西永昌相传即为沙陀建都地方。后来虽因平黄巢之乱，入居河东，但沙陀的故事，却普遍流行于西北民间。青海民和县属享堂镇，相传即为十三太保李存孝驻屯之处，其后人坟墓，现均在该处。而民和、西宁一带李氏，均自称为李克用后裔，唯其这样，沙陀故事，也普遍的表现在“少年”中间，这类故事保存于“少年”之中，是我要说的“少年”中地方色彩之二。

此外薛平贵故事，本为薛仁贵故事的分化，但陕西却有王宝钏寒窑遗址，而河西永昌的荒城滩（“少年”中讹为黄草滩），竟也成了薛平贵建都之地。这类故事，因此也就反映在“少年”中间，这也可说是一种地方色彩的表现。以上都是“少年”中所包括流行的故事，与本地方的传说保有密切关系的地方，同时也就是说这些故事不太流行于中原而却流于西陲的一个主要原因。

除了上述几种故事，充分的含有地方色彩以外，关于边地语言的混合，也是“少年”中一大特点。就现在流行于甘、青一带的语言来说，计有蒙古语、番语（藏语系）、维吾尔语、撒拉语及土语等几种，其中以蒙古语及番语两种流行的区域较广。“少年”虽是用汉语所编成，但因了边地各种语言的通行，有时也不免受其影响。我对于以上各种语言，并不懂得，因此对这种语言混合的情形，当然无从考察，不过就我所见闻的来说，却也有一鳞半爪可言，例如：

尕卓玛上山者观一阵，多尔济刀出了鞘了；羊茂嘉维人者年纪小，吵闹者人知道了。

这支“少年”中的卓玛、多尔济及羊茂嘉是三个番民的原名，卓玛与多尔济两人是男子，羊茂嘉一人是女子，据这支“少年”的叙述来看，这三个人在闹着三角恋爱，甚至到情杀的地步了，大概因为是女主角羊茂嘉年轻缺乏经验，致闹出这种事体，为大家所嘲笑了。这是以藏文原名混入“少年”之一例。按照青海各地汉语中夹杂番语的情形说，这种混合的例子，当不仅以人名为限，不过为我所不知罢了。

此外在青海有一支最流行的“少年”说：

撒拉八工的外五工，街子工有头人哩;撒拉里好吗蒙达里好，撒拉里好，蒙达的一花啦累了。

这支“少年”中后面的两句，究竟指的是什么，最为一般人所不解，前几年我曾为此请教过一位蒙达工的老撒拉，连他也莫名其妙，只说这或许是一种“古话”。后来经我自己思考的结果，才发现这原是一句撒拉话，而为汉人穿凿附会成这种样子，原来“蒙达”是这里的意思，“一花啦”是没有的意思。若把它译成汉话，应该是这样的：

撒拉里好吗这里好，撒拉里好，这里连什么都没有。

一般的汉人们不懂得这个意思，却去从音读上讹认“蒙达”一语为今撒拉八工之一的蒙达工，又把“一花啦”读为汉语的“哗啦一声”的声响，遂认为这是山崩崖累的声音，因而再加上汉语的“累了”字眼，便成功了这种似通非通又毫无道理的非牛非马的东西。蒙达工本为撒拉地方，既说是撒拉里好，却又何以说蒙达里一花啦累了的话呢？而一花啦累了又何以就知道是不好的意思呢？这种穿凿附会，竟把它原来的面目泯灭了，经我这番考索，便把“少年”所包括撒拉语的成分爬梳出来了。还有去年我同常明道兄由西安返兰，沿途他常唱出这样的一句“少年”：

满山里杀害者死了！

我听了又听，总猜不出这是什么意思，最近因一位友人的提示，我忽然体会出“满山”是撒拉语中的“我你”两字，于是便揣测上下文的意思，翻出了下文：

我把你想念死了！

经再向一位撒拉友人询问的结果，果然证明我这个发现是对的，这又是“少年”中汉撒拉语混合而失其原来意义的另一个例子。

十几年前我曾同许多临夏的东乡人在一起，他们是蒙古人的支系，虽信回教，却仍说蒙古话，他们很喜欢唱“少年”，而有时却会唱这样的话来：

辛格塞马徒斯格埃。

或:

亨喂热啥拉昆石享埃。

这简直令人摸不着头脑，后来问问他们，才知这是他们用蒙古话翻译的“少年”，原来就是“少年”中最流行的两句口头禅：

这们者怎么样做呢！
这们者哪一天到呢！

诸如此类的混合语和音译、翻译等的特种语言，交织成“少年”奇异的地方色彩，实是研究边疆语言的最好材料，希望专家们能注意及此。至于撒拉、番子及东乡人所唱“少年”中音讹的例子，那更是不胜枚举，在在都表现着“少年”的特殊风味，也是研究

"少年"的人所不可不知的。

十、少年的调子

诗三百篇的乐谱，早已失传，究竟是怎样唱法，我们无由悬猜，在西北边徼生息的民族，从匈奴起就有"失我焉支山，使我妇女无颜色"等的悲歌。但它的唱法，跟《诗经》一样的没法知道。不过自唐已还的龟兹及西凉乐，其音调似乎近于悲凉，这可从唐人"钿蝉金雁皆零落，一曲伊州泪万行"的诗句中约略想得出来。直到近世，西陲边胞的歌唱，似乎还有遗响可寻。魏默深在《圣武记》中记康熙亲征准噶尔事，曾提到一位老胡人悲壮的歌声说：

有老胡工笳，口辩有胆气，兼能汉语。上赐之湩酒，使奏技，音调悲壮，歌曰：雪花如血扑战袍，夺取黄河为马槽，灭我名王兮虏我使歌，我欲走兮无骆驼！呜呼！黄河以南奈若何！呜呼！北斗以南奈若何！

这虽是康熙年间人所唱的歌，但仔细体会它的韵味，却与一千多年前匈奴人所唱的歌，声色气味，都无二致。由此我们可以知道中古以还的西陲羌胡歌谣，大部含有苍凉与悲壮的音调。

依上述的线索来研讨"少年"的腔调，便可以了然它的所以异于一般内地歌谣之处。"少年"的调子，第一个特点是高亢，这很显明是受藏族的影响而然，凡是听过今日番曲的人，都不难把番曲起首的声调与"少年"的关系拉到一块的（蒙古人怎样唱歌,我没有听过,不敢瞎说）。所以藏人虽不唱"少年",而"少年"却在声调上有意无意地受他们的影响，这即是"少年"调子所以比较特殊的一个重要原因。"少年"调子的第二个特点,便是悲凉。这也直接间接与中古以来盛行一时的西凉乐不无关系。尽管"少年"多半是青年人谈情说爱的娱乐歌曲，但在倦旅及戍兵们的口中，却变得十分悲慨苍凉。据说民国十六七年间，有一部分青海人从军到西安去，异乡漂泊，举目无亲，于是他们便于月白风清的静夜里，在城楼上唱起"少年"来，许多当地人听了，以为他们是因怀乡而悲哭，便都用好言来抚慰。正是：

不知何处吹芦管，一夜征人尽望乡。

这不正是说明"少年"的音调是异常悲凉吗？还记得十多年前，我随军路过河西边缘的永登沙沟，正好是寒冬腊月下旬的午夜，山高月白，朔风凛冽，同伴们因连日的困累，都骑在马上打盹，忽然一阵寒风，使我打了一个寒噤，从马背上醒了过来，荒沙白草之中，只见一列马队静悄悄地前进，除了沙沙的马蹄声外，夜是死一样的沉寂，我不禁悲从中来，便用行将冻硬的嘴巴唱出这样两句“少年”来：

人家的地方上推日子，个家的地方哈想哩！

刚唱完这两句，山谷中还缭绕着溺溺的回响的当儿，忽然有一位同伴拍马追上前来，带着哭声哀求道：“×××，请不要再这样唱好吗？”

我觉得也有一点悲凉难受，于是便默然了。这样的经验与感觉，在我并不止一两次，只要你有机会到西宁驿街子客栈中住上一两夜，包管在你朦胧欲睡的时节，有人会用四弦了给你送上一两支悲凉欲绝的“少年”调，令你马上会兴“吴中张翰称达生，秋风忽忆江东行”感怀，而终夜辗转难寐呢。所以“少年”虽也出现在最热闹或甜蜜的场合中，但它先天悲凉的音调，却并不因此而淡薄，而随时流露横溢。这种悲凉气味，至少是与中古以来的西凉乐调有相当的关系。我自己对音乐毫无门径，仅提出这点意见来，供专家们做个参考。

现行的“少年”调子很不少，综括起来，临夏调有：1.阿哥的肉；2.阿哥的憨肉肉；3.哎呦呦等三种。

循化调有：4.金金花儿开；5.妹妹山丹好花开；6.水红花；7.闪者闪者来等四种。

化隆调有：8.尕马儿拉回来；9.哎呦我的尕阿呀姐呀；

10.小花儿(或小我的花儿);11.尕阿姐看我来;12.绕三绕等五种。

乐都调有：13.花儿尕怜的肉等一种。

此外互助、湟源、西宁似乎还有些调子，一时想不起来。上述十三种调子以临夏调及化隆的“尕马儿拉回来”调最为通行，而以循化调为最特殊，渐渐有绝响之势。不过调子虽有此地与彼地的不同，但一到擅唱的人的口里，往往有左右逢源的妙用，真所谓神而明之，在乎其人了。

为这十多种“少年”调子录音的人，在十年前并不易找，近几年注意的人渐多了，才渐渐由口歌谱出曲来。记得张东江先生的《西北民歌集》中就有两首临夏调的谱子。手头没有此书，无由转录。我的朋友逯登泰先生在一篇文章中,有“尕阿姐看我来”的谱子，顺便录来做个结尾：

连走了七年的西口呀外呀，没走过循化和保安，尕阿姐看我来，调尕阿姐看我来。

连背了七年的空皮呀袋呀，没装给一塌包炒面，尕阿姐看我来，调尕阿姐看我来。

“花儿”与《诗经·国风》[1]

一、“花儿”的名称和其起源

青海和甘肃南部一带，很早就流行着一种民歌，叫作“花儿”或“少年”。对于它的这种名称的由来，一般都不太清楚。这种民歌，原来流行于青年男女之间，其内容完全是表达男女青年之间的恋情和往来的。其中男方被称为“少年”，而女方则被称为“花儿”。到了后来，这种互相之间的称谓，便成为这类民歌的代称。合之则为山歌野曲，分之则为“花儿”与“少年”，两者实际上是一种民歌，只是其内容各有所偏重而已。

从历史上口头传留下来的这种作品看，男方在唱时，即称女方为“花儿”。如：

拉加寺修下的同德县，贵德的浮桥是扯船。

我维的“花儿”你没见，花儿里挑下的牡丹。

又在开唱时的衬词中，常反复用“小花儿”及“小我的花儿”这

[1] 原载于《青海民族学院学报》1980年第4期。《黄河远上：李文实文史论集》（商务印书馆，2019年）亦收录此文。——编者

样的称谓，可见是以花喻人的。在青年男子一方看来，他所歌咏的对象，正如初绽待放的鲜艳花朵，令人羡慕赞叹不止。而女方则称男方为"少年"。如：

青山里打柴四月天，鞭麻（啦）捆下的腰子。我维的"少年"你没见，飞鸟（吧）伙里的鹞子。

尕马儿鞴的银鞍子，脖子里连的是吵子。我维的"少年"是人尖子，飞鸟（吧）伙里的鹞子。

甚至有时还说："我维的'少年'你没有见，少年里挑下的人尖。"这完全可以说明"花儿"和"少年"两种名称的由来。起初是喻人，后来便成为这类口头文学作品的代称了。

如果更进一步加以分析，则所谓"花儿"，是指这类口头文学中有关男女爱情之什而言，而所谓"少年"，则统括行旅、感事、伤时、言情、咏物之什而言。当是古"劳歌"之遗韵，所谓"劳者自歌"是也。从内容上说，二者之间仍有一定的区别。只是由于有关爱情的"花儿"作品，流传下来的最多，影响也最广泛，所以一般只知有"花儿"，而不知有"少年"罢了。

"花儿"这种口头文学，起源于何时？目前还缺乏充分的考证。但从有些流传下来的"花儿"作品的内容来考查，其中有很多都提到“走遍天下十三省”及“人才压了十三省”等句子。按十三省乃明朝的地方建制，这不失为推寻“花儿”产生时代的一个线索。其次“花儿”原先都流行在汉族聚居的地区，而西北洮、岷、河、湟地区的汉民，则以明初屯垦（军屯、民屯、商屯）、遣戍及移民者为多，且与回、藏、撒拉、东乡等诸少数民族杂居。尝考明初移民于这个地区，主要是为了防边。其增筑边墙，即是为了防御当时的“西番”（今甘、青两省的藏族）。而“花儿”流行的地区，则恰好就在这个边墙内外的河、湟、洮、岷一带。其中东乡和撒拉两族间，也流行着“花儿”（用汉语歌唱），可能是后来被沾溉而及的。按东乡与撒拉两族之进入这一地区，当在元代中叶以后。他们接受“花儿”这种民歌，必在他们略通汉语之后。假设“花儿”随明移民而开始传播，则正当是在上述两族东迁之后。再次，“花儿”中的兴体，最广泛地引用了小说戏剧中的历史故事做开场，说明它的产生，必在这种故事流行以后，而戏曲、小说则正是元、明间才兴盛起来的，说明“花儿”不可能产生此所以前。同时“花儿”起兴所引用的故事，以《三国志》《水浒传》《杨家将》《封神传》《西游记》为最多，而清代出现的小说，即是最著名的《红楼梦》，也从无一处道及（有位同志最近曾搜集到一首）。这说明清初以后的戏曲、小说故事，在“花儿”中已不复成为中心题材和楔子，据此完全可以反证“花儿”最兴盛的时代，乃在《三国演义》等成书后的明初、中叶时期，而不在清初及其以后。此外，还有首"花儿"说:"西宁城打下的砖包城，碾伯城打下的土城。"按西宁城加护砖，也在明万历年间。曾经有人认为"花儿"于宋时传入内地，并影响及于元曲，则不免倒果为因。对此我还缺乏考查，兹姑提出如上论证，供研究"花儿"的同志们参考。

二、"花儿"的创作手法

我于卅多年前，曾在兰州《和平日报》副刊上，写过一篇《"少年"漫谭》，其中有一节叫作《"少年"的赋、比、兴》，用《诗经》中的十五国风来和"花儿"做了初步的比较，发现"花儿"在创作手法上，竟然完全继承了《诗经》中赋、比、兴这三种手法。这二者之间的关系，究竟是模仿还是偶合，抑或是民歌本身的自然音韵和内在规律呢？我看后者是比较值得注意和探讨的。因为"花儿"产生的时代和《诗经·国风》相去两千年上下，而且国风一变而为骚体与五言诗，再变为晋、宋以后的山水、田园诗，更变为梁陈之间的吟风弄月诗。到了唐初，陈子昂已慨叹文章道弊，兴寄都绝。中国诗歌的这种发展演变，说明随着时代的不同，《诗经》的所谓"六义"，已逐渐变化，并没有一成不变地、系统地流传下来。同时，历代的经学家们根据《周礼·春官》的记载，提出了"六诗"说，其所提次序是:"风、赋、比、兴、雅、颂"，说什么"以六德为之本，以六律为之音"。所谓六德，显然是经学家的一种附会（以伦理相比附）；所谓六律，则只是对乐歌而言。“六律”与“六德”，并无有机的关联。而毛诗序却据此提出了“六义”说，说是：“诗有六义焉：一曰风，二曰赋，三曰比，四曰兴，五曰雅，六曰颂。”不论是“六诗”或“六义”，都想从义理上去推求诗体的分类，结果诗歌本身产生和发展的规律，越弄越糊涂，令人堕入五里雾中，而无由明其究竟。实际上《诗经》中所收集的诗歌从体裁来说，只有“风”“雅”“颂”三体，而赋、比、兴则都寓于这三体中，实是做诗的三种手法。孔颖达《毛诗正义》说：“风雅颂者，诗篇之异体；赋比兴者，诗文之异辞。”（这里所谓的诗，即指《诗经》而言）孔颖达虽然也还讲“六义”，即“用彼三事，成此三事”。但诗体和表现手法终被分离开来。在《诗经》的研究上，实有廓清之功。所以到了六朝时，钟嵘便在他的《诗品·总论》里说：“故诗有三义焉：一曰兴，二曰比，三曰赋。文已尽而意有余，兴也；因物喻志，比也；直书其事寓言写物，赋也。”这里他只说诗有三义，完全摆脱了经学家的穿凿附会，不仅分开了诗之体用，而且诠释了三种用法的区别。不过，他虽以兴居首，而对兴的解释，则仍未得其正。宋代朱熹作《诗集传》采纳孔颖达的归类法，并对兴诗加以解说云：“兴者，先言他物以引起所咏之词也。”并在《论语·子罕》引诗下注出：“此逸诗也，于六义属兴。上两句无意义，但以起下两句之辞耳。”

朱熹的这个注，的确道破了其中的奥妙，兴诗的原意和作用，厘然分明地被揭示出来。直到民国初年,顾颉刚先生作《写歌杂记》,从民歌的起源论及起兴，说它只借用以起兴，而和后面的诗义了不相关，或有时带点象征作用兼暗示后面歌意的，都属兴诗。（后来顾先生又曾作《六诗》和《论兴诗》两篇，又补论了兴词与联想和韵脚相关联两例）我作《“少年”的赋、比、兴》，便是从此得到启发的。据此以观，关于诗的体用，聚讼了两千年上下，才弄清了它的体裁和创作手法两个问题。要说是“花儿”的原始作者们有意地模仿了《诗经》的创作手法，这完全是不可想象的。那么，它们两者之间，又为什么如此地相关无差呢？ 我认为这和民歌本身所具有的内在联系和发展规律是有关的。《诗经》中的“风诗”原来都产生于民间，是一种徒歌。（就《诗经》风诗中所收的兴诗来看，也有部分可能是非民间原始作品，那是后来诗人们仿民歌而作成的。在时间上民歌的产生仍然在先。）产生于明代的西北地方民歌“花儿”，和《诗经》中的风诗，竟如此其合辙，既非模仿，也非偶合，而只能是民歌本身内在的联系。这种内在的联系，同样地在口头文学创作中形成了先后的继承。这既说明了文学的继承与开创性，也揭示了文学发展规律的隐在和普遍性。所以我认为“花儿”这种民歌，一方面是甘青一带民间歌手的新创作，另一方面又是历史传统的老形式。其源流与因革的迹象，犹可约略推见，这是无可怀疑的。

考查明确了这一点，则“花儿”创作的三种手法，就可以具体地来加以征引和论列了。

就现在口头所流传和著录的“花儿”作品来看，其中以用兴的手法的为最普遍，比次之，赋较少。《诗经》中风、雅、颂是诗的成形，即是体裁，赋、比、兴是诗的所用，即是创作手法。风有十五国风，其中大部分是民间歌谣。雅分大雅、小雅，其中小雅有一部分也是民歌。大雅全部是贵族作品，包括叙事诗和祭祀诗。颂有周颂、鲁颂、商颂，是宗庙祭祀乐歌，也都出自贵族手笔。所以《诗经》是我国古代的一部诗歌总集，既有民歌，也有乐歌。其产生时间，约在西周至东周的五百多年间。风、雅、颂这三种体裁是同时应用赋、比、兴的创作手法来写成的，而风诗用比、兴尤为普遍。风诗大部是民歌，而“花儿”则全部是民歌，所以“花儿”的作品中，比、兴同样成为最习用的手法。

《诗经·大雅》中多叙事诗，其中如《公刘篇》，即是周朝人自己叙述开国历史的篇章，后世称为史诗，这类诗便是用赋的手法创作成的。前人说赋是“敷陈其事而直言之也”。这种把赋诗解为是铺陈直叙的说法，基本上是符合诗的本义的，但歌诗和散文诗毕竟还有所不同，所以后来有人补充解释说：“叙物以言情谓之赋，情物尽也。”(《升庵诗话》引李仲蒙说。此据郭绍虞先生《六义说考辨》引。)赋这种表现手法,虽然也是叙事,但必须情物兼尽,才能成为诗歌。言物必及情,这正是诗歌所必备的手法,否则虽有了诗歌的形式,也必然是干巴巴的流水账式的东西,无法去打动读者的心灵了。《诗经》中的《公刘》和《生民》等篇,刻划〔画〕生动,感情笃厚,正好是这类作品的典型。"花儿"每首只有四句,用来叙事,较为单调,但也仍有情物兼尽的特色。如:

一口一身的出门人,夜黑者没处儿站了。热身子爬了个冷地了,命苦者把天(哈)怨了!

这一个单身的旅客,在辛苦地奔波了一天之后,由于缺乏盘缠,不得不挨冻受冷地蜷卧在旅途的屋檐栈廊之下。这时节不禁使他想到在家时的温暖,行旅之苦,跃然纸上。又如:

一对尕牛的庄稼人,二十串钱儿的账哩。尕牛卖掉了还账哩,西口外大路上上哩!

这里是一个破了产的穷苦农民的慨叹。他本来只依靠一对耕牛来维持家计,但由于地主们的高利贷盘剥,迫使他不得不以相依为命的耕牛来抵债,最后走上流亡到西口外的渺茫道路。(在过去年代里，甘、青人逃荒，一般都去新疆，像山东人逃往关东一样。甘、青人称嘉峪关为西口，张家口为北口。）旧社会农民的苦难，不是被这首简单的民歌淋漓尽致地倾诉出来了吗？再如：

兰州城里的国民军，天河（吧）口里的扫星。民国的世事不太平，好“花儿”比光阴要紧。

从清朝同治年代起，西北战乱频仍，荒旱迭起，劳动人民呻吟在水深火热之中，长达数十年之久。不料到了民国，地方仍然得不到安宁。特别是冯玉祥部国民军，先后两次来西北，与当地军阀争夺地盘，被困在这个夹缝中的西北广大人民，简直苦不堪言。上列这首“花儿”的作者，在前途渺茫、无可奈何之际，只希望有一个贴心的伴侣，相依为命来慰藉自己，极其沉痛而怨怅地为那个时代的苦难，留下了一幅深刻的剪影。与此内容相同作品，还有如：

朱锦屏死者个莲花台，周子扬做了个伴儿。国民军谣言者不上来，孽障死西宁的汉儿。

这首“花儿”如实地记述了当时的这一重大历史事件，而当时西宁回、汉两族人民惶惶不安的情景，又十分逼真而动人，真不愧是史诗。情调与此不同的作品，有如：

俄罗斯盘子玻璃灯,鸦片烟吃成个瘾了。我说的好话你不听,鬼门关再不远了。

这是一个有心的女方规劝男方之词。语言朴素，形象突出，言物而深情美意自在其中，也是深得“赋”这个表现手法的奥妙的。其他的例子，可以不必多举，依此类推，读者自会心领神会了。

其次，再来谈一下“比”这个创作手法。前人说“比者，以彼物比此物也”，这就说以彼喻此，比方于物。诸如《诗经》中“如金如锡”，以金锡之光比喻君子之德；“如松茂矣”，以松柏之茂盛比喻人民的众多。但光是比喻，依然未尽其用。《升庵诗话》引李仲蒙说：“索物以托情谓之比，情附物也。”和赋一样，这里也同样地存在着一个情的问题。不论你是言情或是托情，也不论你是叙物还是索物，都得要与情相关联。“花儿”中用比手法的，也和《诗经》完全相同。《诗经》如《周南·汉广》：

南有乔木，不可休思。汉有游女，不可求思。

汉之广矣，不可泳思。江之永矣，不可方思。

乔木不可休（遮凉），汉女（汉水中女神）不可求，都比喻所追求的女方不可得，是层层设喻。“花儿”中如：

山里头高不过太子山，川里头平不过四川。花儿里好不过藏金莲，五辈里好不过少年。

虽然情调有异，但设比完全一样。《诗经·鄘风·相鼠》，也是用比，用鼠比无耻的剥削者，形象既非常突出，而骂得也无比痛快犀利。又如《邶风·新台》：

鱼网之设，鸿则离之。燕婉之求，得此戚施。

以网得个虾蟆，比嫁了个丑汉。“花儿”类似这样的，则如：

上去个丹噶尔毛白胜，下来个窑街的大通。尕妹们维的是有钱的人，阿哥是来路的难民。

塔尔寺修下的工大了，修成个金銮（的）殿了。尕妹们活下的人大了，小阿哥搭不上话了。

远看个黄河是一条线，近看个黄河是海边。远看个尕妹是藏金莲，近看个花儿是牡丹。

柳树栽给者官沟上，树叶儿落给者水上。相思病得给者心肺上，血痂儿坐给者嘴上。

一对白马下西海，西海里为王者哩。尕妹是一朵儿白云彩，给阿哥遮凉者哩。

闪花草帽儿往前戴，恐害怕南山的雨来。大辫子姑娘人人爱，恐害怕婆家人娶来。

不仅是语言通俗，而且比喻贴切，情感逼真，比上述的《相鼠》《新台》，情致委婉动听（"花儿"中当然也有互相对骂的作品）。

最后谈到"兴"。"兴者，先言他物以引起所咏之词也"。这是早一点的解释，到了明朝的杨慎，更引李仲蒙说"触物以起情谓之兴，物动情也"。正因为起情，所以用兴的手法创作的诗歌，大多数都是情歌。过去论诗的人，都感觉到"比"义显明而"兴"义隐晦，有的甚至认为兴义寝微甚至消亡了。就魏晋以来的玄言诗而言，是有这种现象的，但还不尽然如此。至于民歌用兴，则不仅没有寝微，而且正方兴未艾。如《诗经·周南·关雎》：

关关雎鸠，在河之洲。窈窕淑女，君子好逑。

参差荇菜，左右流之。窈窕淑女，寤寐求之。

本来前两句都是兴词，无关义理，但后世解诗和作注疏的人，大都未讲清这个道理。到了朱熹作《诗集传》，才直接了当地指出："上两句无意义，但以起下两句之词也。"兴词才为大家所理解。更经过近人的进一步阐释，《诗经》中的兴词，已不再隐晦难明。而"花儿"中的兴词，依然为人所不明了。如"五四"后，《歌谣周刊》上所发表的袁复礼先生关于搜集介绍"花儿"的文章，便是其例。解放后，"花儿"这朵奇葩，由民间歌人转到作家手中，开放出了富有新时代气息的花朵，流传远较过去为广。但也由于对这种创作手法的不甚了解，所以大多作品歌唱起来，既欠自然流利，又乏韵味。实际上"花儿"本是言情之作，用兴的手法，最为得体。大凡是言情的东西，男女双方相见，互道爱慕之情，总是难以开口。所以说"山歌好唱口难开"。"花儿"这种山歌，更是如此。曾有一首"花儿"这样说：

樱桃好吃树难栽，树根里渗出个水来。心儿里有话口难开，"少年"啦问候者你来。

可见用"少年"来引逗对方搭话，是便于启齿的一种办法。因此

有的人便以如下的"花儿",试探着来进行对话:

走了大峡走小峡,老鸦峡,鹦哥咀要搭个架哩。不知道心腹难搭话,话难搭,"少年"啦要搭个话哩。

从这里我们可以体会到民歌(特别是情歌)所以多用兴的手法,是由于初见难以启口,只能勉强用搭讪的口吻开腔。因为以唱歌的形式来表情达意,较言语更难为情,在这种场合下的歌曲,用兴的手法,给歌者以委婉转圜的余地,这就是兴歌的妙用和它所以产生的原由。

"花儿"用兴开唱,有即景起兴和即事起兴两种手法。即景起兴的如:

乌山池边的紫牡丹,黄菊花赛金莲哩。头顶上香盘问一声天,几时者成婚烟哩?

好一座青山(哈)雾拉了,青枝(吧)绿叶的盖了。我维的"花儿"出嫁了,心似个黄蜡者累了。

大豆花开开骑白马,小豆花开开是红黑。人家的"花儿"(哈)耍眼黑,(她就是)青草尖上的露水。

这都是以当前眼中的自然景色为起兴的例子，特别是第三例。同时可用即事起兴的手法，如：

巴郎鼓摇给了三点水，银货郎背的是柜柜。人家的“花儿”（哈）耍眼黑，（她就是）青草尖上的露水。

这更可说明兴词与主题，本没有义理方面的关联，只是为了借此启口和谐韵之便。

即事起兴的例子，如：

三个黑狼白尾巴，浪老鸹咋飞者哩？ 这两天没见者你好啥，穷光阴咋推者哩？

黄杨木梳银篦子，西宁家撅把的抿子。巷道里碰见个尕妹子，叫了个娃娃的婶子。

冰冻三尺口子开，雷响（吧）三声是雨来。婚姻们缠住者走不开，坐下者没心肠起来。

上列三首“花儿”的兴词，主要都是为了谐韵，至于所借以起兴的事物，甚至是驴头不对马嘴，也在所不计。不过，有的兴词，与主题似断似连，或兴中有比，比中带兴，则更饶有韵味。只是这类作品，并不多见。

即事起兴，还有用故事起兴的。由于小说、戏曲等故事，为农村中农民所喜闻乐见，是他（她）们历史知识的主要部分。同时英雄儿女，更容易和情歌合拍，因此，绝大多数声"花儿"，都用历史故事起兴，成了他（她）们取之不尽，用之不竭的知识宝库。这里只略举数例如下：

关老爷曹营里十八年，胭脂马吃饱草哩。黄河的当心里你要闪，好花儿开几早哩？

关老爷曹营里十八年，只为了脂胭马了。尕妹子年轻又花翻，只图个欢乐者耍了。

张翼德喝断了当阳桥，子龙的长枪们绕了。我俩人说下的陪到老，你把我丢下的早了。

这是以三国故事起兴的。

梁山上一百单八将，领兵的大王是宋江。不爱个尕妹的俊模样，只爱个心好嘛义长。

孙二娘梁山上卖酒哩，武二郎要打个尖哩。阿哥们出门者就走哩，几时者回来是见哩？

这是以水浒故事起兴的。

提起杨家的杨大郎，金沙滩亮了个宝了。我俩人不是一娘养，阿们者这们家好了。

焦赞孟良的火葫芦，火化了穆柯寨了。一铁锨铲断我俩的路，谁把个良心（哈）坏了。

这是以杨家将故事起兴的。

这类小说、戏曲故事中的人物，如关羽、赵云、宋江、武松、杨宗保、穆桂英，以及《白蛇传》中白娘子、小青儿等，都成了农村青年男女们所景慕比附的崇高形象，不仅给他（她）们以引用启齿的方便，而且也丰富了“花儿”的内容。

毛主席在给陈毅同志谈诗的一封信中，指出诗要用形象思维，并具体地说要用比、兴手法。毛主席的这个指示，对民歌的创作，更为适用。“花儿”用兴，真正达到了“起情”的作用，历来文人的诗歌作品，也用比兴，但运用没有这样灵活广泛，形象也没有这样鲜明生动。诗人们是向来用形象说话的，这比用抽象的理论，或是干枯的数字来说话，更为自然明白，兼能以感情打动人的心弦。"花儿"看起来只不过是一种简单的民歌，但由于它充分地应用了形象思维的方式，所以一直流行不衰。假使当代的"花儿"作者们，能广泛深入地从人民大众口中汲取现实中所反映的养料，并熟练地运用"花儿"中赋、比、兴的表现手法，由口语上升到高级文学作品，则肯定会为我们这个新时代唱出更为清新刚健、美丽动听的赞歌来。

三、"花儿"的用韵和音节

"花儿"和《诗经》中的民歌，不仅在内容上存在有一定的联系，而且在形式上更显明地有继承演变的迹象。除了上述两节所阐明的几点以外，在用韵和节奏方面，也有所相同或接近。民歌本来就是唱出来的，凡是歌唱的作品，必然会存在着声韵和节奏的规律，"花儿"也自不能例外。

我还不懂得中国语言文学中的古韵，但翻翻《诗经》中的用韵格律，与后世和现在"花儿"中的用韵，有一定相通之处。根据王力先生的分析,《诗经》中的韵脚,有句句押韵、隔句押韵、交韵三种。现在就依这种分类，试和"花儿"用韵来做个粗率的对比。

（一）句句押韵，如：

硕鼠硕鼠，无食我黍！三岁贯汝，莫我肯顾。

逝将去汝，适彼乐土。乐土乐土，爰得我所。

（《魏风·硕鼠》）

这首诗通篇押“鱼”韵（古韵），是一韵到底的，这样的韵例，当然不止是这一首。（如《卷耳》的“陟彼高冈”首等）我现在只以这首为例，来和“花儿”对比一下。

“花儿”中句句押韵，同样也是一例。如：

东海的喇嘛走西藏，背儿里背的是藏香。想起个“花儿”者哭一场，路远者辨不过地方。

通首押“阳”韵（平水韵），也是每句都押韵，而且音调响亮，兼有双声叠韵之美。又如：

孟姜女哭倒了九堵墙，长城里哭出个范郎。没吃没穿的耍愁怅，有你是有我的望想。

也是一韵到底。首联用平韵，尾联用仄韵，声调也非常谐和。这种韵例，在现存留的“花儿”作品中，比重也颇不小，这里不一一列举。

（二）隔句押韵，如：

采采卷耳，不盈顷筐。嗟我怀人，寘彼周行。

（《周南·卷耳》）

求之不得，寤寐思服。悠哉悠哉，辗转反侧。

（《周南·关雎》）

这是奇句不押韵，而偶句押韵之例。但也有首句入韵，到第三句才跟上例一样不押韵的。如：

静女其姝，俟我于城隅。爱而不见，搔首踟蹰。

（《邶风·静女》）

蒹葭苍苍，白露为霜。所谓伊人，在水一方。

溯洄从之，道阻且长。溯游从之，宛在水中央。

（《秦风·蒹葭》）

以上两例，虽有首句押韵与不押韵之分，但都属于隔句押韵。"花儿"中也同样有这样的韵例。唯首句不押韵者鲜见，但也偶亦有之。如：

阿哥们不是个吃粮人，马大人拔下的门兵。马大人有恩了回给个家，无恩了赏一顿闷棍。

这是一个不愿当兵的人对统治者的嘲讽。在我幼年的时候，马步芳正在化隆驻防。这首“少年”，便是那时的产品，以后马家的势力大了，这样的呼声，也再没有听过。从音韵格律说，是隔句押韵的，属于第一种形式。第二种形式的则较多。如：

干柴带湿柴啦架一笼火，火离了干柴是不着。尕妹是肝花阿哥是心，心离了肝花是不活。

泾阳的白菜我不吃,我吃时清油啦拌哩。新媳妇阿姐我不要，我要个大丫头哩。

大力架牙壑里过来了，撒拉的艳姑哈见了。撒拉的艳姑是好艳姑，脚大嘛手大者坏了。

这是第三句不押韵的例，一般都押仄韵。第三首说艳姑脚大，是汉人缠足陋习的反映。撒拉族的妇女，则以天足为荣，所以她们有“脚大手大的耍嫌谈，走两步大路是干散”的有力反驳。

（三）交叉用韵。这指的是奇偶句交押。如：

自牧归荑，洵美且异。匪女之为美，美人之贻。

（《邶风·静女》）

这首诗按现在的韵来说，“荑”“美”分属齐、纸两个韵部，“异”“贻”分属寘、支两个韵部，互不相押。但在古音中，“荑”“美”同属脂部；“异”“贻”则为之取合韵，可以通押。所以按古音规定，这首诗，是奇句与奇句相押，偶句与偶句相押。类此的又如：

隰有苌楚，猗傩其枝。夭之沃沃，乐子之无知。

隰有苌楚，猗傩其华。夭之沃沃，乐子之无家。

隰有苌楚，猗傩其实。夭之沃沃，乐子之无室。

（《桧风·隔有共楚》）

上面这三首诗中，第一首，奇句押鱼屋韵，偶句押支韵；第三首偶句押质韵。唯有第二首通押鱼韵，似是例外。总之是交叉用韵例。这种韵例，在“花儿”中最为普遍。兹举数例如下：

花果山有一个水帘洞，鹦鸟哥儿过河着哩。背给的名声背不动，我拿个驴驮着哩。

连走了三年的西口外，没到过循化的保安。连背了三年的空皮袋，没装过一撮儿炒面。

羊羔儿咂（吃）奶双膝跪，大羊的腰躬着哩。睡梦里梦见是同床睡，醒来时怀空着哩。

这也是和《诗经》中交韵的那种韵例是完全一致的。王力先生在他所著的《古代汉语》一书中，列举了上述三种韵例后还指出："《诗经》用韵的格式是多样的，因为它是民歌或者是模拟民歌的诗体;民歌是随口唱的，随口用韵，随时转韵，也就是所谓天籁。"根据他的这个概括，虽然古今的语言和音韵，由于发展变化，差异很大，而这种用韵的格式，在"花儿"中仍然普遍地传留了下来，这是很可宝贵的。如《诗经》中有这样一种用韵法：

参差荇菜，左右流之。窈窕淑女，寤寐求之。

参差荇菜，左右采之。窈窕淑女，琴瑟友之。

（《周南·关雎》）

《魏风·伐檀》也全同此例。王先生说这类诗，句尾用了"之""兮"等代词或语气词，可以看作是句中韵。这就是说，"之"字在这里并非韵脚，而"流""求""采""友"，才是它的韵脚。《伐檀》中"兮"字是语气词，所以它的韵脚，乃是句中的前一个字，如"檀""干""涟""廛"等是。这种句中用韵，在楚辞和汉赋中，也同样存在。但以此来和“花儿”中存在的韵例加以对照，则相互之间也有极其相似的。如上举交韵例中的第一、三首，偶句中语气词“哩”字之前，都是“着”字，与《关唯》二、四、五首的用韵完全相同。所不同的，只是那些“花儿”中用重韵罢了，这或许是古今及口语与书面之异。不重韵的同样也大量存在着。如：

梦斩个泾河的老龙哩，河里的水红下哩。棰（拳）大时尕娃唱啥哩，我给你当阿妈哩。

偶句中的“下”“妈”（这里按本地少数民族发音，应读普通话中第二声）通韵，和王力先生所说的句中韵是相同的。如此则句中韵可列为上述三类韵例以外的别一例，但是从“花儿”中所存在的通首押一字韵的例来看，则似乎所有语气词也都是韵脚。《诗经》中的句中韵例除上举者外如《陈风·月出》，前二首均押“宵”“幽”合韵，而第三首：

月出照兮，佼人燎兮。舒夭绍兮，劳心惨兮。

“惨”字似属元谈韵，与宵部韵不同，为了使其谐韵，朱熹改“惨”为“懆”。这种改法，虽然合韵律了，但未必确当。为何这样说呢？如：

知子之来之，杂佩以赠之。

知子之顺之，杂佩以问之

知子之好之，杂佩以报之。

（《郑风·女曰鸡鸣》）

“赠”“顺”“问”同韵，“好”“报”同韵，而“来”（当读如累）则不相谐。同样，这首诗中“弋言加之，与子宜之”，“加”和“宜”也不谐韵。又如：

彼采葛兮，一日不见，如三月兮。

彼采萧兮，一日不见，如三秋兮。

彼采艾兮，一日不见，如三岁兮。

（《王风·采葛》）

看来还都是语气词“兮”字押韵，“月”“秋”“岁”都不押韵，反倒是上下首“葛”“萧”押韵，在音韵上有反复回环之妙。可见句中韵还并不能包括所有用语气词的作品，这还可用“花儿”来作反证。如：

塔尔寺修下的工大了，再修上九楼是罢了。我俩人担下的名大了，想罢是罢不下了。

白杨树长的太高了，黑老鸹搭不上架了。尕妹们活下的人大了，小阿哥搭不上话了。

黄河千万年淌着哩，青沙山一辈子坐哩。你死是我跟着死去哩，你活是我陪着坐哩。

这类例子，亦可作为句中韵来论列，但却有下列与此不同的例子：

松木的扁担（哈）闪折了，清水儿落了个地了。把我的身子（哈）染黑了，你走了干散的路了。

打一把五寸的刀子哩，刻一个乌木的鞘哩。舍一个五尺的身子哩，闯一个天大的祸哩。

大石头砌了墙根了，小石头填了个巷了。大小的班辈拉平了，水浑是搭脑里浑了。

塔尔寺修下的工大了，修成个金銮的殿了。尕妹们活下的人大了，阿哥们搭不上话了。

日头落了者实落了，长虫（吧）石崖上过了。指甲连肉的离开了，刀割了连心的肉了。

这里不论是奇句偶句，都不押句中韵，而语气词却都成了韵脚。"花儿”通首押一韵的很多，似乎也不成为特例。那么，《诗经》中用“矣”“之”“也”等虚字作语尾的，可能也还是韵脚。如：

汉之广矣，不可泳思；江之永矣，不可方思。

(《周南·汉广》)

这里的“思”字是语助词，同时也是韵脚。而“矣”“思”同属古韵“之”部，则“矣”字也是韵脚。与此相反，句中的“广”“泳”“永”“方”并不谐韵。再如“之”字：

人有土田，女反有之。人有民人，女覆夺之。

此宜无罪，女反收之。彼宜有罪，女覆说之。

(《大雅·瞻印》)

其中“有”“收”分属“之”“幽”部;“夺”“说”同属“月”部。与其说它为句中韵，则尚不如说它是通首押“之”字韵更为自然妥帖。至于“也”字，也是同样：

何其处也，必有与也；何其火也，必有明也。

(《邶风·旄丘》)

"与""以"固可为韵，而"处""火"并无联系。则以"也"字为韵脚，更较合理。"也"字押韵，到唐代杜牧的《阿房宫赋》，其末段全用"也"字；元曲中也同样有用"也"字韵的，既是语气词，同时又是韵脚。这些虽是后来的事，但和"花儿"连类来看，古今自有通例：即"虚"字既可作语气词，而无关义理；有时又可作为韵脚，以谐和声调。我试作如上的论证，作为当代音韵学家们的参考，因为在民歌中可能还保存了些古代语言的原来风貌，值得加以发掘和学习。

"花儿"句尾押韵，而以仄韵为多，一般上、去二声不通押，而平仄声有时通押，这很有助于歌唱时的动听与醒目，不仅歌者顺口，而且听者悦耳。解放后，"花儿"这个民间山歌，被纳入创作之林，打开了向民歌学习的道路，但是由于创作者们很少从民间的语言音韵去先加以揣摸，因而效果并不显著。有些其至生搬硬套，光剩下了政治口号，既不能形诸歌喉，也缺乏美感。

无论是诗、词、歌、赋，在声调上都有双声叠韵之美。"花儿"是民歌，与诗、词等文人作品不同之处是单音词较多，不甚讲究炼字（多用虚词），但仍保留有一定的双声叠韵词，其中以双声词为多。如"藏香""望想""干散""干蛋""嫌谈""滥弹"（或作"乱弹"）"漫散""饱草"等，都是叠韵；"孽障""肝花""花翻""愁怅""红黑""光阴"等都是双声。这些词在"花儿"里用的较为普遍。重音词也间有，多用来作韵脚，如“夹夹”（即坎肩、背心）“纂纂”（旧时妇女发髻），只用在偶句的词尾。

“花儿”是一种民歌，其唱腔有多种。现在所谓的“河州令”“东乡令”“化隆令”“碾伯令”等，都是以地区为名的；“尕马儿拉回来”“好花儿”“阿哥的肉”“点点花儿开”（或作“金金花儿开”，乃是音误）“水红花”等则是因调为名。同样是一个调子，但唱起来，各地区和民族之间，声调抑扬，又颇异趣。民和、乐都、化隆、贵德、互助、大通，今年都恢复了一年一度的“花儿会”。其中有专业名歌手（如朱仲禄等），更有很多的民间歌手，歌喉嘹亮，声调婉转，令人有绕梁之感。

一般诗歌的节奏，以近体诗来说，基本上是三字尾，五言的节拍是二——三，如：

功盖——三分国，名成——八阵图。

白云——回望合，青霭——入看无。

七言的节拍是二——二——三，如：

诸葛——大名——垂宇宙，宗臣——遗像——肃清高。

盘飧——市远——无兼味，樽酒——家贫——只旧醅。

当然五言还有一字尾的，七言也有五字尾的，但好像只是特例，并不多见。“花儿”和近体诗在节奏上是同中有异,所谓同的是“花儿”奇句都是三字尾，而所异的是偶句都是两字尾，兼有两种格式，便于开阖相应。这可能是“花儿”比诗要容易歌唱的一种重要因素。这种节奏的形成，当比近体诗和词曲为早。

“花儿”基本上是七字句，每首都以四句构成，其固定节奏如下式：

(一)洋号——吹的——嘀嘀嗒,喊一声——口令了——站下。

说下的——日子上——来不下,官身子——由不得——自家。

(二)我有——金刚钻——钉缸哩，破家什——不揽者——咋哩?

我有——“少年”是——对唱哩，你管我——年纪者——咋哩。

(三)西瓜——熟了——就摘下,不吃了——桌子上——摆下。

配给的——女婿娃——拳头大,我给他——能当个——阿妈。

(四)八堡川——脑子——享堂峡，青石头——磨下的——砚瓦。

三十年——不见(者)——要忘下,出门的——阿哥(哈)——记下。

这里面的八字和九字句，都是七字句的延伸，其中大多是虚字；两字的节拍增为三字，而节拍仍不变，即歌唱时仍是双音节。（大通河经永登八堡川流入享堂峡，故称为脑，脑即是里面、深处。）

另外，“花儿”一首只有四句，其延伸为六句的，或者是衬词，或者是为了配调而以奇句的尾词作为重复，都不是正词。所以七字成句，四句成章，是“花儿”的定格。

上面在谈到节奏时，曾以近体诗为例，实际上只取其近似。因为“花儿”是民歌，是口头语言，其音节也是自然音节，而诗和文字，则是书面语言，也是人为音节。口头语言只分轻重音，而诗文却分四声，这是口头文学与书面文学之间的区别处。所以词和曲，并不是“花儿”直接的源泉，其风味格律，并不完全一致。

“花儿”两题[1]

“花儿”的“令”

“花儿”与“少年”,流行于秦、陇及河湟一带,地域相当宽阔,风土也各有异;再加上它是一种徒歌,不像乐歌那样正规划一,各地的唱腔因而也自具特点。这种唱腔各异的口调,一般习称为“令儿”或“令”,如按地区分,有洮州令、河州令、西宁令、川口令等;按民族分,有东乡令、撒拉令、土族令等;按衬词的回环、反复分,有尕马儿令、金晶花(又名点点花)令、水红花令,好花儿令、绕三绕令等。八音并奏、百调纷陈,同一首歌词,在歌唱时,表现出不同地区和不同民族的声调来。在各地每年一度的“花儿”会上,同时演唱各种调令,不拘一格,大有万流归海之概,所以“花儿”会以歌会友,备极一时之盛。

“花儿”的各种调令,现在已由音乐工作者们分别谱成乐曲,

[1] 原文载于《青海湖》1981年第12期。此篇为整理者首次辑录。——编者

被之管弦，演唱时可以伴奏，这就提高了这种徒歌的音响和乐律作用，但美中不足的是在记谱时演唱者的音准不一，往往走调，以致谱成的乐曲，有失原调风味。当然，民间歌手的唱腔要完全一致，那也很难，但同一令调，不论是何地的人唱，除了独具的个人音色外，腔调自应以保持其本土风味为最佳，这对本地人来说在感情上是自然谐和的。

同样的一种山歌，为什么在唱腔上有彼此之分，这与地域有密切的关系。民歌是人类社会最早产生的口头文学，其来源甚古。我国最早的一部诗歌总集《诗经》中的十五国风，便是当时所采集的各地民歌，这些风诗，虽然体制都大致一样，而歌调和风味却各自异趣。所谓“风”，据前人解释，就是民间歌谣。如朱熹说：

凡诗之所谓风者，多出于里巷歌谣之作，所谓男女相与咏歌，各言其情者也。(《诗集传序》)

吴澄也说：

乡乐之歌曰风，其诗乃国中男女道其情思之辞，人心自然之乐也。故先王采以入乐，而被之弦歌。(《校定（诗经）序》)

这里他们说明了两个问题：一是说风诗是男女之间的情歌；一是说被乐官采集来配上乐谱用以演奏。现代的人更进一步认为所谓风，即是声调的意思，十五《国风》即是十五种声调，那么《秦风》就是陕西调，《郑风》就是河南调。这种说法我认为也颇可信。因为《论语·卫灵公》章说：

……放郑声，远佞人，郑声淫，佞人殆。（刘宝楠《论语正义》）

解释说：

《乐记》云：“郑音，好滥淫志；宋音，燕女溺志；卫音，趋数烦志；齐音，敖辟乔志。此四者皆淫于色而害于德，是以祭祀弗用也。”是四国皆有淫声，此独云郑声者，亦举甚言之。《五经异义》：“《鲁论》说郑国之俗，有溱洧之水，男女聚会，讴歌相感，故云郑声淫。”

大概周朝时以祭祀歌《雅》《颂》为正调，像《郑风·溱洧》那样的借游春而男女互相调笑的行为，认为是太过火了，便被认为是俗调。实际上俗调轻松活泼，倒为一般人所爱好。说不定现在的“花儿”会还是这个老传统的遗留呢。

《乐记》上举了郑、宋、齐、卫四国风诗的声调，各有其吸引人的特点。当年的十五《国风》，既各有各的声调，则今天各地的“花儿”，具有各自的“令”，那正是民歌普遍的规律，我们正不必在这点上互争“河州令”是母体，“西宁令”“民和令”是子系；或是洮、岷“花儿”是正宗，河湟“花儿”是分支了。十五《国风》当时在今陕西、河南、河北、山东、山西、安徽以至汉水、长江流域同时流行，则“花儿”在今甘、宁、青农业地区同时流行，也是很自然的事了。

“花儿”与《诗经》

《国风》《小雅》中的民歌和《小雅》《大雅》中的一部分作品，都积极面向现实，深刻地反映了封建时代的社会矛盾，这种优秀传统,似乎也由近世所产生的“花儿”所继承,朴实而有传统风味，民族形式和地方色采特别浓厚。前人就风、雅、颂三体诗，探讨了当时诗人们作诗的目的完全在于美、刺，美就是歌颂，刺就是讽刺,这是对“诗言志”的具体发展与运用。运用诗歌反映现实，是从《国风》到“花儿”的传统精神。

关于歌颂方面，就《颂》诗而言，固然由于时代的局限，不免有谄媚权贵的篇章,但作为“成康之治”的封建社会上升期,文、武、周、成、康等时代，社会比较安定，生产也较发达，政治比较清明,所以如《卷阿》(《大雅·生民之什》),《崧高》《烝民》(《大雅·荡之什》)，对当时现实有所赞美，而更多的则是讽喻和控诉。"花儿"中的颂歌，传留下来的极少，但也偶有残遗。如"康熙爷访贤者月明楼，手扒个栏干者点头""嘉庆爷得了个孙子了，四路的粮草（哈）免了"，对康熙的重视人才、嘉庆的暂免征实，均怀有一定的好感。解放后，时代不同了，美颂之什，极为繁荣。如：

开荒种树的生了个根，树上的叶叶儿俊了；共产党革命者翻了个身，救命的恩情们重了。

天凭日月人凭心，鱼娃儿离水是不成；东征西战的解放军，受苦人靠的是你们。

无论是古代或者是现代，当诗人们赞颂美好事物或讽刺丑恶事物时，都会与现实政治联系起来。周朝到了厉王、幽王时，政治腐败，君王贪暴，社会上各种矛盾都深化起来，于是民间的讽刺诗便日益多了起来。齐风《东方未明》；魏风《伐檀》《硕鼠》；豳风《七月》以及《召南·采蘩》《小雅·苕之华》等，辛辣地嘲讽剥削阶级的不劳而获，以及对种种不平的愤怨，反映了人民被压迫剥削的悲惨命运和他们的反抗斗争。"花儿"产生于封建社会末期，同样尖刻而明朗地反映了这个时代的黑暗现实。随举几例：

兰州城里的国民军，天河口里的扫星，民国的世事不太平，好“花儿”比光阴要紧。

三间的房子没柱梁，椽椽子悬担下了；天下大雪者夜又长，冷炕上睡不到亮了。一对犏牛剪了角，尕牛（啦）种庄稼哩；有了稀的没稠的，拌汤（啦）活人者哩。

对旧社会反动官府和地主敲骨吸髓的压榨，提出了沉痛而愤怒的控诉。近代青海是个割据局面，所以拔兵成了暴政，给劳动人民带来极大的灾难。“花儿”对此和征伕（民工）的反映特别强烈，如：

杨柳树栽子栽两行，哪一天长成个树哩；当家的哥哥（哈）兵抓上，一家人阿门价过哩？果木的树根里有虫哩，绿叶儿变黄是掉哩；立逼的阿哥们当兵哩，尕妹（哈）给谁们靠哩？

以上所举的这些“花儿”也可说是《诗经》中如《邶风·击鼓》《王风·扬之水》《魏风·陟岵》《采薇》以及《王风·君子于役》《唐风·鸨羽》《王风·兔爰》诸诗之亚。我们若加以对照，则不难看出古今来兵役、徭役等对人民造成的苦难。

《国风》有关爱情和婚姻的篇什，最为丰富，“花儿”可说是民歌中情歌的代称，这方面的例子很多如：

上地里种的是三石三，下地里种的是两石；我维的"花儿"双穗辫，发穗儿摔了个仰绊。

前两句是兴词，说的是所下种子数量。下两句形容和夸耀自己的情人是一个活泼玲珑的女孩子，梳着像青丝穗一样的双鬟，一见男方，转身就跑，两股丝穗辫子，像人仰面跌了一跤那样的一撂而躲开了。是害羞呢？还是有意调情？令人回味不尽。同是这一题材，而手法又较别致的，则是这样唱出来的；

长把铁勺擦浆子，白纸（啦）糊了个亮子；我维的"花儿"是长辫子，打灯蛾儿的样子。（蝴蝶俗称打灯蛾）

头两句也是兴词，后两句夸耀自己情人的双辫发，像蝴蝶飞舞一样。这种质朴而明快的描摹、不仅生动，而且温温有情，可谓言简而意远，不愧风人的雅致。

除了形象，还更有意象：

一对白马半山里过，我看成天上的雾了；这两个阿哥塄坎上过，我当了花儿的树了。

马过如飞，人过似花，叹羡之情，令人神往。芝兰玉树，是文人借以喻佳子弟的美称。在唱这首“花儿”的女子眼中，过路的青年，一下子成了宋玉、潘安，道出她的艳羡之情。这种感情和意趣，正是《国风》的传统。我们当前的“花儿”创作，似乎对这种“清水出芙蓉，天然无雕饰”的传统，发掘钻研得还很不够，所以不免显得浅露板直。

爱情不自由，男女欠平等，这是随着男权社会的形成而来的。“花儿”中女方对此的呼声，异常强烈。如：

西瓜熟了就摘下，不吃了桌子上献下;配给的女婿娃拳头大，我给他能当个阿妈。

这已是大胆地反抗了！对此，洮、岷“花儿”亦有类似反映：

十八大姐九岁郎，每天把他抱上床。说是丈夫他太小，说是儿子她不叫娘!

多么深厚的幽怨之情啊！旧制度坑害妇女的罪恶，令人发指！

案板的头儿上切菜瓜，连切刀切给了九挂（下）；不是个皇

上家王法大，女装个男扮了走吧？

实际上她切的不是菜瓜，而是长期束缚妇女的封建“王法”。

当然，无论是在《国风》或是在“花儿”中，歌唱新婚的欢乐和男女坚贞的爱情的作品，如《唐风·绸缪》《周南·桃夭》等，都能给人以欢快的感染。这与讽喻作品，成为民歌的两大主流，永远发放着现实的光芒。让我们沿着《国风》这条反映现实生活的大道，把“花儿”深深地埋植在社会主义的土壤中，让它开出比《国风》更鲜艳丰美的花朵吧！

建设边疆与发扬文学创作 [1]

近年来，开发边疆的呼声我们可以从各方面听到。在理论上各人有各人的说法；在实行上也各有各人的路径。但认识了边疆是一件事，实际从这方面努力地去做，又是一件事。于是，开发边疆成了一个难题。

记住当前的时代，记住敌人的野心；当然我们不能够忽略了这第一件工作。

在这里，李君从他在文学上努力的结果，看出这一件工作的重心。在这篇文章中间，他指示给作家一条新的道路：他希望用文学的艺术笔锋，沟通内地和边疆的隔阂，他主张在用政治方法去从事边疆工作的中间，绝对少不了文学的一环。

所以，这篇文章，不是平平的讨论，而是在现在注意或从事边疆工作上的一支冷箭，这支冷箭，将要促成新作家的更进一

[1] 原载于《蒙藏学校校刊》1937 年第 19 期。《黄河远上：李文实文史论集》（商务印书馆，2019 年）亦收录此文。——编者

步，将要使真正的民族文学开花，结果。

寄白附识

平常提起文学两个字来，大多数的人总觉得它并不是怎样了不起的一件事，不过是一般文人们弄的把戏，至多也不过是一种消闲品罢了。况且现在我们中国受人家的压迫，已经到了最危急的时候，在这样“山雨欲来风满楼”的情况下，大家不赶快来弄点经世致用的科学，谁来弄那个闲得无聊的笔墨生活呢？所以一当文人，便无足观，那么文人所作的文学作品当然是更无足观了，于是什么“文章经国之大业，不朽之盛事”啊，“君子博学于文”啊等等，都被视为文人的夸大狂，而一扫而光之。诚然处在现在这样的环境中，我并不否认实用科学的需要和价值，但一般人的鄙视文学，以为它和人不发生关系，它在文化上没有什么地位，及存着一为文人——虽然我还够不上称文人并且一百个够不上——便无足观的观念，我却有点抱不平。文学实在和人没有什么密切关系吗？且来看看沈雁冰先生怎样说。他说：“文学和人的关系也是可以几句话直截了当回答的。文学属于人（即著作家）的观念，现在是成过去了的；文学不是作者主观的东西，不是一个人的，不是高兴时的游戏或失意时的消遣。反过来，人是属于文学的了。文学的目的是综合的表现人生，不论是用写实的方法，是用象征的比喻的方法，其目的总是表现人生，扩展人类的喜悦和同情，有时代的特色作它的背景。文学到现在也成了一种科学，有它研究的对象，便是人生——现代的人生；有它研究的工具，便是诗（Poetry）、剧本（Drama）、说部（Fiction）。文学者只可把自身来就文学的范围，不能随自己的喜悦来支配文学了。文学者表现的人生应该是全人类的生活，用艺术的手段表现出来，没有一毫私心，不存一些主观。自然，文学作品中的人也有思想，也有情感，但这些思想和情感一定确是属于民众的，属于全人类的，而不是作者个人的。这样的文学，不管它浪漫也好，写实也好，表象神秘都好，一言以蔽之，这总是人的文学——真的文学。”可见真的文学，是和人怎样地发生密切关系，一个作家的作品，既是属于全人类的，那么谁还敢说文学与人没有关系呢？ 所以朱自清先生所谓的“文学是用真实和美妙的话表现人生的”“文学是人的灵魂之唯一的历史”的话，实在是实确不移的。至于文学在文化上的地位，那当然更重要。蔡元培先生说：“人类到了科学时代，一切现实，都经过科学的审查，凡古代宗教用迷信的材料给人慰藉的，此刻完全用不着了。就是去学时代的哲学，固需要系统的证明，亦不能不因科学的严格审查而失却信用。唯有文学，同幼稚时代，以至于复杂时代，永远自由，永远与科学并行不悖，永远与科学互相调剂。每人每日有八时以上做科学的工作，就有若干时受文学的陶冶，所以饱食暖衣的，不至于因无聊而沉沦于腐败，就是节衣缩食的，也还有悠然自得的余裕。所以文学在一般文化上的地位，可说是宗教的替身而与科学平行的。”也并不见得文学的地位是亚于科学的。不过在这里要申明的我并不是说文学与科学并立，请大家都来学文学，而是说一般对文学观念认识错误的人，是需要改变的。文学既然是全人类的，同时它也在文化上有那样的地位，那么所谓一作文人，便无可观的论调，自然也无存在的余地了。

以上略略地说明了文学的重要，再让我来说建设边疆与文学的关系。大家都知道边疆的所以为边疆，当然是有异于内地，而其有异的原因，最大的便是互相隔阂，因此建设边疆与沟通边疆的工作，第一个便先要打破这一层隔阂。但是可怜得很，所谓沟通的工作，除了几个新闻记者的隔靴搔痒的考察记和专员们几份报告外，便一无所有的了。依我想起来，这里面有几个原因。第一是考察专员们没有文艺家那样锐利的观察，和那样生龙活虎的笔。第二是考察专员们没有文艺家那样深刻地能体贴人生的苦痛，能同情民众。第三是新闻记者们虽有些观察的能力，但缺少深湛的文学修养，所写出来的文字，不能握住广大读者的心灵，至多看一遍就算完了，很少能留下深刻的印象。第四是考察记、报告一类的东西，多少还有一些避讳和顾忌，不能像文学作品——如小说戏剧等——那样地发挥得淋漓尽致。有了这几个原因，沟通边疆与内地的工作，自然是很难收实效的。所以我觉得要打破边疆与内地的隔阂，必先要将边疆各地的风土人情，社会万象，使大家明了。而这个使得明了的办法，我想最好是要用文学的描写。这并不是凭空来说话，当然是有强有力的证据的。如像我们没有到过俄国，而我们读了高尔基的《我的童年》，便可以想象到旧俄时代社会的黑暗面。我们不知道19世纪挪威的社会情形，但读了易卜生的《娜拉》《群鬼》《国民公敌》等的社会剧，他们当时的社会像，便现在我们的面前。同样我们读了鲁迅的《阿Q正传》，就晓得中国在五四时代，社会上是存在着一批阿Q式的人物。读了郁达夫的《薄奠》和老舍的《骆驼祥子》(尚未完全刊完)，对于北方的洋车夫的生活，也一览无遗。读了曹禺的《日出》，恍惚自己也流入被资产阶级支配的市场。此外如描写东北失亡后青年的悲哀和人民反抗运动的，有舒群的《没有祖国的孩子》、端木蕻良的《浑河的急流》、尤竞的《警号》等，我们读了，不禁为东北的同胞洒一掬同情之泪！其他如描写朝鲜人在北平无理的强占房间及“友邦”对于华北的种种“优待”等情形，更是在近来的文艺作品上数见不鲜的事。我们在读后，总不能把它轻轻地忘记的。这种文学作品的刺激和印象，实在是无可比喻的。但是回头去看看我们边疆那样复杂的环境，那样混乱的社会，那样诚朴驯服的人民，那样痛苦的生活，竟没有人去写，因此也就很少有人知道。假使若有人把它当作题材而写出来一部小说的话，那我敢保险抵得上十个茅盾的《子夜》、《多角关系》（描写农村经济破产，都市金融恐慌的），抵得千个艾芜的《荣归》和罗烽的《到别墅去》（这两篇都是写劣绅土豪对平民的压迫的），以及欧阳山的《崩决》（这是写水灾的故事）的。反过来把它作为剧本的题材，也远在曹禺的《日出》，田汉的《获虎之夜》和郭沫若的《卓文君》、胡适的《终身大事》（这三篇都是写婚姻不自由的，但社会背景各不相同），及最近张道藩的新作《密电码》之上的。同样拿它写作诗篇，也可以和拜伦的《哀希腊》、杜甫的《石壕吏》一样的不朽。因为边疆各地有封建势力的压迫，有军阀官僚的剥夺，有劣绅土豪的鱼肉，有天灾人祸迭作，有……无论在哪一方面取材，都可以成为杰作，活生生地现在大众面前，它的中间有血，有肉，有泪，有笑，五花八门都有，牛头马面也有，玉面阎王也有。总之，无论什么角色都有，而且都很特殊，都很惊人。这样复杂的事实，竟没有一个有文学修养的作家，把它描绘出来，实在是极可惋惜的事，也是引不起人家的了解和同情的最大原因。（上面所举的几部作品，不过是只就所看过而且所记忆到的，拿来作个例子，并非是专门选来当代表作的。）

依上面的说法，边疆与内地的沟通，是要靠文学的力量的——至少也要一半的。这个工作一成功，边疆的建设一定会成功，边疆的文化水准也能很快地提高。一切的误解和漠视，自然是一扫而光了。不过这个工作怎样地来做呢？我自己也很难说，勉强点来说，可分做三方面：第一我们希望前进的作家们，能够抽点工夫，到边疆各地去旅行一周，体验体验边疆社会情形，回来多写点实际的有力作品，供给各个读者，引起他们深切的注意。这件事情在作家们是很有益处的事，因为读万卷书与行万里路要并重，作家们老坐在繁华的都市，天天在写恋爱的故事、工人的生活、大学生的行动等，不免有些枯燥乏味，并且也不会产生出很好的作品来。假使能够去找点新的材料和刺激，一定能打开一条新途径，而作品也能够日新又新。目下中国文坛上所闹着的作品的“差不多”问题，便是缺乏新颖题材的结果。在剧作上我很赞成郭沫若先生从前为写一篇《伯夷与叔齐》，而自己先挨了一天饿以体验饥饿的苦况，和曹禺先生为写《日出》的第三幕，便自己装作一个下人，跑到妓场里去实地视察的办法，因为有了这种身受的经过，作品中便没有空浮的地方。所以我说作家们的到边疆去旅行，于他自己是很有益处的。假使中央留意到这点的话，派几个作家去旅行，比任何一个专员和新闻记者强得多。第二办法是边疆人士应常和作家们接触，直接间接地供给他们些实际的材料，请他们写出来，但是做这个工作时，无论是用口述或笔述，都要抓住问题的核心，因有了这点困难，这个工作，便很容易生毛病，就是普通人没有作家那样深刻的观察。不过这也总算是一种办法。第三是边疆的青年们自动的创作，上面两个办法是治标好，只有这一个是最根本的办法。我们虽然晓得创作不是一件轻而易举的事情，但是若要有决心，有热情，有修养，包管可以做得到。我们知道——深切地知道——边疆的一般前进的青年们，也有心雄万夫的气概，也有一扫千军的健笔，也有文思泉涌的天才，他们都很爱国，他们更爱故乡，以他们那样纯洁热烈的情感，交织出边疆社会上种种可歌可泣的故事，已足够使人拍案叫绝，技巧和想象差一些，也不足以减少它的力量的。所以我希望对文学发生兴趣的边疆青年，都应该从表现边疆社会万象为出发点，而不应该跟着人家写恋爱的故事，或吟弄月的事体。这三点很浅薄的意见，我不敢保险我说得对，说得好，不过尽一番抛砖引玉的责任罢了。

承编者的好意，要我为校刊写篇论著的文章，但是在春假中我的身体不大好，并且时间也很愡促，再加以我自己的浅薄，当然没有像样的东西写出来，只好拿这篇东西来塞责，还请大家来多多的指教的。

从文言的学习谈到对古典文学的欣赏[1]

文言，是中国古代的书面语言，为了从古代的典籍中去了解中国古代的文化，或者是从古典文学作品中汲取有益的营养，丰富和开拓知识领域和精神境界，我们现在仍然从中学开始，在语文课程中适当地要学习一些文言作品，借以达到会通古今，取精用宏的目的。虽然由于古今语言的差异较大，学习中不免存在一定的困难，但通过自小的学习，出于民族的自尊心和实际的需要，这种一时的困难，会被逐步克服，终于对这种文字的理会和应用，达到娴熟的程度。

中学生在受完中学阶段的教育后，大多数将要从事理、工、农、医各科的学习或其他实际工作，其中除了少数对古典文学艺术有偏好的人以外，他们只要能阅读有关文言的书籍和资料，就不再需要进一步的研习；而继续从事文科专业和写作的人，则还

[1] 原文载于《青海教育》1981 年第 3 期。此篇为整理者首次辑录。——编者

有一个更上一层楼以推陈出新的任务，这就更要从欣赏古典文学作品入手。因此欣赏是踏入文学艺术之门的重要道路。

那么，怎样去欣赏古典文学艺术作品呢？中国古代的文学批评家刘勰在他的《文心雕龙·知音》篇里说："凡操千曲而后晓声，观千剑而后识器，故圆照之象，务先博观。"

通过一千只以上曲子的演奏，才通晓音乐的声律；经过一千把以上利剑的观摩，才看出兵器的利锐。这是多么广泛的过程。读文学作品也是一样。这里他指出欣赏的第一步，必须从多种文学体裁、风格的比较观摩和分析判断入手，而后才能识作者的甘苦，得文家的用心。这样的赏鉴，便会把自己的思想感情融汇到作品的艺术境界中去。

这里不妨举个例子来加以说明。王勃在《滕王阁序》中说："杨意不逢，抚凌云而自惜；钟期既遇，奏流水以何惭？"

这里他先以司马相如自比，叹惜没有引荐他的人；又以俞伯牙自况，表示幸而遇到阎都督的知音。他所提到的知音，在文学欣赏上是一个极其重要的问题。刘勰慨叹知音千载难逢，汉武帝虽读司马相如的《子虚赋》，飘飘然有凌云之志，但终不能理会其讽喻之旨；而钟子期一听到俞伯牙鼓琴，便欣然道出其高山流水之情。他对音乐的欣赏，俞伯牙感到旷世难逢。对文学作品的欣赏，同样是如此。刘勰说："世远莫见其面，觇文辄见其心。""夫志在山水，琴表其情；况形之笔端，理将焉匿？”无论作者是古代的，异国的，我们欣赏他的作品，都是通过其表现的艺术形式而深得其用心的，这就是体会其真正的思想感情。从博观到精阅，由知音到通变，是对文学艺术欣赏逐步深化的过程。通过这样的方法和步骤，便会使人们的欣赏达到完满的境界，这是需要欣赏者长期的艰苦努力和钻研的。

一部或一篇成功的文学作品，同时必然是一件完美的艺术品，能给人以深厚的美感，从而收到教育的效果。这种艺术品，既是生活现实的一种反映，又是人的思想感情的结晶，同时也是艺术风格的流露。读者通过自己的感官，对它仔细认真地加以观摩、体验、分析、品味，使作品所表达的思想感情，在自己心灵中引起共鸣。这种高明的欣赏，是以深刻的观察体验为基础的，它必须通过对文学语言、艺术形象、艺术规律、美学思想等的深入分析，才能对它的艺术性有深切的领会和感受。这样的欣赏，不是凭简单的分析所能达到的。但不知从什么时候开始，在我们的课文分析上，出现了一时代背景、二作者生平、三作品的思想性、四作品的艺术性，甚或是阶级局限、警句摘录等公式化的分析方法。这既不符合文学作品的内在规律，也把文学史上继承与发展的联系切断，而孤立地去分析评论作品。每篇作品之后都少不了这个格局，千篇一律，使教师在教过两篇以后，也觉着索然寡味了。须知文学的艺术风格是因时因人而各异的，不根据每篇作品的具体思想感情和艺术形象作具体分析，便不能引导学生获得真切的美的享受。

欣赏文学艺术作品，实是一段审美的过程，不能只作简单化、机械化的分析，而要通过欣赏找出艺术规律，区别艺术风格，并追求出其高尚的意境，把人的精神升华到可能高的境界。文学作品的艺术性，不仅限于艺术技巧，所以欣赏分析起来，并不那么简单容易；审美的标准，有时也很不一致；审美判断，也有偏有正。因此往往是仁者见仁，智者见智，互有出入。一般是从形象思维、逻辑思维和艺术风格等方面入手的。所谓形象思维，是通过塑造生动活泼的形象来刻画人物性格，表达思想感情的。为此，一般运用赋、比、兴的手法。形象以外，更应当重视意象。意象是形象的延伸，透过形象，悟出更深远的境界，引人入胜，意味无穷。庄子文章在海阔天空中，塑造出一飞九万里的大鹏形象，而南海的浑涵渺茫，更在此形象以外，真是神思飞越，莫可捉摸。这样的艺术手法，非形象思维所能尽。庄子所标榜的最善最美境界是超脱现实的绝对自由（这个境界当然是不存在的），读了他的文章，使人感到哀乐无端，惘然自失！说明他能用这种艺术表现手法，把他的思想感情感染给千载之下的读者。又如苏东坡说的“味摩诘之诗，诗中有画，观摩诘之画，画中有诗”，诗成了有声的画，画成了无言的诗，同样是以形象引申出意象来，深远而有情致。感情是个抽象的东西,但借物寓情,感情也就形象化了。在文学欣赏中，不免兼有品评，而主要是摸索玩赏，获取美的享受，从而得到熏陶与教育。但是这种欣赏，必须要深入到作家所创造的艺术境界中去,这就是所谓“钱文入情”,通过作者的文辞,深入体会其思想感情，一直达到“心游目想，移晷忘倦”(梁·昭明太子萧统语。应当是目游心想，这里他为了协调平仄故云然)。通过欣赏者这样的活动，便会在自己头脑中把作品的内容再现出来，这不是简单的分析所能够达到的。

文学作品的艺术风格是多种多样的，而作家用以修辞的方式，也各具特点。在目前的这套中学教材的文言篇章中，比喻作为修辞的手段,特别突出。如荀子在《劝学篇》中,把深奥的道理,寓于浅显的比喻之中。这篇文章一提出“学不可以已”的论点后,马上就运用青出于蓝、冰水为之、木直中绳的一连串形象而浅近的比喻，借以说明君子博学三省而知明行无过的道理。他还在每段开头设喻，以启发人思考，最后归结到论点，顺理成章，十分贴切。他论为学之功在于日积月累，正面提出积土成山，积水成渊,而反而又以“不积跬步,无以至千里;不积小流,无以成江海”为喻，接着再用“骐骥一跃，不能十步，驽马十驾，功在不舍”,更进而谈到“锲而舍之，朽木不折；锲而不舍，金石可镂”，形成显明的对比。他论到为学要专心一志，便以螾（蚯蚓）和蟹对比，前者“无爪牙之利，筋骨之强”，而能“上食埃土，下饮黄泉”；后者有“八跪而二螯”，而“非蛇蟮之穴”，则无可寄。最后得出“目不能两视而明，耳不能两听而聪”的结论，反复设喻，形象生动，辞顺理彰。以设喻为修辞技巧，从先秦以来，就很盛行，或以隐喻显，或以小喻大，或以古喻今，或借此喻彼，或借远喻近，引类取譬，妙趣横生。如韩愈《马说》借马喻人，深沉警策；龚自珍《病梅馆记》借梅喻人，托物言志，致慨遥深。至于设喻为讽，则又与寓言旁通。庄子的寓真于诞，寓实于玄，大鹏高腾九霄，郢人运斤成风，以具体的事物或技艺，阐明抽象的道理，自然是寓言的妙致。而孟子的“揠苗助长”“以五十步笑百步”；韩非的“宋人沽酒”“守株待兔”“买椟还珠”，讽喻深刻，也极富教育意义。这种用浅近故事，取譬寄意的手法，既不直说，也不点题，更具有讽刺意义。文言中取譬的修辞技巧，确乎是奥妙无穷，既能发人深思，又觉轻松愉快，得到美的享受。这在诗歌中同样是如此，如白居易《琵琶行》中以“间关莺语”“幽咽泉流”“冰泉冷涩”“银瓶乍破”“铁骑突出”等多样生动的形象比喻，将优美变化的声响，纯熟高超的演奏技巧，用文学语言再现在读者面前，不仅刻画出琵琶女高超精湛的演奏技艺，令人屏气止息，沉浸于音乐美的享受之中，而且与下边他们两人沦落漂泊的凄凉身世和停奏后的寂静无声的艺术境界两相映衬，悲凉凄楚。其感染人的力量，异常深厚。这是我们在学习和欣赏中值得特别注意的一点。

另外，与此相应，对于诗歌与文章在音韵节奏方面的美感作用，也需要仔细领略。如韩愈的《进学解》，语言精炼，音韵优美，声调铿锵，令人百读不厌；孟子、荀子、韩非文章的排比整齐，节奏分明，声调抑扬，与诗歌一样，同样令人有享受音乐美之感。所以学习文言，最好教学生经常诵读课文，在默读之外，更要重视朗读，久而久之，便会使他们在了解字义和形式之外，还能领会出字面意义所未能穷尽的美感来，从而加深对文学作品的爱好和欣赏水平。

文学欣赏，要涉及到作品的各种体裁和风格，上面只谈到有关中学文言课文中的某些共同的方面，以见一斑。举一反三，则有待读者的循例以求了。

从语言学角度阐发老庄思想妙谛的论集
——《老庄衍论》评介[1]

胡安良教授，在青海民族学院从事古汉语教学，已逾30年，于汉语语法以迄训诂、修辞，多所论述。近10年来，他于教学之余，又从语言学、语义学、语音学、语法学与美学角度出发，对中国古代《老》学与《庄》学以及后来与儒释相融合的玄学思想，加以类比疏解与会通，陆续成文23篇，现在把它收集起来，编为《老庄衍论》一书，作为民院成立40周年献礼。现在全书已经由民院正式印行，我得以先读为快，并想就此做一点介绍。古今来论老庄学说的专著和论文、注疏，几至汗牛充栋，触类旁通，代有发明。但从现代语言学的角度来阐释其思想义蕴而推衍以广之并及于言意之辨，则不仅对老庄思想的崇尚自然，别有会心，而于其语言妙谛，更显得意味深长。就这点来讲，胡先生这部论集，

[1] 原载于《青海民族学院学报》1990年第2期。《黄河远上：李文实文史论集》（商务印书馆，2019年）亦收录此文。——编者

可说是蹊径别辟，自具一格了。

我对哲学本是个门外汉，但从哲学史发展来看，《老》学与《庄》学融合，并衍变而为魏晋新道家的玄学，是有一个历史过程的。胡先生这个书名，便包含了这个历史发展衍变过程。现在既然要我写篇文章作为介绍，则有必要把这个过程，先加以简略的阐述，裨读者便于明其本来，观其会通。

在我国先秦诸子当中有《老子》（其作者究为老聃或李耳，目前尚未定论）一书，当战国时已成显学，其后又有了《庄子》（其中内篇属庄周作，外篇中多杂有其后学作品）。两家之学，在有些方面，略具有共同点，但在汉以前，并没有道学和道家的名称。汉初，盖公、曹参都崇尚《老子》的清静无为，而窦太后尤好黄老之言，这就形成了盛极一时的黄老之学，把“道贵清静而民自定”的理论与实践，上溯及于传说中的黄帝，这自然是汉初在大乱后民生凋敝的社会背景下的产物。在这种现实思想和政治的影响下，司马谈写《六家要旨》，便以先秦的阴阳、儒、墨、名、法诸显学加上道德为六家，这个道德家流派，便是此后《汉书·艺文志》中的道家，它实际即是《老》学，黄帝是后来被附加上去的。《老》学盛行于汉初，到汉末社会出现了动乱，儒家衰微，当时名士，以老、庄明自然，多祖尚虚玄，便与《庄子》相融合，于是黄老之学遂衍变而成为《老》《庄》并称的道学。其所以在此时能融为一体，一是由于老、庄都承杨朱的余绪，杨朱特重不伤生，老子以有身为大患，而庄子则“齐死生、同人我”，这就是在魏晋之际政治社会不安定的时代背景下三家所以合流的缘由。于是何晏、王弼援老入儒；阮籍、嵇康，达庄通老，遂以儒家的《易经》合《老》《庄》为三玄，产生出了新的思辨哲学——玄学。同时佛学也于这时期传入中土，当时方士与神仙家之流，把佛教的思想教义和仪规移入了道学，而把《老子》奉为《道德经》，把《庄子》奉为《南华经》，于是便有了道教的产生。老、庄的并称，儒释道的互补，便形成了思辨性较强的魏晋玄学。玄学虽把人们的思想引向了唯心主义，但也丰富了中国哲学的内容。魏晋玄学讨论“本末有无”的问题，便在论证中提出了“得意忘言”的新方法。胡先生在本书中对这个方法的论证与诠释，便是把老、庄并称的思想和玄学有机地联系了起来，也就是把道家（包括新道家）的哲理和语言文学自然地融为一体。

汉初黄老之学是崇实的，而至老庄则偏重于务虚（其道清虚以自守），至魏晋而一意尚玄，便把道家哲学的唯心主义成分，几乎发挥到了极致，而原来黄老之学的唯物主义成分，也就是它的务实的部分，后世虽还不无余响，但在实际政治上却不免归于衰微了。

我在以上的叙述，虽然还欠完善，论证也不尽准确，但胡先生以老庄并列且下及于玄学的脉络，则似乎可以粗事连贯了。

《老子》一书，只是一些简短言论的汇集，篇章之间，也无紧密联系。但这些简短的言论，语意隽永，含义深远，在可解与不可解之间，其推论似不明晰，而常能发人深思，余味无穷。《庄子》的文章，汪洋恣肆，其譬喻与例证，尤多富于暗示，这种含蓄不露的方法和简而不繁的妙言隽语，构成了中国古典文学表达方法的高度艺术化。这我想就是胡先生把道家哲理和语言文字联系起来的内在原因。在这里他把老庄辞致深远的文格，又和《易经》的立象尽意和系辞尽言的义蕴加以对比论列，最后更深入到言意之辨的新命题，深入浅出，真正达到了陶渊明“此中有真意，欲辨已忘言”的自然境界。而庄子的以理化性，托物寄情，物我俱化，形神坐忘，都在胡先生的笔下得到了具体的分析和深刻的体察。

老庄的语言观，以语言为无用，而他们又不惜辞费地留下那么多妙言隽语和宏篇巨制，这难道不自相矛盾吗？我以为这一方面是“为学日益”的体现，而另一方面又是“为道日损”的表达。《老》学的损之又损，期至于无为。但这个无为，最终却是无不为；老庄又都讲无我，而无我却终是为我的极致。因此对道来说，语言尽管无用，而“筌者所以得鱼，得鱼而忘筌；蹄者所以在兔，得兔而忘蹄；言者所以在意，得意而忘言”。言语毕竟还是达意的工具，并不因为它的言不尽意而说它完全无用，只是说明其最高境界是不言之言。言语期在达意，只要谈道者互有会心，言语便算是多余的了，何况人生妙谛，非言语所可能毕达呢？片言悟道，方是真谛。

自来中国文学史家，对老庄文学的辞致深远，精炼含蓄及其崇尚自然的风格，多有阐述，特别是对庄子的才华杰出，想象丰富，造句修辞，瑰奇曲折，南溟北海，气象宏阔，更给予了最高的评价。我也深以为庄子以庖丁解牛，喻养生之道；以匠石运斤，伤知音之难遇之类，寓言巧妙，情致澹远，在先秦哲理散文中独具一格。今更益以胡先生此集有关语义、语境、语法、审美等方面的论证，不仅对老庄的哲理，有更进一步的深解，而且对其语言文字的风格，也有新的对比和分析，丰富了文学史的内容，加深了文章声色格律的探讨。

最后，我感到有一点不足的是由于这部文集不是一部专著，而文章写成的时间，也先后不一，因此在总体上，虽也都互有一定的联系，相互映发，左右逢源。但是这种联系，并不完全密切无间，而且在有些地方，还不免前后有点重复，不过这于全书的主旨，并无任何违碍之处，也就可以不论了。

青海汉语方言试探[1]

一、引言

方言是因地域之间的隔阂而形成的语言变体，一般所谓方言，均指地域方言而言。

我的家住在化隆县甘都镇，同循化的积石镇只隔一条黄河，但我们两处的方言，便在口音上大不相同，甚至有些词语也互有差异，这件事从小就引起了我的兴趣。其后到了西宁、兰州，更远及于南京、上海、陕西、四川，方言纷陈，各具异彩。而在上述各地，又接触些湖、广、闽、浙的文人学士，凡夫俗子，则更感到"南蛮鴂舌""呕哑嘲哳"，有些连听也听不懂了。这才觉得中国之大，风土之异，五方之民，言语不通，对互相之间的交往，造成了很大的隔阂。同时我在书面语言中，又发现到古今言殊，不仅是一般的口头交谈，就连读书，也存在个怎样会通的问题。

[1] 原载于《青海民族研究》1991年第4期。《黄河远上：李文实文史论集》（商务印书馆，2019年）亦收录此文。——编者

这就是扬雄《方言》的所以成为“洽见之奇书，不刊之硕记”了。[1]

使我更感兴趣的是在我读元、明杂剧和明、清小说中，竟然发现了那里面许多方言，完全和现代的青海话相同。特别是1946年初，我到重庆，有天晚上，我和同学方诗铭同去神仙洞新街文通书局编译所顾颉刚先生处，恰好张苑峰（政烺）、杨拱辰（向奎）二位在那里谈《金瓶梅》作者问题。张先生谈那部小说中多山东方言，很有可能其作者是个山东人。我当时有部崇祯本《金瓶梅》，便把其中与青海话相同的方言抄记了起来，想透过它来测试一下青海汉语方言的由来。1950年居苏州，更从元杂剧和《西游记》中，抄录了不少与今青海话相同的材料。不幸这些材料后来都归佚失了！

自1979年起，我又有机会在青海民院教中国古典文学，又陆续把逢到的有关这方面的方言俗语随时抄录了一些，但已不像以前那样完备了。我虽不搞语言学，但这些有关青海汉语方言的资料，却不无参考之处，因不嫌简陋，就己所见，先粗草成这篇概述性的文章，为下文作以铺垫。

二、语言与方言

语言是人与人之间互通信息和交流感情的一种工具，它是用声音和手势等表达出来的。但光有了声音和表情，还并构不成

[1] 详见郭璞《方言注序》。《方言》全名《輶轩使者绝代语释别国方言》。

语言，因此语言学家们说它不只是人类本身一种自主的、有意识的行为，而且还是一个人类社会的传统结构，一种语言的产生，至少是上千万人的共同生活所演变成和大同小异的互通信息的方式。而且这种互通信息的方式，还随着时代而有所变迁。[1] 这种变迁，便是前面提到的“古今言殊”。

语言既是属于人类社会的传统结构，因此它跟民族是属于历史的范畴一样，是属于人类文化范畴的一门学科。光研究语言本身，而忽略其与人类文化的关系，是孤立地看待这个问题。中国人过去从形、声、义三方面研究这个问题，是就汉语的书面语言着手的，因而其所探讨的只限于古今语的音、义变迁和文字的形体演化，而其有关历史、地理与风俗、习惯和宗教信仰等因素，则均少所涉及。直至近代西方学者把语言学的研究范围，扩展到民族学、社会学和人类学方面并相与结合起来加以研究后，汉语研究也便与此相联系，并在这个基础上有新的发展了。[2]

当今的语言学把世界范围内所流行的语言，分为五个大的语系，其下再分语族和语支，表明其不同的系属关系。其中汉语属于汉藏语系，为汉民族的共同语。在汉语中，据《方言与中国文化》一书所载，这里面包括有官话、吴语、赣语、客家话、湘语、闽语、粤语等七大方言。我看这只是一个初步粗略的分法，

[1] 详见赵元任《语言问题》，商务印书馆，1980 年。
[2] 详见周振鹤、游汝杰《方言与中国文化》，上海人民出版社，1986 年。

实际上历代政区的划分，并不能概括方言区，如江苏自武进（常州）以西，包括苏北、皖北等广大地区，实属于楚语方言区；而湘西、鄂西以迄贵州、云南北部都属于蜀语区。然此也仍是大致如此，说明方言的分布，并不受当前政区的界限。青海汉语方言是一个小区，这本书里并未具体谈到。据我现解，当包括在官话一类中，官话是北方的共同语，青海虽也在北方地区，但青海的汉人，自来并非土著。其语言族属，似尚未能执一而论。就方言而言，自以地域为主，但就移民而言，则不仅地以人迁（如渠搜被迁至朔方，西晋北方州郡被侨置在江南），而且它的民族文化、风俗习惯随之迁移到新地，仍保留其原地方言或略有变异。如现在的青海汉语方言，仅遗留有江南、江北以及山西、河南、四川等地方言,即是与移民有密切的关联。大抵聚居则语言变迁不易，零星分居则易受同化，这也是一条语言变迁或异化的通理。青海汉语方言细分起来，尚有多种同时并存，但亦都具有了本地区特点，虽非原貌，而踪迹依稀，对研究青海移民及其文化传统，不失为一条重要的线索。

方言演变的另一种是语言的差异，这包括古今语音的演变和地方间语音的差异。这里我想举两个突出的词语作为显例：

（1）青海方言中把凡事物达到极致的称为“胡都”，如胡都“大”、胡都“美”、胡部“歹”、胡都“狠”。在此的反面也一样，如胡都“小”、胡都“坏”等等。这个词语的来历，向来得不到解释。前两年读丁鼎丞（惟汾）先生的《方言音释》[1]，才恍然领悟到这是因古今音异而形成的异写。扬雄《方言》卷一记载说：

华、荂，晠也。（荂亦华别名，音夸）齐、楚之间，或谓之华，或谓之荂。

《方言音释》说：

华、荂古音读胡库，为擭橐（古音渠徒两音）之叠韵音转。《尔雅·释草》：“擭橐含，华荂也”。华荂为叠韵，可合言，亦可分言，合言为华荂，分言则为华为荂。华荂两字，皆为鄂（古音读都，俗作突）之叠韵假借。《诗·小雅·常棣》篇：“鄂不韡韡”。《传》云：“鄂犹鄂鄂然，言外发（为翻之双声音转）也。”《笺》云：“承华者鄂，不当作柎，柎，鄂足也”。晠为盛之异文。《说文》：“荣，华盛也。”华盛即华承。晠即《尔雅》之含。卷六：铪，受也。受，盛也。犹秦晋言容盛也。华荂所以容盛华瓣，故《尔雅》又谓之含也。[2]

[1]《方言音释》，齐鲁书社，1985年。
[2]《方言音释》（卷一），齐鲁书社，1985年。

自来《方言》的注家都以华荂的音为胡瓜切,而其义划在木为华,在草为荣。而唯独丁氏辗转推释,溯其古读,合则为胡库,分则为都。同时华荂两字,皆为鄂的叠韵假借,而鄂的古读为都,俗作突,其读音为“胡都”,正与今青海方言相同。同时它的含义为受盛或容盛,同于现在的尽善尽美。当今青海口语中的“胡都”为形容词,用到美则为尽美,用到丑则为奇丑,则两用之,而其本音未变。就此来说,“胡都”可说是古音的犹可探寻者,只因未解华荂皆为“鄂”字的叠韵假借,便失其古读,丁氏可谓独揭不传之秘,而发千载之覆!

(2)关于地方之间语音的差异,如凌晨称侵早,杜甫诗“天子朝侵早”;贾岛诗“门尝侵早开”。而青海方言则作清早,如说“大清早晨”或“清早巴晨”,“晨”均读“甚”(shèn),早晨读“早甚”,四川也是这样,但他们说“清甚巴早”,而青海则说“清早巴甚”。清早当为侵早的异读,而晨读为 shèn,则当为地方间口音之异。又如柳条所编提篮,上海话叫栲栳(kǎo lǎo),河州话和循化话都叫 kǎi lǎo(楷栳),而我家和循化只隔一条黄河,却叫搕拉(kě lá)。至于河西走廊一带读“出”为“哭”,读“北”为“憋”,也是地方口音的演变。

青海方言尚有一个地方特点是称谓的随时演变和多种语言的混合。青海的汉人先后都是由内地迁来的,这里地处偏僻,交通不便，风气闭塞，一般都安土重迁，认为“金旮旯，银旮旯，不如自己的穷旮旯”。而外地人除了做生意的只有些走江湖卖艺的。把这些外来人本地人概称为底下人。起初我还不知道这是啥意思，后来到了成都和重庆，他们把外地人叫脚底下人，文明一点的叫下江人，这我才知道这个称谓的含义。说脚底下人有点贬义，中国的地势本来就是西北高而东南低，居住在上江的人自然不免感到自己要高人一头。但他们连甘肃青海人有时也混称为脚底下人，说明这只是个混同的称谓，已渐失其初意了。青海作为一个闭关自守的地域来说，从对外来人的称谓上，也有这种特点。笼统地称外来人为底下人，只是就区别于本地人而言。分起来则称山、陕帮商人为山西“客娃”、陕西“客娃”，这叫抬举的称呼。“客娃”还是藏语掌柜子的译音，所以当面又称为掌柜子，商人之间则又称为李大、张大，这是随山陕习惯的。除了商界外，社会上一般叫外来人为“哇哒啦”（谓说话哇啦哇啦，不好懂）或“拉猴儿的”（先前河南人来此地的，都是随马戏团来耍把戏的，有的个人则多是耍猴子戏的）。这两种称谓，虽各有其来历，但多少含有点贬义，另外还有一种地方性的称呼，如称兰州人为沙锅子（兰州人普遍用阿干镇沙锅做饭、炖肉）；称新疆人为口外客、缠头；称循化人为茶麦子（循化汉人喜喝麦茶，把小麦炒黄碾碎煨茶，叫茶麦），以至于称河州八坊的人为巴扎或老巴扎（维吾尔族称集市为巴扎，这里则作为商人的称呼）。又与底下人相对比，称西宁一带的人为炒面头（是笑话他们未见过世面，光在家里吃炒面。以后外来的人多了，本地人也称自己为炒面头）。上述这些口头的称谓，都有一个时兴的阶段性，就现在来说，几乎都成了故实，知道的人已很少了。还有些职业性的称谓，如对挖金子的雇工叫沙娃，赶脚的人叫脚户，做皮货的人叫毛毛匠，接生婆为老娘婆，补锅匠为咕噜锅等，这也都已成了过时的黄历。至于割巴（屠家）、噶拉（铁匠）、曼巴（医生）、木化（女婿）等，则是袭用藏话；奶努（奶奶）、艳姑（青年妇女）、博儒（老人）、巴家（朋友）等，则是袭用撒拉语。如此等等，都是民族杂居地区方言中特有的现象。

民族杂居地区的方言，还有一种特殊结构，就是两种语言并列为词，如皮胎夹哇、闪麻豆儿、让太磨儿、拉麻粯耜、炒面糌粑等，都是藏汉混合语。另外还有音变的转化语，如藏语称梨为强阿里，是长把梨的音译；西宁话把不成材的人叫浪千或浪日干，则又是藏语杂种犏、牦牛的音译（犏牛、牦牛杂交至第三代，犏牛叫噶日巴，牦牛叫牦杂，都已退化不顶用，而脾气又乖扭，一般都作食用。母牦牛与公黄牛相配，其第三代为噶日巴；母黄牛与公牦牛相配，其第三代为转多罗；公牦牛与母犏牛相配，所生为牦杂）。噶日巴和浪日干都是藏语，汉人用它来称呼脾气乖扭和不成材的人，但已不知道它的语源了。

这类两种语言重叠的现象，在书面语言中亦同样存在。如今之塔里木盆地，古代叫吐火罗，因吐火罗人居此而得名，是第一层次；后来叫莫贺延碛，是第二层次；再后叫塔去拉或塔克拉，是第三层次；现在中国叫塔里木，外国人叫塔克拉玛干大沙漠，实际上莫贺、马干都是突厥语的沙漠。中国古书上有时还译作寞合、莫河，现在柴达木盆地中还有个农牧场叫莫河。敦煌千佛洞叫莫高窟，亦同此例。塔克拉玛干大沙漠的叫法，叠床架屋最为典型。这种语言现象，现在仍然如此。如当拉藏语意为当岭，但汉语叫当拉岭，蒙古人译当拉为唐古拉，而汉人又称为唐古拉山。青海的“海”本义为海子，即是湖的别称，但现在又定名为青海湖。大坂为蒙语的山口，而汉名又加个山字。藏语的“曲”，本就是河（水），但汉名叫却札曲河、治曲河等等，可说是不一而足。这些都是由于多种语言同时存在而形成的，另有的远来移民，因年久而失其原来语言，仅残留部分语汇的如黄南州同仁县保安四屯中的吴屯人，原是明初由江南迁来的汉人，现在则讲保安语，但有一些汉语仍夹杂在其中，这更是青海汉语方言中另一特异现象。

三、青海汉语方言传播路线与方言区

今青海省是公元 1929 年由甘肃省西宁道属和原青海办事长官所属牧区所建立的一个新省区。它在三代属雍州，是羌戎和匈

奴等族生息活动地带，至汉初开始设置郡县，汉人才陆续移入湟水中下游地带。自南北朝起，黄河、湟水和浩门河流域，羌戎、卢水胡、鲜卑、党项、吐蕃等与汉人杂居。元明间蒙古、回回、撒拉和江南一带的汉人陆续移入青海东部，其中大部分是屯军和移民，也有些是充军的刑徒。清代平定罗布藏丹津反清事件后，从河北、山西、山东、河南四省充发罪犯几万人来青海，其中可能多数是汉人，这就形成近代青海东部各族人口的基本布局。由于先后迁入的人口，来自南北两个地区，加上四川、陕西、甘肃一带自然流入的部分人口，便是青海东部各方人口的组合。解放后则由于支援和开发边疆，五湖四海的各族干部群众，都进入了整个青海地区，昆仑山下，江河源头，都有了内地的干部与工人以及人民解放军，其中大部分是汉人。本文所要探索的也是汉人聚居地汉语方言的分布和变化。

汉宣帝时，赵充国留军屯田湟中，其屯军无疑是陇西一带的汉人。这部分汉人和唐代的边军和移民到宋、元之间可能大都被本地土著族的羌藏等族所同化或融合殆尽，所有解放前居青海的汉民，基本上是明清间移民的后裔。加上回民和部分土族和撒拉族都说汉语，因此汉语通行的地区颇为广泛，汉语方言也就更为多元化了。

方言与移民有较密切的联系，因此我想粗略地把青海汉语方言与它传播的路线联系起来加以考察。青海古代和内地往来的路线，最初是自甘肃临洮经今临夏渡黄河入民和再经永登入乐都到西宁的；南北朝至隋唐间或由临洮直从黄河南经同仁、贵德、贵南渡河入海南；或由临津渡河经民和西沟入乐都与西宁；从明初开始，靖远与兰州黄河上都有了浮桥，兰州与河西走廊及民和间，才有了直接的通道。因此现在的民和汉语方言，与兰州话最为接近。另有一条商道是从四川的成都经阿坝直达海南的贵德，这是南北朝间吐谷浑商道的遗辙。至于从黄河上放木筏至包头，其回程则或至兰州，或至凉州（武威），并不直接入青，所以和移民与语言的传播，没有直接的关系。

移民入青，从内地来的大多是汉人，而且是集体移屯，沿交通线并无散居。凡在沿线分散留住的，则都是流民，他们的语言，经相当一段时间后，在方音或口语上，便被当地区所同化。无论是集体移屯或陆续零星流入，除口语随地变异外，而语汇或词语则都保留有一定的原语，可供我们推求这些居民的由来。解放前青海汉族，基本是在明清间由江南和中原地区迁入的，而商人则无论是商屯或个体户，均以山、陕籍为大帮，其在都市者，口音均未大改变，唯居湟源和贵德而入籍者，则多所变异。本地回民则统称汉人为中原人或汉儿人，有的还沿用辽、金、元时旧称叫囊家歹。囊家为南家的音译，金时称南宋为南官家，简称为南家。

《至元译语》称汉儿为札(托)忽歹,称蛮子为囊家歹,拉施特《史集》作 Nangias。因当时南宋偏安江浙、湖广、江西数省，在汉文记载上称为南人。回民来自中亚，在元时为色目人之一，故对汉人的称呼，犹沿当时金、元的习俗语。犹如现在的维吾尔、哈萨克称汉人为“黑大爷”，也系 khatai 的音译，即汉译的乞塔、契丹。元时以宋、金疆域为分界，称河南、河北汉人为契丹，而称南人为囊家歹，“家”南音读嘎（Ga）。回民入中国后逐渐改说汉语，其口音也分别改随各地汉语方言，并保留有一定的阿拉伯词语。

就交通路线来看青海汉语方言的分布，只是口音的演变和差异。若以此来粗加划分，则约可分为三大片：第一片是沿黄河在省境下游的民和县赵木川、马营三川，循化的积石镇，同仁的保安，尖扎的康杨李家，直至贵德的河阴镇，所有汉人口音大致与甘肃临洮和临夏地区方言为一系而各有所演变。第二片是民和上、下川口，乐都、化隆地区为一系，与兰州地区方言有较明显的联系，但也有各自的演变特点。第三片是平安、西宁、湟中、大通、互助、门源及湟源地区为一系，多保留原始移民的口语。至于西部和南部牧区的汉人，则是本世纪中才先后零星移入，且人数很少，大都改操蒙藏语，都不在此例。

区分青海汉语方言的最主要依据是词义和方言本字的保留。就此而言，青海方言中称妯娌为先后，这种称谓见于《史记》与《汉书》;又如称舅母为妗子,妗为舅母二字的合音,亦早见于《集韵》;后汉班昭嫁曹世叔，和帝称为曹大家，家古音读姑，今青海汉人之妻普遍称夫之姊为大姑子，妹为小姑子。扬子《方言》:“女谓之嫁子。”《诗经·周南·桃夭》篇:“之子于归。”《传》云:“之子，嫁子也”。嫁子即是姑子。《周南》《召南》是采自自关而东以迄江汉之间的风诗，姑子的古称，自然来自于中原，而青海汉语相沿至今，渊源可谓甚古。其他如称山羊为羖䍽(《本草》作羖䍽),或又称羯羖。对于羖,《说文》与段注，均不得其解，唯《本草》谓多毛曰羖䍽，即羖䍽、羯羖之声转。另如今青海、甘肃、陕西骂人无本领为“鬆”，如懒鬆、下鬆以至于坏鬆、呆鬆，但不知道原字是什么。按《方言》卷三有云：

“庸谓之倯，转语也。”《注》:倯，犹保倯也。今陇右人名孏为倯。

倯，相容反。《方言音释》解释说：

倯，俗作鬆，不紧张谓之倯。庸倯古为同声，今为叠韵，故云转语也。注云保倯者，保倯即保庸，上文云保庸，上云保庸谓之甬是也。孏，俗作懒，懒人动作不紧张，故谓之倯也。

庸后世作佣，《汉书》上说司马相如在卓王孙家“与庸保杂作”，就是说与佣人一样。上文对这个“倯”字的解释，既考证出它的词义，又考出它的本字，使我憬悟到青海汉语方言中还保留有最古的音义。与此相类似的还可举个例子，如青海汉人叫唤鸡时发出“啁啁”的音，今按刘劭《风俗通义·佚文》说：

呼鸡曰朱朱。俗说鸡本朱氏翁化而为之，今呼鸡皆为朱朱也。谨案《说文解字》：“州，二口为讙，州其声也，读若祝。”祝者，诱致禽畜和顺之意，州与朱音相似耳。

这个例子也是很古老的。不过最流行的汉语方言，还是以元、明以来的为多，我拟就元明杂剧和话本小说所载，分吴语、中原语、蜀语和外来语与本土语四类在另一专文中加以举例详作论述，借以探索其系属和来历。

西陲地名的语言考察 [1]

一

我国西北地区，从新疆到青海、甘肃、宁夏以迄陕西，自古以来是多种民族生息活动的地带。因此许多地名到现在仍保留着多种原始语言的汉译或是辗转移译，其音读既多变异，不易准审，而其名义更难确释。

我国自汉以来，为了读通古书即有了训诂，是从古文字的语音和形体来对其含义和变化加以解释或说明，以后遂发展成为“以语言释语言，初无时地之限域，且论其法式，明其义例，以求语言文字之系统与根源”（黄侃语，见黄焯编《文字声韵训诂笔记》）的训诂学。这是就汉语的古今语而言的。但中国自古以来就是一个多民族国家，因此训诂学也包括了对多种不同民族甚至是外国语言的解释。如郭璞注《尔雅·释诂》所说“此所以释古今之异

[1] 原文载于《中国历史地理论丛》1994 年第 1 期。此篇为整理者首次辑录。——编者

言，通方俗之殊语”。清代学者陈澧则说得更为确切：

> 盖时有古今，犹地有东西，有南北，相隔远则言语不通矣。地远则有翻译，时远则有训诂，有翻译则能使别国为乡邻，有训诂则能使古今为旦暮，所谓通之也。(《东塾读书记》卷十一)

我由此得到启发，近年来对西陲古地的名义曾试加探索，但这种考据牵涉到历史、地理、语言、文字和民俗等方面的知识。特别是在语言方面，有时还需要上溯到匈奴语、羌语、鲜卑语、回鹘语、突厥语、梵文雅俗语以及西藏语、蒙古语和西夏语等，这不是一般所可能办得到的，因此也只能从某一方面就某一地名试作考察和解释。这种方法是通解古地的不二法门，自宋代以来见于记载的如《羌尔雅》《番尔雅》《译夷语录》《蕃汉语》等，都可以说是这方面的嚆矢。至于《华夷译语》《西番译语》《五体清文鉴》《西域可文志》等，则是我们所常要去查看的字书。近代以来外国学者通过对音来考求中国地名的古今异译的颇多，虽然这个方法难度很大，容易出错，但若持之以严谨的态度，则仍是可以信据的。

二

我曾从民族语言这个角度，对中国古史上有关现在青海、甘肃地区的一些地名，如析支、渠搜、三危、榆谷、敦煌、乐都、化隆及莫贺、莫高窟、九曲等进行了初步的探索与考订，颇为这方面有些专家学者所重视。通过对这件工作的尝试，使我认识到地名学不仅与历史地理学密切相关，同时也是文化地理学的一个组成部分。诸如民族、语言、经济、人口、宗教、城市以及军事等方面，都有关于文化的产生、发展、变迁和分布与影响。即以我以上所考察的地名为例，其有关于文化传播、民族迁徙和军事形势者其大。

（一）三危

三危地理，古籍记载不详。一谓在西倾鸟鼠；一谓在河西敦煌。我依据《禹贡》:“导黑水，至于三危，入于南海”和“三危既宅，三苗丕叙”的记载，论证此黑水即今发源于唐古拉山南的那曲，其下即为怒江直至缅甸入海；又怒江至缅甸境内，今称萨尔温江，清代记载称为萨尔乌音河。姜亮夫先生依《天问》及清人论述，认定萨尔温即古代三危的对音[1]，这完全和黑水入南海的记载相符。又古籍以河关西南羌地为三危，而三危既宅，三苗丕叙，是三危即指今青藏高原而言。钱宾四（穆）先生《古三苗疆域考》曾说：

《尚书》言舜鼠三苗于三危，又称分北三苗，而吴起则谓禹

[1] 见《楚辞通故》第一辑地部三危条。

灭三苗。舜禹事迹，正在河陕之间，与三苗疆土同域。《隋书》志党项即三苗，后分北三苗，别其部落，离其党类，以销其势也。[1]

党项故地，即在今大积石山南果洛州地区，而与唐古拉山接壤。如斯则古所谓河关西南羌地，实指今甘孜与西藏而言。唯清康熙帝以前藏、后藏及喀木为三卫（危），犹不免踵汉译之误，三危应依“萨尔温”从音译为是。若果我的这个推断和论证尚可作为依据的话，则古代民族的迁徙与后世的互相融合与发展的痕迹，当不难一一理出其端绪了[2]。

（二）敦煌

汉武帝于元狩二年打开河西走廊通道，初置武威、酒泉郡，这是中西交通史上的一件大事，在政治、经济、文化及军事上都有重大影响。随之又分武威、酒泉地置敦煌、张掖郡，通称河西四郡。我国河西走廊在古代为匈奴、关、月氏等族生息活动地域，其地名多存有羌胡语言，如祁连为匈奴语、张掖为羌语、合黎为突厥语等，向为世所公认。所谓名从主人，自春秋时以来，即成定例。而汉文记载，当时即误以为“敦，大也;煌，盛也”[3]。实际上经我多方查询，今藏语“朵航”其义即为诵经处，也就是说

[1]《燕京学报》第12期。
[2] 详见《中国历史地理论丛》1988年第一辑《〈禹贡〉织皮昆仑析支渠搜及三危地理考实》。
[3]《汉书·地理志》注引应劭《风俗通义》。

寺庵所在既然在汉武帝开敦煌郡前，此地即已存在寺庵，按就印度佛教最先传入龟兹、于阗而言，则由西域东传至敦煌，其事即顺理成章，而所谓诵经，也必非佛经莫属，其寺庵自亦非佛寺莫属。假使佛教在汉武帝时即已传抵河西走廊，则所谓永平求法，当指佛教经典的传入中土，而中国人开始信仰佛教，当更在此以前。因此《魏书·释老志》所载有关佛教东传传说和牟子《理惑论》对明帝感梦求法传说的叙述，似乎均不无迹象可寻。近世比较严谨的佛学史学者，对此都持否定或存疑的态度，这是无可非议的。但若就我对敦煌释名的这条线索，更从古文字、古迹以及有关中外记载，更进一步加以考察，或许继有一定收获。果能如此，是循地名以阐明东西文化的交流，其意义的重大，自不仅在名义一端了[1]。

（三）九曲

九曲一名，其最早起于传说中的《河图》，所谓“黄河水九曲，长九千里”乃指黄河全流程而言。而以九曲为地域名，则始自唐代。《新唐书·吐蕃传》说：

（金城）公主至吐蕃，自筑城以居。拜（杨）矩鄯州都督。吐蕃外虽和而阴衔怒，即厚饷矩请河西九曲为公主汤沐，矩表与其地。

[1] 拙作《敦煌与莫高窟释名及其他》，见《青海社会科学》1988年第5期。

九曲者，水甘草良，宜畜牧，近与唐接。自是虏益张雄，易入寇。

这个九曲，后世多以为是汉文名称，而把其地域，只限在今共和与贵南同德之间，这和当时哥舒翰收复九曲故地，设立神策、浇河、宛秀、宁边、宁塞、武宁、耀武、威胜、振威诸军的地域范围不合。据我考察，九曲即今黄南的隆务河（又名保安大河）。隆务是藏名，保安是汉名，都是后起的俗称。隆务河藏语为“勾曲”，汉译则为九河，原来这条河，上游由九条支流汇合而成，其流程只及今泽库、同仁、尖札和循化四县境。其名称来历当源于此，而就唐代以此为中心，设立一大军事防区，则从洮州的神策军及洮阳军直到宛秀城的威胜军以及九曲军、独山军，便和东面的耀武军及东南的神策军、漠门军连成一线，所谓河西九曲防区，在地理上自成一个单元。这对了解唐蕃军事势力的消长和其在军事上的战略意义，十分重要[1]。所以随后把哥舒翰当时所部，统称为九曲军，当这支防军在安史乱起后一东撤，唐蕃在这个地区对峙的形势，便骤然变化了。所以弄清九曲名称的含义与来历，有助于说明当时唐蕃之间的形势，也不难看出地名学实际意义的一斑了。

三

我还曾考订了榆谷和甘谷岭两个古地名，《汉书》记载大小

[1] 详见拙作《黄河九曲新考》，载陕西师大《唐史论丛》第一辑。

榆谷，土地肥美，又近塞内，为烧当羌与汉军相持的重要后方。向来只就汉名求其含义，莫能确指其地域所在，后来我以为现在的黄南地区藏语称为热贡，而元、明以来汉文记载称为控工川，与莽拉川并称。因此我会意到热贡、控工都是榆谷的今译，则榆谷也原为羌语的汉译。宋时在今循化道帏沟内有一公城，榆谷、一公、控工、热贡，都是一名的古今异译。就后世热贡这一地域的范围而言，则明以来热贡十二族活佛和昂贤所辖，包括今黄南全州和循化及甘南夏河部分地带。而汉代所谓大小榆谷，大榆谷即指今泾库、河南和贵德东部与尖札南部地区，而小榆谷则指今同仁及夏河甘加一带而言。所谓热贡十二族，系就后世藏族政教合一体制下的族分而言，它自与近世中央王朝政区的划分并不一致。但我们根据原始的地名含义，去考察了解历史上一些问题，确可以补旧史记载的不足。

另外如甘谷岭，古史上曾记载有“甘谷岭，北有鸟鼠同穴”语，我就此以推论白兰风土，确定甘谷岭即今天峻县关角牙壑，今藏语关角即甘谷的对音。关角今释为其峰颠有似一方墩的地物，似一部甘珠尔经供在那里一样，这当然是后来的意会，不足以为典要，但我根据这个地名却定白兰古地在今果洛州地区而不在都兰地区，其意义自当更值得重视了。

附录一：回忆文章

忆新斋
——为新斋逝世一周年纪念而作[1]

马新斋君逝世，转眼已一年了。回忆他生前与我们同聚的欢乐，他那副温和慈祥的音容，宛然又如在眼前，实在令人有人生如梦的感慨。一个人生在世上，有了很大的抱负，下了很大的决心，十数年如一日地辛苦地读着书，希望将来作一番事业，以贡献给社会国家。但是自古好事多折磨，当这个种子正在萌芽生长的时候，忽然来了一阵暴风雨，将这个嫩芽摧残得尽净，使他再没有生长的机会，永远的安息了。希望成空，雄图难再，这岂仅是他一个人的不幸和悲痛吗？

我和新斋虽然同是青海人，但和他的认识，却是在到南京来以后。时间仅仅是短短的一年半，所以也谈不上什么知交。不过，因为是同乡和同班的关系，见面的时候很多，所以也会亲密

[1] 原载于《蒙藏学校校刊》1937 年第 16 期，第 19—21 页。此篇为整理者首次辑录。——编者

过一个时期，满想这一种亲密的感情，能够永远地保持下去，岂料病魔一到，我们这段感情，便成了昙花一现。

新斋的家庭，据说很好，所以他在小时候即是一个娇养的人，所以对于吃苦耐劳的训练，比较差一些，因此他的身体，可以说是很文弱的。他自从到南京后，一方面因为水土不服，一方面因为生活不惯，身体便常常害着病。但是他自己因为求学心切，对于病体，未加深切的注意，所以老现着那样似好未好的状态。直到民国二十四年的下半年，他的病体便渐渐地不支了。他自己虽然尽量想办法医治，而病况仍然是日重一日。临到那年学期考试的时候，他还是挣扎着要做，但是他在这时，已经面黄肌瘦，元气大伤，每天总是昏昏迷迷的。同学们为顾他永远的安全起见，便劝他到调养室调养去。于是他在考试刚开始的那天早上，接受了大家的劝告，到调养室去了。他去了以后，我们因为每天在为分数拼命，所以去看望他的时候很少，虽然调养室离我们那么近，大约是那一周的第四日晚上的我，独自一个人乘空去看望他。一座三间房子的病室，两面的两间房子内静悄悄地空着没有一个人，只有几只床，他在那里很安静地睡着。只有最当中的一间房里，有一只床上，微微地突起着一条大红被子，前面有一个小电灯，很凄凉伴着睡在这个红被里万里作客，而得着重病的游子，当我到他的床前轻轻地叫了一声新斋的时候，我又看见他那憔悴而慈祥的面容了。

“你来了吗？……坐下，”他有气无力地说。

“医生给你怎样说的，究竟是害着什么病？”我问。

“你看……”他用手指着头跟前墙壁上的病单。

于是我便很细心的看下去，“脊髓炎、胸膜炎、腹膜炎、肺炎……炎……炎……炎……”“天！哪里来了这许多炎？”我在看过后，默默地在想。我很失神地静默了一会，便用了“这些病都是不可靠，请他不必顾虑”的话安慰他。但是他那清澈的泪珠，一点一点地往下滚，我不禁的也难过了好些时候才辞了出来。此后，有两三天我再没有去看他，有一天早晨，忽听得王大才同学说，他已经到中央医院去了。但是事情偏那样的不凑巧，听说当时中央医院因没有空床，仍然把他送了回来。所以，我又在那天晚上去看他，他这一次给我印象最深刻的，便是他的几句谈话。当我在快要告辞出来的时候，我安慰他不要胡思乱想，安安静静地养病。不料他听了我这句话之后，便哭泣着说道：“同学们都以为我在想家……想媳妇……其实家里何曾有个……媳妇……实在是没有的事，我一点也没有想呀！”我听了他这段真情流露的话以后，非常的感动。同时，也很懊悔我的失言，我便用闲话抛开了这些，安慰了半天才退了出来。当出来的时候，我还说隔两天再来看他，哪里想得到这一面竟成了永别的呢！

后来他到鼓楼医院去调养，同学们多去看他，而我再始终没有去一次，这一点我至今还觉得深对他不起的。

记得是一个清风凄凄的早上——是我的伤风感冒病刚好的早上，严不猛队长说，昨晚接着鼓楼医院电话，马维邦同学的病加剧，希望他的知友一二人，随同队长一同前去看望。于是王子英、李醒侬、汪永润三位同学出队来到队长室去，我们也很担忧地回到教室里来。隔了一会儿，王子英同学来说新斋已于今早（一月十三）一时余病逝医院，队长叫他们系为预备大殓云云。于是，我的脑筋里忽然想到新斋一个人养病的孤苦，及在临闭眼时无人接受他遗言的悲痛情况。去了！去了！新斋便这样毫不留恋地去了！

他的遗体，当天就在医院搬来，暂停放在迈皋桥后面的村里，本班的全体同学，在那天阴风习习的夜晚，曾跑去向他的遗体默默地行了三鞠躬礼。听说第二天学校便葬了他，他的后事，便这样简单的结束了！

新斋治学的精神怎样，我是不大清楚。但我曾看见他对于记日记一项，从来没有间断过，一直到他病重得不能思索的时候止，我们还能够看到他新鲜的笔迹，这是很可以值得佩服的一点。

最后我还得谈谈他的为人的态度，关于这点，我曾在他日记的首页封面上，看见过这样几句话："素富贵，行乎富贵；素贫贱，行乎贫贱；素夷狄，行乎夷狄；素患难，行乎患难。君子无入，而不自得焉。”这当然大家都知道是《中庸》上的话，而他特别写在日记的卷首，无疑地代表了他半生为人的态度。我们看他平素那一种不同流合污、嫉恶怜贫的性格，也很合他“素富贵，行乎富贵；素贫贱，行乎贫贱……”一贯宗旨的。

光阴如水一般地过着，春夏秋冬也不断地互相换替着，刚刚看见了鲜艳的春花，而一转眼便又见他零落了！但花落了，可以等明年再开。我亲爱的新斋去了，再向何处去找呢！

一九三七年二月五日夜

记姚名达先生[1]

抗战以还，学者之殉国者，前唯师范大学教授吴承仕检斋，后即中正大学教授姚名达显微也。二君死事之壮烈略同，而身后之哀荣则微异。吴氏宿儒硕望，且系章门高足，门生故旧遍天下，故当其殉难也，率多有所表述，国府缅怀忠烈，曾颁褒恤之典，而朱遏先（希祖）先生，更有《天都烈士歌》（见《民族诗坛》某期）之作，碧血丹心，足昭千古，吴氏之学，既自成一家之言，得此益足以不憾矣。然当姚氏之丧，除新闻记者偶有报道外，余仅见叶青君追悼之文一篇，记者等于其人之学，既以经济学家目之，而叶君之文，亦只述近两年之所知，均未足以尽其人。古人云："读其书不知其人可乎？"是则吾辈稍读其书者，又乌可无记。

今年夏，日寇为防卫其本土之遭空袭，故挟其数师团之兵力，攻掠我浙江沿海各埠，以破坏盟国空军根据地，当其初犯也，其

[1] 原载于《读书通讯》1946年第83期。《黄河远上：李文实文史论集》（商务印书馆，2019年）亦收录此文。——编者

势汹汹，一时浙东西、赣北均告警，我军防战各线，备极勇烈，而地方靡敝，人民尤深流离之苦，于是泰和国立中正大学有战地服务团之组织，驰赴前线慰劳伤兵，并从事宣传及救济难民工作，团员三十九人，均奋发有为，志切报国之青年，其团长即姚显微先生也。

该团系于六月二十五日出发，赴赣北前线劳军，初乘轮至吉安，姚氏为争取工作时间，故于二十八日先率领一部分团员，驰赴樟树，旋又于七月四日赴桐木县第一线工作。当时敌寇倾崇仁、宜黄及南城所有兵力，猛力西犯，于是荷湖圩便成为敌人必经之要道，而姚氏服务团所从之某军，适在此与敌人遭遇。先是，某军长以形势将有变化，劝其先走，该团以军中救护无人，未之应，及战事白热化，双方均以死力争夺山头，每一据点，均得而复失者再。战局之突兀变化，混乱紧张，均非彼辈所可想象，遂使该团与战斗部队脱节，而迷入荒山，复不幸在山中遇大风雨，团员因而患疟疾者数人，旋经人指引，暂奔石口，欲转新淦，适又于山道中逢一牵牛农人，自称为石口人，乃引众人至其家。姚氏以四百元之代价命其去雇一船，其人去久未返，或有疑其为敌探，众咸以仁者之心度之，同时患疟者又正发高热，势又不能行，乃卧地休息，其中以二人睡门口，以代守卫。午夜，守卫者朦胧中忽为人所执，急起以板凳击走之，盖敌人之侦探也。当时未及远离，乃闭门而坐，团员均心悸，姚氏一一安慰之。数分钟后，敌寇十九人来敲门，姚氏令二团员抵门，高声以须保障同学生命及女生清白为开门条件，而置自身于不顾。寇未应，弹从门隙入，门破寇拥入，姚氏一面拔所佩剑杀敌人，一面令女团员等自杀，免为所辱，同时团员吴昌达力抱一敌人，而曾广谧飞凳狙击，不稍屈，当毙敌人二，然终以手无利器，曾君负伤，姚氏及吴君均殉难，其余男团员被俘者三人，女团员二人，均自杀未遂，因亦被俘，时七月八日事也。其被俘男团员三人，继在三江口殉国，血战突围而生还者，仅曾君等四人，闻姚氏临危，犹高呼"打倒日本帝国主义"及"中华民国万岁"！呜呼！烈矣！临难不苟，斯人有矣，亦足以见其学养也。

姚氏等殉难后两周，噩耗始达泰和，中正大学当局及其夫人，闻耗赶赴石口，于新淦郊外临江一小庙中入殓。七月二十八日晨六时，灵榇抵泰和，中正大学全体师生及江西省党政各界人士，均迎于上田码头，由胡校长步曾主祭，旋于十时移灵校内，停于该校大礼堂，全校师生，复行奠灵祭，多泣下沾衣者。三十日公祭，八月五日举行追悼会，于六日公葬于杏岭，杏岭山色，从此偕先生以不朽矣。其服务团另一部分团员及在石口突围者，则由副团长王伦继续领导服务，以竟姚氏未竟之志云。

姚氏出身于清华大学研究院，曾从梁任公学。其在学术界知名，自增补胡适《章实斋年谱》（商务）始，盖其早用心于浙东史学也。浙东史学，自黄梨洲（宗羲）先生以还，率重文献之搜求及学术史之编著，梨洲上承宗周，下开二万（斯同、斯大），尔后谢山（祖望）、二云（与桐）继起，私淑师传，绍述家学，于是浙东史学，称全盛焉。及章实斋出，发明史法，识见特超，益发扬而光大之，故言清代史学，浙东人才最盛，近人治浙东史者，群推张尔田孟劬及何炳松柏丞。姚氏于二公为后起，而用力最勤，其学长于谱录，除增补《章实斋年谱》外，尚著有《章实斋年谱》《邵念鲁年谱》《朱筠年谱》《刘宗周年谱》《目录学》及《中国目录学史》等（以上除《章实斋年谱》在《国学日报》二卷四号发表外，余均商务出版），盖纯然专家也。其中《中国目录学史》最晚出（二十六年七月十一日脱稿），内容亦最富，首叙论，次溯源、分类、体质、校雠、史志、宗教目录、专科目录、特种目录等，凡十篇，均叙述甚详，其结论一篇，则对学界述其感想，致其希望，虽自以为非成熟之作，然其用力之深，亦可见矣。

抗战而后，在后方不常见其文字，因而后方读者，知者甚少。据叶青君之述，则知其年来颇用力于“三民主义史理学”之探讨，何谓史理？姚氏之言曰：“人类的活动叫做事……其对当时有关系，对后事有影响的，才有资格被记载下来，这可名之曰史事，记载史事曰史记，被记载的文字与被保留的遗迹，一般叫作史料。

搜集史料加以鉴别考证或著作，一般叫作史学，其实应该改名曰史法，应用史法写成之书曰史书，根据史料史书或现状以研究史事发展的因果关系，得到一定的原理，应正名曰史理，研究史理的基本观念曰史观，根据史观以解释史事的基本原理，而不过细分别，这或可叫做史事哲学。”（见八月四日？重庆中央《扫荡日报》叶青追悼姚名达教授一文中引）溯名定义，仍是章氏史法之遗，惜未见其成耳！

姚氏著书极虚心，而好学尤出其天性，其《中国目录学史》自序有云：“虽然，吾之著作，非以猎取功名，亦非为博得升斗，正因学力孱弱，窃欲借此多读专门之书，以自营养耳。忆昔清华园中，涵芬楼下，优游修习，其乐何极！而不幸一遭倭燹，再罹乱离，内增家室之忧，外乏图书之豢；犹复妄据讲坛，漫刊空论，驯致荏苒五年，学无寸进，其不合流同污，与狗争骨也几希！及乎妻死家残，故交乖戾，然后恍然于傲骨之不容于媚世，而实学又不足以称其虚名也，乃有折节读书之志。”此证之何炳松先生所谓“他（指姚氏）今年夏天为了研究章实斋冒暑到绍兴去，到杭州去，我又看见他这样热心地努力学问，甚至辞去各地学校的聘请，单身自备资斧，留居上海，一心向学问上努力，我们看到现在中国学术界的情形和一般社会的风气，对于达人先生这种心胸，哪能不肃然起敬呢？”（见《增补 < 章实斋年谱 > 序》）益可见其对学问之认真。当其著《中国目录学史》时，亦曾辞复旦教职，专赴杭州写作，至于箪瓢屡空，典质俱尽而不顾，其于著作力求精审不稍苟且，则始终一贯，此永可为后学之模范者也。

姚氏有夫人巴怡南（濑泉）女士，结缡尚不及五年，而其殉难之顷，夫人又适在产后，夫有志圣贤之学，而竟遭惨死，不获偿其志，是人世之至可痛者！虽然孔门之学，以仁为归，求仁而得仁，于先生又何憾，特后生来学之治浙东史者，失一导师，为可惜也！

此文系去秋客北温泉时所作，其中死事经过，均据夏间渝市各报记载。自以读姚氏书少，不足以尽其学，故久藏行箧，未敢示人，近以一年以来，尚无叙其生平之作，诵刘孝标“魂魄一去，将同秋草”之句，甚哀其志，因检付本刊发表，志景慕云。癸未冬作者附记。

顾颉刚先生与西北[1]

吴县顾颉刚先生，毕生从事古史研究和古籍整理工作，为中国古史的研究，丌创了新的道路。他在清儒博人精深的“文籍考辨学”的基础上，建立了自己独具卓见的“层累地造成的中国古史”的学说，对近六十年关于中国古史的研究，产生了巨大的影响。他虚心而广泛地联系团结各方面的学者和师友，先后编印了《古史辨》七册，第八册《古地辨》也由饶宗颐先生选编出目录，因在抗日战争中印刷困难，未能出版。《古史辨》的编印，形成了当代有关古史研究的一个重要学术流派——古史辨派。顾先生为此曾自己创立朴社，除了印行《古史辨》外，还先后刊行了《辨伪丛刊》多种，由中华书局出版，把清代学者姚际恒《古今伪书考》以来的辨伪工作，提高到新的水平。

顾先生还继承清代学者关于舆地之学的研究成果，通过对

[1] 原载于《青海社会科学》1982 年第 3 期。《黄河远上：李文实文史论集》（商务印书馆，2019 年）亦收录此文。——编者

《禹贡》《山海经》和《汉书·地理志》等的研究与探索，“采获旧闻，考迹诗书”，把从顾炎武、顾祖禹、胡渭、杨守敬诸家以来的沿革地理，赋予了新的也是年青的生命，开始建立了崭新的历史地理学，对中国几千年来的历史自然地理、历史人文地理和区域历史地理等学科，进行了广泛的研讨，特别是对疆域政区的变化，民族的迁徙和变迁方面，取得了富有系统的成果，有些地方，超越了前人，启示了后学。

顾先生早年就开始研究《尚书》，他发现其中《禹贡》篇是在战国走向统一时代的地理记载，把它作为大禹时代的作品，则是一种美化的理想。继此顾先生研讨了汉以来中国的山川和疆域，联系近百年来日、俄、英等帝国主义对我边疆地区的蚕食，他特别注意到其间有些学者，实以学术研究的招牌，为各该国帝国主义侵略制造舆论和借口，于是他于三十年代前期，发起组织成立了“禹贡学会”，发刊《禹贡》半月刊，既把中国古老的舆地学转化为年青的历史地理学科，又针锋相对地批驳了帝国主义者的谬论,这特别引起了日本朝野的注视,把《禹贡》学会成员称为“禹贡派的人们”。这样，顾先生便接触和重视到了“边疆学”。他一面从古籍材料中探讨有关问题，一面又进行实地考察，从不把自己关在书斋里。由于日本帝国主义对华北的着着进逼，他又组织“通俗读物编刊社”，编写《二十九军大战喜峰口》等说唱作品，宣传抗日，鼓舞民气，并发刊《大众知识》月刊，介绍祖逖、荀灌娘等民族英雄，挞伐认敌作父的石敬瑭，因而为日本华北驻屯军所侧目，把他列入“反日”派的黑名单内。七七事变前夕，在宋哲元的紧急通知下，他单身秘密离平，才得避免罹入魔网。他关心民族兴衰，毅然走出书室，号召团结各民族一致对外，在当时影响及于国外。

早在九一八事变发生后，东北易帜，国人重视西北的开发与建设，一时爱国忧时的知识分子，纷纷到西北地区进行考察活动，促使当局的注意。顾先生也在这时和当时北平研究院总干事李润章（书华）、研究员徐旭生（炳昶）等经山西、河南到了关中盆地的西安，从事考察和讲学活动，并积极宣传抗日救国，受到当地人士和青年学生的热烈欢迎。这是顾先生足迹首次踏上西北高原。他曾写有《西北访古记》一篇专著，后来刊载在《开明二十周年纪念论文集》中。更重要的是他对民族问题的研究，其中有关伊斯兰教问题，是他首先提出来的，就是说他把民族和宗教问题，纳入了他的研究范围之内了。

继此之后，日本侵略军势力侵入内蒙察绥地区，顾先生又曾与刘半农、谢冰心等到内蒙访问，与当时绥远主席傅宜生（作义）将军和蒙古王公德穆楚克栋鲁布等会晤，从此与傅宜生结了深交。顾先生到处搜考地方史料，他发现王同春在河套兴修水利的事迹，曾写成了《王同春开发河套水利记》，刊载在《禹贡》半月刊上，堪为顾炎武《天下郡国利病书》之续，其关心民生利病，与那位乡先辈固无二致。

卢沟桥事变前一年，我在南京蒙藏学校上学，顾先生应当时中央大学校长罗志希（家伦）先生之邀，与胡适、陶希圣同来南京讲学，我认识顾先生，便是从此开始的。他以我是西北青年，热情给予鼓励，并嘱我为民俗学会搜集有关民俗资料，和徐芳与方纪生联系。卢沟桥事变发生，我回青海在蒙藏师范等校当教员，恰好顾先生也于1938年初来青海。他当时是中英庚款董事会所聘请的西北教育设计委员之一。同来的还有陶孟和、王文俊两先生。当时青海文化教育界曾召开欢迎大会，他们三位都在会上发表了演说，阐述青海在中国历史上的战略地位和抗日战争中的重要性，是青海建省后第一次接待专家学者的讲学，为青年学生们开阔了眼界。随后还陆续到当时西宁中学、中政校西宁分校、回教中学（昆仑中学前身）等参观访问。最后他们鉴于青海地方教育的落后，教师和教学设备的缺乏，建议由庚款会指拨专款，在西宁设立完全中学一所。后定名为湟川中学，由王文俊先生任校长，刘鸿宾任教务主任，同时开设英文、德文、藏文三种语文课程，并设立幼稚园和附小，经费充足、设备齐全、师资充实，后成为青海首屈一指的中等学校。该校毕业生有很多后来陆续考入中大、重大、兰大、北大等大学，成为地方建设骨干人才。为这个学校的筹建，顾先生还曾偕戴乐仁、梅贻宝等委员再来过西宁一次。当时虽然交通条件很差，他还到湟中县塔尔寺和互助、民和等县考察民族、宗教等情况。他临走时，还为我赠写了一副对联，联语是："万山不隔中秋月，百年复见黄河清。"可惜在"四害"横行时和他在以后给我写的立轴横幅等，都被付之一炬了！

顾先生离青海后，继续在甘肃兰州、临夏、临潭、夏河、渭源一带考察，并主持办师资训练班，随后回兰州，作久居打算。顾先生在西北，很重视民族、宗教等问题。据临潭一位朋友说，顾先生在临潭旅居时，曾为西道堂题"清真西大寺"匾额。而且还写有两副对联，其一为"立教化民为天下法，以身殉道作百世师"。是为西道堂道祖马启西所作的赞语。另一副为"有大人致知学问，行君子克己功夫"。是为当时教主马明仁、敏志道等写的。还曾有一副中堂，是一首五言律诗，唯记其首两句是："不染维清洁，有源理自真。"这些题字和题诗，向为西道堂教门珍同拱璧，也都毁于"四害"横行期间。他们还切想重由顾先生题额，不料先生已遽归道山！在那首题诗上所署的时间是"一九三八年六月"，我记得王树民的《洮岷日记》上曾录有顾先生几首诗，其中有句云："榴红照眼忆乡关，已染胡尘不欲还。"证以上面所署年月，此诗也正是这期间作的。他旅游洮、岷，在鸟鼠山、西倾山之间往来，登边墙，望长城，访边民，察习俗，不仅对“披发左衽”、长城边墙的实际形制有所考察，而且对“鸟鼠同穴”“西倾因桓是来”的含义，别获新解，因而意兴奋发，精神振作，欣然作诗说：“新来学得延年术，直上西倾挽岁寒。”可以想见这次万里之行对顾先生振奋作用之大。《浪口村随笔》即是在此期间的考察记录，以今证古，独多新解，为孟姜女研究的进一步开拓。

先生在兰州等地考察后，与陶、戴诸先生向庚款会提出建议，在兰州设立科学教育馆，由袁翰青教授任馆长。陶先生等回内地后，先生移居甘肃学院，如当年顾炎武的居华阴，有终老之意。日常与陇上耆旧张鸿汀（维）、慕少堂（寿祺）、水楚琴（梓）、裴孟威（建准）、邓泽民（春膏）等相往还。对张著《陇右方志考》《陇右金石录》、慕著《甘宁青三省史略》等书，极为推许。后来并拟由齐鲁大学国学研究所校点翻印《甘青宁三省史略》，以抗战期间印刷困难不果。陇上人士和青年学生等以先生为宿学硕望，争相归之。

当时国共统一战线建立，谢觉哉先生任八路军驻兰办事处主任，谢老与顾先生互相往还，引起CC系在兰分子的嫉视，密电重庆告发，蒋介石给先生来电查询究竟，于是先生不安其居。他很慨叹地对人说：“国民党内的派系之见，连我也感到头疼。大敌当前，总要以国事为重嘛！”不久，他便应云南大学之聘，到昆明教书去了。他卜居在昆明郊区的浪口村，将在西北的考察所得和见闻，陆续写成随笔，后来发表于齐鲁大学国学研究所《责善》半月刊,其中有一部分在解放后收入《史林杂识（初编）》中。

后来有位同辈老先生对顾先生的离西北，颇表惋惜，他曾对我说：“顾先生在西北，当地人士拥为士表，奉若神明，如文翁之在西蜀，子夏之居西河，正好安心讲学，闲户著书，何必栖栖惶惶，奔波于成都、重庆之间呢？”他实不知道顾先生是被迫离开那里的。

1940 年春，青海省保送一批学生，到四川、云南报考大学和边疆学校及训练班等。我当时报考成都金陵大学，初到成都，顾先生恰好已来成都齐鲁大学主持该校国学研究所。他听说青海有批学生过成都，便老远地从华西坝跑到城西区八宝街来看望大家，并在当晚联同中华基督教青年会边疆服务部主任、齐鲁大学文学院院长张伯怀，在齐大设宴招待全体同学，并发表热情洋溢的讲话，勉励大家努力学业、建设边疆。

次年，顾先生在成都发起组织中国边疆学会，他特约我们几个青海学生参加。当时在成都的有关史地、考古、人类、民族、宗教、社会、语言等各方面的知名学者，都出席了这次会议，公推顾先生为理事长。我在这次会议上认识了韩儒林、李安宅、于式玉、蒙文通、马长寿、冯汉骥诸先生，还通过顾先生认识了由西大来蓉的黄仲良（文弼）先生。会后决定在成都某报上发刊《边疆周刊》，由李安宅先生任主编。以后城固、昆明两地的专家学者闻风兴起，也分别成立了同样的学会。顾先生赴重庆后，统一在重庆设立总会，成都、城固、昆明三地都改称分会，总会发行月刊一种，并编辑边疆丛书，由黄奋生负责日常事务工作。在同时顾先生还主持边疆文化运动委员会工作，协同喜饶嘉措大师等编写了不少有关资料。

边疆学会实际上是《禹贡》学会的继续或可说是一个部分。抗战发生后，《禹贡》学会被迫停止工作，在抗战的具体环境和要求下，边疆学会的工作，偏重于边疆的开发与建设，主要是做好调查研究和民族团结等工作。1948年顾先生到兰大讲学，又成立西北分会，并在《和平日报》上发刊《西北边疆》周刊，由谷苞、吴均和我负责编辑。这说明虽然在旧社会的条件下，文化人很难有所作为，但顾先生毕生以之的精神，是值得钦服的。

中国有广大的边疆地区和许多少数民族，不仅是历史自然地理、历史人文地理，值得进一步考察研究，而且是复杂的民族宗教等关系和其在国际上的特殊意义，引起人们的重视。我们现在似乎还没有建立起“边疆学”这一学科。顾先生晚年多病，已无暇及此，但他所倡导和开创的这条道路，我们应当继续走下去。

顾先生1948年第二次来兰州，还不是专为继续他的边疆研究工作，而是另有迫切的任务。原来兰大是在抗战胜利当年，由教育部决定在原甘肃学院的基础上扩建成立的一所颇具规模的国立大学。任命著名生物学家、前西北农学院院长辛树帜先生为首任校长。辛树帜先生是一位气魄宏伟，热心教育事业的教育家，在他辛勤擘划下，于次年正式成立了具有文理学院、法商学院、兽医学院及医学院的国立兰州大学。他从南方各地聘请了很多专门学者，并请顾先生任历史系主任，顾先生一时不能来，由史筱苏（念海）先生代理。这个学校成立后，曾与地方集团势力发生矛盾。辛校长看此情况，先把由盛彤笙先生任院长的兽医学院，单独设立起来，然后于1948年春去南京请示。就在这时，当地集团势力，在一些人的挑动下，以所谓的兰大外省籍教授排斥当地师生的莫须有的借口，唆使本地部分学生将史念海教授在殴打后，强扭其当日离校。后来又包围正在开会的教授会，大打出手，当场打死湖南籍学生一人，打伤教授数人。文理学院院长程裕祺先生腰椎被打断。一时外省籍师生纷纷走避或离境，全校陷入混乱停顿状态。在他们看来，这样辛校长势必辞职，不敢再来兰州。谁料辛校长在闻讯后，与教育部所派督学钟道赞赶来兰州，并请顾先生一同前来，在兰大讲学。

在当时西北行辕有关当局的支持、调停和辛校长的奔走努力下，瘫痪了多时的兰大又恢复上课。更通过顾先生以私人资格请地方人士张鸿汀、裴孟威、水楚琴、邓泽民等从中斡旋；并劝慰外省籍教授为西北文化教育做出贡献。再加上他正式担任了历史系主任，为历史、国文二系开了《楚辞研究》课程，安定了教学秩序，活跃了学术空气，弦歌之声又洋洋盈耳了。

顾先生讲《楚辞研究》，听者满堂，连社会上有些人士都专门来听讲。顾先生将重点放在《离骚》《九歌》《天问》三篇上，对《离骚》中的悬想，《天问》中的神话，都给予了精辟的分析和推断。特别是那中间的一些神话、传说的来源，都根据《山海经》等加以阐述。顾先生颇怀疑《楚辞》中多数作品的真实性，不仅是对《远游》《渔父》等产生的时代有怀疑，而且还对《天问》是否为屈原作？也不做肯定。“离骚”为“劳商”的对音，我也是从先生那里听到的，那还是在抗战期间的重庆。这次讲课继续了半年，那时我记有笔记，今已片纸无存，无法追忆了！

那年夏天，正值裴文中先生第二次来西北考古，拟与兰大合组考察团前往敦煌考察，顾先生和我都预定参加，届时顾先生因事不能分身，我也以先生在兰未去。先生当年底离兰时为张鸿汀题敦煌卷子，有“者回到得兰山下，又赋高山仰止篇”之叹，以两次来兰，都未去敦煌为憾！

顾先生此次来兰时，史筱苏已去西大，唯林冠一（占鳌）、王树民在。顾先生尝以瓜州之戎为九州之戎，瓜九古同音，但未知瓜州的所在。这次从林冠一先生处闻知秦岭南坡有一民族号叫“瓜子”，遂确定这就是瓜州之戎的后裔，并以为再游西北的一大收获。我在前年秋季看到先生《史林杂识（初编）》后，曾致书先生说：“瓜子”之称乃指憨厚戆直的人，与俗所谓“傻瓜”异义，因西北方言称“傻瓜”为“咒世”，“傻瓜”实是内地语。先生回信深表赞同，谓当照改，具见先生的谦德虚怀。

那次顾先生在年底回沪，历史系事务，暂由我料理，他想以后有机会再来。他离兰前，兰大昆仑堂办公楼和礼堂大楼，与积石堂（图书馆）落成，顾先生在一夕之间，为此写了两篇碑记，文末铭文用骚体，音调铿锵，雅有楚风。他平素除了笔记外，不大写文言文，像这两篇文章，还是少见的。

1950 年，顾先生在上海写一本有关西北古代历史的专著，来信约我去上海帮他整理材料。据我回忆，关于《穆天子传》的作者、白兰地望的考证等，就是在那时作的。当时他也已开始整理《尚书》的工作，为了考求古文字的古义，他先从顾炎武、江永、孔广森、江有浩等有关古音学的著述着手。对于古书，以谐声解诂，即音求义，清代学者，所获独多。顾先生治史，兼及文字，可见他为学的根本。

就在那年秋天，他又应西大校长侯外庐、武功农学院院长辛树帜二先生之邀，到西北讲学一次。可见先生一生对西北地区的热爱和对文教事业的关注。回沪后，他曾对我谈他此行的经过，并对辛先生的大力培养农科专门人才备极赞扬。

顾先生先后四次到西北，印证了许多历史上的史实，特别是在民族史方面。除了西戎与吐谷浑、氐诸少数民族在中国史上的活动变化情况外，还先后写成了《东汉的西羌》（载萧一山主编《经世》月刊）及《从古籍中探索我国的西部民族——羌族》（载《社会科学战线》1980 年第 1 期）两篇专门论文。后一篇文章贯通今古，引证翔实，为今藏族史的研究，做出了重要的贡献。其中据段国《沙州记》论证西秦所设沙州，即在浇河郡境内，更发前人所未发。我在先生的这个启示下，写成了《吐谷浑历史上几个问题的考察》一文，具体考定沙州故址即在今青海贵南县的穆格滩（藏语叫穆格塘），也即是《宋书》所称慕贺州，慕贺、莫河、穆格，均一音之转，其义为沙漠。刘元鼎使吐蕃，也提到莫贺延碛尾，亦即此地。今蒙语称沙漠为莫贺，其语源当出鲜卑语。据此则沙州为汉译名，而慕贺为其本名。可惜先生已不及审定了！

以上仅就一时记忆所及，追叙了先生对西北边疆的考察与研究活动，所不及知的可能还很多。

怀念马辅臣先生[1]

马辅臣先生逝世已二十多年了。他在本地区来说，是一位富有开创性的工商业家，在公益事业和民用工业以及地方教育事业等方面，均表现得积极热情，慷慨大方，同情人民，造福桑梓，至今为人所怀念。

他同时是一位开明进步的爱国人士，他在 1949 年青海解放和新疆和平起义过程中的积极行动与卓越表现，深为当时中国人民解放军第一兵团司令员王震将军所赞扬。青海解放后，他又在西北军政委员会和中共青海省委领导下，对安定地方秩序，促进地方建设和加强民族团结等方面的工作中，兢兢业业，勤勤恳恳，克尽了自己的力量，做出了应有的贡献，堪称开明人士的楷模，中国共产党的忠实朋友。

[1] 原载于《青海文史资料选辑》1989 年第 18 辑。《黄河远上：李文实文史论集》（商务印书馆，2019 年）亦收录此文。——编者

一

跟所有历史人物一样，由于历史条件的作用和影响，马辅臣先生一生的经历，也是极其复杂和曲折的。

他的故乡,在今甘肃省临夏县。公元 1883 年（清咸丰四年），他出生于该县漠尼沟大庄的一家农户内。他的父亲名福良，是后来甘肃提督马安良的族弟，母亲马氏，是后来曾为青海省主席的马麒的妹妹，他名佐，弟兄六人，他居长。在小时，他们这个家族和外公家，都还没有发迹，辈辈务农。因此，他在幼小时，便帮助父辈放牧耕畜，未能上学读书。18 岁时，以毛驴两头，往返拉卜楞（今甘南夏河县）贩运青稞、羊毛等。有时也驮运客货挣脚力钱，一般称这种人为脚户，除了一天徒步走七八十里路以外，早晚还要喂饮牲口，扛驮货物，是一项十分辛苦的职业。而且那时去甘南和川西的道路上，不仅缺乏客店，而且时有盗贼剪径，危险也很大，这需要勇气和胆量。他的外祖父马海晏在年青时即以从事这项生意并以练有枪棒等护身功夫而知名的。马辅臣少时也从事这项职业，可能与他的外祖父的榜样有一定的关系，这使得他自青年时有了吃苦耐劳和惨淡经营的历练。

1912 年（民国元年），马辅臣已是 28 岁的小伙子了。这时，他的舅父马麒升任西宁镇总兵，要把原来精锐西军的一部编练宁海巡防军，这就给他一个另谋出路的机会，便投奔宁海军，当上了一名马弁。以后马麒又改任甘边宁海镇守使,并兼蒙番宣慰使,宁海军继续扩编，由于他兼有亲属关系，由什长、副哨、哨官到1918年,便当上了矿务马队的管带(后改为营长)。这个矿务马队,是巡防、保护和管理金、盐矿的一种特种部队，主要负责管理玛沁雪山、星宿海、皇城滩和科沿沟等金矿与茶卡盐池盐矿的开采和运销事务的。这个职务，便奠定了他此后大半生经营工商业的基础，他借此结识蒙藏王公，兼作贩运青盐生意。尽管他在军职上后来升任冯玉祥部骑七旅二团团长，开赴绥远的平地泉等地驻防，但不久撤回后，他便脱离军职，改任青海省榷运局局长，而人们在习惯上仍称他为“矿务大人”,牧区藏民则称之为“矿务仓”。

1936年,青海省政府主席马麟去麦加朝圣,马步芳代理主席,马辅臣便辞去局长，专意经营工商业。这时他已积蓄了大量的黄金、白银资本，在青海和甘肃临夏地区及河西走廊、兰州、西安、天津等地均设立有行栈，除贩运青盐、羊毛外，还兼营木材，把这些土产在内地销售后，回程又转贩百货与食糖等。长袖善舞，多财善贾，由于他资金充裕，经营得法，在青海与甘南牧区及临夏一带，广有信用，因而获利甚丰。虽在后期由于马步芳官僚资本的垄断，使他原在青海的生意受到很大削弱，但由于他经营的范围广，门类多，因而始终能立于不败之地。另外，他还在临夏地区广置田产、庄院、水磨及店铺，为他做地方公益事业和慈善事业奠定了坚实的基础，广辟了财源，积累了资金。

二

马辅臣虽在旧社会凭借多种关系和因素，亦官亦商，成了巨富。但由于他原来出身寒微，历经艰难，因而熟知劳动人民的寒苦，对他们具有一定的同情。所以在他富有之后，陆续为临夏地区劳动人民的生活和生产等方面，直接做了许多有益的事情，这在一般地主、官僚、富商来说是难能的。他在这方面的表现，据解放后有关的统计和回忆资料来看，主要有以下几桩：

（一）1928年，甘青两省因旱灾遭到很大饥荒，临夏地区更显得严重,加上冯玉祥国民军来甘,加重了人民的负担,十室九空,民不聊生。马辅臣这时已因贩运青盐拥资巨万，他不忍乡亲们携儿带女，外出逃荒，便从化隆、甘都等邻近地区购买粮食十万余斤，运往临夏，以原价售给农民，对无力购买者，则统给予施舍救济，存活甚众，与当时河西走廊的饥莩载道，形成鲜明对比。

1940年，抗日战争正处在严酷阶段，那年临夏又遭旱灾，粮价大涨，而粮运困难，一时供应不上，人心惶惶不安。马辅臣又从循化购买麻豌豆（青豌豆多作为马料，收购不易）一百五十石（每石折合八百市斤），磨成面粉，急运往临夏，在他自己的和源号以原价供应市场，每人限购二十五斤，解救了当地饥民的燃眉之急，缓和了缺粮、断粮现象。

（二）临夏市在国民军和马仲英的多次争夺中，市区房屋被毁很多，加上当时的苛捐杂税，以及地主、资本家的重利盘剥，经济衰落，市场凋敝，一般小商和城市贫民，很多都无住房。一到夜晚，南关河滩和城门瓮圈，甚至铺台等处，均蜷曲着小摊贩和缺乏居处的贫民。马辅臣不顾族人的反对，慨然拿出一笔资金，在临夏市八坊华寺街购买二十多亩地皮，修建了二十八座大院落，共计住房三百余间，让那些无居住处的市民搬了进去。其中有经济能力的，量力交一些房租，无力者则一律免除，解除了大部分贫民的住房困难，很受当地群众称道。

（三）百年大计，教育为先。马辅臣自己小时失学，他对此有切身的感受，他后来移居的临夏城近郊的堡子村，从来没有一个像样的小学。1936 年，马辅臣捐资在该村创办德永小学，聘请陈俊侯（回族）为校长，校内行政经费和教师工资、学生书籍用品费等，均由他供给。

另外，还有一所私立新华小学，他以该校董事的名义，每月资助白洋（银圆）二百元，为时二年之久。1948 年，他又捐赠临夏市北塬土地四十亩，作为该校校产，拟以所收地租充该校经费。

同时，他还曾给临夏中学捐资两千元，添置了桌凳，增办了高中班。所有高中班师资所需经费，均由他按月支付。一年后，甘肃省教育厅正式批准成立高中部，因马辅臣捐资兴学，特颁发了银盾，给予奖励。

目前，我们正在提倡社会办学，集全社会各方面的力量来共同振兴教育，马辅臣当年的义举，虽只是个开头，但“作始也简，将毕也巨”。这种良好的社会风气，必将在社会主义制度的条件下，得到充分的发扬。

（四）1937 年，马辅臣在临夏城郊堡子村开设了一座民生火柴厂，生产一种“飞马牌”黄磷火柴。这个火柴厂看来是营利性质的，但他办这样的厂，却是对人民有好处的。因为当时对日抗战业已展开，日本军队封锁了主要交通线，过去这种生活日用品，大都从天津和河南运来销售，这时供应就成了问题。他办这个厂，既为广大群众解决了生活必需的日用品，同时又使附近一部分贫苦市民和失业群众解决了就业问题。在当时一个糊火柴盒的工人日收入八角至一元，比一个小学教师的待遇还丰裕。那时青海火柴厂工人的待遇，一天还不到五角。

（五）修建大夏河上石墩木板桥。今临夏市濒临大夏河西岸，这是一条古老的河流，也是当地农田赖以灌溉的主流。但一到秋季，阴雨连绵，河水上涨，行旅来往，便往往受阻。以往地方政府惯例，概由木商临时搭一便桥，供人畜通过。但当河水暴涨，木桥常被冲走，交通因而中断。年年如此，岁岁重修，木商亦深以为苦。1948 年，马辅臣为了长期解决这个问题，便独自捐出白洋两万七千元，派人赴兰州、西安、山西等地采购钢筋、水泥，招聘桥梁工程技术人员，设计修建一座永久性渡桥。在当时交通困难条件下，经办人员将从太原采购的水泥，用汽车运至西安，再用马车拉至兰州，最后用毛驴驮到临复工地。所需石料，也由他出资从折桥湾打制后运来工地，其施工备料在当时条件下困难如此。但在工人、市民等坚持努力下，于当年夏季赶在河水秋涨前，胜利建成长二十七米、宽六米的七墩六孔木板大桥。桥上可并行两辆马车，桥两侧辅以坚固栏杆，以保人畜车货安全，这是解放前大夏河史上第一座由私人捐资建造的石墩木面大桥，解放后迭经改建最终新建的水泥桥，就是在这座桥的基础上建成的。而马辅臣开头捐资修桥的事迹，长留在临夏人民的记忆之中。

（六）筹建民生水力发电厂。继修建大夏河上大桥之后，马辅臣又于同年筹资白洋二十万元，并集股二十万元，就大夏河水利资源在西川筹建水力发电厂。厂址选在枹罕乡街子村临近大夏河北岸。当那年 9 月人民解放军解放临夏时，该厂只完成了引水渠道和蓄水池、机房、宿舍等的基建工程。1950 年，临夏地区社会秩序完全趋于安定，在西北军政委员会的帮助下，马辅臣派专人从汉中购来水轮机，又派秘书拜少先驻上海采购了发电机、变压器、配电盘等全套发电设备。并由西北工业部派工程师沈觐吾作技术指导，安装了三百千瓦的发电机组。1951 年 9 月 19 日建成投产，正式发电，成为临夏最早的发电厂，临夏市民第一次用上了电。随后，他把这座电厂全部产权捐赠给了地方。

这位由农民和小商户起家的大商人，在他的前半生亦官亦商的生涯中，居然能斥资巨万，为地方创办不少公益事业，这在旧社会中的边僻地区，实属鲜见，堪称是一位为地方造福的工商业家。

三

马辅臣更值得称道的还是他在中国共产党领导下，衷心拥护党的领导，积极学习新的知识和党的各个阶段的方针政策，对恢复、安定地方秩序，加强民族团结，促进地方建设方面所做出的努力与贡献。

（一）迎接中国人民解放军

1949 年 9 月，中国人民解放军在攻取兰州前，由第一兵团王震司令员率领的第二军从东侧翼袭取临洮进军临夏，直逼马家军老巢，切断马军退路，孤悬兰州，意图一举歼灭青马主力。马辅臣和马氏家族主要成员马步青、马步康、马步援等，当时均在临夏，由于尚不可能对党和解放军政策有所认识，在忧惧中仓皇渡河逃亡青海。那时马步芳因临夏已被解放，后路堪虞，急忙回到西宁，调骑八旅由兰州星夜驰援河防，拟在莲花（永靖）、循化两渡口阻击解放军入青，旋又以骑八旅一时难以调达，便又派马全义以步兵军名义率刚由民团组成的马进忠、韩起禄两个师去甘都设防，企图阻止解放军由循化伊玛木、古什群渡河。就在此时，解放军已攻克兰州，马步芳已乘机逃走。马辅臣也在此时到达西宁，他看到大势已去，便当机立断，下定决心，迎接解放军，为自己下半生谋取出路。随着马继援也在抵达西宁的次日秘密乘机逃走，西宁便进入混乱状态。有些民族宗教界人士和部分省、市参议员等出面，组织迎接解放军迅速入城，恢复秩序，于是一部分代表前往平安、乐都，而以马辅臣为首的代表团，在化隆札巴镇首先迎接了解放军第一路部队第二军，以王震司令员和王恩茂政委率领的这支人民子弟兵，于9月4日进入西宁，受到了西宁各族人民的热烈欢迎。第二天，由民和、乐都挺进的黄海部队，即第一军在军长贺炳炎、政委廖汉生率领下进入西宁。解放军的到来，迅速安定了人心，恢复了秩序，青海从此开始走上了建设社会主义的崭新道路，马辅臣这位马氏家族的重要成员、民族工商业家，也在人民革命和社会主义的洗礼下，走上了与旧制度决裂，改造思想，为人民服务的光明道路。

（二）远赴新疆，宣抚骑五军

青海解放后，王司令员即率第二军进军新疆，由于当时驻新疆的骑五军和部分国民党中央军，尚想负隅顽抗，马辅臣在王司令员的授意下，以舅父的身份拍电报给骑五军军长马呈祥，促他响应号召，率部起义。解放军随即进军新疆并组成和平解放新疆代表团，由马辅臣任团长。他们随军抵达酒泉后并他和原八二军一九〇师师长马振武（马呈祥的表弟）先行入迪化。他们到达时，马呈祥已离迪化去喀什，将取道巴基斯坦出国，骑五军已随陶峙岳副长官起义，但军心未定，对和平解放存在很大疑虑。他们配合陶峙岳宣讲解放军对待起义部队的政策，介绍青海安定，家人无恙和八二军部队投诚后被宽大处理的情况，现身说法，解除了骑五军官兵的顾虑，稳定了迪化（乌鲁木齐）、奇台等地的局势，受到了彭总和王司令员的奖誉。马振武并被任为新疆军区参议。

（三）宣慰甘南，瓦解股匪

解放后，有部分旧军政人员、地主分子和散兵游勇，逃窜到甘南和青南牧区，流落为匪，继续与人民为敌。其中流窜在甘南与川西一带以马良（马步芳堂叔）、马得福（原八二军高参）、马虎山（原马仲英部旅长）为首的一股，和流窜在青南与海南牧区一带以马元祥（原骑八师旅长）、马万福（原骑八旅团长）、铁伟成（原骑五军团长）为首的一股，在1952—1953年之际，与台湾国民党国防部秘密取得了联系，由台湾遣派空军飞机为他们空投了武器、电台和报务人员，并把马良的一股，编为一路游击队，任马良为司令，马得福为政委；把马元祥的一股，编为二路游击队，任马元祥为司令。于是他们便气焰嚣张，到处造谣煽动，欺骗群众，并乘机抢掠，使得人心惶惶不安。中央人民政府和西北军政委员会及甘、青、川三省政府闻报，即准备进行政治瓦解和军事清剿。第一步由甘肃省政府组成以马辅臣为团长的宣传慰问团，前赴甘南向牧民群众表示慰问，并宣传党的剿匪安民政策，要求部落头人和群众与匪划清界限,不为匪带路、供粮、传递信息；同时派有关人员去马良处阐明既往不咎、立功受奖等政策，劝导马良并匪众弃暗投明，向人民解放军投降，争取立功赎罪。虽然马良等怙恶不悛，拒绝投降，并扣留了被派去劝降的人员，但由于广大牧区群众与股匪划清了界线，中断了食物等供应，并积极为解放军带路，帮助运送军用品，解放军便一举歼灭了这股匪徒，生俘了马良。马得福虽漏网一时，终于也被捕获归案。马虎山在逸回临夏故里时，被解放军击毙。

同时，青南马元祥股匪，也在青海方面所组织的以喜饶嘉措大师为团长的宣传慰问团的深入宣传，安定群众情绪后，人民解放军在广大藏族群众的支应下，也一举歼灭了这支股匪。马元祥在被击溃后，匹马在同德县境强渡黄河，逸入林内，被我解放军战士诱使露头，遂被击毙。台湾国民党政府妄想建立土匪游击队伍，为反攻大陆作基地的幻梦，便告破灭。

马辅臣、喜饶嘉措两位民族宗教人士，在这次剿匪斗争中，长途跋涉，顶风冒雪，并不顾股匪头目的威胁与恫吓，坚持完成了任务。他们的这种精神与业绩，是值得我们怀念和称道的。

（四）为安定地方，加强民族团结工作做出贡献

马辅臣于1949年12月被任为西北军政委员会委员，旋又被任命为财经委员会委员兼工业部副部长。1950年3月，任青海省政府副主席，以迄1968年12月8日去世，参加革命工作近二十年。青海解放初期，散兵游勇，到处作乱，影响社会治安和生产、生活秩序。马辅臣作为一个民族宗教界富有声望的开明人士，在党的领导下，他先后前往乐都、互助、大通、湟源等地，宣传党的政策，为稳定地方秩序和人心，起了良好作用。

青海是一个多民族地区，马辅臣在西北地区伊斯兰教新教派中是居于门宦地位的一位有影响的人士，同时与甘青两地蒙、藏族王爷、千百户等有广泛交谊和联系。解放初期，本省蒙古、藏、回、撒拉等少数民族，因受旧社会反动宣传的影响，对党的民族宗教政策，怀有疑虑。特别是回族人民，受反动派“共产党杀回灭教”的宣传毒害很深，易受坏人挑拨。马辅臣在解放初期，用他自己的事例，现身说法地宣传了党的民族宗教政策，解除了广大群众的顾虑，安定了人心。此后又随时调解民族间在生产和宗教方面的历史纠纷，加强了各民族之间的团结，为推动农牧业生产的发展，做出了积极的贡献。

四

马辅臣为人正直，仗义疏财，热心公益事业，向为当地人所敬重。解放后积极靠拢人民政府，拥护中国共产党，拥护社会主义制度，积极参加社会主义改造，为党和人民所信赖。历任青海省人民委员会委员及人民政府副省长，青海省第一、二、三届人民代表大会代表，态度忠诚，勇于任事;为人平易，处事不苟，勤勤恳恳，不愧为人民的勤务员。他晚年多病，犹常力疾从公。1968 年 12 月以脑溢血症不治在西宁逝世，享年 84 岁。在他长期患病期间，曾受到党和政府周到的照顾和深切的关怀。从马辅臣后半生的经历上，使我们看到了党的统一战线政策的光辉。

在党和人民粉碎了林彪、江青反革命集团后，拨乱反正，社会主义革命和社会主义建设走上了新的阶段。人民喜气洋洋，社会欣欣向荣。青海省人民政府于 1979 年 7 月 16 日下午在西宁宾馆礼堂隆重举行马辅臣先生追悼大会，会议由省长张国声同志主持，由省政协主席扎喜旺徐同志致悼词，对马辅臣先生热爱人民，拥护中国共产党，勤勤恳恳为人民服务的高尚品德致以热烈的赞扬；对他在社会主义建设事业中所做的贡献，给予中肯的评价。会后，诸位领导同志，还亲自到他的住所，亲切地慰问了他的遗属。

现在距马辅臣先生逝世已 21 年了，又值中华人民共和国建立和青海解放40周年，我们的社会主义四个现代化建设和改革开放的伟大而光辉的事业，在党中央的正确领导和全国人民的共同努力下，取得了为世人所瞩目的成就。我们在欢欣鼓舞之余，缅怀往烈，对马辅臣先生的生平行事，略作表述，借资怀念与景仰！

青海旅京同乡欢迎喜饶大师记[1]

改组后的国民政府，除了几个在野的小党派取得部分的政权而煊赫一时外，还有一件平常不为人所注意而值得我们特别重视的事情，那便是《蒙藏委员会组织法》的修改。政府为了加强中央与边疆的联系，特别在蒙藏委员会委员长之下，增设蒙藏籍副委员长各一人，选素孚重望，熟谙边情的蒙藏籍人士来担任。在这举国扰攘，而四郊又复多事的今日，政府的这种举措，确具有深长的意义。

关于这新设的两位副委员长的人选，经过政府几个月的考虑，在蒙籍方面，决定由中央委员会白云梯先生出任，而在藏籍方面，则罗致青海籍而留藏四十余年的西藏参政员喜饶嘉措大师来担任。这两位边疆贤达的人赞中枢政务，比起其他党派一意想过官瘾而参政的人，其重量实在要大得多了。

[1] 原载于《西北通讯》1947年第6期。《黄河远上：李文实文史论集》（商务印书馆，2019年）亦收录此文。——编者

喜饶嘉措大师入藏几十年，一意研习经典，曾获取格西拉仁巴学位，为藏中第一流权威学者。民国二十六年春受中央政府礼聘，由藏来内地担任中央、武汉、中山、清华四大学文化讲座，于沟通汉藏文化，贡献殊多，抗战期间，连任第一、二、三、四届参政员，对于边政设施，时常有所献替。并乘暇在其故乡——青海循化县七台沟古勒寺创办喇嘛学校，提倡喇嘛教育，培养藏族优秀青年，并且教他们兼学汉文，在喇嘛教育史上开一新纪元。他时常还曾巡行安多区，宣达政府德威，并弘扬佛教教义，极受当地边民的欢迎与拥护。他驻锡的古勒寺上，远近信徒来顶礼的，终年不绝。“知识就是权力”，这句话在他可说是受之无愧的。

为了崇敬这位为国宣勤的老学人，青海旅京同乡们特于八月三日下午三时假中央组织部会议室，举行了一个简单的茶会，来表示他们的敬慕和愿望。我最近刚从上海来南京，恰好赶上了这个盛会，真可说“有缘千里来相会”了！

我和黎坚白到得很早，那时刘常吾（文雅）、祁子玉两位，已经将会场布置得整整齐齐，两支电风扇，风车似的在头顶上转动着，使得我们刚冒炎阳来的人，顿有走入“清凉世界”的感觉。不到三点钟光景，同乡们都络续从四面八方赶来，大家都挥汗如雨，一进门就说：“好热的天气！”

桌上的茶点，都摆好了，两位工友，穿梭似地在为这些“似曾相识”的客人倒着茶,打着手巾,烟圈儿也同时从各个客人（实际上都是主人）的口中冒出来，虽然是在二层楼上，但除了电风扇的扇动外，五六个窗口中，竟连点风丝儿都不见进来，正在这个时候，子玉走来招呼我们，说是大师已经光临了，我们便齐迎上门去,和他老人家一一握手。由子玉介绍每个未曾见过面的人，我跟大师虽是第二次见面，但时隔六七年，他对我的印象已相当模糊了。今天他穿着稷色团花绸衫，戴着草帽，鼻梁上架着金丝边眼镜，手里提着黑色的斯提克，在一闪一闪地发亮，虽然他的头发已变成了银白色，但精神却依然是那样的矍铄奋发，使人忘记他现在已是六十多高龄的老人。随从他同来的，还有蒙藏委员会顾问西藏格西格桑嘉措，和秘书陈木天先生。

我跟坚白先陪大师到第四处办公室休息，这位大师一听说我是甘都人,便越发亲热地用藏语说:“甘都人都是会说藏语的！”的确，甘都人有十分之九都是会藏语的，但我这个流浪在东西南北的甘都人，却只听得几句，说起来会笑掉人家牙齿的。大师向来不说汉话，因为他说的是汉话，和我说藏语差不多，一般人无法听得懂的。今天是自家人见面，于是我们便半汉半藏地谈了起来，有时或也借重翻译，这种谈话，倒也别有风趣。我想从大师的口中，探听些关于西藏的近况，但他的回答是最近并无新的发展，于是我们的话题，便转到故乡的夏季，说到这里，大师在揩了一把汗之后，便说："我这两天真想家！"对这句话，我是十分的同情。大师的故乡七台沟，两山夹峙，中间一道清澈的涧水，终年活活地流着，两边山坡，都有茂林，阳光照射这沟里的时间很短，所以虽是在盛夏，也特别清凉。古勒寺在东山坡下，周围环有护林，前行不远，便是大力架山，三面环山，门前临水，真是一座避暑的圣地。清晨薄暮，从寺中传送着悠扬嘹亮的梵贝声，清心静耳，尤其令人陶醉，在这门窗桌椅都"炙手可热"的南京（南京是中国四大火炉之一啊），怎么不令人想起遥远的家乡，那清凉的世界呢！

我们正在谈话的当儿，纳印选（朝玺）便走了进来，他的天庭很宽，那上面结了无数亮晶晶的汗珠，大师见了，便打趣着说："你的头真像个刚蒸出的热馒头！"（他是用藏语讲的）说得大家都笑了。

三时半，人都到齐了，我们便请大师会议室去，于是茶会便开始了。茶会虽不注重形式，但必须要有一个人来个开场白，当时常吾推谈映川（明义），映川却推我，看情势，似乎不能再推了，于是我便临时被大家拉了差而站了起来。本来子玉跟印选都精通西藏语的，都有资格做翻译，但他们谦让未遑，结果还是劳了陈秘书的驾，替我做了临时舌人。我的话说得很简单，最先说明这个茶会的意义：一方面对大师十年来讲学南北各大学，促进汉藏文化沟通的工作与精神，表示崇敬；另一方面对大师这次荣任蒙藏委员会副委员长，表示贺意。最后希望他努力加强中央与西藏的联系与团结，并促进边疆文教，为中央传达边民的意志。接着大师便在热烈鼓掌中，起来为我们致辞了。

大师一开口，便把西藏问题的症结所在指了出来，他认为："西藏问题的不能得到圆满的解决，主要的原因是由于中央方面不了解西藏的内情，而自以为非常了解，西藏方面也是这样。由于两方面的这种不清楚的认识，便成了今日的局面。"

以不知为知，以不懂为懂，这是中国政治上的人物们的老毛病，错误的估计，自然会产生错误的政策态度，这是值得我们深长思考的。接着他说到这次蒙藏委员会改组的经过，他对政府的请边疆人出来协理边政的举措，认为十分适当而正确。

"至于我自己，对于从政做官，实在没有兴趣。"这位为国事而劳碌了十多年的高僧继着便这样说。

"所以对于副委员长一职，自内定到发表，我一意表示辞谢，因为我自己并没有什么才能。但结果还是发表了，只好仰体中央意志，竭力去干了。"

这才是"我不入地狱，谁入地狱"的精神，大师毕竟是佛门子弟，他是没有忘记这句话的。

随后他又挥汗发抒个人愿望，他发愿竭尽他个人的心力，来促进西藏与中央的团结一致，并加强西北边胞与中央的联系，佛家发愿，非达到他的愿望，便不止息。我们也希望他这种愿望能够早日得到实现。

“我个人这次协赞边务，并非由于非法活动。”大师的话头，忽然又转到这上面了。在这活动钻营的风气弥漫于政治舞台的今日，他的确有表明自己出处的必要，对于这点，他不惜反复地加以申述。

没有料想到我们所备的那一些简单的茶点，竟会换得他老人家一再地表示感谢，他以为同乡们这桌茶点，看起来虽然简单，而它所代表的意义，比花了千百万块钱的盛宴来得深切，这真使我们做主人的感到高兴而又有些不安。

最后大师用他慈悲的口吻谨祝国家前途无疆，全国同胞普天同乐。当翻译说出这句话时，大家又热烈地鼓起掌来，大师也就在这鼓掌声中坐了下去。会场的空气，顿时由静穆而活泼了起来。

有人在互相谈笑，映川又在找陈秘书的麻烦，不时地请他做他们的舌人，有的人则“可、可”地嗑着瓜子，我跟子玉、印选他们嘴角上都挂起烟卷，而大过其烟瘾了。

壁上的钟，已经过了五点了，大师因为还有别的事情要赶回去了，于是我们在下楼摄影后，便让大师先行。一辆半新的黑色汽车，在“嘟、嘟”的喇叭声中，载走了大师他们三位，大师临别，亲切地和每一个人都握手致谢意。

车子一转弯，便消逝了这位老学人的影子。西斜的骄阳，依然发射着它的威力，晒得人皮肤发红，每个人又都喘着气挥起扇来，头上身上，大量的在冒着汗。

“你的头真像一个刚蒸出的馒头！”我忽然又记起这句话，望着印选笑了出来。

回忆喜饶嘉措大师[1]

一生致力民族团结、拥护祖国统一的喜饶嘉措大师，离开我们已整整 26 年了，每想起他生平为人行事，道德修养，和在和平解放西藏过程中的努力奔走，以及在藏汉团结、西藏建政中的劳绩和贡献，使人不禁有高山仰止之叹。世界上伟大的宗教家，都有济世拯民的博大慈悲胸怀，在这一点上，喜饶嘉措大师一生的为人与业绩，是值得中华民族，特别是汉藏人民永远怀念和学习的。

我的家住在化隆甘都镇，与大师的故里循化道帏沟隔河相邻。道帏沟的古雷寺和我家所在的多麻昂寺，同属拉卜楞一百零八寺之中。大师早岁在古雷寺出家，12 岁赴甘南拉卜楞寺学法。他 21 岁时，发愿步行前往西藏，在黄教（格鲁派）著名三大寺之一哲蚌寺学经，经过十多年刻苦攻读和钻研，先后修完五部大

[1] 原载于《青海文史资料选辑》第 23 辑，1994 年。《黄河远上：李文实文史论集》（商务印书馆，2019 年）亦收录此文。《李文实手稿（第七辑）》（青海人民出版社，2023 年）收录其手稿。——编者

论和大小五明，最终获得拉仁巴最高格西学位。藏传佛教向以传闻深思和实践证知为纲领，显密并重。大师在获得学位后，次第整然地修习了密法，在集会问难中，他辩才无碍，成为藏中知名经师。曾在十三世达赖授命下,校订印行了新版大藏经《甘珠尔》。四方僧徒，云集门下，一时声誉最为隆盛，为僧俗共所敬重。

1936 年，他经时在西藏游学的原青海省政府秘书长、时任监察委员的湘人黎雨民（丹）先生约请返回内地，为南京国民政府聘请为清华、中山、北京、中央、武汉五大学文化讲座教授，抵达南京，丁沟通汉藏文化和中央与西藏地方关系，做出了积极的贡献。

次年 7 月，日本帝国主义悍然发动侵华战争，我当时刚好从南京蒙藏学校毕业，在战云笼罩之下返回青海。途经徐州时，在车站上适好碰到大师一行，他坐在车站上候车，因为我们是同乡，便有幸认识了他。他面容慈祥，蔼然仁者，给我以深刻的印象。我回到西宁后，即转化隆故里省亲，途经今平安时，逢到几位藏民，他们向我探问喜饶嘉措大师是否已到达西宁？经谈话我得知他们是大师家人和古雷寺的管家，是来西宁迎接大师的。当我告诉他们大师将于近日抵达西宁时，他们连忙下马，纷纷把帽子抛向空中，连声欢呼起来，欢欣之状，莫可言宣。

大师回故里一行后，即又返赴武汉，从事抗日宣传等活动，我未得再见。后来我去成都上大学，中间应顾颉刚先生之约，去重庆中央边疆文化运动委员会，整理有关边疆民族史资料。当时滇缅路初开，该会积极从事印缅有关民族宗教等的宣传与联络活动，其中有一篇由颉刚先生起草的文件，由杨质夫翻译成藏文，送由大师修订，我始得和大师再一次接触，彼此较有认识，大师对那篇译稿，校订细致严谨，可谓一丝不苟。那时我多半在北碚，不大去重庆，有次我想去缙云山汉藏教理院，事前请大师和杨质夫给法尊法师写了封介绍信，受到法尊法师的热情接待。那时太虚法师去东南亚进行抗日宣传与联系活动，汉藏教理院是由法尊主持的。边疆文化运动委员会，先后由顾颉刚和韩鸿庵（儒林）先生主持，大师也是领导成员之一。我在那儿只待了半年，仍回成都复学，与大师不复会见。

1943年暑假，我回青海探亲，归途在双石铺遇到杨质夫和冯云仙，知他们将随喜饶嘉措大师进藏，后来他们在黑河遇阻，中止赴藏。旋抗战胜利，大师在安多地区宣传抗战，加强民族团结，并弘扬佛教教义等方面，做了大量的工作。

抗战胜利，国民政府还都南京后，大师被任命为蒙藏委员会副委员长，那时我适过南京，正逢到青海旅京同乡举行欢迎大师莅任的茶话会，大家推我致欢迎辞，我得和大师交谈了当时政府与边疆的关系问题。事后我还写过一篇报道，刊登在《西北通讯》上。大师是出家人，对做官没有兴趣，但他对当时政府开始请民族人士协理边政的举措，认为是适当而正确的，因而表示愿意竭力赞襄边疆事务，加强民族团结。特别是他指出当时西藏问题不能得到圆满解决，主要原因是双方互不了解。加上英帝的挑拨离间，便铸成了互不信任的局面。他的这个看法，在当时是十分中肯的。为此他并表示为加强中央与西藏地方政府之间互相了解，以爱国主义的精神，促进团结，巩固边疆。我当时认为他这正是佛家“我不入地狱，谁入地狱”的精神。

1949 年春南京解放前夕，国民党政府迁往广州，大师来兰州，下榻于五泉山下水楚琴（梓）先生寓，我当时在兰州大学历史系任教，曾趋水府拜会大师，不想他意外地向我问起了《易经》中卦象与占卜的问题。对《易经》，当时我是缺乏理解的，只知道自汉以来的易学，包括理、象、数三个要点，而其十宗中，既有占卜、灾祥、医药、丹道、堪舆、星相诸项。大师于占卜、灾祥、医药、星相四宗，多有所闻。我问他从何得悉《易经》，他说是见之于藏文的一种译本。我约略听说过明末清初佛学大德中有藕益和尚著《周易禅解》、道盛和尚著《金刚大易衍义》等著述，这些都是以象数为主的，可能藏中对此有所译述，足见大师的博闻广识。由于我不会藏语，兼对象数缺乏认识，加上当时的翻译，也难从中加以会通，因此未能更事请益，但藏中耆宿，对沟通汉藏文化的工作，代有传人，这是值得重视和庆幸的。大师在兰州不久，即回青海故里，此后我未再见到他，但他继续为国宣劳，为安定边疆，团结各族人民，在中国共产党和人民政府领导下，竭忠尽知，老而弥笃，被周总理誉为爱国老人。

青海解放时，大师适在循化故里。人民解放军第一兵团司令员王震将军，特把他请来，后被选为青海省人民政府副主席，旋又被选为西北军政委员会委员、西北民族事务委员会副主任。他在这期间，和马辅臣先生分别率代表团去甘南和青南协助人民解放军平定匪乱，宣传政策，招抚被散匪裹胁的群众，对安定地方起了积极的作用。随后,他先后担任全国人大代表和政协常委,并任中国佛教协会会长,并访问印、缅各国,热爱祖国,拥护和平,在东南亚宣传中国共产党民族宗教政策和新中国建设成就，为保卫世界和平，加强国际团结，做出了卓越的贡献。

大师在解放后，对中国共产党、人民政府，一贯积极拥护，同时对地方干部在执行民族政策中出现的错误，也能中肯地提出意见。敢于说真话，真正能做到实事求是，和衷共济。在六十年代中，由于党内“左倾”思想的作祟，大师不幸受到错误的批斗，致含冤逝世！党的十一届三中全会拨乱反正后，大师的冤狱，终获得平反。并在其故里古雷寺修塑了灵塔，供人瞻仰。大师爱国与为善的崇高精神，值得我们永远学习和纪念。

附录二：游记

秋游燕子矶[1]

我从前在故乡青海的时候，听人家说南京是“六朝金粉”的故都，怎样繁华，怎样倩丽，像说故事似的说了一大堆。因此，我的脑中就深深地印上了它——南京，很希望来观光一下。

现在是到南京已经有一年多了，可是说来很惭愧，名胜地方去逛过的很有限！

在我们校舍的北面，约摸三四里路的远近，有一个名胜的地方，便时最负胜名的燕子矶！因为他离我们学校很近，便时常去游玩，至少也许有七八次吧？但是，最近两个月来，被功课牵制，没有功夫去玩，只得和她暂时地疏阔了。

前一周的礼拜日，觉得有点空闲，便在午饭以后，约了几个同学，去旧地重游。我们都是步行的，一路上说说笑笑，跑跑跳跳，一点也不感觉到寂寞。约莫半个钟头，便到了古观音门

[1] 原载于《秋游燕子矶（上）（下）》两篇文章，原载于《时代日报》1935 年 11 月 21 日、11 月 22 日，第 5 版。此篇为整理者首次辑录。——编者

(最近已改为燕子矶镇),进了门,瞥眼便看到壁立江中的燕子矶。那矶上的色彩,在春夏之际因为草木纷披的原故,完全是绿油油的,可是,现在到了深秋,许多草木都被居民们割去,树叶也落了一半,自然变了颜色。顺着新修平坦的马路走去,折入燕子矶镇,人来车去,狗吠鸡叫,形形色色,把一个僻静小镇,由于来游名胜的人太多了,弄得甚是热闹。穿过小镇,走进矶道,石级层层,半天才走了一半,这时抬起头来一看,却好笑起来。原来是一个青年男子,一手提着照相机,一手扶着一个穿高跟鞋的所谓摩登女郎,一步一拐地向前面挣扎着,走的疲乏,喘不过气来。同学们都谈笑着说:“行不得也不奇,谁叫你穿了高跟鞋?”可是,他们故意装个没听见,仍然在那里一步一拐的挣扎着,而我们一鼓气便走到了亭子前面。观摩乾隆皇帝御书的燕子矶碑,巍然屹立着,不知怎的,近来有人更把这碑上的字迹,刷得红红的,格外触目。乾隆皇帝是个文武都能的君王,也会做打油诗,所以题首诗句在上面,诗云:“当年闻说绕江澜,撼地洪涛足下看。却喜涨沙成绿野,烟村耕凿久相安。”诗虽不佳,但在当时是因为皇帝写出来的,像是名贵了。

穿过亭子,一直跑到矶头上去,石空间竖着一块木碑,上面写着:“想一想,死不得!”;背面写着:“这样的死是无价值的!”这时多么警惕的字句。这时,竖这木碑的意思,大概劝到燕子矶去自杀的人，不要把生命看得太轻松，旁边站着一个警察，雄赳赳，注视着游人，好像是监督游客中有没有要投江的人。

燕子矶，在江中看去，好像一只将要飞空的燕子，它的得名，或者在此。我们爬上矶头，手攀石缝，往下一看，真的使人惊骇。看峭壁千仞，乱石错综，江水汹涌，波涛一起一伏，冲击着石壁，发出“叮当”的声音，响个不绝。浪花的四面溅开来，好像无数的明珠在跳跃，虽然风景好看，但不敢往下多看，恐怕头一晕，就要坠下去，岂不因此而去做波涛的伙伴。站起身来，纵眼一望，江中大小的帆船，撑起了帆，乘风破浪的动荡着。更奇怪的便是十几岁的小孩，能够驾了一只小船，独自的在江中行驶，一点害怕的神气也没有。“北人乘马，南人乘船。”这句话大概说得一点不会错。不多一会，起了一阵大风，矶下的浪头越觉高涨起来，于是豪兴大发了，高吟着苏东坡的《赤壁怀古》词：“大江东去，浪淘尽，千古风流人物。故垒西边，人道是，三国周郎赤壁。乱石穿空，惊涛拍岸，卷起千堆雪。江山如画，一时多少豪杰。遥想公瑾当年，小乔初嫁了，雄姿英发。羽扇纶巾，谈笑间，樯橹灰飞烟灭。故国神游，多情应笑我，早生华发。人生如梦，一尊还酹江月。”

明知这里不是赤壁，也没有樽酒，更没有像东坡那样的胸怀，不过聊借前人的词句发发感慨罢了。

我们在矶头上闲谈了半天，游人们愈来愈多，不好意思妨碍他们眺望长江的视线，便催促同学们走下矶来，到亭顶那面去走走。小心地爬了梯，觉得迎面吹来了一股香喷喷的芬芳气息，站定了一看，原来栏杆周围，摆着几盆菊花，红的、白的、黄的，夹杂的盛开着，瑰丽夺目，确乎增添了游人的兴趣。依栏远望小镇，全镇的景物，尽在眼前，如列几案间。环视四周，几棵像晨星般的常绿树，如松柏冬青之类，在严厉的秋风中维持着残局。其余的草木，均皆干枯了，消逝了！似乎告诉游人们此地已经不是春夏的季节了。因此，不禁引起了游子思乡的念头，便哼出了一首歪诗:“秋风起兮木叶落,如此江山眼底收。借问大江东去水，几时流尽古人愁？”

至此,游兴已尽,伤感顿来,人生太渺茫了,整年流浪在异乡，家乡泉石的快乐，不知哪时候才得到？“引壶觞以自酌，眄庭柯以怡颜……悦亲戚之情话，乐琴书以消忧。”这充满诗意的字眼，在我自身讲来，简直是一个梦境，遥不可及，此时何况是“万里关山常作客”的我。夕阳已坠山尖了，飞鸟一群群的叫吵，飞回巢去。“呆想什么呢？快回走吧”，同学 A 君这样的催促着，于是便下了亭子，循着原路回到了校里，归途中，秋风扑面，因了衣服的单薄,便又想起了“慈母手中线,游子身上衣”的诗句来！

桃园探春记[1]

虽然春神已降临到这被称为“塞上江南”的兰州多时了，但我仍然被关闭在一间斗室里。即使偶然能出去一下，也差不多都是奔波于红尘十丈，车水马龙的闹市中，这与我栖身的斗室一样地嗅不到一点春的气息和花的芬芳。

四月十一日那天，天气非常晴和，恰好又是星期日，我便趁暇到新关去走走，想不到子玲兄他们已借好了一部大卡车，准备去安宁堡看桃花，在他们和她们的怂恿下，我也便加入了他们的“春令会”。车过桥门时，还顺便把璇妻也带上了。这几天公路局方面，为谋旅客的便利，特别开行游览专车，单程十万元，回程也是十万元，这廿万元的来往车费，固然十分便宜，但一家几口同行，却也是一笔大的支出，并且车上老幼拥挤，也不十分方便。那天我们车上，只有廿多个人，非常宽舒，我

[1] 原载于《西北通讯》1948年第2卷第12期。《黄河远上：李文实文史论集》（商务印书馆，2019年）亦收录此文。——编者

总算是叨光不浅了。

安宁堡这块地方，离开兰州三十多华里（十九公里），恰好是甘新公路经过的处所。兰州西郊的黄河两岸，本来是一块最肥沃的土地，而安宁堡因为盛产蜜桃，和天水的秦阳川同样的负着盛名。凡是到过兰州的人，没有一个不知道安宁堡的，那里的桃林纵横，东西绵延十余里，南北也有六七里，春来花开灼灼，红艳夺目，所以又有“西北邓尉”之雅号。我曾在甘新路上，来往过十多次，而总是在“狂风落尽深红色，绿叶成荫子满枝”的夏秋季节，春深探桃园，这还是第一次，兴致自然较任何人为高。

车过铁桥，顺黄河北岸西驶，沿途红尘滚滚，游览车先后相接，畅游归来的人们，在车上集体引吭高歌，面上都表现着一种得意的微笑，无疑的他们和她们是满载着愉快和欢笑而归了。

从十里店往西，有一段地带，还可以看出古城的遗迹，据说这是长城的遗址，或许就是明边墙吧？总之，这里是考古学家们的乐园。离十里店不远，向西望去，灼灼的桃花，已连翩地照入每个游人的眼帘了，于是大家便开始欢呼。到安宁堡时，已经穿过了不少明艳的桃林，花香也已扑入了游人的鼻中，使游人们都沉醉在芬芳中了。

桃林的范围纵横几十里，前面已提过了，安宁堡恰好是一个中心，所以游人也都集中在这里。我们下车后，便分别各自在林中花丛游览，那儿早已有许多临时搭起的凉棚，在卖着茶，还有许多卖零食的，也穿梭似的在桃林中往来兜揽生意，简直跟逛会场一样的热闹。这里的桃树，据说有早熟跟晚熟的两种，所以有的已经怒放，而有的还在含苞，我们所游览地方的花，尚不及路过一带的盛开。我在玩赏的中间，会看到有些树枝，已被游人摧折，不由得使我记起园门口省政府禁折花木的皇皇布告和甘肃省农会及安宁堡居民的启事与标语来。

原来自从外省人大批来兰以后，安宁堡的桃花胜会，才由冷清一转而为“盛况空前”，这些来桃园探春的仕女们，大都是与杜秋娘一样地抱着“花开堪折直须折，莫待无花空折枝”的心情，这样一来，你一枝，她两朵，在从前游人少时，尚不要紧，而今是整千整万的往来着，那怎么受得了！安宁堡一带的农人，都靠这个桃林来吃饭，每人折上两枝，在游人们固然是爱花心切，而对于农人们，不但是护花不力，而且是吃饭无门，这问题却够严重了！因此近几年每到春节花开时，省府询农民之请，广颁布告严禁，并令警察局在中山门搜查，违者决予重处。同时农会及当地农民也到处刊启事，贴标语，向游客们告饶：

欣赏桃花，不要忘了它是农民血汗的结晶！

请勿攀折花木！

不要因个人爱好，剥夺他人生活希望！

桃花是我们的生命线！

保护花木，人人有责！

这样的标语，红红绿绿的触目皆是。此外还用石灰在各墙壁上写着惊心悚目的大字：

毁花折木，是损人而不利己！

游览桃花，不要做桃花的刽子手！

毁折花木是野蛮的表现！

谁要折花，我们就跟谁拼命！

打倒摧花折木的人！

这无疑是一种愤怒的表现了，但也有无限哀怨包含在这里边，这是有钱有闲的阶级，所不大能体会得到的。我最喜欢农会的一张“欢迎各界参观，谢绝攀折花木”的标语，毕竟他们斯文得多了。不过话又说回来了，尽管是农民们告饶或是警告，官府严禁或是搜查，但攀折花木的事，依然不能避免。我曾亲眼看见兰市某私立中学的学生，一大把一大把地满载而归，而和我同车的几位太太，也都偷偷地各在手巾中折包了几枝，他们和她们都不惜做“偷花贼”（借用标语上的原语），可说是“折得夭桃枝，做贼也风流”了！

在桃林中走了一圈后，跟子玲兄等登堡城远眺，上到城头，一望桃红似火，洋洋大观，景象又迥然不同，“春深似海”“花开如锦”的描写词句，到这里才能领略无余，真令人心旷神怡，喜不自禁。

这堡上有真武庙、老聃阁、文昌阁、魁星阁及菩萨殿等，大都已倾圮不堪。真武庙有碑，知堡建于明弘治十八年，周围六百四十步，仅东南有门，盖为经略河西保障金城而建筑的。庙则创建于嘉靖元年，虽仅两小间，而香火尚盛。我们去游时，道士正在诵经，清磬红鱼，音响可听。庙南面而立，其背面堡下，栽有李树多株，也正在散放着花香。

从堡上下来以后，又回到桃林中在一家茶馆休憩。我凝望着面前娇艳欲滴的花朵，忽然想起关于桃花的几件故事来：孟棨的《本事诗》中说，唐诗人崔护有次到郊外去游玩，在桃红灼灼的一家门首，遇见了一位面如桃花的佳人。大约是他不能忘情这次艳遇的缘故吧，到第二年的清明日，他又到那家门口去探看，只见那两扇双门紧紧地锁着，佳人已不可复见了。他便在那扇紧闭的双门上，写出了他惆怅的心情，这便是万口传诵的《人面桃花》绝唱：

去年今日此门中，人面桃花相映红。
人面不知何处去，桃花依旧笑春风！

这首诗的魔力真大，等到他第二天再去时，那位佳人因此而害了相思病昏过去了，幸亏他到得还早，遂完成了这段美满的婚姻。那美艳的桃花，无形中做了他俩的月下老人，为后世的人们艳羡不已！

另外一个故事，便是唐诗人刘梦得在玄都观种桃而兴发人世沧桑感慨的一段经过。梦得自己有两首诗道：

紫陌红尘拂面来，无人不道看花回。
玄都观里桃千树，尽是刘郎去后栽。

百亩庭中半是苔，桃花净尽菜花开。
种桃道士归何处，前度刘郎今又来！

这里面也充分洋溢着“无可奈何花落去”和“人世几回伤往事”

的怅惘与感慨。至于北平陶然亭畔为人所吟诵的：

飘零风雨可怜生，香梦迷离绿满汀。
落尽夭桃与秾李，不堪重读瘗花铭！

则又是凄清兼哀怨了！桃花的开和落，牵系着每一个人的心灵，无怪住在锦江边上的女诗人薛洪度（涛）在哀吟“花开不同赏，花落不同悲，若问相思处，花开花落时”的诗句了。

这样痴想了一会，西斜的阳光，已照到我们的脸上了，虽然一车一车的游客，还在不断地光临，但我们应该是回去的时候了，于是那辆大卡车又把我们这批桃园探春的游客，从绿杨日影中载了回来。久与吟咏绝缘的我，竟因为夭桃的召唤，居然也在归途中这样的歌唱起来了：

斗室闭关亦可怜，偶因闲步一陶然。
探花亲得春风面，始觉西陲别有天。

黄河九曲看纵横，桃李金城旧有名。
二十里中香不断，安宁堡到古西城。

细雨连宵动客魂，朝来载酒寻芳村。

春风又绿塞关草，三月花时似白门。

曾断岭南节度肠，攀枝我亦想容光。

芒鞋踏遍桃园路，谁唱春风杜韦娘。

附录三：杂文

谈“其言也善”[1]

尝闻“人之将死，其言也善”。初亦无任何之感觉及认识也，及观各家临终遗嘱或诗文等，始悟其言之见道精深。兹就管见所及，录诗文数首以记之，但其中有为儿女私言，有关国家民族，乃因个人环境之不同耳，要之其所言均至诚感人，无稍虚伪也。

一、诸葛亮临终上表

汉大丞相武乡侯，诸葛亮临终上后主遗表云：“伏闻生死有常，难逃定数，死之将至，愿尽愚忠，臣亮赋性愚拙，遭时艰难；分符擁节，专掌均衡，出师北伐，未获成功。何期病入膏肓，命在旦夕，不及终事陛下，饮恨无穷！伏愿陛下清心寡欲，约己爱民，达孝道于先皇，布仁恩于宇下，提拔幽隐，以尽贤良，屏降奸邪，以厚风俗。臣家有桑八百株，田五十顷，子孙衣食，自有余饶。至于臣在外任，随身所需，悉仰于官，不别治生产。臣死

[1] 原载于《时代日报》，1935 年 11 月 12 日、13 日，第 5 版。分两次刊出，此篇为整理者首次辑录。——编者

之日，不使内有余帛，外有余财，以负陛下也。”诸葛公当扰攘之世，勤谨廉明，两世开国，其才之大，品之高；后人钦仰不置，几于家喻户晓，此表忠言耿耿，动人心脾，较前二表尤痛切。无怪白乐天有“托孤既尽殷勤礼，报园还倾忠义心。前后出师遗表在，令人一览泪沾襟”之句。杜工部有“出师未捷身先死，长使英雄泪满襟”之叹也。

二、周公瑾殁时荐贤

三国时与诸葛亮齐名之周公瑾（瑜），英才济济，韬略盖世，佐吴主孙权霸江东，阿瞒莫敢忽视。不幸公瑾于三十六岁时，因病逝于军中，骤失栋梁，在孙权固不胜其悲，而其资质风流，仪容俊美，性度恢廓，艺术精绝，亦且为后人所赞叹，所羡慕，其临终有书上吴侯，尤觉悲壮可诵。书略曰：“瑜以凡才，荷蒙殊遇，委任腹心，统驭军马，敢不竭股肱之力，以图报效。奈死生不测，修短有命，愚志未展，微躯已殒，遗恨何极！方今曹操在北，疆场未静；刘备寄寓，有似养虎，天下之事，尚未可知。此正朝士旰食之秋，至尊垂虑之日也。鲁肃忠烈，临事不苟，可以代瑜之任，‘人之将死，其言也善’。倘蒙垂怜，瑜死不朽矣”！至死不忘军国，荐贤以代，可谓忠义之臣矣。

三、佳人长歌吟死别

宋人颜玉，为一女流，世人仅知宋有朱淑贞、李清照之能诗工词，而鲜有知此人者。其所作遗嘱寄夫诗云："妾年十五许嫁君，闻说君情若不闻。十七于归见君面，春风乍拂心常恋。为欢半载奈离何，千里江山渺绿波。未成锦字肠先断，零落胭脂泪更多。西江浙江隔一水，天上银河亦如此。银河犹有渡桥时，奈妾奄奄病将死。伤心未见宁馨育，仰负高堂慾莫赎。倘蒙垂念旧时情，有妹长成弦可续。君年喜得正英英，莫更蹉跎无所成。无成岂特违亲意，泉下亡人亦不平。要知世事皆前定，明珠一粒遥相赠。非求见物便思人，结缡来世于今定！"文字委曲婉转，哀艳欲绝！夫妇牵系，情见平辞。若非真情，安有斯诗？余读此诗，辄不禁洒泪，同情流泪。才女多情，更显已然，而好花早谢，岂仅此女一人而已哉！

四、忠诚为国忘身家

大明忠臣史公可法，为我国历史上最受人崇拜者。当其殉国之日，曾书有遗表及遗书各数章，遗表余未曾见，而遗书数封，词极慷慨悲壮，其忠君爱国之精神，跃然纸上。后人谈之，不知增几许感慨也？其自书云："可法受先帝恩，不能雪仇耻；受今上恩，不能保疆土；受慈母恩，不能备孝养。遭时不造，有志未伸，一死以报国家，固其分也，独恨不早从先帝于地下耳！"遗其太夫人书曰："儿侍宦，凡一十有八年，诸苦备尝，不能有益于朝廷，徒致旷达定省，不忠不孝，何以立天地之间？今日殉城死，不足赎罪；望母委之天数，勿复道悲！副将史得威，完儿后世，母以亲孙抚之！”又遗其伯叔诸弟书云：“扬州旦夕不保，一死以报朝廷,亦复何憾？独先帝之仇未复,是为大恨耳！”又其当彼执时，对豫王曰“城亡与亡，吾死岂有恨？但扬州既为尔有，当待以宽大，而死守者我也，请勿杀扬州人”。念念不忘先帝国家及人民，实为今人所难能也。余记得今夏间郁达夫游梅花岭有诗云:“三百年来土一邱，忠臣遗爱满扬州，二分明月千行泪，并作梅花岭上秋。”可谓史公千古知己。

五、才人殁时论大势

李文忠公鸿章，为清末杰出人物，以外交见之于满清。故凡当时国际条约，及外交重要事件，均出其手，清政倚托之重，于此可见一斑。但其为人举止傲慢，目中无人，出使外国时，颇轻视外人，为外人所诟病。而其临终有律诗一首云：“劳劳车马据征鞍，临事方知一死难。三百年来伤国步，八千里内吊民残！秋风宝剑孤臣泪，落日旌旗大将坛。海上干戈犹未息，诸君切莫等闲看！”末两句揭示外辱之严重，毫无轻视之意矣。“三百年来伤国乱，八千里内吊民残”二语，慨无怜惜伤乱之民，以李公之高傲，殁时，犹发此至性之感慨语，以警惕后人，况大贤者乎。

六、钟明光为国死义

满清末造，衰弱不振，国威尽丧。革命党人，目睹心伤，起而排满。以不屈不挠之精神，与之相抗，死争之烈，以黄花岗一役为最著，当时殉难诸烈士大都书有绝笔，惜不能忆及！今所言者，民国成立后，袁氏希图皇位，欲谋专政，当时党人势力甚小，不足以抗，同志等四处活动，以倒袁氏。其时龙济光为粤督，上书拥戴袁氏，因有钟明光刺龙之事，其在就义前书有遗书甚夥，读之可见其英雄气概，及勉托之殷，兹录二首，以概其余。致坝罗国民党支部书云："……但弟虽死，犹望后起有人，深愿同志一洗从前忌刻之心，争权夺利之弊，勿借公为私，勿临阵退缩，务顾全大局，毋贻敌人借口。'鸟之将死，其鸣也哀，人之将死，其言也善。'望我诸公,勿河汉斯言！一切中时弊,论自超人一等，余坚信临终遗言，必未有如斯之痛切也。"又与其侄书内云："余读父母无故、兄弟具存之书，环顾心寒！踊天下兴亡，匹夫有责之史；弥坚素志，故不惜牺牲生命，为人所不能为，通权达变，移孝作忠，知我者，其为爱国乎？罪我者，其为不孝乎？忠孝不能两全，是亦千古英雄之遗憾，岂独我哉！"一唱一叹，忠孝之情，满布行间。因知烈士之所以为烈士也！

纵观以上诸端，"人之将死，其言也善"之说，已可见梗概。余读书未多，识见未广，所举各端，系就近来阅书管见所及，抄成此篇，自知搜集未广，挂一漏万之虞，在所不免。

郑板桥轶事两则[1]

前几天，在本报上看到了益之君的《读词余话》，觉得很有趣味。不过板桥的文采风流，都值得我们欣赏，岂仅是他的词而已。记得去年在上国文课时，南陵张述明先生，给我们讲了二段板桥轶事，实在有趣得很，当时我曾笔记下来，后来张先生不教我们的国文了，所以把这件趣味隽永的事，也淡淡地忘了！今天张先生又来教我们的国文了，重温旧梦，这件事情又在脑海中回旋着，故我们把它写给本报发表，聊当作欢迎张先生的礼品吧。当时所记原文是文言的，现在译成了白话，写在下面。

一、诗社题诗

兴化县有几个少年，组织了一个诗社，专门在那里研究诗文，这个话给板桥听到了，他便跑去看看究竟。板桥的相貌很丑陋，并且是一个老头儿，所以大家都不理他。但是他却东张西望，而

[1] 原载于《时代日报》，1936 年 2 月 19 日，第 4 版。此篇为整理者首次辑录。——编者

引起轻薄子弟们之讨厌了，于是跑向前来问道："喂！此地是诗社啊！能够作得诗的，才能够到这里来，你这个老头儿难道也会作诗吗？"板桥就答道："稍微会作一点儿。"于是，请他们马上出一个题目，恰巧当时跟前的火炉上，有一把茶壶，里面的水正滚着，大家乃就以那个壶为题，令板桥作诗。他便不假思索，提起笔来先慢慢地写了"嘴尖肚大"的四个字，大家看着大笑了，于是他便爽快淋漓地写了一首七言绝诗：

嘴尖肚大柄儿高，
才免饥寒便自豪。
量小不堪容大物，
二三寸水起波涛。

大家看罢，知道是讥笑他们，便大伙儿围起来，争问着他的姓名。板桥说道："我不过是乡下的一个老头儿罢了。"正在这个时候，有一个人从外面进来，见了板桥，便深深地行了一鞠躬礼，他便大笑着而去。大家问问刚才进来的那个人，方才知道他是板桥先生，惊讶不已！

二、江上弄吟

有一次，板桥将要到北平去，寻得了一只船，但已经为一个少年人雇去了，板桥再三地请求，雇主念他是一个老者，便答应叫他坐了。隔了一会，那个少年回来了，见了板桥，便怒骂船主多事。并且叫板桥立刻搬到后舱去，他没奈何，只得忍气吞声地坐在后舱里。那个少年却不时打开书箱，取出书来吟诵着，非常地自得。板桥看见了，也打动了他的诗情，便吟咏《明月》《长江》等诗。少年听见了，便跑来问道："老头儿！你也会吟诗吗？"板桥答复他稍微会一点儿。少年于是固请先生到舱中吟诗，两人互相问问姓氏。那个少年是曹姓，乃各以姓为题，每人做一首诗，少年徘徊思索，苦不得句。而板桥则一挥而就，少年看之：

可恨青龙偃月刀，
华容道上未斩曹。
而今留下奸雄种，
逼得诗人坐后艄。

少年看罢，知道是骂他，便勃然大怒，挥起拳来要打，板桥再三给他赔礼，方才免了。少年知先生为兴化人，因又复问道："先生可知道兴化郑板桥吗？"他说道："我的名字叫燮，不知道板桥是怎样一个人。"

一九三六年二月十六日于晓庄

附录四：诗歌

耽古楼稿诗稿·壬午重过渝市寄威轩西宁[1]

庚辰春与威轩及马君少山同客渝州，旋二君均北返典军，威轩驻西宁，少山则远防青藏边境，迄未通音问也。

欲向天边采紫芝，文章魑魅怆人思。
如眉新月照衣日，似水华灯初上时。
乍见互惊颜色改，伤时共叹寻春迟。
渝州旧是崎岖地，行到夜深尚不知。

豪情诗兴总难休，几上元龙百尺楼。
把酒敢论天下事，著书耻为稻粱谋。
遇穷但益飘零感，梦断偏多故国愁。
最是更阑人散后，樽前欲语泪先流。

[1] 原载于《西北通讯》1947 年第 2 期。——编者

铁鸟终朝侥蜀山，渡江营窖总难闲。
风雷虎虎耳根里，生死茫茫指顾间。
当日祖筵如梦寐，即今旧寓已苔斑。
更怜季常无消息，万里戍边尚未还。

耽古楼诗稿·甲申送勤康游西北[1]

一、西安

中华锦绣美山河，开辟陶唐事可歌。
泾水千年尘不染，秦关百二雁难过。
行观六骏凄惶甚，见说华清涕泪多。
自古长安居不易，如君采笔好吟哦。

二、兰州

大河横渡铁桥长，背水雄关锁异方。
冠盖东来紫气满，名山西望雪花香。
从龙天马供驱使，带醉葡萄倾绿觞。
千百年来胡尘靖，汉皇材武细评量。

[1] 原载于《西北通讯》1947 年第 10 期。——编者

三、西宁

滚滚黄河天上来，祁连山色郁崔嵬。
乘桴谁泛仙人岛，拜佛竞攀宝莲台。
僧徒三千传法早，明驼十万驮经回。
西方旧是清凉界，况有寒花带雪开。

秋到湟中露气清，黄沙白草绝人行。
汉将出塞无前垒，宝马嘶风有断声。
伟业常思班定远，壮怀犹忆赵营平。
筹边我亦请缨士，惭愧剑书两未成。

咏菊二首[1]

赏菊诗会述怀

万里长空举眼收，满园黄菊傲霜秋。
乘时欲折月中桂，极目待迎海外舟。
故国风光多旖旎，中华儿女自风流。
江山一统花新放，永教芬芳溢九州。

浣溪沙·咏菊

老眼看花不自持，此花不与百花夷。
秋风枉自凌晨嘶，谁道人生无再少。
且看枯树发新枝，壮心应与天同齐。

[1] 原载于雪莲诗社《咏菊诗抄》，1981 年 10 月，西宁。此篇为整理者首次辑录。——编者

送张书记之任西安[1]

塞上千山雪，长安万户春。
岂缘地气异，转觉仁风新。
巴蜀文翁老，西河子夏亲。
孤寒传兴叹，跂予望三秦。

一九八一年十二月十日于西宁

[1] 原载于雪莲诗社《折柳集》，1981 年 12 月，西宁。此篇为整理者首次辑录。——编者

贺新凉·戊申闰七月望夜为周郎作[1]

星汉团栾月。

照九州、千村万落，

家家欢语。

银海泱泱清净域，

唯有碧云缓度。

恍一洗、百愁千虑。

我愿青天降福泽，

□□□、一扫人间苦。

新凉永，

祛残暑。

[1] 此诗作于1979年。周郎：名镇邦，浙江宁波人，上海某厂技术员。1957年"反右"中曾受错误处理，流放青海。平反后回上海。《李文实手稿（第九辑）》（青海人民出版社，2023年）收录其手稿。此篇为整理者首次辑录。——编者

旧邦维新古有训，

纵冰霜、摧折频数，

生机常驻。

顾曲周郎英姿发，

正待小乔嫁娶。

到此际、离情畅叙。

江东英俊满关塞，

更何人、似君先高举。

看玉宇，

飞仙舞。

乙卯除夕寄两儿[1]

年年此夕倍思家，
儿女灯前愿尚赊。
闻道上林花发早，
春风总不到天涯。

[1]《李文实手稿（第九辑）》（青海人民出版社，2023 年）收录其手稿。此篇为整理者首次辑录。——编者

感事答友人诗[1]

高鸟当年齐南飞，
孤云独自恋乡晖。
李陵已死嗟何及，
苏子欲归愿尚违。
三径就荒音问断，
百花摧折塞霜威。
由来贤圣俱憔悴，
莫向侯门论是非。

[1] 此诗写于1976年。诗文下注："李陵喻威轩，苏武则窃以自况。"《李文实手稿（第九辑）》（青海人民出版社，2023年）收录其手稿。此篇为整理者首次辑录。——编者

答友人诗[1]

君问归期未有期，

冰雪昆仑压冻枝。

莫怨春风来偏晚，

待看枯木开花时。

[1] 友人指给史念海先生。《李文实手稿（第九辑）》（青海人民出版社，2023年）收录其手稿。此篇为整理者首次辑录。——编者

登青城山绝顶有寄[1]

直上青城第一峰，

穿云踏雾访灵踪。

仙人洞府分明近，

谁说蓬山隔万重。

云海茫茫一望中，

恍然吾亦乘真龙。

平生不解般若读，

到此方知色是空。

[1]《李文实手稿（第九辑）》（青海人民出版社，2023年）收录其手稿。此篇为整理者首次辑录。——编者

读宁宁《同光曲》赋此却寄[1]

万里风涛踞上游，
沧波直欲接天流。
居临桂子常恋月，
望极瑶池独倚楼。
赋得新诗倾肺腑，
掬来江水洗牢愁。
不须更说蓬山远，
青鸟书已过绿洲。

[1] 李宁宁，浙江台州人。文化学者，文艺理论、书院文化研究专家。从事高校中文教育与研究三十余年，现为九江学院庐山文化研究中心常务副主任、教授。中国书院学会理事，江西省文艺学会常务理事。《李文实手稿（第九辑）》（青海人民出版社，2023 年）收录其手稿。此篇为整理者首次辑录。——编者

乙亥冬寄怀惠书新康 [1]

人生如参商，掩卷思容光。

旧事恍成梦，新潮避未遑。

忧危昔同命，老病今殊方。

仁者忘穷达，但期寿而康。

[1]《李文实手稿（第九辑）》（青海人民出版社，2023 年）收录其手稿。此篇为整理者首次辑录。——编者

癸酉冬为惠书寄贺卡驱病[1]

海隅双栖羡燕居，

不期百病未驱除。

由来福寿仰天助，

万里遥献瑞气图。

[1]《李文实手稿（第九辑）》（青海人民出版社，2023 年）收录其手稿。此篇为整理者首次辑录。——编者

师武二嫂六旬寿辰献诗 [1]

生小禀天聪，家风礼义崇。
相夫忧患际，教子乱离中。
易代不忘故，越洋趋送终。
自来仁者寿，百岁日方隆。

独怜白屋寒，几次问衣单。
一往情何限，今兹杯再干。
靖澜望一统，隔海祝平安。
天上团栾月，重来带笑看。

[1]《李文实手稿（第九辑）》（青海人民出版社，2023 年）收录其手稿。此篇为整理者首次辑录。——编者

送邢海宁去果洛[1]

西极羌戎地，雪山插碧霄。
衣冠存古俗，岫谷闻歌谣。
言语譬类近，碉房会叠峣。
由来称霸国，宝马带弓刀。

西行有大德，志记至今传。
当项女王旧，迷桑积石联。
采风夙所贵，载笔向无全。
此去容不负，搜求先着鞭。

李得贤文实戊辰初夏

[1] 果洛阿什妻归有女王，而阿尼玛卿有山神，一为神玉，一为人王也。慈恩法师释道宣西行，并两志记传者。《李文实手稿（第九辑）》（青海人民出版社，2023 年）收录其手稿。此篇为整理者首次辑录。——编者

寄海宁果洛[1]

读书重博闻，跋涉忘辛勤。
足踏千山雪，目迎万壑云。
望中江海阔，袖里芷兰芬。
绝域穷殊俗，羡君志不群。

化隆李得贤文实戊辰秋于西宁

[1]《李文实手稿（第九辑）》（青海人民出版社，2023 年）收录其手稿。此篇为整理者首次辑录。——编者

沉香亭山坐[1]

刘郎长后又重来，
盛事汉唐倍萦怀。
解得谪仙醉卧意，
沉香亭上坐一回。

[1]《李文实手稿（第九辑）》（青海人民出版社，2023 年）收录其手稿。此篇为整理者首次辑录。——编者

过长安[1]

秦俑周盘盖世奇，
我来倍切炎黄思。
刘项争霸原无赖，
泾渭分明咸有知。
清静楼观祀老子，
凋残社稷剩汤池。
长安大道车如水，
歌舞依然似昔时！

1987.8.20

[1]《李文实手稿（第九辑）》（青海人民出版社，2023 年）收录其手稿。此篇为整理者首次辑录。——编者

附录五：讲稿

中国西部文化引论[1]

一、战略部署的提出

1984年，党中央提出要在本世纪末下世纪初，把国家经济建设的重点转移到大西北来这个意义重大的战略部署和方针。这是由于在深化改革开放政策进一步发展的形势下，从东南的深圳、珠海、汕头、厦门以至上海的沿海港口经济开发区的建立与开放后，根据长远发展的需要，必须要以西部丰富资源的开发为其后盾。

二、西部文化的内涵

（一）什么是文化

文化的涵义，就当前世界来说，共有170多种说法。概括一点说，它实在是一种复杂体，包括一切有形的实物，为衣服、宫室、工具等，和无形的知识，为宗教信仰、艺术、法律、风俗以及人们从个人社会生活中学得的种种办事能力与习惯。这可以

[1]《李文实手稿（第六辑）》（青海人民出版社，2023年）收录其手稿。此篇属于发言提纲，为整理者首次辑录。——编者

简略地归纳为两点：即人类的物质文明（经济基础）和精神文明（上层建筑）。

英国泰勒（1832—1917）在《原始文化》一书中的定义是：是一个复杂的总体，包括知识、信仰、艺术、道德、法律、风俗以及人类在社会里已获得的一切能力与习惯。

具体说来，物质文化，包括（1）生产力（人类改造自然的能力）；（2）人类改造自然（运用生产力）的过程；（3）人们在物质生产活动中的具体产物。其次是制度文化，包括（1）人们在生产过程中所形成的相互关系（生产关系）；（2）建立在生产关系之上的社会关系和行为规范与准则。再次是精神文化：（1）文化设施与活动，如教育、科学、哲学、历史、语言、文字、体育、文学、艺术、医疗、卫生等；（2）在一定条件下满足生活的方式，如劳动、消费、游戏、家庭等；（3）价值观念、思维方式（唯心、唯物、一元、二元）、心理状态等。这三方面有机的结合，才能保证物质文化和精神文化的协调发展。

人针对自然界创造了物质文化；针对社会创造了制度文化；针对人自身创造了精神文化。

（二）什么是西部文化

西部文化是中国最早的文化。

中国古文化的史前时期：

1. 旧石器时代：起自 170 万年的元谋人；中经五六十万年前的蓝田人和北京人，这些都是猿人；十万年前的丁村人；四五万年前的河套人和一万八千年前的山顶洞人等文化历程；

2. 新时期时代：包括公元前四千年的仰韶文化（彩陶），公元前三千多年的龙山文化（黑陶）。（以上生产工具是石器）

3. 初期铜器文化时代则以二里头文化为代表，这时出现红铜器和早期青铜器。

在此期间人类获得生活资料的方式是采集渔猎，以后进而为农业和畜牧业。

这种文化形成于黄河中游，而起源于西部。

华夏文化是中国最早的文化（奴隶社会至周初封建社会）。商周青铜器和春秋时的铁器，秦始皇统一（书同文、车同轨），汉代打通西域，东汉传入佛教，道教也开始形成。

中国文化是多源的，而最早形成的华夏文化，则是以黄河文化为起源的；而长江文明则是由黄河文明推动起来的，终至后来居上了。而黄河长江的源头却都在西部。

（三）西部文化释义：《周易》是华夏文化的产物

《周易·系辞传（下）》第二章："古者厄羲氏之王天下也，仰则观象于天，俯则观法于地，观鸟兽之文，与地之宜，近取诸身，远取诸物，于是始作八卦，以通神明之法，以类万物之情。"[日月星辰的现象，四时运转，阴晴相间；观察大地高下卑显的种种法则，鸟兽羽毛的文采和山川水土的地利。近的就取象于人的一身，远的取象于宇宙万物（仿生学），于是创造出八卦，以融会贯通神明的德性，参赞天地之化育，以比类万物的情状。]

结网捕鱼，田猎捕捉野兽。

《周易·系辞传（下）》第十章：

《易》之为书也，广大悉备。有天道焉，有人道焉，有地道焉。兼三才而两之，故六，六者，非它也。三才之道也。[初爻（地），人爻（人），上爻（天）。]

天有昼夜，地有水陆，人有男女。

以天地并举为自然界两大法象。说“法象莫大乎天地”“天尊地卑”“崇效天，卑法地”“天地设位，而易行乎其中”。以天象推人事，《周易·上经》贲卦彖曰：“观乎天文，以察时变；观乎人文，以化成天下”。

三、西部文化的现实意义

（一）当前新的西部的概念

目前所谓西部，包有新疆、青海、甘肃、宁夏、陕西、四川、贵州、云南、西藏、广西十个省区，这是就现在政区而言的。而从地理上说，它不仅是由西起葱岭的昆仑山脉，南由横断山脉以迄南岭，包括了中国的半部江山，而更重要的是黄河、长江、澜沧江都发源和流经这块地区。而黄河、长江又是华夏文明的摇篮。世界上古代文明的产生都在大江大河流域的平原三角洲地区，如古代埃及两河流域文化、印度恒河流域文化、中国黄河流域文化。

华夏是由许多不同的氏族部落融合而成，原属于不同集团而被归纳为同出一源。

距今5000年左右，发祥于陕西黄土高原（姬水），炎帝族则肇端于渭水上游陕甘接壤地区（姜姓），以后炎帝族顺渭水、黄河到豫南及豫冀鲁三省地区；黄帝族则顺北洛水、渭水、黄河，沿中条山进入太行山直到今北京地区。

黄炎联合与九黎大战于琢鹿县（今河北），杀蚩尤，随后炎黄大战于阪泉（山西），〔黄帝〕败炎帝，成为黄河中下游联盟首领。

（二）西部地理

亚洲以帕米尔高原为中轴，由许多大山脉将东亚、南亚、西亚分开。而中亚以帕米尔为限分为东、西两大部，其东部即新疆与河西走廊；其西北越帕米尔高原即为丝绸之路所由；西南为喜马拉雅山，是中国与南亚的地理分界，而横断山脉江河阻隔及热带丛林瘴疠之区，是中国与东南亚之间的交通之区。

在本区境内，西部青藏高原，平均海拔四千米以上；其以东及南为黄土高原、云贵高原及塔里木盆地，地域辽阔，地形复杂；中部除四川盆地、云贵高原湿润多雨外，一般均为干旱及半干旱地区。

（三）民族的概念

我国西部疆域辽阔，民族众多，是一大特点。当前既要看到中华民族是一个融合体，又要看到它的民族特点和文化传统。（游牧与农耕文化，宗教文化）民族融合即“正如人类只有经过被压迫阶级专政的过渡时期才能达到阶级的消灭一样，人类只有经过一切被压迫民族完全解放的过渡时期，即他们有分离自由的过渡时期，才能达到各民族的必然融合”。非强制同化是落后民族吸收先进民族的文化，主动向先进民族转化。非强制同化，贯穿于中国民族史的始终。中原族体的壮大，与周围民族和文化不断向中原汇聚有关。

（四）治水、生态、交通

生物对地理环境的形成和发展，又起着重要的作用——绿色植物的光合作用。治水、生态、交通都与西部文化有密切的关系。

鲁文化的渊源[1]

一、山东地区新石器文化

大汶口——龙山——东岳石（前 1900—1500），“山东地区史前文化的发展自有演化的序列，与中原地区和长江下游地区的各不相同”。这种自成系统，独具风格特点的史前文化，就是山东的土著居民东夷人自己辛勤劳动创造的，土生土长的东夷文化。大汶口 10 号墓中随葬品多达 160 余件，从齐地淄水流域出土的龙山文化时期陶器，精美玲珑，器形多变，亦为其它各地龙山文化所罕见。由此可略见，东夷文化应是与中原文化齐头并进、同步发展的，它们共同构成了中华文明的渊源。

自周定天下，数伐东夷，封太公、周公于齐鲁，从此东夷文化便向周文化转化。而此种转化，齐鲁各自具其特色，鲁得殷民六族，文化水准较高。

二、齐鲁文化的特点

齐:太公封于齐，五月而报政周公。周公曰:“何疾也？”曰:“吾简其君臣礼，从其俗为也。”

[1]《李文实手稿（第七辑）》（青海人民出版社，2023 年）收录其手稿。此篇属于发言提纲，为整理者首次辑录。——编者

鲁：《史记·鲁世家》：鲁公伯禽之初受封之鲁，三年而后报政周公。周公曰："何迟也？"伯禽曰："变其俗，革其礼，丧三年然后除之，故迟。"

首先，此二国在治国策略方面之不同，鲁国是严格按照周礼变俗，革礼来治理国家的；而齐国则既贯彻周礼又照顾当地原来的民俗的。

其次，在用人原则上亦互有异。《汉书·地理志》记载说："周公始封，太公问：'何以治鲁？'周公曰：'尊尊而亲亲。'太公曰：'后世浸弱矣！'"反过来，周公又问姜太公："何以治齐？"太公曰："举贤而上功。"周公曰："后世必有篡杀之臣。"初太公治齐，修道术，尊贤智，赏有功。鲁褒有德，齐尊勤劳，此风尚之异。鲁重讲习礼乐，齐则好声色犬马。齐通工商之业，便渔盐之利；鲁则不靠海，故重农耕，信俭素。

三、鲁文化与儒学

自春秋时孔子出，便创立了儒学。经过曾子、子思、孟子等人的继承发扬，形成为先秦第一个大学派。历汉、魏、晋、隋、唐、宋、元、明、清，代有发扬，历久不衰。

儒学中有：天下为公的大同思想；自强不息的人生哲学；富贵不能淫，贫贱不能移，威武不能屈的立身情操；杀身成仁、舍生取义的牺牲精神；先天下之忧，后天下之乐的高尚品德；天下兴亡、匹夫有责的爱国精神，都是中国传统文化中的精华。

肯定人生，面向自然，从而治理人生，控制自然，最后达到参天地万物之化育。

四、《殷周制度论》

“周人制度之大异于商者，一曰立子立嫡之制，由是而生宗法及丧服之制，并由是而有封建子弟之制、君天子臣诸侯之制；二曰庙数之制；三曰同姓不婚之制。此数者，皆周之所以纲纪天下，其旨则在纳上下于道德，而合天子、诸侯、卿、大夫、士、庶民以成一道德之团体。”这是说西周社会利用宗法的组织形式来管理国家，把血缘亲属关系与政治上的等级隶属关系结合起来。

所谓宗法制度，实质上就是原始社会父系家长制时期的血缘亲属制度。由于宗法制与奴隶制相结合，形成一种带有中国特色的宗法奴隶制，而与希腊城邦奴隶制以及印度的种姓奴隶制不相同。中国是在没有清算氏族制度，反而保存了氏族纽结的情况下进入奴隶社会的，和希腊通过梭伦变法来清算氏族制度的革命路径不相同。

主西周封建说者认为西周封建制度与宗法有密切关系，也就是说西周社会是以封建制为内容，以宗法制为外壳；东周社会的激烈动荡表现为家族制度代替宗族制度，也就是以一个家庭为单位的土地所有制代替以一个宗族为单位的土地所有制。

后 记

李文实先生被誉为西北文史大家。早在1946年，就已经得到当时学界泰斗顾颉刚先生的肯定。1946年12月29日，中央通讯社记者蒋星煜采访顾颉刚先生，请教关于“现代中国史学与史学家”时，他们有如下一段对话：

问 你觉得中国现在有那些优秀的青年史学家？

答 这可以分三点来说：

（一）以时代划分为标准：治古代史之中央研究院张政烺，华西大学教授黄少荃，光华大学教授杨宽，上海博物馆童书业。治两汉南北朝史之中央研究院严耕望与劳榦，北京大学教授王毓瑚，刻在美国之蒙思明。治隋唐五代史之中央研究院全汉昇。治宋辽金元之中央研究院傅乐焕，燕京大学教授翁独健，中央大学教授韩儒林，金陵大学研究有刘叔遂。治明清史之中央研究院王崇武，齐鲁大学教授李得贤，金陵女子文理学院教授沈鉴与王栻，清华大学教授吴晗。

（二）以专门史为标准：治政治史之曾资生，治经济史之中央干校教授傅筑夫，治社会史之华西大学教授冯汉骥，金陵大学教授马长寿，李石曾之子李宗侗著有《中国古代社会史论》，从图腾制度研究姓氏之起源，尤为名贵。治中西交通史之齐鲁大学教授方诗铭，辅仁大学教授方豪，燕京大学教授刻在英伦侯仁之。治疆域史之国立编译馆史念海，又业已逝世之前重庆史学书局总经理郑逢源兼治史地，绘有《编年读史地图》，自战国起，已完成十幅，最后一幅为南北朝图。治宗教史之云南大学教授白寿彝，为回教史专家，岭南大学教授李镜池，为道教史专家，方豪为天主教史专家。治艺术史之中央博物院王振铎，上海博物馆童书业、傅振伦。治学术思想史之北京大学教授容肇祖。

（三）以区域为标准：治东北史之冯家昇，治西北史之齐鲁大学教授李得贤，治西南史之云南大学教授方国瑜。（《顾颉刚全集·宝树园文存》卷二《学术编下》，中华书局，2011 年，第 343 页。）

由此可知，在顾先生眼中，李文实先生已进入当时的史学才俊之列，而且被列入了明清史与西北区域史两个史学领域之中。王希隆老师评价说：“文实先生当时所具有的文献功底、文字功夫、研究方法，尤其是他对西北历史地理及掌故的熟知，得到了学界泰斗的认可，他已跻身于当时的中国史史学新秀之列。”

目前，对李文实先生的研究，注重史学。因为，李文实先生用功最勤、创获最丰的是明清史及青藏史地的考释部分，循“名从主人”的理路，辅以古地名音义的考覆，于青藏史地多有发覆之论，新解迭出。

但是，对李文实先生的文学研究重视不够。李文实先生自1979年到青海民族大学中文系任教以来，长期致力于中国古代文学的教学与研究，编写了《中国古典文学》《中国古代文学》《诗经与楚辞》《魏晋诗歌》《六朝辞赋》《唐宋文学》《魏晋南北朝文艺理论》等讲稿。本书编者之一马成俊曾于二十世纪八十年代初就学于青海民族学院汉语言文学系时聆听过“中国古代文学”“诗经与楚辞比较研究”等课程。李文实先生对古诗源流、诗经与民间文学的关系、古典文艺理论、汉字音韵、古诗格律等均有广泛涉猎，且能博观约取，得其窍要。同时，李文实先生前后写过大量相关的文学论文，今收集整理为《李文实文学论稿》，这些作品便是其在这方面长期耕耘的代表作品，以飨读者，以期与“西北文史大家”名实相副。

目前，关于李文实先生的著作及学者整理的研究作品有：《西陲古地与羌藏文化》（青海人民出版社2001年版，2003年重印，

2019年再版）;《黄河远上：李文实文史论集》，刘铁程编（商务印书馆2019年版）；李文实选注《清代传记文选》，卓玛、马志林、何璐璐整理（商务印书馆2019年版）；卓玛、马海龙编著的《人如其文 贵在其实——李文实先生诞辰100周年纪念暨西北文史专题研究》（中国社会科学出版社2016年版）；马成俊、姚鹏整理的《李文实手稿（九辑本）》（青海人民出版社2023年版）；姚鹏、马成俊整理《李文实西北民族关系史论稿》（青海人民出版社2023年版）。论文有：刘凯的《李文实教授与"花儿"》（《青海民族学院学报》1999年第1期），菅志翔的《青海民国史研究的进入——兼评李文实先生的文章 < 马氏家族长期统治青海的原因试测 >》（《青海民族研究》2010年第1期），王希隆、贺锦雷的《李文实先生述略——以 < 顾颉刚日记 >< 顾颉刚书信集 > 相关记载为中心》（《兰州大学学报（社会科学版）》2015年第4期），贾晞儒的《历史、民族与语言关系之钩沉——为纪念李文实先生诞辰100周年而作》（《青海民族大学学报》2015年第1期），李健胜的《简论顾颉刚与李文实的师生交谊与学术传承》（《青海民族研究》2015年第4期），陈强的《从 < 西陲古地与羌藏文化 > 探析李文实先生文史研究特色》（《青藏高原论坛》2017年第1期），柏春梅的《李文实先生年谱及学术贡献探讨》（《柴达木开发研究》2018年第1期），范正芳的《李文实先生毕生收藏文献研究》(《青藏高原论坛》2018 年第 2 期)，姚鹏、马成俊的《知识分子中华民族共同体意识的理论自觉——以李文实西北民族关系史研究为中心》(《西北民族研究》2022 年第 4 期)等。以上可以全面反映李文实先生学术及研究现状，这次整理出版的《李文实文学论稿》，可以进一步向学界同仁和读者们展示李文实先生的学术研究。

今年是中华人民共和国成立 75 周年，也是青海民族大学建校 75 周年。衷心祝愿我们的祖国繁荣昌盛，我们的学校——青海民族大学再创辉煌。

今年也是李文实先生诞生 110 周年，逝世 20 周年。在 2024 年 1 月 12 日，青海民族大学召开“李文实先生学术思想研讨会”。今年,再以这部《李文实文学论稿》的整理出版以示纪念。

《李文实文学论稿》能够出版，得到了其子李维皋、孙女李葆春、孙子李光夏和李光祖的授权，谨向李文实先生的家属致以崇高的敬意和衷心的感谢。在这里，还需要特别感谢前期帮忙录入、校对的樊燕玲和牟燕两位团队成员，她们认真负责、一丝不苟的态度，为后期校对、统稿节约了大量时间。同时，谨向所有支持关心这项工作的单位和友人致以衷心的感谢，向为支持这本书出版的青海人民出版社副总编辑戴发旺先生和认真负责的各位编辑老师表示诚挚的谢意。

《李文实文学论稿》收录了李先生从 20 世纪 30 年代至 90 年代的文章，时间跨度大，期刊种类多，内容深度广，整理难度增加,辑校者作注释的部分加“编者”二字。由于编者水平有限，在本书整理与校勘中疏漏和错误在所难免，希望广大研究者和读者批评指正。

编者

2023 年 7 月 21 日于西宁城东文实楼

2024 年 4 月 12 日修订于中国人民大学图书馆